# Selbstvergeltung

Ein Wuppertal-Krimi

Dirk Osygus

Copyright © 2023  Dirk Osygus

**Impressum**

Deutsche Erstveröffentlichung
1. Auflage 2023
Dirk Osygus
Wittelsbacherstraße 28, 42287 Wuppertal

Kontakt:
www.dirk-osygus.de
E-Mail: dirk_osygus@yahoo.de
Instagram: @dirk_osygus_krimiautor
Instagram: @buchcasting

Lektorat/Korrektorat: Axel Aldenhoven
www.axelschreibt.de

Covergestaltung: Casandra Krammer
www.casandrakrammer.de
Covermotiv: © jeffhobrath – www.Shutterstock.com
Vladvitek – www.depositphotos.com

ISBN 978-3-7579-1567-4

Herstellung und Druck über tolino media GmbH & Co. KG, Albrechtstr. 14, 80636 München. Printed in Germany.
Fragen zu Produktsicherheit an: gpsr@tolino.media.

Für Susanne, Nick und Celine.

Für meine liebe Mutter.

Ich bin sehr stolz, dass Du das Buch noch lesen konntest.

# Kapitel 1

Samstag 10. August

09:02 Uhr

»Polizeinotruf Wuppertal, guten Tag. Zurzeit sind alle Leitungen belegt. Bitte legen Sie nicht auf.«

Die Stimme. Professionell, unaufgeregt, vertrauenserweckend. Das kam erwartet.

Dudelmusik?

Er war überrascht. Eine Warteschleife beim Notruf? Das hatte er nicht bedacht. Mit solchen Anrufen hatte er nur wenig Erfahrung. Aber wer hatte die schon? Wer rief denn jeden Tag bei der Polizei an? Seine von schwarzem Gummi umhüllten Handflächen wurden feucht. Ein dünner Schweißfilm lief über seine Stirn und aufkommender Phantomschmerz ließ sein linkes Knie brennen.

Auflegen? Weggehen? Nein. Keine Optionen. Er würde diesen Anruf tätigen, weil er es tun wollte. Gut, eigentlich war es unnötig, konnte sich im Extremfall sogar zu seinen Ungunsten entwickeln, aber sein Pflichtgefühl ermahnte ihn dazu. Es war ihm wichtig.

Er ließ den Blick über den Neumarkt schweifen. Die Marktbuden waren schon seit zwei Stunden geöffnet; viele Menschen waren bis jetzt nicht zu sehen. Der Kaufhof öffnete erst in dreißig Minuten. Dann würde sich der zentrale Platz in der City von Elberfeld im Nu mit Leben füllen. Es regnete nicht, was für Wuppertal eher ungewöhnlich war, lediglich feine Tröpfchen hingen in der Luft. Zu wenig, um in Regen zu enden, gleichwohl genug für lockere Nebelfetzen. Ein typischer Samstagmorgen in der Großstadt an der Wupper.

Es klickte in der Leitung und die Realität beendete seine Gedankengänge.

»Guten Morgen. Polizei Wuppertal. Mit wem spreche ich?«

Eine neue Stimme erklang. Wieder weiblich. Signalisierte Interesse und klang freundlich. Damit hatte er gerechnet und nicht mit einer Bandansage.

»Ja, hallo. Meinen Namen möchte ich nicht nennen. Aber ich habe eine Hinrichtung gesehen. Gestern Abend.«

»Und wo haben Sie die Tat beobachtet? Von wo aus rufen Sie an?«

Rasch blickte er auf den Zettel in seiner Hand.

»Aus Wuppertal. Nein, in Wuppertal. An der Gathe«, sagte er eine Spur zu schnell, schluckte, hob die Kappe an und wischte sich über die Stirn. Spielte die Polizei auf Zeit? Begannen sie bereits, seine Position zu ermitteln? Hoffentlich nicht. Das war dann doch zu weit hergeholt.

»Warum nehmen Sie an, einen Mord gesehen zu haben?« Die Stimme der Frau klang weiterhin angenehm und routiniert. Er drehte sich um, scannte die Flächen zwischen Kaufhof und Rathausbrunnen. Versuchte festzustellen, ob jemand Interesse an seiner Person zeigte, sich ungewöhnlich verhielt. Das war nicht der Fall. Niemand sah zu ihm herüber, nicht einer wandte sich schnell ab. Eine Sirene war nicht zu hören. Noch schien alles gut.

»Ich habe gesehen, wie jemand erschossen wurde. Von zwei Männern. Genau genommen nur von einem. Aber sie waren zu zweit.«

Was war mit ihm los? Klare, präzise Sätze standen auf seinem Zettel. Warum las er sie nicht einfach ab?

Er hatte nicht vorgehabt, so lange zu sprechen. Anrufen, berichten und weg. Die besonnene Art der Polizistin verwirrte ihn. Das Vorhaben lief zusehends aus dem Ruder. Sein Knie schmerzte stärker, die Hände wurden feuchter und Schweiß sammelte sich in der Nierengegend. Das T-Shirt klebte längst am Rücken. Womöglich blieben ihm noch drei Minuten. Mehr Zeit würde die Streife nicht benötigen. Beeilung war angesagt. Er wechselte den Hörer in die andere Hand.

»Gestern Abend. Dreiundzwanzig Uhr fünfzehn. Auf einem Grundstück an der Gathe. Neben Haus 35. Zwei Mann haben auf jemanden geschossen. Ein Auto. Weißer BMW. Kennzeichen Wuppertal Martha Kaufmann zweihundert.« Die Fakten hatte er notiert und ratterte sie runter.

»Können Sie ...«, hörte er und hängte den Hörer an dem altmodischen Apparat ein. Jetzt galt es, wegzukommen. Schnell verschwinden, aber mit Bedacht. Langsam bewegen, in der nicht vorhandenen Menge untergehen. Auffällig war schon, ein öffentliches Telefon zu benutzen. Wie ungewöhnlich für heute, wo doch alle Handys hatten. Eine unterdrückte Rufnummer des Mobiltelefons würde die Polizei ermitteln können. Sogar wenn dies nicht der Fall sein sollte, eine Wette würde er darauf nicht eingehen. Die Konsequenz war: Münzfernsprecher zu benutzen, die mittlerweile aber keine Münzen mehr annahmen. Heutzutage waren die letzten Überbleibsel der handylosen Zeit Kartentelefone. Er hatte weder Bargeld noch Karten dabei, doch zum Glück war der Notruf, sei es die 110 oder 112, kostenlos. Das kam ihm zugute.

Ohne Hektik blickte er sich um. Niemand achtete auf ihn, wie er sich von der Telefonzelle entfernte und die schwarze Kappe tiefer ins Gesicht zog. Der Begriff Telefonzelle war gut. Heute waren es eher mäßig überdachte Wählplätze, keine heimeligen Zellen mehr wie in früheren Jahren. Die am Neumarkt hatte verschiedene vandalistische Attacken verhältnismäßig gut überstanden. Reste eines Telefonbuchs hingen in einer Klapphalterung und die Leitung zum Hörer war wenigstens nicht durchtrennt. Google hatte ihm geholfen, den öffentlichen Fernsprecher überhaupt zu finden. So selten waren sie mittlerweile. Hier am Neumarkt hatte einer die Mobilfunkwelle überlebt, obwohl er einen weniger belebten Platz vorgezogen hätte.

Nachdem er den Wall überquert hatte, kehrte die innere Ruhe des Jägers zurück. Die schwarzen Einweghandschuhe rollte er von den Händen, steckte sie in die Hosentasche und bewegte sich so farblos wie möglich vom Marktplatz zur Neumarktstraße. Die Handschuhe würde er später wegwerfen. Wenn schon eine Streife zum Telefon unterwegs war, würden sie keine Hinweise auf ihn finden.

Sein Auto hatte er auf dem Parkplatz hinter dem Burger King an der Aue abgestellt. Die zwei Euro Parkgebühr waren ihm die Gewissheit wert, nicht wegen Falschparkens belangt zu werden. Gelassen schlug er den Kragen des dunkelblauen Parkas hoch und verschmolz mit dem Grau der Großstadt. Für alle unsichtbar. Wie geplant.

# Kapitel 2

Samstag 10. August

09:17 Uhr

»11/35 für 11/01«, rauschte es im Funkgerät und Polizeimeisterin Katja Becker griff zum Mikrofon.

»11/35 hört«, antwortete sie routiniert und schaute zu ihrem Partner hinüber. Polizeiobermeister Philipp Kunze sah für einen Moment zu ihr, legte die Stirn in Falten, blinkte und lenkte den Streifenwagen von der Katernberger Straße in die Funckstraße.

»Was wollen die denn schon wieder? Erst heißt es, fahrt mal schnell hoch zum Ottenbrucher Bahnhof und was nun? Kehrtwende?«, grummelte Kunze.

»Mal sehen, was die jetzt mit uns vorhaben«, sagte Katja.

»Wo seid ihr im Moment?«, tönte es blechern aus dem Lautsprecher.

»Im Briller Viertel.«

»Das passt gut. Dann seid ihr ja noch nicht so weit weg. Wir haben vor ein paar Minuten einen Hinweis auf ein mögliches Verbrechen an der Gathe reinbekommen. Fahrt doch bitte mal vorbei und schaut nach, ob da was dran ist.«

»Okay. Und was soll da passiert sein?«, fragte Katja und bemerkte, wie ihr Kollege schon in die Bayreuther Straße einbog.

»Bei der Leitstelle hat jemand angerufen, der da einen Mord gesehen haben will.«

»Habt ihr eine Adresse für uns?«

»Der Zeuge hat als Tatort ein Grundstück neben dem Haus Nummer 35 genannt.«

»Alles klar. Machen wir. 11/35. Ende.«

»Wie kommen wir am schnellsten dorthin? Hoch zur A46 oder über die B7?« Zügig fuhr er die Bayreuther Straße hinunter zur Briller Straße.

»Ich glaube, die A46 ist jetzt die beste Variante«, antwortete Katja und hängte das Mikrofon zurück.

Ihr Kollege schaltete das Blaulicht ein und trat das Gaspedal des silbernen BMWs durch.

◆ ◆ ◆

»Da vorne muss es sein.« Die Polizeimeisterin wies auf einen Platz neben dem Asia-Markt.

Kunze bremste und parkte vor dem umzäunten Grundstück auf dem Gehweg. So früh am Morgen waren kaum Passanten unterwegs. Zügig wollten sie den kleinen Hof überprüfen, bevor eine Schar von Schaulustigen ihre Arbeit zu einem Highlight auf Facebook oder Instagram machte.

»Wirf mal einen Blick raus. Sieht gefährlich nach Regen aus. Hatte dein Regenradar nicht etwas anderes angezeigt?« Den Kopf schräg gelegt, spähte Kunze durch die Seitenscheibe und musterte den Himmel.

»Hey. Wir sind in Wuppertal. Bist du etwa aus Zucker? Also, auf gehts. Schauen wir uns das mal an.« Sie griff ihre Mütze und öffnete die Beifahrertür.

»Wo soll hier was sein?« Knurrend knöpfte er sich die Jacke zu und ging durch das offen stehende Tor auf den mit Kies ausgelegten Platz, der vermutlich als Parkplatz genutzt wurde.

»Hey, Philipp, schau mal. Was ist das hier?« Fragend zeigte sie auf einen rötlich schimmernden Fleck am oberen Rand des Hofs. Wie so oft war sie vorausgeeilt. Jung und motiviert, wie ihr Kollege den Tatendrang der Kollegin gerne bezeichnete.

»Du hast recht. Das könnte ein Stückchen Schädel sein.«

»Meinst du?«

»Keine Ahnung. Aber das hier sieht nach einer Hirnwindung aus.«

»Spinner. Du nimmst mich doch auf den Arm. Siehst du sonst noch was?« Mit prüfendem Blick näherte sie sich dem Ende der Parkfläche und untersuchte weiter die Oberfläche des Grundstücks. »Ob es tatsächlich Blut ist, was du da gesehen hast? Na, ich weiß nicht.«

»Ich auch nicht. Was jetzt?« Lächelnd begab er sich auf den Weg zum Streifenwagen, der mit blinkenden Blaulichtern auf dem Gehweg stand. »Melden macht frei!«

»11/01 für 11/35«, rief Kunze die Dienststelle am Hofkamp. Er hatte sich das Mikrofon gegriffen und sich gegen die offene Fahrertür gelehnt.

»11/01 hört.«

»Also. Wir haben den Hof überprüft. Es ist, genau genommen, nicht viel zu sehen. Bis auf einen eher unscheinbaren Fleck. Ob das Blut ist, kann und will ich nicht beurteilen. Dann liegen da kleine Knochenteile. Zumindest scheint es uns so. Unserer Meinung nach ist das was für die hohen Herren der Kriminalwache.«

»Gut. Machen wir das so. Ihr bleibt vor Ort und sichert alles ab. 11/01 Ende.« Er presste die Lippen aufeinander, schüttelte den Kopf und rollte mit den Augen, sodass seine Kollegin anfing zu lachen.

Dann verschwenden wir eben unsere kostbare Zeit, dachte er sich.

»Hey, Katja! Wir sollen eine Runde Objektschutz durchführen.«

◆ ◆ ◆

»Gerste«, meldete sich Kriminalhauptkommissar Frank Gerste und hoffte inständig, jemand möge sich verwählt haben. Er konnte sich zwei gute und eine Reihe weiterer Gründe vorstellen, warum ihm der Anruf ungelegen kam. Der erste würde zeitnah in Form von Regentropfen vom Himmel fallen und auf einen Besuch der Gerichtsmedizin in Düsseldorf hatte er heute gar keine Lust. Die Rechtsmedizinerin Doktor Keller war zwar immer für einen lockeren Spruch zu haben, aber manchmal musste man einfach mal die Kirche im Dorf lassen. Er warf einen Blick aus dem Fenster und festigte seine Vermutung, nach der das Städtchen mit hoher Wahrscheinlichkeit nass werden würde.

»Hallo, Frank. Patrick Hahn hier. Alles klar bei dir?«, fragte der Beamte der Kriminalwache, der den vermeintlichen Tatort aufgesucht hatte.

»Nein. Meine App und die jahrelange Erfahrung im Regental sagen mir, es wird regnen. Just in dem Moment rufst du an und willst was von mir. Das ist nie gut.« Gerste versuchte, so unfreundlich wie möglich zu sein.

»Wir sind gerade an der Gathe und haben hier aller Voraussicht nach einen Tatort für dich. Per Notruf wurde anonym ein Mord gemeldet und die Kollegen von der Streife haben einen Blutfleck gefunden. Sven ist hier bei mir und hat angefangen, die Spuren zu sichern. Er geht von menschlichem Ursprung aus.«

»Wie? Sven legt sich fest? Am Ort eines Verbrechens? Fallen heute und Ostern auf einen Tag und ich habe es vergessen?«

»Nicht wirklich, aber seiner ersten Aussage nach, sieht es tatsächlich so aus, als wenn du herkommen solltest.«

»Du scheinst genau zu wissen, wie du mir den Tag versauen kannst. Ich glaube, mit deinem Chef muss ich mal ein ernstes Wörtchen reden.«

»Ja, Chef. Ich bin ganz Ohr.«

»Also los. Gib mir schon die Hausnummer.« Ohne Begeisterung schielte er mit sorgenvollen Blicken auf die Wolkenberge, die sich über Vohwinkel auftürmten.

# Kapitel 3

Samstag 10. August

10:58 Uhr

Hallo, Patrick! Guten Morgen.« Gerste lächelte dem Beamten der Polizeiwache zu, als er aus dem Auto stieg und sich die Blicke der anwesenden Polizisten auf ihn richteten. »Was haben wir? Und ich möchte nur gute Nachrichten hören. Wenn es gleich anfängt zu regnen, werde ich sonst mit Sicherheit ungehalten.« Sein silberner VW Passat Kombi war in Wuppertaler Polizeikreisen hinreichend bekannt.

»Hallo, Frank. Auch schön, dich zu sehen.« Patrick Hahn begrüßte ihn mit festem Händedruck.

»Wo hast du mich hier nur wieder hingelockt?« Demonstrativ abgestoßen blickte er sich um. Der kleine, gekieste Platz war etwa zehn Meter breit, vielleicht zwanzig Meter lang und lag zwischen zwei Geschäftshäusern, einsam und trostlos, an der Gathe, einer Hauptverkehrsstraße in die nördlichen Bezirke Wuppertals.

»Ich nehme mal an, das soll ein Parkplatz sein. Bis jetzt hat sich aber noch niemand gezeigt, der hier parken wollte. Vielleicht ist es auch nur ein Abstellplatz. Die Flotte an Einsatzfahrzeugen lockt so früh am Morgen bestimmt keine Besucher an.«

»Haben wir etwas zum Besitzer des Platzes?«

»Ja. Das Grundstück gehört einem Baris Söner. Das hat uns der Inhaber des Asia-Ladens da nebenan gesagt.« Er deutete mit der Hand über seine Schulter. »Bis jetzt haben wir ihn aber noch nicht erreichen können.«

»War das Tor verschlossen, als die Kollegen von der Streife gekommen sind?«

»Keine Ahnung. Aber die Kollegen sind noch vor Ort. Fragen wir sie doch einfach.« Zusammen gingen sie auf Polizeiobermeister Kunze zu, der mit seiner Kollegin den Zugang zum Hof sicherte.

»Hey, Philipp, das ist Kriminalhauptkommissar Frank Gerste. Er leitet jetzt die Ermittlungen. Sag mal, wie habt ihr das Tor vorgefunden, als ihr vorhin angekommen seid?«

»Guten Morgen. Das Tor stand offen«, antwortete Kunze und sah zu seiner nickenden Kollegin hinüber.

»Habt ihr beim Eintreffen jemanden gesehen?«, wollte Gerste wissen.

»Nein. Komischerweise war kein einziges Auto auf dem Platz. Das hat uns schon etwas gewundert«, erklärte Katja.

»Warum war das seltsam?«, fragte Gerste weiter.

»Na ja. Wir fahren hier öfter vorbei und meist herrscht großer Trubel. Die Moschee ist ja gleich da vorne.« Kuntze zeigte auf das Minaretts, das zwei Häuser weiter zu sehen war. »Und vorhin war hier absolut nichts los. Total ungewöhnlich für diese Zeit.«

»Danke für die Information.« Rasch drehte Gerste sich um und ging auf den Hof zurück. Etwas verwundert über das plötzliche Ende des Gesprächs folgte Hahn ihm.

»Hallo, Frank«, rief Eisenberg, als er die beiden Polizisten auf sich zukommen sah.

»Hi, Sven. Alles klar? Du überraschst uns mal wieder, habe ich läuten hören.« Ein dünnes Lächeln begleitete den Versuch, einen lockeren Spruch in Richtung des KTU-Mitarbeiters zu platzieren. »Pack nur nicht zu viel von dem Zeug hier ein. Du willst doch heute irgendwann mal nach Hause, oder?«

»Ja, das wäre mal was. Nur halten deine Jungs mich ja mit Vorliebe am Wochenende auf Trab«, antwortete Eisenberg.

»Meinst du etwa, ich bin freiwillig hier? Also los, was hast du für mich?«

»Okay. Verzichten wir mal auf den üblichen Small Talk am Samstagmorgen. Wir haben hier einen kleinen Blutfleck gefunden. Ist menschlichen Ursprungs. Das kann ich mit Sicherheit sagen. Blutgruppe A positiv. Nicht unbedingt die seltenste aller Möglichkeiten, wie du weißt.«

Mit wischenden Bewegungen deutete er auf einen ausgewaschenen Fleck am Boden. »Ist nicht mehr viel da, aber für die Blutgruppenbestimmung hat es gereicht. Dann habe ich noch einige Knochensplitter gefunden. Die stammen mit hoher Sicherheit von einem Schädel. Dazu lose Haare und etwas Hirnmasse. Wenn also die Aussage des Zeugen stimmt, dann hast du hier einen Tatort.« Süffisant konterte er Gerstes Anfangsbemerkung. »Viel Spaß. Immerhin hast du ja auch schon Fälle mit noch weniger Spuren gehabt.«

»Habt ihr ein Projektil gefunden?«

»Bis jetzt nicht.«

»Gut. Patrick, dann übernehmen wir jetzt hier«, sagte Gerste zum Kollegen der Polizeiwache. »Und kauf meiner Frau einen Strauß Blumen für den versauten Samstag.« Sein Blick schweifte über den Hof und stoppte bei einer jungen Frau. »Guten Morgen, Corinna! Da bist du ja.« Wieder verzichtete er auf Geplänkel. »Wie sieht es aus? Was haben wir?«

Corinna unterbrach die Unterhaltung mit einem Beamten der KTU, der sich gerne von der attraktiven Brünetten hatte davon abhalten lassen, Kieselsteine und Teerstücke in Beweisbeutel zu packen. Lässig konterte sie Gerstes Blicke, klappte ihr iPad auf und wartete grinsend.

»Na ja, nicht viel, wenn man es genau nimmt.« Weiter lächelnd hielt sie ihm einen leeren weißen Bildschirm entgegen. »Aber das kommt schon noch. Wie immer. Soll ich den Rest der Truppe zusammenrufen?«

»Nein, wir fahren nicht gleich die große Nummer auf, bevor wir eine Idee haben, was hier überhaupt passiert ist.« Ruckartig drehte er sich zu Hahn um, der sich ungewollt versteifte.

»Habt ihr ein Protokoll von dem anonymen Anruf?«

»Ja, habe ich bereits an Corinna geschickt«, antwortete er erleichtert.

»Dann schau dir das mal an«, sagte er, an seine Kollegin gewandt. »Und schick mir bitte eine Kopie aufs Handy.«

»Zu Befehl«, entgegnete sie und ließ ihre Finger über die virtuelle Tastatur fliegen. »Sollte jetzt bei dir sein.«

»Du bist göttlich.« Er schmunzelte. »Gib mir mal ne Kurzzusammenfassung, was der Zeuge gesehen haben will.«

»Nun, gestern Abend gegen dreiundzwanzig Uhr hat er beobachtet, wie hier auf eine Person geschossen wurde. Dann hat er von zwei Tätern gesprochen und einen weißen BMW beschrieben. Das Kennzeichen haben wir auch.«

»Na schau mal an. Solche aufmerksamen Bürger hätten wir gerne öfter, was?« Anerkennendes Nicken leitete die nächste Frage ein. »Und wieso hat er den Anruf anonym gemacht?«

»Wenn ich das wüsste, hätte ich es dir gesagt.«

»Nicht so keck, junge Frau und damit du nicht übermütig wirst, check doch mal, was die Halterabfrage ergeben hat?«

»Geht klar«, kam flugs zurück. Corinna Meier, Oberkommissarin und seit zwei Jahren Gerstes Assistentin, nahm ihr Handy aus der Jeans.

»Gibt es Zeugen?«, richtete Gerste die Frage an Hahn.

»Bis auf den Anrufer keinen und den kennen wir ja nicht mal. Hier ist freitagabends aber nicht so viel los. Erst recht nicht bei dem Wetter, was wir im Moment haben.«

»Nicht gut. Ihr könnt dann fahren, wenn ihr fertig seid. Danke für die Arbeit.« Mit einem kurzen Gruß beendete er das Gespräch und wandte sich nach einer Denkpause an seine Kollegin. »So, Corinna, wie würdest du denn jetzt vorgehen?«

»Oh, meine Meinung ist gefragt.« Keck pustete sie eine Haarsträhne aus dem Gesicht. »Nun. Wir wissen erschreckend wenig. Aber der Halter des Wagens ist ein gewisser Max Kazim. Und wie der Zufall so spielt, wohnt der hier gleich um die Ecke. Wiesenstraße 99. Kann man fast zu Fuß hinlaufen.« Da keine Reaktion kam, redete sie weiter. »Und weil ich Fragen erahnen kann, habe ich direkt eine Personenabfrage gemacht. Max Kazim. Fünfunddreißig Jahre alt, Deutscher, zwei Vorstrafen wegen Körperverletzung und eine aufgrund eines Drogendelikts. Ein netter Zeitgenosse also.«

»Werten Sie etwa, Frau Meier? Oder war das eine rein neutrale Berichterstattung?« Bei tadelnden Bemerkungen siezte er sie gerne.

»Das war eine objektiv bewertete Feststellung, für die mir das Land Nordrhein-Westfalen eine ungenügende Menge Geld pro Monat auf mein Konto überweist.«

»Wo hast du den Spruch denn gelesen? Komm, wir statten diesem Herrn Kazim mal einen Besuch ab.«

»Zu Fuß oder mit dem Wagen?«

»Wenn du tatsächlich glaubst, ich würde die Wiesenstraße bei dem Wetter zu Fuß hochlaufen, dann sollte ich mich um eine neue Mitarbeiterin bemühen«, entgegnete er und drehte sich zu Eisenberg um, der das neckische Spiel interessiert verfolgt hatte. »Wir sind weg. Sobald ihr fertig seid, könnt ihr das hier freigeben. Okay?«

Der KTU-Beamte streckte den Daumen hoch.

# Kapitel 4

Freitag 09. August

22:58 Uhr

»Hey, Hirte. Raus jetzt aus der Karre. Und mach voran.« Ben Richter griff mit seiner Pranke nach dem schmächtigen Mann. »Wir haben nicht den ganzen Tag Zeit.«

Daniel Hirte, ein kleinkrimineller Drogendealer, versuchte, sich an den Kopfstützen festzuhalten. Es gelang ihm nicht. Der bullige Bodybuilder zog an seinem Hoodie, bis er von der Rückbank rutschte und drückte ihn gegen den weißen BMW.

Das Auto stand auf einem spärlich beleuchteten Parkplatz an der Gathe und war von der Straße schwer zu sehen. Den Abstellplatz benutzten die beiden Schläger Max Kazim und Ben Richter öfter, um ihren Forderungen gegenüber uneinsichtigen Mitbürgern Nachdruck zu verleihen. Der Hof lag zwischen zwei Geschäftshäusern, die nach Geschäftsschluss nicht mehr besucht wurden, und war damit ideal geeignet für ihre intensiven Plauderstunden.

»Was hast du dir nur dabei gedacht, so einen auf dicke Hose zu machen? Irgendwann musste der Boss doch sauer werden«, stellte Richter fest und legte seinen Arm freundschaftlich um Hirte.

»Hör mal, Daniel. Wir sind doch alte Freunde.« Vertrauensvoll tätschelte er dem Gegenüber die Wange. »Mit uns darfst du über alles reden.«

Dann zog er den Arm von der Schulter und zündete sich eine Zigarette an. Mit Inbrunst sog er den Tabakqualm in sich hinein und hielt Hirte die Packung hin. »Willste auch eine? Ich habe heute meinen großzügigen Tag.«

»Ich habe nichts getan«, stammelte der Mann und schüttelte eingeschüchtert den Kopf. »Das musst du Edgar sagen.«

»Na, dann eben nicht.« Richter legte seinen Glimmstängel auf das Autodach, drehte sich um und schlug brutal zu. Schnell, hart und unerwartet, direkt in den Magen. Hirte krümmte sich, schrie aber nicht, stöhnte verhalten und hielt sich die Hände, in Erwartung weiterer Hiebe, schützend vor den Körper. Der Faustschlag hatte ihn völlig überrascht. Stoßweise sog er die kalte Luft in die Lungen und hustete ein paarmal. Dann richtete er sich mühsam wieder auf, sah den Schläger an und pumpte Kohlendioxid in den Nachthimmel. »Puuuuuh!«, stieß er hervor, schloss die Augen und versuchte, den Tränenfluss zurückzuhalten.

Diesen Moment nutzte Richter, holte aus und schlug ein zweites Mal zu. Wieder mit großer Wucht in den Bauch. Diesmal stöhnte sein Opfer laut auf, spuckte Speichel auf den Asphalt und sank auf die Knie. Erste Tränen rannen über sein Gesicht.

»Komm raus, Max«, rief Ben seinem Kumpel zu, der entspannt auf dem Fahrersitz saß und mit dem Handy spielte. »Pack mal mit an. Das macht doch ohne dich keinen Spaß.«

»Du schaffst aber auch gar nichts alleine, was?« Kazim öffnete die Tür. »Muss ich dir mal wieder zeigen, wie es richtig geht?« In aller Ruhe drückte er die Tür auf, schwang die Beine auf den Kies und reckte die Arme in den Nachthimmel. Dann umrundete er den BMW und kramte ein Zippo-Feuerzeug aus der Jackentasche hervor. Es klackte und die Flamme loderte auf. Die Zigarette in seinem Mund knisterte, als der Tabak Feuer fing. Feine Ringe stiegen empor, als er dem kauernden Mann kräftig von der Seite in die Rippen trat. Grausig lautes Knacken hatte einen lang gezogenen Jammerlaut zur Folge und Hirte sackte in sich zusammen.

»Wenn ich bis drei gezählt habe, bist du wieder oben, klar?«, sagte Kazim und genoss den Weg des Rauchs durch seine Lungen. »Drei.«

Mühsam richtete sich Hirte auf und lehnte sich an den BMW. Mehrmals pumpte er Sauerstoff in sich hinein. Sein Brustkorb hob und senkte sich langsam. Das Atmen strengte ihn merklich an. Zaghaft tastete er nach Verletzungen. »Was wollt ihr denn von mir?«, presste er leise heraus.

»Ist er nicht drollig?« Kazim zog an der Zigarette. »Was wir von dir wollen? Bist du dumm oder nur dämlich? Na ja. Die hellste Kerze auf der Torte warst du ja nie.«

»Ich habe nicht geredet, wenn ihr das meint.«

»Also doch dämlich«, stellte Richter fest und schlug Hirte ein weiteres Mal in den Magen. Bevor der Dealer auf dem Boden zusammenbrach, stützten ihn die Männer.

»Der Boss hat dich zweimal gewarnt. Aber du musstest deine große Klappe ja aufreißen.«

»Hey. Das könnt ihr nicht machen. Wir sind doch Freunde.«

»Ach nein? Was können wir nicht?« Weitere Ringe strebten zum Himmel. »Du musst nur sagen, mit wem du über den Plan gesprochen hast? Dann sind wir zufrieden.«

Seine Stimme klang mitfühlend. Er stellte sich vor sein Opfer, holte aus und schlug ihm mitten ins Gesicht. Der Faustschlag brach Hirte die Nase. Jetzt sackte er in sich zusammen und versuchte, das Blut zu stoppen, das auf seine Hände lief.

»Beim Boss hast du voll verschissen. Der ist echt sauer auf dich«, rief Richter vorwurfsvoll.

Gemeinsam zogen sie den stöhnenden Hirte wieder auf die Knie. Der Drogendealer schaute die beiden Schläger an. Die Angst stand in seinen Augen, als er die Tränen wegwischte.

»Ich habe wirklich nichts gesagt. Zu niemandem.« Speichel rann aus seinen Mundwinkeln. »Glaubt mir doch bitte.« Wenig mehr als ein Flüstern kam nicht über seine Lippen und Blut tropfte auf den Asphalt.

»Klar. Da hat uns Mario aber was anderes erzählt? Der ist direkt in die Pizzeria gelaufen und hat meinem Bruder brühwarm mitgeteilt, er wolle auch mitmachen. Edgar war megasauer«, höhnte Kazim.

»Das war doch nur einmal«, wimmerte Hirte. »Und ich tue es bestimmt nicht wieder, das schwöre ich euch.«

Kopfschüttelnd entfernte sich Kazim ein paar Meter vom Auto. »Daniel, Daniel, Daniel. Was sollen wir nur mit dir machen?« Dann drehte er sich um, warf die Zigarette auf den Boden und trat sie aus.

Anklagend stemmte er die Hände in die Seite. »Gib ihm mal etwas Nachhilfe.«

Wie befohlen zog Richter den jammernden Hirte zu sich und schlug ihn kompromisslos mit einer Rechts-Links-Kombination zu Boden. Jetzt floss Blut aus den Platzwunden. Das wimmernde Opfer malträtierte er eingehend mit Fußtritten. Dann trat er einen Schritt zurück und schaute auf Hirte hinunter, der in Embryonalstellung vor ihm lag, dass Gesicht durch die Arme geschützt. Emotionslos bückte er sich, griff die Schultern und zerrte ihn wieder auf die Knie. Mit rasselndem Atem verharrte der Gepeinigte und bemühte sich, die Tränen aus den Augen zu wischen.

Zufrieden mit seiner Entscheidung lehnte sich Kazim an den BMW und zündete sich eine neue Zigarette an. »Lass ihn mal kurz Luft holen. Ich ruf den Edgar an und frag nach, was wir mit der Made machen sollen.«

»Hey, Daniel, greif zu.« Richter streckte dem röchelnden Mann den Arm entgegen. Hoffnung schöpfend ergriff Hirte die ausgestreckte Hand. »Alles wird gut.«

Rasch drückte Richter den Unterarm gegen seinen Oberschenkel und brach ihm mit einer fließenden Bewegung Elle und Speiche. Es krachte hörbar. Zufrieden registrierte er, wie Hirte aufschrie, nachdem der den unnatürlich hängenden Teil seines Arms bemerkt hatte. Durch einen gezielten Tritt an die Schläfe verstummten die Schreie. Wie ein nasser Sack sank der Gepeinigte auf den Boden.

Kurzzeitig legte sich Stille über den Hof.

Lässig zog Kazim sein Handy aus der Hosentasche, wählte und schnippte dabei die Asche seiner Zigarette auf das blutende Opfer.

»Ja, Max hier. Wir haben bei Daniel wie gewünscht etwas angeklopft.« Abschätzend sah er auf den bewusstlosen Mann hinunter und schüttelte angewidert den Kopf. »Der schwört, er hat mit keinem außer Mario gesprochen. Wie geht es jetzt weiter?«

»Leg ihn um«, hörte er Edgar Wüst sagen. Mehr nicht. Die Verbindung wurde getrennt.

Wie ein Roboter ging Kazim zum Auto zurück, zog seinen Zeigefinger einmal quer über seinen Hals und sah, wie sein Kumpel die Geste mit einem Nicken quittierte. In aller Seelenruhe setzte er sich auf den

Beifahrersitz, öffnete das Handschuhfach und entnahm eine silberne Pistole, an deren Lauf er einen Schalldämpfer schraubte. Routiniert überprüfte er das Magazin und lud die Waffe durch.

»Pech für dich«, sagte er, als er wieder vor dem Opfer stand, das Richter durch intensives Zureden mit der flachen Hand aufgeweckt und zum letzten Mal auf die Knie gezogen hatte. »Du warst kein übler Kerl.«

Er setzte ihm die Pistole auf die Stirn und drückte ohne Regung ab.

# Kapitel 5

Freitag 09. August

23:12 Uhr

Michael Friedensfurt fiel es schwer, den Blick wieder auf die Straße zu richten, auf der er mit seinem dunkelgrünen Land Rover Defender fuhr. Hatte er soeben geträumt oder war da tatsächlich ein Mann erschossen worden? Er wischte sich die nicht vorhandenen Haare aus dem Gesicht und spürte Schweiß auf der Stirn. Nein, war er sich sicher. Ein Irrtum nahezu ausgeschlossen. Er wollte wieder zu dem Hof schauen, hatte sich aber schon zu weit entfernt. An der Ampel Wiesenstraße musste er halten. Rot. Dadurch hatte er ein wenig Zeit abzuwägen, was er tun sollte. Umkehren? Zu zwei Killern und einer Leiche? Keine ausgesprochen überzeugende Idee. Einfach weiterfahren? Das war die naheliegendste Möglichkeit, um über das nachzudenken, was er gesehen hatte, oder glaubte, bemerkt zu haben.

Gut, riss er sich zusammen. Zweifellos hatte da ein weißer 3er-BMW gestanden. Was war mit dem Kennzeichen? W – klar. Nicht überraschend in Wuppertal. Die Gathe wurde ja die ganze Nacht beleuchtet. Der Hof war klein, ein wenig düster gewesen, aber seine Brille dafür neu und makellos. W – MK zweihundert. Die Zahlen konnte er sich problemlos merken. Sein Nummernschild endete ebenfalls auf diese Zahlen. So weit, so gut. Er zog sein Handy aus der Tasche und natürlich flutschte es ihm aus den Fingern. Musste das immer passieren, wenn man es so gar nicht brauchen konnte, schimpfte er mit sich und tastete hektisch den Fußraum ab, während sein Blick auf der Ampel ruhte. Neben dem Gaspedal wurde er fündig und lehnte sich etwas entspannter in den Sitz zurück. Der erste Versuch, das Handy zu entsperren, misslang.

Natürlich, was auch sonst. Genervt wischte er Finger und Telefon an seiner Hose ab. Erneut legte er den Daumen auf die kreisrunde Fläche und sah die bunten Apps aufleuchten. Puh, schalt er sich. Bleib ruhig! Es besteht kein Grund, nervös zu werden.

»Hey Siri«, sagte er und bekam ein Ping als Antwort. »Schreib bitte eine Notiz. W-MK 200.«

Die Ampel sprang von Rot auf Gelb, dann auf Grün und die zwei Autos vor ihm fuhren los.

Hatte der wirklich geschossen oder hatte das nur so ausgesehen? Angestrengt schaute er in den Rückspiegel und sah kein Auto hinter sich. Gut. Der Mann hatte neben dem BMW gekniet. Darauf würde er schwören. Der Schütze hatte daneben gestanden, die Waffe an den Kopf des Opfers gehalten und dann war dieser wie ein nasser Sack umgefallen. Gehört hatte er nichts. Das war bei dem Laufgeräusch des Defenders mit seinen Mud-Terrain-Reifen nicht verwunderlich. Aus dem Grund verzichtete er immer öfter aufs Telefonieren und tippte lieber Nachrichten.

Was für eine andere Erklärung als eine Hinrichtung konnte es dafür geben? Keine. Hatte er also einen Mord beobachtet? Na ja, ein Treffen unter Freunden war das nicht gewesen. Die hatten den Typ einfach so abgeknallt, wie man es aus Mafiafilmen kannte. Knarre an den Kopf, letzte Worte, bumm und um.

Der Land Rover glitt wie auf Schienen dahin. Es fiel ihm schwer, sich auf den Verkehr zu konzentrieren, und er rief die fahrtechnischen Fähigkeiten routinemäßig ab. An der Shell-Tankstelle am Uellendahler Viadukt musste er kurz stoppen. Wieder hatte er eine rote Ampel erwischt. Noch fünf weitere, und er würde oben am Dönberg sein. Vielleicht war die eine oder andere um die Zeit schon abgeschaltet. Automatisiert fuhr er an, folgte der Straße hoch zum Autohaus Schultz.

Musste er die Polizei anrufen? Und wenn da nichts gewesen war? Wenn er sich geirrt hatte? Dann würde er heute nicht mehr auf die Jagd gehen, so viel war klar.

Gestern Abend oder am frühen Morgen hatten die Sauen die Wiese am Mutzberger Weg umgepflügt. Der Wildschaden würde zweihundert bis zweihundertfünfzig Euro betragen. Für eine Nacht war das 'ne ordentliche Stange Geld. Deswegen hatte er Carsten Brehmer, dem Revierpächter oben am Dönberg, auch sofort zugesagt, als der angerufen hatte und wissen wollte, wer Zeit zum Ansitzen hatte. Freitagnacht, heller Mond, mäßiger Nordwind und die Aussicht auf Sauen, die am Abend zuvor gebrochen hatten. Besser ging es kaum. Manche der Kirrungen waren angenommen worden. Er würde gerne mehr dieser Lockfütterungen installieren, aber das Jagdrecht schloss es leider aus.

Ach, da war nichts, beschwichtigte er seine Gedanken. Du hast dich geirrt. Hey, wir sind in Wuppertal und nicht in Neapel. Das wird einen ganz banalen Grund gehabt haben und hat nur blöd ausgesehen. Er fuhr weiter.

Heute hatte er die Schrottkanzel ausgewählt. Es war fast windstill, insofern passte alles. Es lenkte ihn vom Geschehen an der Gathe ab. Wenn da wirklich etwas gewesen war, dann hätten das andere doch auch gesehen. Das Handy steckte weiterhin im Flaschenhalter. Er nahm es, entsperrte es und tippte die 110 ein. Sein Daumen kreiste über dem grünen Hörersymbol. Was für Möglichkeiten blieben ihm? Anrufen oder nicht? Welche Konsequenzen kamen auf ihn zu, wenn er anrief? Welche, wenn nicht? Würde er sich strafbar machen? Für und Wider rotierten in seinem Kopf, und als er die Bushaltestelle Raukamp passierte, schaltete er das Mobiltelefon aus.

Hier war nicht mehr viel los. Nicht verwunderlich um dreiundzwanzig Uhr. Wer wartete um diese Zeit noch auf den Bus? Im Rückspiegel tauchten Scheinwerfer auf. Weit weg. Niemand folgte ihm.

Seine Erinnerung verblasste zunehmend. War das zweifelsfrei ein Mann gewesen, der da gekniet hatte? Oder eine Frau? Nein, keine Frau. Da war er sich sicher. Und er hatte zwei Täter gesehen. Der eine hatte geschossen und der andere unbeteiligt zugeschaut.

»Hey Siri.« Der Sprachassistent reagierte sofort und aktivierte das Handy. Vor ein paar Wochen hatte ihm seine Tochter Marie diese Funktion gezeigt. Was es nicht alles gab. Peinlich war nur dies von einer Achtjährigen zu lernen. »Bitte lege eine Notiz an. Mann, über dreißig, etwa eins neunzig groß, nee, etwas kleiner, dunkle Haare, bulliger Typ, schwarze Jacke. Das war der Kerl, der abgedrückt hat.« Er machte eine Pause.

Wie bizarr das gewesen war. Im schummrigen Licht der Straßenlaternen hatte das Opfer auf dem Boden gekniet, der Schütze hatte die Waffe auf den Kopf gerichtet und dann brach der Schuss. Da war er sich ganz sicher. Nein, er hatte sich nicht getäuscht. Langsam sprach er weiter.

»Neue Notiz. Mann, Mitte dreißig, über eins achtzig groß, kräftig, Bodybuilder, Schlägertyp. Haare ... keine Ahnung, rote Bomberjacke.« Als er in die Horather Schanze einbog, legte er das Handy weg. Mehr konnte er jetzt nicht tun. Morgen früh würde er bei der Polizei anrufen und fragen, ob was an der Gathe passiert war. Nun galt seine Aufmerksamkeit erst einmal der Jagd.

Gleich würde er auf die Schrottkanzel gehen, eine seiner Lieblingshochsitze hier oben. Sie lag schön vor einem kleinen Waldstück und gewährte eine faszinierende Aussicht über ein langes Tal. Die Wohnsiedlungen am nördlichen Uellendahl waren nachts ein Lichtermeer. Manchmal saß er stundenlang nur da und genoss den Anblick. In solchen Momenten rückte die Jagd in den Hintergrund.

Der Hochsitz trug den Namen seiner Meinung nach zu Unrecht. Sie war weder aus Schrott gebaut, noch in irgendeiner Weise baufällig, höchstens etwas in die Jahre gekommen, aber stabil und sicher. Ein klarer Schwachpunkt war der dämliche Drehstuhl auf der Kanzel. Der quietschte und eierte, was das Zeug hielt. Wenn Wild im Anblick war, half nur sofortige Schockstarre. Den sollte man beizeiten mal ölen.

Was hatte Carsten gesagt? Wer war außer ihm heute draußen? Am Dreiländereck saß Florian. Der Hochsitz war erst vor ein paar Wochen aufgestellt worden und somit begehrt. Er selbst hatte schon ein paarmal da gesessen und dabei einen Dachs erlegt. Walter hatte wie immer den Königssitz in Beschlag genommen. Irgendwie war der ihm ans Herz gewachsen. Lag ja auch klasse da am Waldrand und meistens hatte man seine Ruhe, sah man mal von den Reitern ab, die gelegentlich mutwillig die Idylle störten. Die Hundertwasser hatte Ingo ausgewählt. Warum die Kanzel den Namen bekommen hatte? Er konnte sich nicht mehr erinnern. Vielleicht wollte Ingo Maler werden, dann würde das ja passen.

Am Dönberg waren um diese Uhrzeit die Bürgersteige längst hochgeklappt. Die Gebäude der Freiwilligen Feuerwehr tauchten aus dem Dunkel auf, an der Imbissbude brannte nur die Außenbeleuchtung und zwei Autos standen davor. Das war alles. Trostlos für einen Freitagabend dachte er sich und rauschte zügig durch den kleinen Stadtteil, ohne auf die Lichter zu achten, die ihm folgten.

# Kapitel 6

Samstag 10. August

12:10 Uhr

»Links oder rechts?«, fragte Gerste und stoppte den silbernen Passat an der Einmündung.

»Rein gefühlsmäßig würde ich links abbiegen. Hätte zusätzlich einen charmanten Vorteil. Wir müssen nicht in die Einbahnstraße fahren«, antwortete Corinna.

»Dann vertraue ich mal der weiblichen Intuition.« Er bog nach links in die Wiesenstraße ein.

»Besser wär das. Ist ja nicht deine beste Idee gewesen, über den Höchsten zu zuckeln.« Dem gespielten Meckern schickte sie ein Grinsen hinterher. »Dadurch haben wir ja nur eine klitzekleine Ehrenrunde gedreht. Kommt vor, wenn man in Vohwinkel wohnt, was?«

»Und welche Route hätten Sie gewählt, Frau Oberschlau?«

»Das hat mit oberschlau nichts zu tun, sondern eher mit profunder Ortskenntnis. Ich wäre die Gathe hochgefahren, und über die Mirkerstraße ruckizucki genau hier rausgekommen.«

»Und welchen Vorteil hättest du davon gehabt?«

»Wir wären schon vor 'ner halben Stunde hier gewesen.« Cool lehnte sie sich im Sitz zurück und trommelte mit den Fingern auf die Handauflage der Autotür.

»Halt mal die Luft an. Das war rein taktisches Fahren von mir. Kommt direkt nach dem Intuitiven. Beherrschen nur Männer, weißt du? Welche Hausnummer war das doch gleich?«

»99. So, da ist die 105. Mach mal langsamer. Da vorne. Die 99.« Sie zeigte auf das Haus auf der linken Straßenseite.

»Und wo parken die Leute hier?«

»Keine Ahnung. Die brauchen hier vor allem eine Engelsgeduld und legen sich dann die Straßenverkehrsordnung großzügig aus.«

»Wenn ich mir den schwarzen Opel da vorne anschaue, würde ich den am liebsten abschleppen lassen. Der Polo da kommt doch im Leben nicht aus der Parklücke heraus.«

»Hier oben musst du eben kreativ parken und morgens schnell wieder weg sein. Ich hatte mal einen Freund, der hat ein paar Häuser weiter gewohnt. Da war jeden Abend epische Suche angesagt.«

»Jetzt hab ich die Faxen aber dicke. Komm, wir stellen den Wagen da auf den Hof. Wenn das jemand stört, soll er doch Männchen machen.« Kurz entschlossen lenkte Gerste den Passat auf einen eingezäunten Hof und stellte das Auto in einer markierten Bucht ab.

»Das Parkverbotsschild hast du aber gesehen, ja? Wenn du Pech hast, schleppen die dich hier ratzfatz ab.«

»Den Kollegen möchte ich sehen, der sich traut, meinen edlen Passat abzuschleppen.«

»Das nennt man Behördenwillkür in Tateinheit mit Amtsmissbrauch, Herr Gerste.«

»Du kannst mich ja melden, wenn du magst. Ich glaube, da sind noch etliche Meter Akten im Keller, die darauf warten, eingescannt zu werden. Hast du Interesse?«

Sie stiegen aus und liefen über die Straße auf ihr Ziel zu. Das Gebäude war im klassischen Gründerzeitstil errichtet: mit Ornamenten verzierte Fassaden und hohen Fenstern. Ein Haus wie viele andere in der Nordstadt. Ein Durchgang führte zu einer Werkstatt auf dem Hof. Sechs Klingeln waren neben der Haustür zu sehen.

Rasch drückte sie auf den Knopf mit der Aufschrift 'Kazim' und wartete. Nach zwanzig Sekunden klingelte sie erneut.

Wieder keine Reaktion. Angesäuert trat sie auf den Gehweg zurück und schaute mit Gerste gemeinsam hoch zu den Fenstern.

»Offensichtlich ist unser Freund nicht da. Kann ja vorkommen. Obwohl ich bei dem Wetter lieber vor dem Fernseher sitzen würde, als hier rumzulaufen.« Corinna blickte zu ihrem Kollegen und überquerte die Fahrbahn.

»Ich glaube nicht, dass wir sein Auto hier zufällig finden. Wenn er denn überhaupt da ist.« Prüfend schaute sie die Straße entlang, drehte sich um und zuckte mit den Schultern. »Schreiben wir die Karre zur Fahndung aus. Was meinst du?«

»Sehe ich genauso. Kümmer dich mal drum. Dazu gleich eine nach dem Kazim hier und sag bitte den anderen Bescheid. Montagmorgen, acht Uhr, Teambesprechung. Soll ich dich irgendwo absetzen? Wo ich mich doch jetzt so gut hier auskenne.«

# Kapitel 7

Samstag 10. August

16:08 Uhr

»Nicht schon wieder du. Mensch, Patrick.« Nach intensivem Ringen zwischen seinem Pflichtgefühl und der Freude an Bundesligafußball hatte Gerste doch noch zum Handy gegriffen. »Es ist Samstagnachmittag. Dass du mich vorhin fast in den Regen geschickt hast, sei dir verziehen. Aber jetzt brauchst du etwas deutlich Besseres, wenn du dir mein Wohlwollen weiterhin sichern willst.«

»Was habe ich nur verbrochen, dass immer ich dich informieren muss?«, fragte Hahn.

»Das frage ich mich auch ... komm, mach hin!« Unvermittelt sprang er aus dem Sessel und reckte die Arme in die Luft. »Mann, schieß doch, du Depp!«

»Ich soll was?«

»Ach, nicht du. Diese Pflaume von Stürmer kostet mich irgendwann den letzten Nerv.« Enttäuscht sank er zurück ins weiche Leder. »Patrick? Bist du noch dran?«

»Aber sicher doch.«

»Weswegen hast du nochmal angerufen? Und verlang bloß nicht von mir, mein trautes Heim schon wieder zu verlassen.«

»Noli necare nuntium«, antwortete der Polizist.

»Ich verstehe nur Bahnhof. Hab ich euch nicht in ellenlangen Monologen beizubringen versucht, wie eine ordentliche Meldung auszusehen hat?«

»Das war Latein und bedeutet: Töte nicht den Überbringer der Nachricht.«

»Muss ich jetzt erst meine Asterix-Bände aus dem Keller holen, um zu begreifen, was du mir sagen willst oder kommst du auch so zur Sache?«

»Wir haben den weißen BMW entdeckt.«

»Ihr habt was?«, fragte er unaufmerksam. Seine Konzentration galt weiter dem Geschehen auf der Mattscheibe.

»Weißt du noch? Vorhin an der Gathe? Der Tatort? Wir haben das vermisste Auto gefunden.«

»Na super. Hätte diese Information nicht bis Montag Zeit gehabt? Es läuft gerade die Bundesliga-Konferenz. Ist dir sicher bekannt«, sagte er ungehalten. Alle Kollegen wussten, der Samstagnachmittag war der denkbar ungeeignetste Zeitpunkt, ihn zu stören.

»Leider nein. Es sei denn, es interessiert dich nicht, dass wir eine Leiche im Kofferraum entdeckt haben.«

»Was für eine Leiche in was für einem Kofferraum, verdammt noch mal?«

»Habe ich doch eben gesagt. Wir haben den weißen BMW von Max Kazim gefunden.«

»Och ne. So ein Mist. Hätte das nicht drei Stunden später passieren können? Wo?«

»Auf dem Parkplatz neben dem Fußballplatz. Adresse ist: Am Dönberg 48.«

»Okay. Ich komme.« Missmutig warf er einen letzten, wehmütigen, Blick auf den Flatscreen seines Fernsehers und pfefferte die Fernbedienung auf das Sofa. »Warum immer samstagnachmittags?«

◆ ◆ ◆

»Hallo, Frank! Sei nicht sauer auf Patrick. Er kann ja nichts dafür. Ich habe beim Knobeln gewonnen und er musste dich anrufen«, rief ihm Corinna zu, als er aus dem Auto stieg. »Immerhin sind wir hier doch an einem Fußballplatz. Ist also nicht ganz so schlimm, oder?«

»Was haben wir? Kurzfassung reicht.« Das war seine Standardformulierung für ungewollte Tatortbesuche zur Bundesligazeit.

»Okay. Der Platzwart hat uns angerufen. Ein Besucher war hier, um sich ein Spiel anzuschauen, und hat mit seinem Auto den weißen BMW da beim Einparken gerammt.« Mit einer Kopfbewegung deutete sie auf ein Auto, um das sich eine Menschentraube gebildet hatte. »Und weil er keine Fahrerflucht begehen wollte, …«

»Kurzfassung, Corinna.«

»Ja, ja. Also, der Platzwart hat den Unfall gemeldet. Eine Streife ist vorbeigefahren, hat sich das angeschaut und geprüft, ob das Auto zur Fahndung ausgeschrieben ist. Was der Fall war. Vor Ort wollten sie den Wagen dann sicherstellen. So weit, so gut. Als der BMW auf den Abschleppwagen gehoben werden sollte, sprang der Kofferraumdeckel auf und eine Leiche hat die Kollegen angelacht. Bildlich gesprochen natürlich.« Gemächlich strich sie sich eine Strähne aus dem Gesicht. »Wie es dann weitergegangen ist, kannst du dir ja vorstellen. Polizeiwache ruft mich an und am Telefon hat Patrick beim Knobeln verloren. Ergo musste er dich anrufen.«

»Siehst du? Geht doch! Kurz und knapp. An der Präzision arbeiten wir noch.« Er zwinkerte ihr zu. »Hast du die KTU schon gerufen?«

»Ja. Sven ist unterwegs. Der war besonders angetan, weil ich ihn mitten aus einem Date mit seiner neuen Flamme geholt habe.«

»Dann ist die Leiche noch im Kofferraum?«

»Klar. Die holen wir nicht einfach so raus. Wo denkst du hin?« Schnell hob sie abwehrend beide Hände und schob eine imaginäre Schuld von sich. »Ich will Sven doch nicht explodieren sehen.«

»Okay. Was ist mit dem Fahrer des Abschleppwagens? Haben wir den Namen?«

»Ja, ein gewisser Ingo Kohler. Nicht verwandt und verschwägert mit dem Fußballer. Hat er direkt drauf hingewiesen.«

»Gut, dann brauchen wir ihn nicht mehr. Was ist mit dem Unfallverursacher? Wie heißt der?«

»Sebastian Faber. Wohnt oben an der Uni. Steht da hinten. Seine Aussage haben wir auch.«

»Und wozu braucht ihr meine Wenigkeit dann hier?«, fragte er und kniff die Augen zusammen. »Nee, nee. War schon richtig, mich zu holen. Es sei dir verziehen.«

»Verbindlichsten Dank.«

»Gibt es irgendwelche Spuren?«, fragte er Patrick Hahn, den Beamten der Polizeiwache.

»Bis jetzt haben wir keine gefunden. Schau dich hier doch mal um. Hier kommen und gehen die Leute in einer Tour. Ein Auto nach dem anderen fährt hier rum. Da ist nichts mehr zu holen.«

Eingehend blätterte Hahn durch seine Notizen. Im Gegensatz zur Kollegin Meier schrieb er sich die Dinge lieber in ein Notizbuch. »Ich habe den Platzwart befragt. Ihm ist der BMW heute Morgen zwar aufgefallen, aber mehr hat er sich auch nicht dabei gedacht. Hier parken viele Leute, die mal kurz mit dem Hund den Weg runter gehen.«

»Wäre ja zu schön gewesen«, warf Corinna ein.

»Wann traf der Platzwart hier ein?«, fragte Gerste.

»Um neun Uhr. Dann kommen die ersten Mannschaften und er öffnet den Platz.«

»Fragt doch mal bei den umliegenden Nachbarn nach, ob die was bemerkt haben. Aber jetzt kümmern wir uns erst mal um die Leiche.«

»Die liegt immer noch im Kofferraum.« Die Erleichterung, keine weiteren Fragen beantworten zu müssen, war Hahn anzusehen.

»Das war eine gute Entscheidung. Da hat sich ja mal jemand an die Vorschriften gehalten«, lobte Gerste. »Und bis Sven hier ist, kann es ja etwas dauern. Ich würde gerne mal einen Blick auf die Leiche werfen.«

Mittlerweile standen sie vor dem BMW.

»Na dann, auf geht's.« Gerste zog Gummihandschuhe aus der Manteltasche. Wie er die Dinger hasste. Eins war ihm schon immer klar gewesen. Arzt sein? Nein danke. Den ganzen Tag diese ekligen Handschuhe tragen? Niemals.

Im Auto sah er die ungewöhnlich drapierte Leiche eines Mannes. Der BMW besaß keinen großen Kofferraum. Ein normal gewachsener Europäer war nicht dazu geschaffen, bequem im Heck eines BMWs der Dreier-Baureihe zu liegen.

»Sieht etwas beengt aus«, merkte Hahn an.

»Und er ist auch ganz bestimmt nicht freiwillig eingestiegen. Lass Sven mal herausfinden, wie er gestorben ist. Wenn das tatsächlich der Tote ist, von dem der anonyme Anrufer gesprochen hat, dann ist er erschossen worden.« Gerste drehte sich zu Corinna um, die ihren Kollegen über den Parkplatz gefolgt war. »Wo bleibt Sven?«

Die Polizistin griff nach ihrem Handy, um den KTU-Mitarbeiter anzurufen, als ein fröhliches Hallöle ertönte.

»Ah, Sven.« Gerste drehte sich um. »Lange nicht gesehen und doch erkannt.« Er war berühmt für flache Witze. »Dann schau mal, ob du uns sagen kannst, wie der Kollege da im Kofferraum, gestorben ist. Danach würde ich gerne wissen, wann das passiert ist und wenn du schon dabei bist, wer der Täter ist?«

»Und wofür wirst du bezahlt?« Der KTU-Beamte lachte und zog Gummihandschuhe aus den Hosentaschen.

Nachdem er sich in einen weißen Overall gezwungen und seine Schuhe mit plastiktütenähnlichen blauen Überziehern, gegen abfallende Spuren gesichert hatte, ging er zum BMW. »Dann wollen wir mal sehen, was wir hier haben und könnt ihr bitte alle den Bereich hier im Umkreis von drei Metern räumen?« Mit ausgebreiteten Armen drehte er sich einmal um die eigene Achse. »Und würdet ihr endlich die schönen, blauen Schläppchen benutzen? Die Chance, hier noch irgendwelche verwertbaren Hinweise zu finden, tendiert zwar gegen null, aber versuchen kann ich es ja. Habt ihr den Leichnam angefasst?«

»Nein«, hallte es unisono aus mehreren Kehlen.

»Dann sind meine, gebetsmühlenartig vorgetragenen Hinweise ja endlich auf fruchtbaren Boden gefallen. Ich bin entzückt.« Er nahm eine kleine Digitalkamera aus dem Tatortkoffer und begann Fotos zu schießen. Nach ein paar Minuten wurde Gerste ungeduldig.

»Schon eine Idee, wie er umgekommen ist?«

Der Kriminaltechniker steckte die Kamera in eine Tasche seines Overalls und drehte den Leichnam langsam herum.

»Ja. Es hat ihm jemand in den Kopf geschossen. So wie die Eintrittswunde aussieht, hat er das nicht selber gemacht. Dazu hätte er ein zusätzliches Gelenk im Arm haben müssen. Schaut euch mal die Frakturen an. Damit feuerst du keine Waffe mehr ab.«

»Also Mord?«, fragte Corinna.

»Definitiv ein Tötungsdelikt. Ich lege mich ja selten ohne genauere Untersuchungen fest, wie ihr wisst. Aber das hier ist recht eindeutig«, antwortete er. »Es wäre ihm bestimmt schwergefallen, alleine in den Kofferraum zu steigen, weil er schon vorher tot war. Ich kann auch keine Blutspritzer entdecken. Meiner Meinung nach ist der Mann nicht da drin erschossen worden. Reicht euch das fürs Erste?«

»Der Anrufer heute Morgen sprach davon, ihm sei die Tat gestern Abend, kurz nach dreiundzwanzig Uhr aufgefallen. Kann das hinkommen?«, fragte Gerste.

»Das kann ich dir nicht beantworten. Du kennst das Spiel doch. Auf einen ungefähren Todeszeitpunkt werdet ihr warten müssen, bis der Gute hier seine Reise nach Düsseldorf angetreten hat. Frau Doktor Keller wird entzückt sein, wieder was von uns zu hören. Jetzt lasst mich mal weitermachen.«

»Na, dann lassen wir dich mal in größter Ruhe deine Brötchen verdienen.« Gerste drehte sich zu den anderen um. »Also gut. Staatsanwaltschaft verständigen und die Fahndung nach ….« Herausfordernd spitzte er die Lippen und er schaute Corinna erwartungsvoll an.

»… Max Kazim einleiten. Schon in Arbeit«, vervollständigte sie den angefangenen Satz.

»Danke dir. Patrick? Schau mal zusammen mit Corinna, ob ihr hier oben Zeugen finden könnt. Hier wohnen die Leute zwar in größter Ruhe, aber ein paar werden Hunde haben. Mit etwas Glück hat jemand was gesehen. Sven? Du stimmst dich bitte mit der Staatsanwaltschaft über den Transport der Leiche nach Düsseldorf ab. Natürlich erst, wenn du fertig bist.«

Zustimmung bekam er aus vielen Mündern zu hören.

»Wann können wir mit der Überprüfung der Fingerabdrücke des Toten rechnen?«, fragte er Eisenberg.

»Reicht dir Montagmorgen?«

»Mir ja und vor Montagnachmittag werden wir aus Düsseldorf auch nichts erfahren. Sollte also passen.« Er zeigte auf Corinna und Patrick. »Auf, auf ihr beiden. Interviews führen.«

»Und was macht der große Chef?«, fragte die Polizistin.

»Ich fahre jetzt gemütlich nach Hause und schaue mir das Abendspiel mit einem schönen Glas Lagavulin an. Im Gegensatz zu mir durfte der in Ruhe reifen. Das sechzehn Jahre alte Wasser des Lebens wird mit Freude meine Kehle herunterrinnen. Und von dir, lieber Patrick, will ich heute nichts mehr hören.«

»Ist es für den Drink nicht noch etwas früh?«, wollte Corinna wissen.

»Überhaupt nicht. Das ist genau der Sinn der Sache. Nach dem Genuss werde ich auf Gedeih und Verderb fahruntüchtig sein.«

# Kapitel 8

Montag 12. August

08:03 Uhr

Guten Morgen, meine Dame und meine Herren. Ich hoffe, Sie hatten ein angenehmes Restwochenende? Wie es aussieht, wird es in den nächsten Tagen ein kleines bisschen intensiver werden.« Staatsanwalt Doktor Ralf Ritter ließ den Blick kreisen und fing motivierte und weniger zuversichtliche Mienen ein. »Also dann, Herr Gerste. Ihr Auftritt, bitte.«

Den Besprechungsraum gab es noch nicht lange. Die Kollegen vom Kommissariat K11 hatten auf etwas Platz verzichten müssen, damit dieser Luxus zur Verfügung gestellt werden konnte. Anfangs war der Unmut groß gewesen, denn bisher hatten die Ermittlungen auch ohne einen separaten Raum funktioniert. Doch Gerste hatte, nachdem er die Leitung der Wuppertaler Mordkommission übernommen hatte, die Beamten peu à peu in seinem Sinne beeinflusst, um zu guter Letzt deren Zustimmung zu erhalten. Von seiner früheren Dienststelle war er es gewohnt, die Ermittlungsergebnisse an einer Stelle und für alle Beteiligten dauerhaft zugänglich zu präsentieren. Das Großraumbüro wurde entsprechend verkleinert, er selbst hatte auf einen Teil des eigenen Büros verzichtet und mittlerweile fragten sich alle, wie sie bisher ohne zentrale Anlaufstelle ausgekommen waren. Einen entscheidenden Anteil daran hatte natürlich auch der Kaffeevollautomat, der Gerstes Spende war. Komplett selbstlos war die Aktion nicht gewesen. Seine Frau hatte ihm seit geraumer Zeit mit dem Wunsch nach einer neuen Kaffeemaschine in den Ohren gelegen und wenn Frauen etwas wollen, sollte man die Umsetzung nicht herauszögern, war seine Devise. Ruckzuck wurde man sonst von der Anschaffung ausgeschlossen. Also hatte er sich ungewöhnlich schnell von ihr überreden lassen und nun waren alle zufrieden. Für ihn war Kaffee zwar nur als Espresso genießbar, für viele andere seiner Mitarbeiter dagegen war die schwarze Brühe ein Lebenselixier. Ein frisch aufgebrühter, warmer Koffein-Drink hatte oft für aufgelockerte Atmosphäre, wenn auch nicht für zusätzliche Geständnisse gesorgt.

Und so wanderte sein Blick von Kollege zu Kollege und von Kaffeetasse zu Kaffeetasse. Nur Doktor Ritter musste sich mit einem Pappbecher begnügen. Dafür hatte Mister Kaffee, Marc Schiffer, extra fünfzig Stück gekauft. Niemand in der Abteilung hatte vor, die Staatsanwaltschaft und sonstige Besucher mit Porzellantassen zu verwöhnen, die dann ungespült herumstanden.

»Gut. Danke. Also eine Kurzfassung von dem, was wir wissen und noch nicht wissen. Wobei das Wissen, dass wir noch nicht wissen, die Waagschale zu seinen Gunsten ausschlagen lässt.« Er liebte diese Wortspiele und sah imaginäre Fragezeichen über den Köpfen der Anwesenden aufsteigen. »Bevor einer fragt. Das ist nicht von Goethe, sondern von Gerste.«

Die Teilnehmer der Runde fingen die Fragezeichen wieder ein und warteten auf die Aufgabenverteilung.

»Das ist jetzt für Sie, Doktor Ritter, und für dich, mein lieber Marc. Der Rest der Truppe ist ja schon informiert. Am Samstagmorgen bekamen wir einen anonymen Hinweis auf ein Tötungsdelikt. Der Anrufer beschrieb ein Grundstück an der Gathe, auf dem er eine Hinrichtung beobachtet haben wollte. Die KTU, in Gestalt unseres verehrten Sven, hat nach Spuren gesucht und konnte menschliches Blut nachweisen«, dozierte er. »Ist das so weit korrekt?«

»Ja. Zweifellos handelt es sich um die rote Körperflüssigkeit eines Homo sapiens, die wir da sichergestellt haben. Blutgruppe A positiv. Die DNA-Analyse läuft noch.« Eisenberg lächelte in die Runde.

»Ist ja immerhin etwas. Später wurde oben am Dönberg das vom Zeugen beschriebene Fahrzeug, ein weißer Dreier-BMW, gefunden. Mit einer kleinen Überraschung hinten drin. Sven zum Zweiten, bitte.«

»Frank hat recht. Im Kofferraum lag eine männliche Leiche. Ich schätze sie auf fünfundzwanzig bis dreißig Jahre. Bis jetzt nicht identifiziert. Wenn ich raten müsste, würde ich sagen, der Mann war Deutscher. Auf jeden Fall Nordeuropäer. Mittellange braune Haare mit Locken. Dazu hatte er einen Drei-Tage-Bart. Eine Brille haben wir nicht gefunden.«

»Wo ist die Leiche im Moment?«, fragte Doktor Ritter.

»Gerichtsmedizin Düsseldorf. Ihre Kollegen waren am Samstag noch so freundlich und haben das in die Wege geleitet. Frau Doktor Keller habe ich vorhin eine Mail geschrieben. Vielleicht bekommen wir ja heute noch die Ergebnisse der Obduktion. Offensichtlich ist das Opfer durch eine Schusswunde am Kopf gestorben. Aufgesetzter Schuss, mittig auf die Stirn. Das klassische Merkmal, das sternförmige Aufreißen der Haut durch die Pulvergase, war deutlich zu erkennen. Dadurch hat man zwar keine Stanzmarke sehen können, aber für mich war das nahe an dem, was man sich gemeinhin unter einer Hinrichtung vorstellt. Detailreicher ausschmücken wird es dann Doktor Keller.«

»Danke Sven.« Nach einem anerkennenden Nicken sah er Corinna an, die die Aufforderung verstand, fortzufahren.

»Also, der BMW wurde am Dönberg oben gefunden. Stand auf dem Parkplatz neben dem Fußballplatz. Als der Platzwart früh um neun kam, parkte der Wagen schon da. Das sei nicht ungewöhnlich, meinte er. Deswegen hat er sich auch nichts dabei gedacht. Später hat dann ein Besucher den BMW mit seinem Auto beim Einparken touchiert. Dadurch ist alles erst ins Rollen gekommen. Zusammen mit unserem lieben Patrick habe ich im weiteren Verlauf die Bewohner der umliegenden Häuser befragt. Aber von denen ist niemand etwas aufgefallen.«

Zufrieden mit der Zusammenfassung erforschte Gerste die Runde. Es kamen keine Wortmeldungen.

»Okay. Viel haben wir derzeit noch nicht. Ich schlage also folgende Vorgehensweise vor: Corinna führt das Protokoll. Von Ihnen, Doktor Ritter, hätte ich gerne einen Durchsuchungsbeschluss für die Wohnung von Max Kazim. Dem gehört der BMW. Corinna und ich waren am Samstag schon mal kurz da, haben aber niemanden angetroffen. Sven, du kümmerst dich bitte intensiv um die Spuren vom Dönberg. Vielleicht haben wir da ja mehr Glück als an der Gathe. Waffe, Kaliber, Fingerabdrücke und so weiter und so fort. Du kennst das ja.«

Dann drehte er sich zu Schiffer um.

»Kannst du bitte versuchen, etwas über diesen Kazim herauszufinden? Corinna hat am Samstag schon damit angefangen. Lass dir von ihr den aktuellen Stand erklären.«

»Womit haben wir es hier also Ihrer Meinung nach zu tun?«, fragte der Staatsanwalt.

»Vielleicht ist er ein toter Dealer. Sollen wir bei der Drogenfahndung nachfragen, ob die einen verdeckten Ermittler vermissen?«, meldete sich Corinna zu Wort. »Oder es wurde jemand zum Schweigen gebracht. Wie auf Sizilien oder in Neapel. Nur dass die hier die Leiche in den Beyenburger Stausee werfen müssten. Dazu sind sie aus irgendeinem Grund aber nicht mehr gekommen.«

»Bevor wir zu sehr spekulieren, soll Marc diesen Kazim durchleuchten und wir beide schauen uns seine Wohnung an. Wann können wir mit dem Durchsuchungsbeschluss rechnen?«, fragte Gerste.

»Geben Sie mir eine Stunde. Reicht das?«

»Sollte das so zügig klappen, wäre das beispiellos«, antwortete Gerste. Den ironischen Unterton verübelte Doktor Ritter ihm selten. Er war in den Ermittlungsbehörden als emsiger, mithin aber auch gewöhnungsbedürftiger Polizist bekannt. Worauf es ankam, war die Fähigkeit, ein Team zu leiten und die Fälle zu lösen. Da ihm dies auf seine ganz spezielle Art gelang, geriet er nur ab und zu mit Doktor Ritter aneinander.

»Vielen Dank für den tollen Kaffee, Herr Schiffer«, lobte der Staatsanwalt und erhob sich.

»Wissen alle, was zu tun ist?« Prüfend schaute Gerste von Gesicht zu Gesicht und konnte keine neuen Fragezeichen bei seinen Mitarbeitern ausmachen. »Gut. Dann mal los.« Die Espressotasse in seiner Hand war so kalt wie der Inhalt, den er auf dem Weg zu seinem Büro, achtlos in den Drachenbaum kippte, den Schiffer pflegte.

# Kapitel 9

Freitag 09. August

23:13 Uhr

»Hey, Max. Hast du das gesehen? Der Typ in dem Defender da«, rief Ben Richter aufgeregt. »Der hat mich voll angeglotzt.«

»Du spinnst. Da war doch keiner«, antwortete Max Kazim und blickte auf den toten Daniel Hirte. Hastig steckte er die Pistole in den Hosenbund und drehte sich um.

Beide Männer rannten zum Zaun und schauten auf die Gathe, auf der um diese Zeit nicht mehr viele Fahrzeuge unterwegs waren. An der Ampel zur Wiesenstraße wartete ein grüner Geländewagen.

»Siehst du den Defender da hinten? Ich wette, der Fahrer hat beobachtet, wie du Hirte abgeknallt hast.«

»Bist du sicher?«

»Hundertpro. Der hat mir direkt ins Gesicht geschaut.«

Die Ampel schaltete auf Grün und der Land Rover fuhr los. Nach ein paar Sekunden war er aus ihrem Blickfeld verschwunden.

»Der ist weg. Was machen wir?«, fragte Richter.

»Erst mal packen wir Daniel ein und dann hinterher.«

Ohne Zeit zu verschwenden, rannten sie zum BMW. Kazim öffnete die Heckklappe, griff sich die bereitliegende Plastikplane und breitete sie auf dem Boden des Kofferraums aus. Richter packte die Leiche an den Füßen und zog sie hinter das Auto. Zusammen hievten sie den Toten auf die Unterlage, passten Arme und Beine an den begrenzten Raum an und schlugen die Klappe zu.

»Hey. Guck mal hier.« Kazim zeigte auf einen roten Streifen, der sich von der Stoßstange bis zur Ladekante zog. »Alles voller Blut. Kannst du nicht aufpassen? Du bist so ein Vollhorst.«

»Tut mir leid, Mann, aber der war schwerer, als ich gedacht habe.« Er wischte mit seinem Ärmel flüchtig über die Stoßstange. »Komm, Max, wir müssen los, sonst ist der Kerl weg.« Angespannt rannte er zum Tor und schob es auf.

»Toll, ist ja nicht deine Karre«, rief Kazim ihm hinterher und sprang ins Auto. Sekunden später ließ er den Motor aufheulen, fuhr zügig rückwärts vom Hof, stoppte, damit sein Kumpan reinspringen konnte und beschleunigte. Mit quietschenden Reifen raste er in Richtung Sporthalle.

»Weit kann er noch nicht sein. Gib Stoff.«

Kazim drückte das Gaspedal durch und düste über die Gathe. Es waren nicht viele Autos unterwegs, aber der grüne Defender war nicht zu sehen. Vor ihnen tauchte der Uellendahler Viadukt in der Dunkelheit auf und er erhöhte das Tempo, um einen gelben VW Polo zu überholen, der sich exakt an die Geschwindigkeitsvorgaben hielt.

»Idiot«, brüllte er und raste vorbei. »Die glaubt wohl, hier ist ein Naherholungsgebiet.« Lautstark verwünschte er die ältere Fahrerin und unterstrich seine Drohungen mit dem Mittelfinger.

»Hey, Max, fahr mal langsamer.« Sein Beifahrer kauerte sich in den Sportsitz. »Stell dir mal vor, die Bullen stoppen uns. Dann sind wir geliefert. Du erinnerst dich dran, was da hinten drin liegt?«

»Du bist witzig. Wenn wir den Kerl nicht erwischen, brauchen wir an Hirte keine Gedanken mehr zu verschwenden.«

Mit Vollgas rauschte er unter der mächtigen Steinbrücke durch und konnte die Tankstelle erkennen. Die Ampel an der Saarstraße sprang auf Rot. Zu früh für Max, der wütend auf das Lenkrad schlug und in die Bremsen stieg.

»Mist. Mist. Mist.«

»Max?« Richter zeigte mit dem Finger die Uellendahler Straße entlang. »Schau mal da hinten. Das könnte er sein.«

»Meinst du?«

»Eine andere Möglichkeit gibt's gar nicht. Hoffentlich ist die dämliche Ampel nicht eingeschlafen.«

Rot, Gelb und Kazim beschleunigte den BMW auf achtzig Stundenkilometer. Die Straße machte einen leichten Bogen nach rechts. Kein Geländewagen mehr in Sicht.

Einen Kilometer weiter sahen sie den Defender auf Höhe des Autozentrums Schultz wieder. Max reduzierte die Geschwindigkeit auf sechzig und hielt jetzt ausreichend Abstand, um nicht aufzufallen. Auf der langen, geraden Uellendahler Straße würden sie den hundert Meter vor ihnen fahrenden Land Rover nicht verlieren. Wichtiger war es, nicht die Aufmerksamkeit des Fahrers zu erregen. Entkommen würde er nicht, war sich Kazim sicher.

»Sieht nicht so aus, als ob er telefoniert«, sagte Richter.

»Und das willst du auf die Entfernung sehen? Hast du auf einmal Adleraugen?«

»Nee. Aber das sah so komisch aus, wie der sich da bewegt hat.«

»Vielleicht haben wir ja Glück und der hat uns gar nicht bemerkt.« Hektisch kratzte sich Kazim hinterm Ohr. Das tat er öfter, um aufkommende Nervosität zu überspielen.

»Doch. Hat er. Da bin ich mir ganz sicher.«

»Dann werden wir ihn wohl oder übel fragen müssen.«

»Hast du ne bessere Idee?«

»Nee. Deswegen frage ich dich ja. Und was machst du die ganze Zeit mit deinem Ohr? Schon mal was von Waschen gehört?«

»Quatsch keinen Scheiß.« Er schaute zu seinem Kumpel hinüber. »Außer ihm eine aufs Maul zu hauen, fällt mir auch nichts ein.«

»Und wir haben noch ein Problem.«

»Ich bin ganz Ohr.«

»Das ist eine One-Way-Show. Wenn wir gefragt haben, ob er was gesehen hat, können wir ja nicht einfach wieder gehen. So nach dem Motto: Ooooch, entschuldigen Sie die Störung. Wir wollten nur mal fragen, ob Ihnen was aufgefallen ist.« Richter lachte über seinen Scherz.

»Hmm. Da hast du recht. Weißt du was, ich rufe meinen Bruder nochmal an.« Er holte das Handy aus der Tasche, drückte auf Wahlwiederholung und bremste den BMW vor einer roten Ampel ab. Sie standen an der Kreuzung Raukamp und konnten den Geländewagen beobachten, der weiter geradeaus fuhr.

»Wo will der denn hin?«, fragte Richter und verfolgte, wie Kazim anfing, ins Handy zu sprechen.

»Hey, Edgar. Wir haben ein Problem.«

»Bei dir jagt ja heute eins das andere«, schallte es in sein Ohr. »Was gibt es diesmal?«

»Wie soll ich es sagen?«

»Am besten frei von der Leber weg.«

»Mann. Scheiße. Ben glaubt, uns hat jemand gesehen, als wir Daniel kalt gemacht haben.«

»Hör bloß auf, mich zu verarschen. So blöde könnt ihr beiden doch gar nicht sein.« Richter konnte auf dem Beifahrersitz mühelos das Gespräch verfolgen.

»Gib mir mal Ben.«

Kazim reichte das Mobiltelefon weiter.

»Hallo, Boss.«

»Hat der Typ euch wirklich gesehen? Wie sicher bist du?«

»Leider sehr sicher. Ich habe dem in die Augen geschaut. Der war total überrascht. Genau wie ich.«

»Scheiße. Wo ist der Typ jetzt?«

»Der fährt hoch zum Dönberg. Wir hängen dran.«

»Tatsächlich? Ganz so blöde seid ihr ja wohl doch nicht. Und lasst euch auf keinen Fall entdecken. Hörst du?«

»Klar. Nur, was sollen wir machen, wenn er anhält?«

»Na, ne Zigarette werdet ihr mit dem nicht rauchen, oder?«

»Sehen wir genauso.«

»Und schon reduzieren sich die Alternativen«, sagte Wüst und machte eine theatralische Pause. »Legt ihn um.«

»Okay.«

»Und wenn ihr das vermasselt, gibt es Ärger. Ist das klar?«

»Glasklar.«

»Lasst die Leichen verschwinden. Und ab jetzt keine Anrufe mehr.«

Das Gespräch war beendet und sie folgten weiter dem Defender, der in die Herzkamper Straße eingebogen war.

»Mann, hier war ich ja noch nie. Wo geht es denn hier hin?«, fragte Richter.

»Ich habe genauso viel Ahnung wie du.«

Dann sahen sie, wie der Wagen vor ihnen abbremste, blinkte und nach links abbog. In sicherem Abstand fuhren sie hinterher.

»Horather Schanze«, las Richter vor. »Bist du hier oben schon mal gewesen?«

»Nee, und so schnell will ich bestimmt nicht wieder kommen. Das kannst du mir glauben.«

Am Dönberg war um diese Uhrzeit nicht mehr viel los.

»Hier sagen sich Fuchs und Hase gute Nacht, was?« Kazim lachte über seinen Scherz.

Mit reduzierter Geschwindigkeit folgten sie dem Defender durch mäßig beleuchtete Häuserreihen und verließen Wuppertal in Richtung Neviges.

»Mann, wo will der denn hin?«, wunderte sich Richter, als der Geländewagen langsamer wurde und Bremsleuchten die Dunkelheit zerschnitten.

»Meinetwegen kann der noch ein bisschen fahren. Ich habe erst heute Morgen getankt.«

»Pass auf, jetzt blinkt er. Halt besser etwas mehr Abstand.«

Der Land Rover verließ die Hauptstraße und bog in einen unbeleuchteten Weg ein. Die Scheinwerfer warfen lange Strahlen über die Felder am Mutzberger Weg.

Die beiden Schläger verdunkelten ihren BMW, so gut es heute bei Neuwagen möglich war und holperten über den mit Schlaglöchern übersäten Weg. Der Geländewagen vor ihnen war durch die Halogenlampen weiter einfach zu sehen. Das änderte sich, als der Land Rover plötzlich die Lichter löschte und in der Dunkelheit verschwand.

# Kapitel 10

Montag 12. August

12:57 Uhr

»Hey, klasse. Wir sind ja schon wieder da. Soll mal keiner behaupten, wir würden uns hier nicht auskennen. Man fühlt sich direkt heimisch.« Gerste breitete die Arme aus und streckte sich, als sie aus dem VW Passat stiegen.

»Da hast du dir wirklich einen Pluspunkt verdient. Wir haben uns nicht nochmal verfahren und sofort einen Parkplatz gefunden. Was wollen wir mehr?«

»Mal sehen, wie lange wir auf Doktor Ritter warten müssen. Er war noch in einer Verhandlung am Landgericht. Seine Mitarbeiterin hat mir versprochen, ihm eine Nachricht zu hinterlassen. Hoffentlich dauert sein Termin nicht ewig.« Grübelnd blickte er die Wiesenstraße hinauf in die Richtung, aus der er den Staatsanwalt erwartete. Wenn er denn mit dem Auto kam. Das war zu Zeiten, in denen manche Politiker die bergische Metropole zu einem Hotspot für Radfahrer umbauen wollten, nicht mehr selbstverständlich. »Bis der einen Parkplatz findet … .«

»Tja, Wuppertal und die Autos. Eine Neverending Story«, sinnierte Corinna.

»Vielleicht hat er ja eins dieser modernen E-Bikes. Dann kommt er gleich ganz entspannt die Einbahnstraße hochgefahren.«

»Du bist doch nicht etwa so ein E-Biker? Da habe ich überhaupt keinen Bock drauf. Wenn ich in die Pedale trete, will ich schwitzen. Diese E-Bikes sind für die Opas unter uns. Verstehst du die Anspielung, Frank?«

»Na mich kannst du nicht meinen. Wir sind doch fast im gleichen Alter.«

Beiläufig kratzte Gerste sich am Kopf und schaute auf seine Uhr. Dann zog er das Handy aus der Tasche und verharrte, als er einen schwarzen BMW entdeckte, dessen Chromzierleisten in der Sonne blinkten.

»Da kommt er ja. Fast so pünktlich wie die berühmten Maurer.« Er trat auf die Straße und winkte den Staatsanwalt in die Hofeinfahrt. Nachdem sie bei ihrem letzten Besuch offenbar nicht unangenehm aufgefallen waren, hatte er den Passat wieder im Hof geparkt und lotste nun auch Doktor Ritter dorthin. Mit dem Staatsanwalt an seiner Seite würden übereifrige Kollegen der Streife sich eher darauf verlegen, den Eigentümer der Parkplätze von der Notwendigkeit der Nutzung zu überzeugen, als deren Beschwerden zu verfolgen.

◆ ◆ ◆

»Hallo, Herr Doktor Ritter. Sie konnten es also einrichten. Wie schön.« Im Gehen streckte er dem Staatsanwalt die Hand entgegen. »Vielen Dank für den Durchsuchungsbeschluss. Ich bin immer noch überwältigt, wie schnell das geklappt hat. Leider hapert es am Durchsuchungszeugen. Erst morgen Nachmittag war einer verfügbar.«

»Kein Problem, Herr Gerste.« Doktor Ritter nahm die angebotene Hand und schüttelte sie. »Hallo Frau Meier.« Sie wurde ebenfalls mit festem Handschlag begrüßt. »Haben Sie schon geprüft, ob jemand da ist?«

»Nein, wir sind auch erst kurz vor Ihnen gekommen.« Corinna drehte sich um und lief die Stufen zur Haustür hinauf. »Da. Kazim. Sieht nach erstem Stock aus.« Sie schellte, aber nichts passierte.

»Versuch es doch mal bei Osterhagen.« Gerste wurde ungeduldig. »Vielleicht ist es der Nachbar.«

»Hallo?« Blechern hallte es aus dem Lautsprecher.

»Kriminalpolizei. Können Sie uns bitte die Tür öffnen?«, sagte Corinna zu der unsichtbaren Stimme. Statt einer Antwort summte der Türöffner.

»Na dann wollen wir mal.« Gerste folgte Corinna und übergab die offene Tür an Doktor Ritter. »Sieht jemand den Lichtschalter?«

»Es ist sicher besser, wenn wir den nicht finden.« Zügig durchquerte Gerste den dunklen Flur und wartete vor einer ausgetretenen Holztreppe. »Dann lasst uns mal die Erkenntnis erklimmen.« Entschieden setzte er den Fuß auf die erste Stufe. Sechsundzwanzig Tritte später stand er vor zwei Wohnungstüren, die sich in einem Punkt unterschieden: Eine war offen. Ein mittelgroßer, schlanker Mann, mit kurzem, roten Haar sah sie freudlos an. Ein Arm lehnte an der Zarge und mit der Hand kratzte er sich im Schritt.

»Kriminalpolizei«, sagte Gerste und kramte seinen Dienstausweis hervor. »Ich bin Hauptkommissar Gerste und das ist meine Kollegin, Oberkommissarin Meier. Wie im Fernsehen, was?« Er versuchte, die Anspannung zu lockern. »Und das ist Staatsanwalt Doktor Ritter. Sind Sie Herr Osterhagen?«

»Ja«, erwiderte der Mann vorsichtig. »Und was kann ich für Sie tun?«

»Wir suchen ihren Nachbarn, Herrn Kazim. Unten hat niemand aufgemacht und da haben wir bei Ihnen geklingelt. Haben Sie Herrn Kazim heute schon gesehen?«

»Nein. Was wollen Sie von Max?«

»Wir haben sein Auto gefunden. Oben am Dönberg. Haben Sie eine Idee, was er da gewollt haben könnte?«, fragte er weiter. Man wusste ja nie, was einem zufällige Zeugen mitteilen würden.

»Nein, aber er ist jetzt auch nicht mein bester Freund. Wenn Sie wissen, was ich damit sagen will.«

»Nein, ehrlich gesagt, weiß ich das nicht. Wie genau meinen Sie das?«

»Was soll ich sagen? Max ist kaum hier. Der steht spät auf und kommt noch später wieder. Oft zusammen mit seinem Kumpel Ben. Und dann wird es meist laut.«

»Laut?«

»Sie wissen schon. Fifa zocken und so.« Gerste und Doktor Ritter sahen sich verwundert an.

Energisch drängte sich Corinna an den verdutzten Männern vorbei.

»Ja, wissen wir. Sonst noch was? Frauen zum Beispiel?«

»Nee. Habe ich nie hier gesehen. Wie gesagt, ich sehe ihn aber auch nicht so oft. Mehr kann ich Ihnen dazu nicht sagen.« Er drehte sich um und ging zurück in die Wohnung.

»Danke.« Weiter kam Corinna nicht. Die Tür war zu. »So etwas habe ich noch nicht erlebt. Der geht einfach.« Sie drehte sich zu ihren Begleitern um und zuckte mit den Schultern. »Soll ich noch mal schellen?«

»Ja. Wir sollten fragen, ob er einen Wohnungsschlüssel hat«, sagte Doktor Ritter. »Bevor wir den Hausmeister suchen oder den Schlüsseldienst holen müssen.«

Prompt drückte Corinna erneut auf die Klingel und die Tür öffnete sich sofort. Osterhagen musste unmittelbar dahinter gestanden haben.

»Bitte schön.« Er hielt ihnen einen Schlüsselbund hin. »Den habe ich für Notfälle.«

»Danke.« Völlig perplex über die ungewohnte Situation nahm sie die Schlüssel entgegen und ging zur nächsten Tür.

Einer passte und Gerste stieß die Wohnungstür auf. Mit der Hand an der Waffe machte er einen mutigen ersten Schritt, zuckte aber schnell zurück, als er den trüben Mief in der Diele bemerkte.

»Puh!« Sichtbar angewidert hielt er sich den Arm vor Mund und Nase. »Corinna? Zu Ausbildungszwecken darfst du heute mal vorangehen.«

»Verbindlichsten Dank«, entgegnete sie und sog die frischere Luft aus dem Treppenhaus tief ein. Dann griff sie nach ihrer Pistole. »Du bist wie immer die Güte in Person.«

Bevor sie losgehen konnte, zwängte sich der Staatsanwalt an ihr vorbei und ging forsch als Erster in die Wohnung. »Oh Mann, was hat der denn hier gemacht? Schweine gezüchtet?« Angeekelt kniff er die Nasenflügel zusammen und zog ein Stofftaschentuch aus dem Sakko. »Wir sollten in jedem Fall die Fenster öffnen. In der stickigen Luft hier wird die KTU keine Spuren sichern wollen.«

»Herr Kazim?«, rief Gerste in die Wohnung hinein. »Sind Sie da? Hier ist die Polizei. Wir kommen jetzt rein.«

Wachsam gingen sie den Flur entlang, von dem vier Türen abzweigten, die geschlossen waren.

»Aufmerksam bleiben«, sagte er zu Corinna und stieß die erste Tür auf. Eindeutig das Bad. Rasch trat er zum Fenster, öffnete es und sog mit übertriebener Gestik Luft ein. »Badezimmer gesichert.«

»Jetzt mach mal halblang. So schlimm ist es nun auch wieder nicht.« Corinna drückte die Klinke der benachbarten Tür nach unten. Sie betrat einen Raum, der als Schlafzimmer genutzt wurde. Entgegen ihrer beschwichtigenden Aussage Gerste gegenüber rannte sie am Doppelbett vorbei auf die Fensterfront zu und begrüßte die klare Luft.

Doktor Ritter hielt sich dezent hinter den beiden Polizisten zurück. Er war zwar Leiter der Ermittlungen, hier jedoch nur Beobachter.

»Schlafzimmer leer!«

»Weiter! Noch zwei.« Gerste blieb vor der nächsten Tür stehen. »Herr Kazim? Sind Sie hier?«, rief er erneut. »Hier ist die Polizei.« Da keine Reaktion erfolgte, öffnete er die Tür und sah sich Küchenmöbeln gegenüber. »Die Küche. Gesichert!«

Daraufhin drückte Corinna die Klinke zum einzigen Zimmer herunter, in dem sie bisher nicht gewesen waren. Behutsam schob sie die Tür auf und spähte in den Raum.

»Hier ist auch niemand. Dafür ein ganzer Haufen von dem, was wir lieber nicht finden würden.« Sie stieß die Tür auf und trat ein. Gerste und Ritter folgten ihr. Ruckartig blieb das Team mit offenen Augen stehen.

»Corinna? Ruf Sven an? Er soll seine Beine vom Tisch nehmen und seinen Hintern her bewegen. Aber pronto!«

◆ ◆ ◆

»Hey, Frank. Ihr könnt jetzt wieder in die Wohnung, wenn ihr wollt. Wir sind so weit durch. Zieht euch aber bitte was über die Füße.« Gerste und Corinna drehten sich zu Eisenberg um, der aus dem Hausflur auf den

Bürgersteig getreten war. Seit dem Anruf waren zwei Stunden vergangen.

»Habt ihr noch etwas Brauchbares gefunden?«, fragte die Oberkommissarin.

»Na ja. Außer dem Arsenal an Schusswaffen und Munition ist da eine stattliche Menge C4. Du weißt, was das ist?« Er schaute Gerste an und registrierte ein gemächliches Nicken des Hauptkommissars. »Kommt mit hoch, dann zeige ich euch den Rest.«

»Wow, wollten die hier einen Krieg anfangen?«, merkte Gerste zwei Minuten und sechsundzwanzig weitere Halbkniebeugen später, an. Verdrossen streifte er sich die ungeliebten Gummihandschuhe über. Der geräumige Wohnraum schien die Kommandozentrale eines Geheimdienstes zu sein. Er entdeckte eine Wand, die ohne Übertreibungen als konspirativ bezeichnet werden konnte. Ein auseinandergefalteter Falk-Stadtplan von Wuppertal klebte dort und war mit mehr als dreißig bunten Markierungen versehen worden. Links und rechts der Karte hingen überdimensionierte Flachbildschirme an der mit Raufaser tapezierten Wand. Sein Blick folgte Eisenberg, der auf einen Stahlschrank mit offen stehenden Türen zuging, der in einer Reihe mit zwei weiteren stand.

»Neben der Uzi, die ihr ja auf der Kommode schon gesehen habt, haben wir in dem Schrank vier Pistolen vom Typ SIG Sauer P226 gefunden. Dazu zwanzig leere Magazine. Drei Uzis lagen daneben und da vorne kannst du zwei Schrotflinten im Kaliber 12/70 sehen. Unten auf dem Boden sind zweitausend Schuss neun Millimeter Para. Passend für die Pistolen und die Uzis. Schrotpatronen sind nicht dabei gewesen.«

»Was noch?«, fragte Gerste.

»Nachtsichtgeräte, Wärmebildkameras, Maglites. Was das Herz begehrt, wenn du nachts dem Liebhaber deiner Frau auflauern möchtest. Und das ist beileibe kein billiger Schrott. Das Zeug hat richtig Geld gekostet.«

»Kann man herausfinden, wo das alles gekauft wurde?«, wollte Corinna wissen.

»Wir werden es probieren.«

»Was ist mit dem Sprengstoff?«, fragte Gerste. »Wie kommt man an den dran?«

»Gute Frage. Wir haben vier Kilo davon gefunden. Zusammen mit einem Haufen Zündern. Lagen in der Kommode da. Was immer die vorhatten, für die nächste Silvesterparty ist es ein klein wenig übertrieben.« Der KTU-Mitarbeiter machte eine ausladende Geste mit den Händen. »Und um eine Genehmigung vom Ordnungsamt haben sie sich bestimmt nicht gekümmert.«

Gerste drehte sich zum Stadtplan um.

»Was hat es damit auf sich? Hast du eine Idee?«

»Bis jetzt nicht, aber ich nehme den später ab und gebe ihn dir morgen. Reicht das?«

»Corinna? Mach doch bitte schon mal ein Foto davon.« Ziellos wanderte Gerste durch den Raum und speicherte die Eindrücke ab. »Was noch? Handys, Laptops?«

»Neben den drei PCs hier auf den Schreibtischen haben wir im Schlafzimmer ein MacBook gefunden. Kennwortgeschützt. Auch da solltest du deine Hoffnungen herunterschrauben. Je nachdem, wie gewitzt der Typ war, dauert es ewig, um so ein Passwort zu knacken. Kein Handy. Ist ja nicht ungewöhnlich. Das hat man meist bei sich.«

»Was ist mit den anderen Rechnern hier?«, fragte Gerste und deutete auf die Computer. »Kommt ihr an die Daten ran?«

»Das möchte ich auch nicht versprechen. Mach dir also keine allzu großen Hoffnungen, wenn du nicht enttäuscht werden willst.«

»Wollten die hier einen Krieg anfangen?« Lächelnd hob er eine Uzi vom Tisch. »So ein Ding habe ich zuletzt vor dreißig Jahren in der Hand gehabt. War damals unsere Standardwaffe auf dem Leo 2. Ich wusste gar nicht, dass die noch gebaut werden.« Verständnislos schüttelte er den Kopf. »Für einen alleine ist das ein bisschen viel Feuerwerk. Was haltet ihr davon?«

»Hinweise auf weitere Personen gibt es nicht. Aber wir haben Fingerabdrücke von den Controllern da genommen. Die gehören zu der PS4 da hinten. Das einzige Spielzeug hier im Gegensatz zu dem restlichen Equipment. Womöglich finden wir da was.«

»Nach den zahlreichen Auskünften von dir, freue ich mich schon auf die Obduktion bei Frau Doktor Keller. Die hat meistens weitaus fundiertere Informationen für uns. Mal sehen, wann sie Zeit hat.« Gerste nahm sein Handy und suchte den Kontakt.

# Kapitel 11

Montag 12. August

18:02 Uhr

»Hey, Anja. Kannst du mir bitte noch ein Bier bringen?«, rief Edgar Wüst der Kellnerin mit kräftiger Stimme zu.

»Gerne. Wieder ein Weizen oder etwas anderes?«

»Hm. Eben hatte ich ein Franziskaner. Jetzt steht mir der Sinn eher nach einem Erdinger«, antwortete Wüst und wartete darauf, dass die junge Frau den Raum verließ.

»So Männer.« Er wählte einen Tonfall, der sofort Stille einkehren ließ. »Ihr wisst, in zehn Tagen steigt die Sache und wir haben bis dahin jede Menge zu tun.«

Die Anwesenden nickten.

»Eine Angelegenheit liegt mir noch am Herzen. Hat einer von euch eine Ahnung, was mit Max und Ben ist? Ich habe meinen Bruder seit Freitagabend nicht mehr erreicht. Das ist sehr ungewöhnlich. Toni? Du bist doch dicke mit Max. Hast du eine Idee, was da los ist?«

»Ist mir auch schon aufgefallen. Aber was mit den beiden los ist, weiß ich leider nicht«, antwortete ein Mann, dessen italienische Wurzeln erkennbar waren. Mit seinen vierzig Jahren war Toni Bellucci so etwas wie der zweite Concierge für Wüst. Wenn sein Bruder, Max Kazim nicht anwesend war, besprach er die Details gerne mit Toni. »Das ist total komisch. Er geht nicht an sein Handy. Gesehen habe ich ihn auch nicht. Der ist wie vom Erdboden verschwunden.«

»Am Freitag war er mit Ben zusammen und hat etwas für mich erledigt. Seitdem herrscht Sendepause. Da stimmt was nicht. Hört euch mal um. Irgendjemand muss doch was wissen.«

Die Männer in der Runde schauten ihren Chef an, nickten, sagten aber nichts. Die Erfahrung hatte sie gelehrt, dass unnötige Äußerungen rasch zu Schwierigkeiten führen konnten und darauf war keiner scharf. Wüst befehligte seine Bande mit harter Hand und die hatte er in viele, große und kleine, Unsauberkeiten gesteckt. Ein bisschen Waffenhandel hier, Prostitution da, Schutzgelderpressungen und seit ein paar Jahren vermehrt Drogenhandel. Seine Maxime war, so wenig Konkurrenz wie möglich in seinem Viertel zuzulassen, und seine Männer sorgten dafür, dass seine Wünsche umgesetzt wurden. Ob es den umliegenden Geschäften passte oder nicht, zahlen mussten alle. Nach anfänglichen Meinungsverschiedenheiten und Verständnisproblemen, bei denen seine Mitarbeiter durch intensive Überzeugungshilfe aufgefallen waren, hatte es sich eingespielt.

Es klopfte an der Tür und schlagartig verstummten die Gespräche. Anja, die cleverste seiner Bedienungen, trat ein und stellte die Getränke auf den Tisch. Nur sie durfte diesen Raum betreten, wenn die Bandenmitglieder anwesend waren. Wüst hatte ihr verschiedene Möglichkeiten von Verstümmelungen gezeigt, die bei unbedachten Äußerungen gegenüber Vollstreckungsbehörden auf sie zukommen würden und seitdem war sie verschwiegen, vertrauenswürdig und zuverlässig. Ein nettes Mädchen. Dicht dran an der perfekten Schwiegertochter.

»Danke dir.« Er wartete, bis sie den Raum verlassen hatte. »So, jetzt haben wir Ruhe. Lasst uns den Plan nochmal durchgehen.« Er stellte sich vor ein Flipchart und befestigte eine Karte, die einen Ausschnitt von Elberfeld zeigte. »Wir haben das ja alles schon einmal durchgesprochen. Das hier ist das Bayerwerk. Hier oben ist das Haupttor. Da fahren Marco und Toni hin. Klar?«

Beide nickten.

»Wie sieht es mit den notwendigen Fahrzeugen aus?«

»Wir haben bis jetzt drei alte Golf oben in der Scheune stehen. Die sind genauso unauffällig wie Sandkörner am Strand von Rimini«, antwortete Marco Lorenzo, Deutscher mit italienischer Abstammung. Dann lächelte er gequält und versuchte, nicht nervös zu klingen. Das gelang ihm nicht immer, wenn Wüst ihn direkt ansprach. Allzu oft setzte sein Blutdruck zu Höhenflügen an. »Wann sollen wir die Gasflaschen bei Daniel abholen?«

»Im Moment sind sie da noch gut aufgehoben, denke ich«, antwortete Wüst. »Am Mittwoch laden wir die Flaschen dann in die Autos und verbinden sie mit den Zündern. Das wird reichen.«

»Wann sollen wir von hier losfahren?«, fragte Steffen Mönch, der zusammen mit seinem Partner Martin Sänger für die Schutzgelderpressungen im Luisenviertel zuständig war. Die beiden erinnerten an Kleiderschränke, was für den notwendigen Respekt bei Neukunden sorgte. Wüst setzte sie bevorzugt ein, wenn ein Übermaß an Intelligenz hinderlich war.

»Um dreiundzwanzig Uhr treffen wir uns alle hier und dann gehts los. Wie gesagt. Toni fährt mit Marco zum Haupteingang. Da müsst ihr ungeheuer aufpassen. Der Werksschutz wird nicht schlafen. Du fährst mit Martin zum Tor an der B7. Da sollte um die Zeit nichts mehr los sein. Schichtwechsel ist um zehn. Aber seid trotzdem wachsam. Ziggy und Robert stellen sich an den Eingang an der Simonstraße.« Zur Verdeutlichung zeigte er auf die Karte am Flipchart.

»Geht klar«, antwortete Ziggy Pawlowski, ein Pole Mitte dreißig mit kurzen, schwarzen Haaren und einem Stiernacken. Waffenhandel und Einschüchterungen waren sein Spezialgebiet.

»Und ich wiederhole es noch einmal. Es ist sehr wichtig, dass die Sprengungen absolut zeitgleich stattfinden. Militärische Präzision ist zwingend erforderlich.«

»Was machen wir danach?«, fragte Ziggy.

»Ihr beide verschwindet in Richtung Zoo. Da gibt es ja keine Polizeiwache mehr, ergo kommt von da auch keine Streife. Steffen und Martin laufen am besten bis hierhin zurück.« Er deutete auf die Kreuzung Friedrich-Ebert-Straße mit der Vogelsaue. »Wenn ihr da rauf geht, seid ihr sicher. Die ersten Wagen der Polizei brauchen mindestens fünf Minuten. Eher noch mehr.«

»Was hältst du davon, wenn Marco und ich die Straße hier zu Mercedes raufgehen?« Toni, Nummer drei der Bande und somit näher an

Wüst als der Rest der Truppe, war selbstbewusst genug, Vorschläge zu machen.

»Gute Idee und seht zu, dass ihr die Nacht über verschwindet.« Wüst drehte sich zum Flipchart um und hängte einen anderen Kartenausschnitt auf. Ein leiser Rülpser folgte einem großen Schluck aus dem Bierglas. »Und jetzt zum zweiten Teil des Plans. Hier sind wir im Moment.« Ein Finger legte sich auf die Stelle am Laurentiusplatz, an dem sich die Pizzeria befand. »Das ist die Deutsche Bank und hier ist die Baustelle auf der B7 kurz vor dem Tunnel am Döppersberg. Was auch immer die da mal wieder aufreißen. Uns kommt es zugute.«

»Ich habe den Radlader gecheckt. Der steht jeden Abend auf der gleichen Stelle. Die Schlüssel sind nur nachlässig versteckt. Die liegen hinten auf dem Reifen«, sagte David Herrmann, seines Zeichens zuständig für die Verteilung der Drogen an die Dealer. »Ich gehe da um kurz vor zwölf hin und bin dann ein paar Minuten später da. Ist kein Problem.«

»Das wollte ich hören. Was ist mit dem Laster?« Der Bandenchef sah Jens Brandt an, den jüngsten im Team.

»Daran arbeite ich schon. Der LKW wird zwar auch an der Baustelle geparkt, aber den Schlüssel habe ich noch nicht gefunden. Ich wollte mal hoch zu der Firma fahren und mich als neuer Mitarbeiter vorstellen. Vielleicht sehe ich dann, wo die Schlüssel aufbewahrt werden.«

»Mach keinen Mist, Kleiner. Mit dem Laster steht und fällt die Sache. Sieh zu, dass du das bis Mittwoch gelöst hast. Sonst müssen wir uns einen anderen LKW und einen neuen Fahrer suchen. Ist das klar?«

»Ich bekomme das hin, Edgar. Ganz sicher«, erwiderte der junge Mann. Seine Stimme klang aber bei Weitem nicht so zuversichtlich, wie er es vorgehabt hatte.

»Okay. Fünfzehn Minuten nachdem die Autos explodiert sind, fährt David mit dem Bagger in die Seitenwand der Bank. Das ist nur Glas und sollte keine Schwierigkeiten bereiten.« Mit dem Stock zeigte Wüst auf die geplante Einbruchsstelle. »Dann stürmen Max und Ben in die Bank und David reißt die Geldautomaten aus der Verankerung. Die befestigen wir mit den Seilen an der Baggerschaufel und ziehen sie raus auf die Straße. In der Zwischenzeit ist Jens mit dem Laster da. Wenn die vier Automaten auf dem LKW sind, hauen wir ab. Alles klar?«

»Und wo bist du?«, fragte Toni.

»Ich stehe auf dem LKW und sichere die Umgebung. Lasst uns mal die möglichen Komplikationen überdenken. Problem Nummer eins wäre, dass die Bullen nicht so schnell zum Bayerwerk fahren, wie wir es geplant haben. Wenn dem so ist, kommt der Zeitplan ins Wanken. Wir machen also Folgendes: Steffen und Martin, ihr beiden wartet an der Vogelsaue, bis die Sheriffs vorbeigefahren sind. Ruft mich dann kurz an und haut ab. Problem zwei: Die Autobomben gehen nicht wie vorgesehen hoch. Sollte euch irgendetwas komisch vorkommen, brechen wir sofort ab. Wenn nicht alle Ladungen explodieren, ist das zwar schlecht, aber nicht mehr zu ändern. In dem Fall ziehen wir den Rest wie geplant durch.«

»Wo fahre ich hin, nachdem die Geldautomaten auf dem Laster sind?«, wollte Jens wissen.

»Das habe ich noch nicht endgültig entschieden«, antwortete Wüst. »Zwei Plätze kommen in Betracht. Bis nächsten Mittwoch steht es fest. Weitere Fragen?«

»Sollen wir bewaffnet sein?«, fragte Toni Bellucci.

»Ja. Aber nur Waffen für die Eigensicherung. Keine Uzis oder Kalaschnikows. Das wäre zu auffällig. Nehmt jeder eine Pistole mit und gut ist es.«

»Was machen wir, wenn der Werksschutz uns zu früh sieht?«

»Dann handelt ihr nach eigenem Ermessen. Töten bloß im absoluten Notfall. Nur für den Fall, dass es gar nicht anders geht. Klar?«

Die Männer nickten unisono den Plan des Anführers ab.

»Gut. Das war es für heute und vergesst nicht, fragt jeden, der etwas über Max und Ben wissen könnte. Ich muss unbedingt erfahren, was passiert ist. Bleibst du noch kurz hier, Toni?«

Nachdem sich der Raum geleert und Wüst den Rest des Weizenbiers in sich geschüttet hatte, lehnte er sich auf seinem Stuhl zurück.

»Was machen wir, wenn Max nicht bald auftaucht?«

»Dann haben wir ein großes Problem.« Bellucci kippelte mit dem Stuhl und verschränkte die Hände hinter dem Kopf. »Er ist die Nummer zwei gewesen, so lange ich dich kenne. Er weiß alles über die Organisation. Wie wir ihn ersetzen sollen? Keine Ahnung.«

»Ja, du hast recht. Das wird nicht einfach. Ich sage dir jetzt etwas im Vertrauen. Also häng das nicht an die große Glocke. Freitagabend haben die beiden Daniel erschossen. Auf meinen direkten Befehl hin. Er hatte allerlei ausgeplaudert und sich zum Risiko entwickelt.«

»Wann war das genau?«

»Kurz vor Mitternacht. Da habe ich auch zum letzten Mal mit ihnen gesprochen. Dummerweise sind sie dabei gesehen worden.«

»Wobei?«

»Na, was glaubst du denn? Sicher nicht beim Kartenspielen. Natürlich genau in dem Moment, als sie Daniel umgelegt haben.«

»Und was haben sie dann gemacht?«

»Sie haben den Kerl verfolgt. Rauf zum Dönberg. Mehr weiß ich nicht. Seitdem herrscht komischerweise absolute Funkstille. Was meinst du?«

»Wenn das so ist, haben wir ein echtes Problem. Glaubst du, die sind verhaftet worden?«

»Nein. In dem Fall hätten wir sicher was gehört. Ich habe da so ein paar Quellen. Bisher ist das Vögelchen still. Pass auf. Wir müssen wohl oder übel davon ausgehen, dass die beiden ausfallen. Auch für den Überfall am nächsten Donnerstag. Halt schon mal die Augen auf und such zwei Ersatzleute aus der Truppe raus. Nur für den Notfall. Okay?«

»Geht klar, Boss.«

# Kapitel 12

Montag 12. August

18:11 Uhr

Guten Tag, Frau Doktor Keller.« Mit sprühendem Charme und ausgestreckter Hand ging Gerste auf die Rechtsmedizinerin zu. »Wie immer schätze ich es nicht, Sie zu besuchen, aber das bleibt mir ja leider nicht erspart.« Er lächelte und Doktor Keller ergriff die Hand. Sie kannte die etwas skurrile Art des Wuppertaler Kommissars und war erfreut über die Abwechslung, die er ihr bot.

»Hallo, Herr Gerste. Es ist mir eine Freude zu erfahren, dass Sie mich nicht gerne sehen, und ich glaube Ihnen das sogar«, erwiderte die rothaarige Frau im blauen Operationskittel. »Und auch ein freundliches Hallo an Sie, Frau Meier. Wie geht es Ihnen?«

»Ich kann nicht klagen. Im Gegensatz zu Frank komme ich immer mit Vergnügen hierher. In meinem nächsten Leben werde ich ganz sicher Rechtsmedizinerin.«

»Das gefällt mir, aber ich hoffe doch für Sie, dass ich das nicht mehr erleben muss.«

»Danke, dass Sie mit der Obduktion auf uns gewartet haben. Es war ein bisschen hektisch in Wuppertal und da sind wir etwas in Verzug geraten. Und obwohl ich vermutlich der beste Autofahrer unter den deutschen Polizisten bin, hat mir die A46 mal wieder verwehrt, mein Talent zu zeigen. Aber ich will Sie nicht mit Phrasen langweilen. Nun sind wir ja hier und freuen uns auf den unvermeidbaren Gestank.«

»Glauben Sie ihm bloß kein Wort. Was passt an dem Bild Rennfahrer und Passat nicht zusammen?«, fragte Corinna und schaute grinsend in Richtung der Rechtsmedizinerin.

»Sie beide machen mir echt Spaß. Aber jetzt kommen Sie mit in die Höhle des Schreckens. Am besten atmen Sie durch den Mund. Das hilft ein wenig. Mir bleibt der Geruch leider nicht erspart, sonst würden mir unter Umständen Details entgehen. Von einer Gewöhnung möchte ich auch nach den vielen Jahren nicht sprechen.«

◆ ◆ ◆

Eineinhalb Stunden und drei Übelkeitsanfälle Gerstes später saß er mit den Frauen im Büro der Rechtsmedizinerin.

»Kaffee?«, fragte Doktor Keller die beiden Polizisten.

»Sehr gerne und wenn Corinna keinen möchte, trinke ich ihren mit.« Der Gedanke an den aromatischen Duft einer Tasse Kaffee und die Wirkung, den dieser auf seine strapazierte Nase haben würde, ließ ihn gierig werden.

»Danke, Frau Doktor Keller. Ich würde gerne eine Tasse Kaffee trinken«, antwortete Corinna jedoch und blickte sie mit zusammengekniffenen Augen an.

»So, was haben wir also?« Doktor Keller erhob sich und ging zu der Fensterbank, auf der eine Nespresso-Maschine stand. »Mal sehen, was ich Ihnen noch anbieten kann.« Dann hob sie den Deckel einer eleganten, schwarzen Holzkiste an und blickte auf eine Vielzahl bunter Kaffeekapseln.

»Ich würde morden für einen doppelten Espresso«, sprühte es aus Gerste heraus. »Bitte, Frau Doktor Keller, versüßen Sie mir den Abend.«

»Mal sehen, was ich für Sie tun kann.« Mit der Hand mischte sie die Kapseln durch und wählte eine ‚Inspirazione Napoli' aus. »Der ist bestimmt etwas für Sie. Italienischer Genuss in der kleinen Tasse.«

Nachdem sie eine weiße Espressotasse in der Maschine platziert hatte, lehnte Gerste sich entspannt auf seinem Stuhl zurück und genoss den sich ausbreitenden Duft.

»Sie verstehen es, eine baumelnde Seele wieder aufzurichten.«

»Darf ich Ihnen einen Latte macchiato empfehlen?«, fragte sie Corinna. »Ich habe lange gesucht und verwende eine spezielle Milch, die sich gut aufschäumen lässt.«

»Wie kann ich da Nein sagen? Vielen Dank, aber bitte machen Sie sich nicht so viel Mühe für mich.«

»Ich bitte Sie. Das ist doch nicht der Rede wert.«

»Sie sind die Beste«, lobte Gerste und schüttete reichlich Zucker in seinen Espresso. »Schade eigentlich, dass wir in Wuppertal so wenig Leichen haben.«

Nachdem sie Corinna das liebevoll zubereitete Getränk überreicht hatte, nahm sie selber einen Schluck, ging um ihren Schreibtisch herum, setzte sich und griff nach ihrem Notizblock.

»So. Fassen wir mal zusammen, was wir uns vorhin angeschaut haben. Den Todeszeitpunkt würde ich auf Freitagabend zwischen zwanzig Uhr und ein Uhr morgens eingrenzen. Sie wissen ja, genauer bekomme ich es nicht hin. Wenn ich Sie richtig verstanden habe, gibt es einen Zeugen, der die Tat gegen dreiundzwanzig Uhr beobachtet haben will. Da liege ich ja gar nicht so schlecht, oder?«

»Stimmt. Da sind wir in diesem Fall besser als Sie. Kommt selten genug vor. Ich denke, der Schuss in den Kopf war die Todesursache, oder?«, fragte Gerste.

»Ohne Zweifel ja. Das war ein Schuss aus einer großkalibrigen Waffe. Wenn ich schätzen müsste, irgendetwas größer-gleich neun Millimeter. Die Pistole wurde auf der Stirn aufgesetzt und das Geschoss ist von oben nach unten in einem Winkel von vierzig Grad am Hals wieder ausgetreten«, dozierte sie. »Haben Ihre Kollegen ein Projektil am Tatort gefunden?«

»Bisher nicht.« Corinna tippte mit dem Pencil auf den entsprechenden Eintrag in ihrem iPad.

»Ich vermute, dass der Schütze deutlich über dem Opfer gestanden haben muss. Die Geschossbahn durch den Kopf lässt mich annehmen, dass der Mann vor dem Täter kniete.«

»Eine Art Hinrichtung meinen Sie?« Gerste leerte seine Tasse und presste enttäuscht die Lippen ob des entgangenen weiteren Genusses aufeinander.

»Ja. Genauso wie man sich eine klassische Mafiahinrichtung vorstellt. Nur die dazugehörigen Betonschuhe hat das Opfer nicht getragen.« Die Rechtsmedizinerin lächelte über ihren Scherz und fuhr fort. »Das hätte bei Ihrem Flüsschen in Wuppertal auch wenig Sinn gemacht, was?«

»Könnte ich wohl einen weiteren von diesen wunderbaren Espressi bekommen?«, fragte Gerste und überging den spöttischen Kommentar nonchalant.

»Wenn ich noch einen in meiner Krabbelbox finde, gerne.«

Lächelnd schaute sie die Polizisten beim Aufstehen an, ging mit dem Block in der Hand zur Kaffeemaschine und startete die Zubereitung.

»Weiter im Programm. Das Opfer war durch das Eindringen des Geschosses, meiner Meinung nach, sofort tot. Ich glaube nicht, dass er überhaupt bemerkt hat, wie er auf dem Boden aufgeschlagen ist.«

»Von der Warte aus gesehen, gute Arbeit. Schnell und effektiv.« Anerkennend nickte Gerste in Corinnas Richtung. »Haben wir ein Portfolio an solchen Profikillern in Wuppertal?«

»Kommt mir nicht bekannt vor. Eine klassische Hinrichtung also? Das passt so gar nicht zu unserem Kaff. Wir sind doch nicht in Berlin oder Frankfurt«, fügte Corinna an. »Da haben wir ja ein ganzes Stück Arbeit vor uns.«

»Das Opfer hatte zahlreiche, zum Teil großflächige Hämatome am gesamten Körper. Da hat sich jemand mal richtig ausgetobt, würde ich sagen.« Ohne ihren Vortrag zu unterbrechen, nahm sie den fertigen Espresso und reichte ihn Gerste. »Mehrere gebrochene Rippen, eine offene Fraktur am linken Unterarm. Elle und Speiche klassisch durchgebrochen. Wenn ich die Abschürfungen auf der Haut an der Stelle berücksichtige, dann hat man den Arm aufgelegt und zack.« Sie demonstrierte den Vorgang mit ihren Händen über dem Knie.

»Er wurde also gefoltert?«, fragte Corinna.

»Ganz offensichtlich. Bei den Hämatomen an Bauch und Beinen würde ich auf einen Baseballschläger tippen. Nur am Kopf waren sie zurückhaltend. Aber das haben sie ja dann später mit der Pistole nachgeholt. Obwohl ich denke, dass das nicht mehr notwendig war. Alleine an den inneren Verletzungen durch die Schläge wäre er gestorben.«

»Doppelt hält besser«, sprühte es aus Gerste heraus. »Die wollten auf Nummer Sicher gehen.«

»Und das haben sie zweifellos geschafft. Mehr ist nicht zu sagen. Die Ergebnisse vom Drogenscreening bekomme ich erst in ein paar Tagen. Einstichstellen habe ich keine gefunden. Die Leber deutete nicht auf übermäßigen Alkoholgenuss hin. Herz war gesund. Aber auch ohne die für ihn unglückliche Schussverletzung, würde er nicht mehr unter uns weilen. Dafür waren die inneren Verletzungen zu massiv.«

»Dann suchen wir also zwei rücksichtslose Schläger, die nicht vor einem kaltblütigen Mord zurückschrecken.« Gerste blickte erst Doktor Keller an und ließ danach den Blick zu Corinna schweifen.

»Das hört sich nach reichlich Arbeit für die kommenden Tage an.« Die Polizistin schaltete ihr iPad aus und erhob sich. »Vielen Dank für das Kaffeevergnügen. Bei der nächsten Leiche schicke ich Ihnen mal unseren Kaffeespezialisten vorbei. Dann kommen Sie nicht mehr zum Arbeiten. Das garantiere ich.«

# Kapitel 13

Dienstag 13. August

08:00 Uhr

Zufrieden mit sich lehnte Gerste am Board neben der Kaffeemaschine und ließ seinen Blick durch das Besprechungszimmer schweifen. Diese Morgenrunden waren wichtig für ihn und er liebte das freie Brainstorming, zu dem er seine Mitarbeiter immer wieder ermunterte. So kamen sie auf ungewöhnliche Ideen und nur durch die offene Diskussion wurden Spuren, Motive und allerlei Kleinigkeiten in anderem Licht betrachtet. Das war ein weiterer Grund für den Umbau der Abteilung gewesen, in dessen Folge der Besprechungsraum, in dem sie jetzt saßen, entstanden war. Er nahm den Espresso unter der Kaffeemaschine weg und drehte sich zum Team.

»Das war gestern eine eher unerfreuliche Obduktion. Da sollte jemand ganz gezielt zum Schweigen gebracht werden und das Ziel wurde leider auch erreicht. Wissen wir schon, wer der Tote ist?«

»Sein Name ist Daniel Hirte. Achtundzwanzig Jahre. Wohnt am Arrenberg. Simonstraße 26. Laut Aktenlage ledig und kinderlos. Wir hatten seine Fingerabdrücke im System.« Eisenberg blickte von seinem iPad auf. »Sollen wir uns die Wohnung einmal ansehen?«

»Ja. Ihr könnt nach unserer Besprechung hinfahren. Und nimm Marc mit.« Er schaute die beiden Polizisten an. »Gibt es noch mehr von dem Toten? Wie hieß er doch gleich?«

»Hirte. Daniel Hirte. Den hat der Oberhirte jetzt in den Himmel versetzt.« Das war einer der lockeren Sprüche, für die Schiffer bekannt war und sie kamen nicht immer gut an.

»Marc!« Corinna prustete zweimal und stellte die Kaffeetasse auf den Tisch. »Schau dir jetzt mal meine Bluse an. Könntest du mit deinen Witzchen nicht warten, bis ich aufgehört habe, zu trinken?« Ein deutlich sichtbarer Fleck breitete sich auf dem dünnen, dunkelblauen Stoff ab und ließ ihren schwarzen BH durchscheinen.

»Ich bitte vielmals um Entschuldigung.« Lässig schnitt Schiffer eine Grimasse in Richtung der Polizistin und erntete ein ironisches Lächeln.

»Super. Jetzt muss ich mich extra nochmal umziehen. Manchmal könnte ich dich echt … Ach scheiße … Umbringen sollte ich dich dafür!«

»Aber bitte nicht hier.« Grinsend saß Gerste in seinem Stuhl und vermied es, laut zu lachen. »Die Wände sind erst frischgestrichen und so einfach wollen wir Sven seine Arbeit doch wirklich nicht machen.«

»Wisst ihr alle, was ihr mich mal könnt?«, sprühte es aus der Polizistin heraus. Sie sprang auf, verließ den Raum und griff sich ein sauberes T-Shirt aus der untersten Schublade ihres Schreibtischs. Durch die offene Tür stand sie weiterhin im Blickfeld der Kollegen.

»Können wir uns jetzt wieder auf die wesentlichen Dinge konzentrieren?«, mahnte Gerste. »Und sieh zu, dass du deine Peepshow beendest.«

»Von wegen Peepshow. Ihr seid doch alle nur notgeil«, blaffte sie und zog das T-Shirt über den Kopf. Nachdem sie ihre Haare ausgeschüttelt hatte, band sie sich einen Pferdeschwanz und ging zurück in den Besprechungsraum.

»Hirte war ein kleinkrimineller Drogendealer. Hielt sich nach Aussagen von Kollegen der Wache in Elberfeld gerne am Döppersberg auf.« Mit größtmöglicher Contenance fuhr Schiffer mit den Ausführungen fort. »Dealte mit allem, was das Hirn dünn macht. Wurde mal festgenommen, weil es in einer Kneipe am Laurentiusplatz Stress mit einem Edgar Wüst gab.«

»Okay. Damit wissen wir, wer er war und wie er gestorben ist. Aber wieso hat man ihn so brutal zum Schweigen gebracht? Da hat sich nicht jemand für ein paar falsche Wetttipps revanchiert. Der wurde gezielt gefoltert und dann erledigt. Warum?«

»Und die Fragen werden ja nicht weniger«, klinkte sich Corinna ein. »Wie ist er in den BMW gekommen und wieso steht der oben am Dönberg?«

»Stimmt. Das ist ja nicht mal eben um die Ecke, wenn man den Tatort bedenkt«, ergänzte Schiffer. »Und noch komischer ist: wo denn dieser Max Kazim abgeblieben ist. Der lässt doch seinen Wagen nicht einfach so da oben stehen und haut ab.«

»Was ist mit der Tatwaffe? Konntest du das Kaliber rausfinden?« Corinna schaute fragend zu Eisenberg. »Frau Doktor Keller konnte nur vermuten, dass es neun Millimeter oder größer ist.«

»Nein. Wir haben weder am möglichen Tatort an der Gathe noch im Kofferraum des BMW ein Projektil gefunden. Leider auch keine Waffe.«

»Was habt ihr in der Wohnung bisher entdeckt?«, fragte Gerste weiter.

»Das war förmlich ein Waffenlager. Mit dem Zeug siehst du in Afghanistan nicht schlecht aus. Uzis, Pistolen, die Schrotflinten. Was wollte der denn damit und vor allem, wo hat er das her? Das kaufste nicht mal eben in der Hofaue.« Er lehnte sich nach hinten und verschränkte die Hände hinter dem Kopf. »Und was ist mit dem C4? Das waren locker vier Kilo. Auf Anhieb hätte ich keine Ahnung, wo man so etwas herbekommen sollte.«

»Hast du mal bei den Kollegen von der OK nachgefragt? Vielleicht haben die eine Idee.«

»Mach ich.« Er machte sich eine Notiz auf dem Tablet. »In der Wohnung haben wir die Fingerabdrücke von mindestens zwei weiteren Personen gefunden. Einmal von einem Ben Richter. Die waren praktisch überall verteilt. An den Waffen, an Gläsern, im Bad. Der hat fast da gelebt, würde ich sagen. Mit der Analyse der anderen Abdrücke sind wir noch nicht durch.«

»Hast du was zu dem?«

»Ben Richter, zweiunddreißig. Wohnt in der Bahnstraße 298. Das ist in Vohwinkel. Nicht weit weg von Amoflor.« Schiffer schaute von seinen Notizen auf. »Das ist auch kein Freund der vielen Worte. War bei der Bundeswehr. Hatte zwei Dienstzeiten in Afghanistan. Dazu eine Vorstrafe wegen Körperverletzung. Da haben wir ja sehr umgängliche Mitbürger aufgetan.«

»Und dann waren da noch die Abdrücke von Edgar Wüst«, sprach Eisenberg weiter. »Und bevor du fragst: Edgar Wüst. Fünfundfünfzig Jahre alt. Verheiratet. Zwei Kinder. Wohnhaft am Forsthof 22. Das ist eine nette Gegend an der Uni oben. Der hat, wie ich vorhin schon kurz gesagt habe, eine Pizzeria am Laurentiusplatz und ist ein größeres Kaliber. Man bringt ihn immer wieder mit dem Drogenhandel in Verbindung, bislang aber leider ohne Erfolg. Über seine Kneipe sollen die Geschäfte laufen. Bisher habe ich keinen weiteren Bezug zu Kazim und Richter finden können.« Schiffer stand auf und schlenderte zur Kaffeemaschine.

»Gute Idee. Meiner ist auch schon kalt.« Gerste erhob sich und folgte seinem Mitarbeiter.

Mit einer heißen Tasse Kaffee in den Händen blickte er wieder in die Runde. »Wir haben da ja eine ganze Anzahl von offenen Fragen und wir haben noch gar nicht über diese komische Karte an der Wand gesprochen. Hat jemand dazu eine Idee?«

»Hier ist die Karte.« Schiffer breitete sie vor sich aus.

»Ich habe gar nicht gewusst, dass es solche Stadtpläne noch gibt«, wunderte sich Corinna.

»Damit bin ich groß geworden. Ein klassischer Falk-Plan. Wie hat es immer so schön geheißen, patentgefaltet.« Mit beiden Händen stützte Gerste sich auf dem Tisch ab und betrachtete die Karte. Dann kratzte er sich im Nacken. »Das ist zweifellos eine Übersicht von Wuppertal. Hat jemand eine Vorstellung, wofür die Markierungen stehen könnten?«

»Ich habe mich bereits mit Corinna darüber unterhalten. Unserer Meinung nach kennzeichnen die irgendwelche Ziele. Nur wofür haben wir auf die Schnelle nicht herausgefunden. Komisch ist, dass die Punkte über die ganze Stadt verteilt sind. Die bunten Kreise, insgesamt sechsunddreißig Stück, sind scheinbar willkürlich verstreut und in verschiedenen Farben. Das hat sicher was zu bedeuten«, bemerkte Schiffer.

Corinna erklärte weiter: »Dann haben wir noch die viereckigen Markierungen. Davon sind es nicht so viele und wir sind uns einig, dass damit die Polizeireviere gemeint sind. Jedes Revier ist markiert.« Sie zeigte auf ein gelbes Quadrat. »Das hier ist das Präsidium. Dieser Punkt hier ist die Wache am Alten Markt.« Sie lehnte sich auf den Tisch und deutete auf weitere Zeichen. »Hofkamp, dann hier die Innenstadtwache an der Wupper. Das hier ist die Dienststelle in Vohwinkel.«

»Und warum sind die alle markiert?«, fragte Eisenberg?

»Das würde mich ebenfalls interessieren«, warf Gerste ein. »Gab es zuletzt Hinweise bezüglich Terroranschlägen auf Polizeiwachen?«

»Wie haben keinerlei Mitteilungen diesbezüglich erhalten. Wenn doch, dann hättest du die auch per Mail bekommen.« Sie beugte sich weiter über die Karte und stütze sich auf der Tischplatte ab. »Die runden Markierungen liegen ziemlich verstreut und haben irgendwie keine direkte Beziehung zu den Polizeiwachen.«

Jetzt stand Schiffer auf und deutete auf grüne Zeichen. »Unserer Meinung nach sind das die drei Eingänge des Bayerwerks hier in Elberfeld. Hier ist das Haupttor am Varresbeck, hier das Drehkreuz an der B7 und das hier ist das hintere Tor an der Simonstraße. Vielleicht sollten wir bei dem Werksschutz nachfragen, ob sie bedroht worden sind oder sonst irgendwelche Hinweise haben, was das bedeuten könnte.«

»Da haben wir ja mehr offene Fragen als Erkenntnisse. Andersherum würde es mir besser gefallen.« Gerste drehte sich zu Corinna um, die sich wieder hingesetzt hatte. »Kannst du die Liste mitschreiben und an uns versenden?«

»Klar.«

»Dann mal los. Punkt 1. Max Kazim zur Fahndung ausschreiben. Das ist schon passiert. Aktuell ist er unser Hauptverdächtiger und wir konzentrieren uns auf ihn. Punkt 2. Die Wohnung von diesem Hirte durchsuchen. Wenn Kazim und er sich kannten, finden wir vielleicht etwas mehr über unser Opfer. Punkt 3. Herausfinden, was Hirte zuletzt so getrieben hat. Wo hat er sich aufgehalten? Wer waren seine Freunde und Bekannten? Punkt 4. Bei der OK nachfragen, ob sie Hinweise zu Edgar Wüst haben. Da muss doch mehr dahinterstecken, wenn ein Schwergewicht wie Wüst sich mit denen einlässt. Punkt 5. Was hat es mit den Markierungen auf der Karte auf sich? Punkt 6. Ben Richter aufsuchen und befragen. Punkt 7. Wo ist die Tatwaffe und wem gehört sie?« Er verharrte und blickte zu Eisenberg. »Könnte eine der Waffen in der Wohnung von Kazim die Tatwaffe sein?«

»Nein, aus denen wurde länger nicht geschossen. Theoretisch würden alle passen, bis auf die Schrotflinten. Die Uzis und die Pistolen haben Kaliber neun Millimeter. Aber die sind blitzeblank. Wie neu. Ohne großen Aufwand können wir die Seriennummern nicht sichtbar machen. Das kann dauern.« Er zuckte mit den Schultern.

»Punkt 8. Warum sollte Hirte zum Schweigen gebracht werden? Der wurde ja nicht ohne Grund auf dem Parkplatz erschossen. Was steckt dahinter? Punkt 9. Befragung von Edgar Wüst. Vielleicht bringt uns das ja ein paar neue Ansätze. Punkt 10. Warum lag Hirte im Kofferraum des BMW? Punkt 11. Wie ist der BMW an den Dönberg gekommen? Wer hat ihn hingefahren?« Gerste schaute Corinna beim Schreiben zu und wartete, bis sie damit fertig war. Dann hielt er seine Tasse in Richtung Schiffer und fuhr fort. »Wissen wir schon was über den anonymen Anrufer von Samstagmorgen?«

»Ich habe die Überwachungsvideos vom Neumarkt angefordert. Die habe ich aber noch nicht bekommen. Ich warte drauf.«

»Punkt 12. Wer war der unbekannte Anrufer? Das ist für mich eine entscheidende Frage. Warum erfolgte der Anruf anonym? Das ergibt doch keinen Sinn, es sei denn, der Anrufer ist in die Tat verwickelt. Wenn wir allerdings Pech haben, hatte er einfach nur Angst. Punkt 13. Beim Werksschutz von Bayer nachfragen, ob die uns weiterhelfen können. Punkt 14. Wir sollten Radio Wuppertal bitten, einen Aufruf zu starten. Vielleicht gibt es ja jemand, der den BMW am Dönberg gesehen hat.«

»Da haben wir ja ganz schön was zu tun«, meinte Schiffer.

Der Hauptkommissar grinste seine Mitarbeiter an. »Vor Langeweile werden wir sicher nicht sterben. Sucht euch aus, was ihr abarbeiten wollt. Ich gehe mit Corinna zu der Wohnung von Ben Richter.«

# Kapitel 14

Dienstag 13. August

10:32 Uhr

»Kommen Sie, Doktor Ritter. Die Sache ist doch mehr als eindeutig. Da liegt eine Schusswaffe auf dem Tisch. Das haben wir deutlich gesehen. Soll ich Ihnen ein Bild schicken?« Am liebsten hätte Gerste das Handy auf den Boden geschmissen, oder dem Staatsanwalt gesagt, was er just in diesem Moment von ihm hielt. Da solche Aussagen aber unweigerlich zu disziplinarischen Konsequenzen führen würden, versuchte er angestrengt, Doktor Ritter zu überzeugen, einen Durchsuchungsbeschluss für das Haus von Ben Richter auszustellen. Nach der Besprechung im Präsidium war er mit Corinna in die Bahnstraße gefahren und hatten Richters Bleibe zügig gefunden. Es war eigentlich kein richtiges Haus, sondern eher ein einstöckiger Anbau, dem eine Art Veranda vorgesetzt war, über die man zur Haustür gelangte. Nachdem Reaktionen auf ihr Schellen ausblieben, hatten sie durch die beiden Fenster geschaut und im spärlichen Licht eine Schusswaffe entdeckt.

»Ich kann Ihnen doch nicht für jeden Ihrer Einfälle einen Beschluss ausstellen. Wie stellen Sie sich das vor? Und was ist mit dem Durchsuchungszeugen? Haben Sie daran gedacht? Hin und wieder müssen auch Sie sich an die Vorschriften halten. So ist das nun einmal«, dozierte Doktor Ritter weiter. »Was ist denn mit morgen? Hat das nicht noch einen Tag Zeit?«

»Nein, hat es nicht. Da liegt eine Waffe auf dem Tisch. Das ist für mich ein eindeutiger Fall von Gefahr im Verzug.« Wild gestikulierend tigerte Gerste auf dem Hof von dem Haus hin und her. Mehr als einmal wischte er die imaginäre Scheibe vor seinem Gesicht oder simulierte einen Specht an seiner Stirn.

»Übertreiben Sie mal nicht. Das kann auch nur ein Verstoß gegen Paragraph 36 Waffengesetz sein und das rechtfertigt noch lange keinen Durchsuchungsbeschluss«, erwiderte der Staatsanwalt. »Ich habe ganz wenig Lust, dass mir das später alles um die Ohren fliegt. Organisieren Sie die Durchsuchungszeugen für morgen und dann bekommen Sie Ihren Beschluss. Ende der Durchsage.«

»Das ist ein Fehler.« Gerste drehte sich zu Corinna um und schüttelte heftig den Kopf. »Aber ich beuge mich der Staatsgewalt.«

»Das hat sich nicht so angehört, als wenn Doktor Ritter dir gefolgt wäre.«

»Das deutest du leider richtig. Der ist manchmal so borniert, aber du kennst ihn ja. Vor morgen haben wir das doofe Papier nicht. Ritter spielt mal wieder den Retter des Strafrechts.«

»Und bis dahin ist Richter weg. Der ist ja nicht blöde. Komisch ist nur, dass die Waffe da so offen auf dem Tisch liegt. Was machen wir also?«

»Du bleibst hier stehen, siehst schlau und hübsch aus und lässt fünf gerade sein, während ich mich auf Gefahr im Verzug berufe und da rein gehe. Sonst kommen wir ja keinen Deut weiter.«

»Echt jetzt? Das ist nicht dein Ernst.« Eigeninitiative ihres Chefs war sie gewohnt, aber selten wurde sie Zeugin offensichtlichen Ungehorsams oder der Rechtsbeugung. Da Gerste bereits die Veranda betreten hatte, folgte sie ihm mit zügigen Schritten. »Ritter zerreißt dich in der Luft, wenn er das erfährt.«

»Und wer sagt es ihm? Finden wir was, ist alles gut. Die Waffe sollte dafür ausreichen. Finden wir nichts, waren wir gar nicht hier.« Er zuckte mit den Schultern. »Wir dehnen den Paragraphen minimal.«

»Na, du machst mir Spaß.«

Der Hauptkommissar zog ein Lederetui aus der Innentasche seines Sakkos, trat vor die Haustür und wählte einen Dietrich aus.

»Was wird das denn jetzt?«, fragte Corinna und schüttelte mit dem Kopf. »Einbrecherkurs für Anfänger?«

»Quatsch. Ich wollte nur mal ne Runde prahlen und mein tolles Weihnachtsgeschenk zeigen. Hat meine Frau bei einbrecher.de gekauft.«

»Ach was. So eine Seite gibt es wirklich?«

»Nee, natürlich nicht. Aber wie heißt es so schön: Alles in Obi.«

»Wer es glaubt, wird selig, was? Das schaffst du doch nie. Hast du das denn überhaupt schon mal gemacht?«

»Nein. Aber es gibt ja für alles ein erstes Mal, oder?« Gerste grinste. »Wird schon schiefgehen.« Dann kniete er sich vor die Tür und versuchte, das Türschloss zu öffnen.

»Wenn du so weiter machst, ist der Durchsuchungsbeschluss ja schneller hier.«

Grummelnd erhob er sich und trat vor eins der Fenster. Das Geräusch von splitterndem Glas ertönte und er zog seinen Arm aus der zerschlagenen Scheibe raus. »So geht es auf jeden Fall fixer.«

»Ich bin schon ganz gespannt, wie du das Doktor Ritter erklärst. Der suspendiert dich glatt.«

»Um den mache ich mir Sorgen, wenn wir hier nichts finden.« Mit dem Besen, der etwas weiter an der Wand lehnte, entfernte er die Reste des Fensterglases aus dem Rahmen. »Ladys first«, sagte er und machte eine galante Handbewegung in Richtung der jungen Kommissarin.

»Super. Hast du auf einmal Bedenken, dass deine Idee doch nicht so bombig war?« Durch das offene Fenster griff Corinna nach dem Fenstergriff und öffnete es. Dann kletterte sie geschickt in die Wohnung und zog ihre Waffe. Gerste folgte ihr deutlich behäbiger.

»Sicher die Pistole auf dem Tisch!«, wies er sie an und drückte auf den Lichtschalter. Im Schein der Deckenlampe offenbarte sich ein trostloser Raum, der wie ein Wohnzimmer eingerichtet war. In der Ecke stand ein großer Flachbildfernseher auf einem flachen Schrank. An der Wand gegenüber dem zerstörten Fenster sahen sie ein breites Sofa und auf dem Tisch vor der Sitzgarnitur lag mit der Waffe der Grund für die eigenmächtige Handlung. Blumen oder etwas Farbenfrohes gab es nicht.

»Noch eine SIG Sauer. Das ist die gleiche, wie wir sie in der Wohnung von Kazim gefunden haben«, sagte Corinna, zog Gummihandschuhe über und griff nach der Pistole. »Die hier hat ebenfalls keine Seriennummer mehr. Für mich ein Fall von unbefugtem Waffenbesitz. Damit dürfte Gefahr im Verzug angebracht gewesen sein.«

»Warten wir ab, ob Doktor Ritter das genauso sieht. Und wo wir schon mal hier sind, können wir uns auch noch ein bisschen umschauen. Du kannst Sven informieren. Er soll die Bude mal auf Spuren untersuchen.«

»Mach ich«, sagte sie und steckte die Pistole in eine Beweismitteltüte. »Schau mal hier.« Sie drehte sich zu Gerste um, der vor einer Kommode kniete. »Das ist doch die gleiche Karte, die wir in Kazims Wohnung gefunden haben, oder nicht?«

Gerste stand auf und ging zu Corinna hinüber. »Auf den ersten Blick würde ich sagen – ja. Sven soll sich das mal genauer ansehen.« Dann drehte er sich um und kehrte zu der Kommode zurück. Als er die quietschenden Türen geöffnet hatte, pfiff er durch die Zähne. »Was hältst du denn hiervon?«

»Lass mich mal sehen.« Corinna trat neben ihren Kollegen, der in einen Gummihandschuh pustete. »Das ist jetzt aber nicht wahr, oder?«

Schmunzeln streifte Gerste den zweiten Handschuh über und griff nach einer Uzi. »Wo haben die den ganzen Kram nur her? Die Dinger stammen doch aus Israel, dachte ich. Wie kommen die so einfach daran?«

Kopfschüttelnd legte er die Uzi auf den Tisch, holte zwei weitere Maschinenpistolen aus dem Schrank und stellte fünfundzwanzig Schachteln Munition daneben. »Langsam wird mir die Sache ungeheuer. Wir haben ja in Deutschland keine Bürgerwehren mehr, oder habe ich was verpasst?«

»Lassen wir uns mal überraschen, was im nächsten Raum wartet.« Mit zügigem Schritt ging sie auf die geschlossene Tür zu, drückte die Klinke herunter, verharrte eine halbe Sekunde, drehte sich blitzartig um, rannte in Richtung Haustür und schrie: »Raus hier. Schnell.«

Gerste sprang auf, versuchte noch zu reagieren, wurde aber durch den ohrenbetäubenden Knall, der zusammen mit dem Feuerball auf ihn zuraste, paralysiert. Bevor er wieder Herr seiner Sinne war, wurde er von der auf ihn zuspringenden Polizistin niedergerissen und landete unsanft auf dem dreckigen Teppich. Gesteinsbrocken, Glasreste und umherfliegende Holzsplitter fielen auf sie nieder, Ruß und aufgewirbelter Staub verwandelten die Reste des Zimmers in eine kriegsähnliche Trümmerlandschaft.

Eine mächtige Druckwelle zog über die am Boden liegenden Polizisten hinweg und zerstörte, was durch den Feuerblitz unbeschädigt geblieben war.

Noch bevor sich der Staub gelegt hatte, rollte sie von Gerste herunter, rieb sich die Augen und blickte ihrem Kollegen ins verdreckte Gesicht.

»Wir müssen sofort raus hier. Schnell!« Mühsam versuchte sie, sich aufzurichten, rutschte weg, fing sich und taumelte zur Tür, die nicht mehr da war.

»Was zur Hölle war denn das?« Auch Gerste rappelte sich auf und folgte seiner Kollegin ins Freie. Der Teppich und die Tapeten brannten, Qualm quoll aus dem Zimmer, zu dem die Sprengladung den Zugang verwehrt hatte.

Er sprang auf den Hof und drehte sich in dem Moment um, als die Druckwelle der zweiten Explosion Corinna in den Rücken traf und sie von der Veranda fegte. Das Dach des Hauses stürzte in sich zusammen und verwandelte das Gebäude in eine Ruine.

Entkräftet und hustend richtete Corinna sich auf und klopfte sich mit den Händen den Staub von der Jacke.

»Das war knapp«, sagte Gerste, lehnte sich an eine dicke Eiche, die die Explosion unbeschadet überstanden hatte, und sog Luft mit einem Rasseln in seine Lungen. »Wie geht es dir?«

»Ich lebe.«

»Was war das?«

»Das war eine Handgranate«, flüsterte die Polizistin, die sichtbar beeindruckt von den Geschehnissen auf die Knie sank. »Als ich die Klinke runtergedrückt habe, ging das schwerer als erwartet. Dann war da dieses komische Geräusch, so ein Pling, als wenn irgendetwas herausgezogen wird.«

»Gute Reaktion. Ich weiß, es hört sich blöde an, aber du hast uns das Leben gerettet.« Er hustete und wischte sich Ruß von der Stirn.

»Was geht hier nur vor?«, sinnierte Corinna und zeigte auf das brennende Gebäude. »Warum schützt jemand sein Haus mit einer Sprengfalle?«

»Ich habe keine Ahnung.« Entkräftet ließ er sich neben seiner Kollegin ins Gras sinken. »Darüber mache ich mir später Gedanken, wenn du nichts dagegen hast. Jetzt genieße ich erst einmal mein zweites Leben.«

»Denk lieber darüber nach, wie du das unserem Herrn Staatsanwalt erklären willst. Darauf bin ich echt gespannt.« Sie seufzte. Dann hörten sie von Weitem die ersten Sirenen.

»Ich werde ihm sagen, dass wir den Durchsuchungsbeschluss nicht mehr brauchen.«

# Kapitel 15

Freitag 09. August

23:52 Uhr

»Wo ist der hingefahren?«, fragte Richter und spähte in die Nacht. In der Ferne waren ein paar Fenster erleuchtet, der Rest der Landschaft vom Mond erhellt.

»Keine Ahnung«, erwiderte Kazim.

Sie waren dem Land Rover zunächst nicht weiter gefolgt, denn auffälliger hätten sie sich kaum verhalten können. Mitten in der Nacht, zwei Fahrzeuge auf dieser einsamen Straße, ein Suchscheinwerfer wäre nur unwesentlich dezenter gewesen. So warteten sie am Anfang des Mutzberger Wegs und hatten einen freien Blick über das Tal. Der nördliche Hang des Uellendahls lag friedlich in tiefer Dunkelheit vor ihnen. Nur gedämpft beleuchtet schimmerten die Wohnsiedlungen entlang des Westfalenwegs. Dem Defender zu folgen, war bisher nicht schwer gewesen. So gemütlich wie er durch die schmalen Straßen getuckert war, so unerwartet verschwand er aus ihrem Sichtfeld.

»Der kann doch nicht einfach weg sein. Los, hinterher«, rief Richter. »Gerade war er noch da hinten zu sehen.«

Ruckartig legte Kazim den ersten Gang ein, gab bedächtig Gas, bemüht, den zahlreichen Schlaglöchern auszuweichen.

»Ist ja wie im Krieg hier. Ein Krater nach dem anderen. Wenn ich mir wegen dem Drecksack den Spoiler abreiße, mach ich den zweimal fertig.«

»Nee, hier sind wir falsch. Dreh um und fahr da vorne rein«, stellte Richter fest, als sie fünfhundert Meter weiter, vor einer Schranke standen. »Das kann doch alles nicht wahr sein.«

»Ist ja wie auf einer Schnitzeljagd hier.« Der BMW setzte zurück, wendete und folgte wieder dem Mutzberger Weg. Bald darauf erreichten sie eine Kuppe und konnten über das lang gestreckte Tal bis Velbert schauen.

»Wow. Sieht ja ganz einladend aus hier oben. Hätte ich gar nicht gedacht. Dumm wäre jetzt nur, wenn der Kerl da hinten runter gefahren ist.« Er zeigte auf die wenig beleuchtete Straße, die sich durch das Tal schlängelte. »Dann sehen wir ihn nicht wieder.«

»Das glaube ich nicht. Der hat sicher irgendwo angehalten. Lass uns die Strecke noch mal abfahren. Vielleicht wohnt der ja auch hier in der Gegend.«

»Das kann ich nur hoffen. Ich sag dir, wenn wir den nicht wiederfinden, macht uns Edgar alle«, grummelte Kazim.

Er wendete und fuhr die schmale Straße erneut ab.

»Stopp!« Richter zeigte auf eine baufällige Scheune. »Da steht er. Neben dem Schuppen. Siehst du das?«

»Ja, aber da wäre ich glatt dran vorbei gefahren, wenn du nichts gesagt hättest. Was macht der Kerl bloß da?«

»Komm, fahr weiter. Da vorne stellen wir den Wagen ab und schauen uns die Karre genauer an.«

»Hey, sieh mal. Was ist denn das da hinten?«, fragte Kazim und zeigte über die Wiese, die sich vor ihnen auftat. »Da war doch ein Licht. Nicht sehr lang. Als wenn da eine Taschenlampe geleuchtet hätte. Hast du das nicht bemerkt?«

»Nee. Wo meinst du?«

»Mann, da hinten. Wie weit ist das? Fünfhundert Meter vielleicht?« Er deutete in westliche Richtung.

»Nee. Hab ich nicht gesehen. Komm jetzt. Lass uns erst zu dem Auto gehen.«

»Ist ja gut.«

Sie parkten den BMW am Rand des Mutzberger Wegs und schlichen zurück zu dem kleinen Hof. Zunächst entdeckten sie nur ein altes Fachwerkhaus, dann eine riesige Linde und am Ende des Hofs, neben einer maroden Bretterscheune stand der Geländewagen. Einfach so, offen zugänglich, nicht versteckt.

»Ich werd nicht mehr«, flüsterte Richter seinem Kollegen zu. »Der Kerl ist Jäger.« Er zeigte auf einen Aufkleber am Heck des Land Rovers. »Jagdschutz NRW. Was soll das denn sein?«

»Keene Ahnung. Aber dann wohnt der nicht hier. Der ist hier oben auf der Jagd.«

»Nee. Wir sind gleich auf der Jagd. Ist echt komisch, was? Jäger wird gejagt.«

»Du bist ja ein richtiger Komiker.«

»Guck mal, was der für einen Haufen Plunder in seiner Karre hat.« Durch die Seitenfenster spähte Richter in den Land Rover. »Da liegt ein Spaten. Wie praktisch. Damit können wir sein Grab ausheben, wenn wir ihn erledigt haben.«

»Hey, komm mal runter. Wir müssen viel vorsichtiger sein. Der hat bestimmt ne Waffe dabei.«

»Das ist anzunehmen. Nur weiß der nicht, dass wir ihn suchen. Sonst wäre der doch direkt zur Polizei gefahren«, mutmaßte Richter.

»Ich gehe davon aus, dass der Typ irgendwo da hinten hingegangen ist. Da, wo das Licht war. Vielleicht ist da ja ein Hochsitz oder so. Kannst du da was erkennen?«

»Wie soll ich da was sehen? Ist doch stockfinster.«

»Nee, so dunkel ist das gar nicht. Der Mond ist schon superhell.« Mit dem Finger zeigte er zum Himmel.

»Hast du wenigstens eine Taschenlampe im Auto?«, wollte Richter wissen.

»Wie bist du denn drauf? Ist total oldschool. Wo heute jeder ein Handy hat.«

»Was ist mit nem Fernglas?«

»Sag mal, auf welchem Planeten lebst du? Wo soll ich ein Fernglas hernehmen?«

»Schade, ich hätte mir das gerne mal angeschaut, bevor wir dahin laufen. Und das mit dem Licht ist eh keine gute Idee. Damit fallen wir nur auf.«

»Schlauberger, was? Lass uns lieber die Waffen prüfen.« Mit einer flüssigen Bewegung zog Kazim seine Pistole aus dem Hosenbund. »Irgendwann sollten die was Neues erfinden. Mit der Knarre in der Hose ist es scheiße zu fahren.« Er ließ das Magazin herausgleiten und prüfte es. »Ich habe zwölf Schuss. Reicht aus. Was ist mit dir?«

»Mir genügen meine sechs Pillen, aber die sind dafür absolut tödlich«, prahlte Richter und steckte den Revolver ins Holster, das er am Gürtel trug.

»Also los. Dann gehen wir mal auf die Jagd.« Beide lachten über das sinnige Wortspiel.

Vor ihnen lag eine eingezäunte Wiese, die den direkten Weg zum vermuteten Aufenthaltsort des Zeugen versperrte. Geduckt schlichen sie an einem Maschendrahtzaun entlang, bis sie auf eine freie Fläche kamen.

Das Mondlicht erleichterte die Orientierung, erhöhte aber gleichzeitig die Gefahr, entdeckt zu werden. Am Ende des Zauns stoppten sie und prüften die Umgebung. Dreißig Meter weiter rechts stand der BMW und sie fragten sich, ob sie schon beim Parken aufgefallen waren.

»Alles ruhig«, flüsterte Kazim und deutete mit der Waffe in Richtung Hochsitz, der mittlerweile deutlich im Mondschein zu erkennen war. »Jetzt wird es langsam spannend. Du wartest hier, bis ich drüben bin.« Flink rannte er die fünfzig Meter über die Wiese zum Waldrand, kniete nieder und sicherte das Terrain. Sein Kumpan erhob sich auf ein Winken, querte ebenso zügig die freie Fläche und verharrte neben seinem Freund im Schatten der Baumreihe.

Aufmerksam pirschten sie sich weiter vor, wobei sie die natürliche Deckung der Bäume nutzten. Nach einhundert Metern im Schleichgang, die sich wie viele Kilometer für die beiden Raucher anfühlten, bemerkten sie einen Anhänger. Schwarz und dunkel, mitten auf dem Feld.

»Was ist das?«, flüsterte Kazim.

»Sieht aus wie eine Hütte auf Rädern. Lass uns mal hingehen. Aber ganz vorsichtig.« Er zog sein Handy raus und prüfte die Uhrzeit. Mitternacht.

»Warte kurz. Vielleicht ist da ja jemand drin.« Einen Moment verharrten sie, spähten in die mondhelle Nacht und schlichen behutsam weiter. Hinter den Fenstern konnten sie keine Bewegung ausmachen. Die Tür war dazu mit einem Vorhängeschloss gesichert.

»Hier ist niemand«, flüsterte Richter. »Also ist er irgendwo dahinten. Kannst du was sehen?« Sie knieten im Schutz der fahrbaren Kanzel nieder.

»Ich bin nicht sicher. Bis auf den Hochsitz ist da gar nichts. Hey, ich bin doch keine Eule.«

»Wie wollen wir weiter vorgehen? Sollen wir uns da am Waldrand entlang schleichen oder links auf den Zaun zugehen?«

»Ich würde mich lieber im Schutz der Bäume da annähern. Ist auf jeden Fall sicherer, als wenn wir hier mitten über die Wiese laufen. Da wären wir ein zu leichtes Ziel.«

In der hellen Vollmondnacht standen beide Männer auf und machten sich dran, die freie Fläche auf dem Weg zum Hochsitz zu überqueren.

Ein Schuss zerriss die Stille der Nacht.

# Kapitel 16

Dienstag 13. August

12:59 Uhr

»Wie geht es euch?«, fragte Schiffer taktvoll, erhob sich und ging auf die beiden Kommissare zu, die ins Großraumbüro der Mordkommission getreten waren. Obwohl körperliche Kontakte in der Abteilung eher unüblich waren, umarmte er seine Kollegin und drückte sie an sich. »Sven meinte, dass ihr richtig viel Glück hattet.«

»So weit geht es mir ganz gut. Bin nur noch ein wenig wacklig auf den Beinen«, antwortete Corinna und atmete kräftig durch. »So etwas habe ich noch nicht erlebt, kann ich dir sagen. Vergiss alles, was du in Filmen bisher gesehen hast. Das kann man überhaupt nicht mit der Realität vergleichen. Das war eine irre Erfahrung.«

»Krass. Hört sich ja fast so an, als wenn es dir gefallen hat, durchgewirbelt zu werden.«

»Das würde ich nicht so behaupten, aber es war einfach ein total abgefahrenes Erlebnis. Du glaubst nicht, wie brutal so eine Druckwelle ist. Die haut dich voll um. Da hast du keine Chance.«

»Nun mal halblang.« Lässig ging Gerste durch den Raum und wedelte die Neugier mit der Hand weg. »Wir haben es ja überlebt. Aber knapp war es ohne Frage.«

»Wie ist das denn abgelaufen?«, hakte Schiffer nach.

»Na, wir sind ja mehr oder weniger in das Haus eingebrochen und als wir mit dem ersten Raum fertig waren, wollte ich die Türe zum nächsten auf machen«, sprühte es aus ihr heraus. »Und auf einmal war da so ein komisches Geräusch. So, wie man sich das in den Filmen vorstellt. Als wenn der Sicherungsstift aus einer Handgranate gezogen wird. Und dann war Holland in Not. Ein Feuerblitz und eine Druckwelle sind über uns hinweggefegt und wir haben nur noch versucht, aus der Hütte rauszukommen. Unser Glück war, dass das Dach nicht sofort eingestürzt ist.«

»Krass. Ich bin so froh, dass euch nichts passiert ist. Aber mal so nebenbei, Frank. Ritter hat schon ein paarmal angerufen und wollte dich sprechen. Du solltest ihn wohl besser zurückrufen. Er war, gelinde gesagt, etwas ungehalten. Er sei heute die ganze Zeit im Büro.« Schiffer lächelte zweideutig.

»Der soll sich mal nicht so haben«, erwiderte Gerste, als er sich auf seinen Drehstuhl setzte und die Finger hinter dem Kopf verschränkte. »Der kann warten. Habt ihr in der Zwischenzeit was Brauchbares herausgefunden?«

»Jetzt halt mal den Ball flach, Frank. Vor zwei Stunden sind wir fast draufgegangen und du machst weiter, als wenn nichts gewesen wäre?« Corinna schüttelte energisch den Kopf und ging zum Kaffeeautomaten. »Marc, ich bin wirklich enttäuscht von dir. Du hast doch gesehen, dass wir gekommen sind und da hätte ich einen liebevoll zubereiteten Kaffee zur Begrüßung erwartet.«

»Gemach, gemach, holdes Wesen«, entgegnete Schiffer und holte eine Tasse hinter seinem Monitor hervor. »Ich weiß doch, wie man sich benimmt.«

»Vielen lieben Dank. Der Duft baut mich jetzt richtig auf.« Die Nase dicht über dem Milchschaum schlenderte Corinna zu ihrem Schreibtisch.

»Hallo! Genug Süßholz geraspelt. Kommen wir zur Sache«, hallte Gerstes Stimme durch die offene Tür des Nachbarbüros.

»Ja ja. Nicht hetzen. Ich bin bei der Arbeit und nicht auf der Flucht.« Abwehrend hob Schiffer die Hände und lehnte sich in seinem Stuhl zurück. »Ich habe bei den Jungs zur Bekämpfung der OK angerufen. Die melden sich zu Edgar Wüst. Vorab haben sie mir gesagt, dass der eine Pizzeria am Laurentiusplatz hat. Aber das wussten wir ja schon. Sie vermuten, dass er von dort aus seine Drogen verteilt. Stichhaltige Beweise haben sie dafür nicht. Kazim und Richter sind ihnen bekannt und verkehren da regelmäßig. Ob du es glaubst oder nicht, Max Kazim ist der jüngere Bruder von Edgar Wüst. Das fällt aufgrund der unterschiedlichen Familiennamen nicht sofort auf. Unseren Toten haben sie übrigens da auch schon gesehen. Punkt sechs auf deiner Liste hat sich ja nun erübrigt.« Zufrieden mit sich schickte er ein Lächeln hinterher. »Das Haus von Ben Richter habt ihr ja Stein für Stein abgetragen. Da kann Sven jetzt einen auf Archäologieprofessor machen.«

»Kazim ist der Bruder von Wüst. Hmm«, raunte Gerste. »Überaus komisch. Ob der wohl seinen Bruder mit einer Hinrichtung beauftragen würde?«

»Gute Frage. Wie auch immer. Kazim ist schon zur Fahndung ausgeschrieben und nachdem ich erfahren habe, was euch passiert ist, habe ich Ben Richter direkt hinzugefügt. Radio Wuppertal wird einen Fahndungsaufruf zu dem BMW bringen und beim Bayer Werksschutz habe ich auch angerufen. Die hatten keine nennenswerten Erkenntnisse über Bedrohungen oder Ähnliches. In der Zwischenzeit habe ich aber das Video der Überwachungskamera.«

Gerste stand in der Tür. »Wo? Auf deinem Laptop?«

»Jepp«, antwortete Schiffer und deutete mit seinen Händen auf den Monitor. »Voilà. Wenn ihr wollt, kommt rüber. Ich habe es auch noch nicht gesehen.«

Als die Kollegen hinter ihm standen, startete er die Videosequenz. Sie sahen ein grobkörniges Video, bei dem links oben in der Ecke das Datum zu sehen war. 10. August. Daneben blinkte die Uhrzeit: 09:01. Auf dem Bildschirm war der Neumarkt an einem verregneten Samstagmorgen zu erkennen. Die Verkaufsstände hatten schon geöffnet und zahlreiche Passanten liefen über den Marktplatz. Ein dunkel gekleideter Mann mittlerer Größe bewegte sich auf den öffentlichen Fernsprecher zu, bemüht, den Blick gesenkt zu halten. Sein Gesicht hatte er mit einer Baseballkappe verdeckt. Am Telefon angekommen, schien er sich die Bedienhinweise durchzulesen, griff dann zum Hörer und tippte auf den Zahlenblock. Nach kurzer Zeit, die Uhr stand auf 09:02, hängte er wieder ein, senkte den Kopf und lief zügig am Kaufhof vorbei zur Neumarktstraße.

»Ich konnte da gar nichts erkennen. Wie ist es mit euch?«, fragte Gerste in die kleine Runde.

»Ich auch nicht. Gut, es scheint ein Mann zu sein. Aber das ist schon alles«, antwortete Schiffer und Corinna ergänzte: »Sieht so aus, als wenn er genau wusste, wo die Kameras sind. Ist beim Neumarktplatz ja nicht verwunderlich. So viele Plätze hat Wuppertal nun auch wieder nicht.«

»Stimmt auch wieder. Das hilft uns alles nicht wirklich weiter.« Gerste schaute die Polizisten an. »Ihr beiden fahrt zur Wohnung von diesem Hirte. Vielleicht bringt das ja was. Danach kannst du die Pistole in die KTU bringen. Sven wird sich freuen. Über einen Mangel an Arbeit kann er im Moment nicht klagen. Und bevor ihr fragt, ich gehe oder besser fahre nach Canossa.«

# Kapitel 17

Samstag 10. August

00:07 Uhr

Was machen die denn da?«, fragte er sich und erschrak, wie laut er gesprochen hatte. Da standen auf einmal zwei Männer an seinem Defender, den er vor einer Viertelstunde neben der Scheune abgestellt hatte. Die warme Motorhaube war mit der Karosserie durch die Wärmebildkamera eindeutig zu erkennen. Die beiden Personen waren weiß auf schwarzem Hintergrund deutlich sichtbar.

Es würde sich kaum lohnen, sein Auto aufzubrechen, dachte er sich. Es lag nichts Wertvolles mehr drin. Was reizvoll für Diebe gewesen wäre, befand sich zusammen mit ihm in der Kanzel. Was wollten die also da? Er beobachtete die Männer weiter, die sich miteinander unterhielten. Erst als einer in seine Richtung zeigte, schluckte er. Das war gar nicht gut.

Friedensfurt schwenkte von seinem Wagen nach rechts und verfolgte die schmale Straße bis runter zur Kreuzung, sah aber nicht das, was er suchte. Ein kurzer Schwenk zurück und dann entdeckte er, wonach er Ausschau gehalten hatte. Ein weißes Auto, ein BMW, parkte da am Mutzberger Weg. Auf einmal war ihm klar, dass es alles andere als ein ruhiger Jagdabend werden würde.

Sie waren ihm wirklich gefolgt. Warum hatte er das nicht bemerkt? Was die beiden jetzt vorhatten, war offensichtlich. Diese Frage bedurfte keiner Antwort. Das Auftauchen der Männer bewies faktisch, dass er ein Verbrechen beobachtet hatte. Seine Augen hatten ihn nicht getäuscht. Aber tief in seinem Innern hatte er es ohnehin gewusst. Der Mann an der

Gathe war erschossen worden, er hatte es gesehen und war dabei aufgefallen. Mist. Mist. Mist.

Hätte er direkt zur Polizei fahren sollen? Klar, hinterher war man immer schlauer, schalt er sich. Vorhin hatte sich das nicht so eindeutig dargestellt. Jetzt war er sich absolut sicher. Die Anwesenheit der beiden Killer bestätigte dies.

Ruhig bleiben und nachdenken, sagte er sich, schob den Boonie in den Nacken und wischte die ersten Schweißperlen von der Stirn. Die Ankunft des BMW hatte er nicht bemerkt. Das war schwach. Jetzt musste er handeln, durfte nicht länger nur reagieren, sondern in die Offensive gehen. Konnten sie denn überhaupt wissen, wo er sich befand? Was hatte er die letzten paar Minuten gemacht? Ach, du Scheiße. Klar wussten die, wo er war. Eben erst hatte er mit dem Handy den Boden der Kanzel abgeleuchtet, weil ihm der Windmesser runtergefallen war. Das Licht hätte man weit sehen können. So etwas sollte einfach nicht passieren. Aber das war Schicksal und nicht mehr zu ändern.

Okay, den beiden war jetzt also bekannt, wo er sich aufhielt. Hatten die auch registriert, dass er sie ebenfalls gesehen hatte? Schon möglich, doch sehr unwahrscheinlich. Es waren knapp fünfhundert Meter von der Schrottkanzel bis zum Parkplatz, auf dem sie sich befanden und sie hatten kein Nachtsichtgerät dabei. Er hätte dies durch die Wärmebildkamera erkannt. Ein kleiner Vorteil für ihn stellte er fest. Dann blickte er zum Mond. Vor einer Stunde noch, hatte er sich über den hellen Schein gefreut, jetzt war er sein Feind. Die Schrottkanzel stand auf der Wiese, wie ein Leuchtturm an der Küste. Nicht zu übersehen und anziehend wie ein Magnet.

Von ihrem Standort aus würden sie etwa zehn Minuten bis zur Kanzel benötigen. Vielleicht länger, weil sie ja nicht auffallen wollten und sich dementsprechend vorsichtig fortbewegen würden. Das gab ihm etwas Zeit, sich vorzubereiten.

Er legte die Kamera zur Seite und wog seine Optionen ab. Sollte er versuchen, mit den Männern zu reden? Nein, dazu hatte er zu viele einschlägige Mafiafilme gesehen. Zeugen wurden beseitigt, mit denen diskutierte man nicht. Konnte er fliehen? Zu spät. Als er die Wärmebildkamera wieder zur Hand nahm, sah er, dass die Killer schon auf dem Weg zur Wiese waren. Die Zeit rann ihm durch die Finger.

Die Polizei anzurufen war immer noch eine Option, die er aber schnell verwarf. Bis eine Streife aus Elberfeld ihn hier oben finden würde, wäre sein Leichnam schon wieder kalt. Würden die Beamten ihm denn überhaupt glauben? Fraglich. Blieb also nur die Verteidigung.

Er griff zur Büchse, einer Savage Predator Hunter im Kaliber .308. Ein weit verbreitetes Universalkaliber für die Jagd. Auf dem Boden der Kanzel stand zudem eine wasserdichte Transportbox, in der er sein Nachtsichtgerät aufbewahrte. Seine Überzeugung war, beobachten und ansprechen mit der Wärmebildkamera. Für die Schussabgabe bevorzugte er dagegen ein Nachtsichtgerät, das er mit dem Zielfernrohr verband. Nicht als Vorsatzgerät, sondern er befestigte die Nachtzielhilfe mit einer Gummimanschette am Okular der Optik. Das war eine preisgünstigere Lösung als die teuren Vorsatzgeräte.

Zügig öffnete er die Box und montierte das Gerät an der Büchse. Bei dem leuchtenden Mond würde er den zusätzlichen Infrarotaufheller nicht benötigen. Er legte das Gewehr auf die Schießunterlage und schaltete das Nachtsichtgerät ein. Grün und schwarz färbte die Optik die Umgebung ein. Die beiden Männer waren jetzt gut dreihundert Meter entfernt. Es blieben ihm noch ein paar Minuten, schätzte er, als er das Magazin entnahm. Für den Transport musste die Waffe entladen sein und er hatte sich angewöhnt, die Büchse immer erst auf dem Hochsitz zu laden. Bisher war er damit gut gefahren. Zusehends geriet er ein wenig in Zeitnot.

Wieder blickte er durch die Wärmebildkamera. Die Akkuleistung reichte noch für rund zwei Stunden und war somit seine kleinste Sorge. Die Männer waren gut vorangekommen und befanden sich kurz vor der fahrbaren Kanzel, die auf halber Strecke stand. Für rasche Positionsveränderungen war die Ansitzeinrichtung mit Reifen und einer Anhängerkupplung versehen worden. Dadurch konnte sie einfach und flexibel immer dort aufgestellt werden, wo akute Wildschäden zu befürchten waren. Von außen war nicht direkt zu erkennen, ob jemand drinnen saß. Das kam ihm jetzt zugute. Die Männer stoppten wie erwartet, zogen ihre Waffen und versuchten, die Tür zu öffnen. Das gelang ihnen nicht, doch er gewann wichtige Minuten zur Vorbereitung.

Er griff sich die lederne Munitionstasche, die mit acht Patronen gefüllt war. Seit ein paar Jahren stellte er seine Munition selbst her, war ein Wiederlader. Das hatte viele Vorteile, die in Summe zu einer deutlichen Kostenersparnis und, weitaus erstrebenswerter, zu einer erhöhten Präzision der Waffe führten. Für die Wildschweinjagd heute hatte er Barnes-TTSX-Geschosse mit 150 Grain in Lapua-Messinghülsen verladen. Bisher hatte er gute Erfahrungen mit dem Deformationsgeschoss gemacht, das kaum Splitterwirkung im Wildkörper zeigte, dafür aber in den meisten Fällen für einen Ausschuss mit relevanten Hinweisen wie Blut, Knochensplittern und Schnitthaaren sorgte.

Präzise führte er eine Patrone in die Kammer des Repetierers und schob den Verschluss nach vorne. Aufs Sichern verzichtete er, lud das Magazin mit drei weiteren Geschossen und rastete es in den Magazinschacht ein. Fertig.

Dann legte er die Büchse auf den kleinen Sandsack und beobachtete die beiden Männer durch das Zielfernrohr im grünlichen Licht des Nachtsichtgeräts.

Bereit. Wenn sie es sind, Sergeant Pembry. Er musste schmunzeln. So oft hatte er diesen Satz von sich gegeben und nie war er zutreffender gewesen. Jetzt war er bereit.

Nach dem kurzen Stopp hatten die Männer sich wieder in Bewegung gesetzt und kamen zielstrebig auf ihn zu. Das steigerte seine Anspannung, die er mit Atemübungen unter Kontrolle bringen musste. Ein guter Schuss hing von effektiver Atmung ab. Bewusst atmete er tief ein und aus und zielte dabei. Wohin würde er schießen? Wo war ein Treffer am effektivsten? Dass er einen der beiden Männer erwischen würde, bezweifelte er nicht. Er hatte vor, sie bis auf hundert Meter herankommen zu lassen. Auf die Distanz bot der menschliche Körper genug Trefferfläche. Aber der erste Schuss sollte nicht nur sitzen, er musste tödlich sein, den Gegner direkt ausschalten. Einen aus der Gleichung herausnehmen, die im Moment seine Feinde im Vorteil sah. Dann und nur dann rechnete er sich eine Chance aus, zu überleben.

Beide Männer hatten Schusswaffen in den Händen. Durch das Nachtsichtgerät versuchte er auszuwählen, auf wen er zuerst schießen würde. Seine Atmung hatte sich angepasst, ging ruhig und regelmäßig. Den Puls hatte er unter Kontrolle. Einer Zielübung stand also nichts im Wege. Die beiden hatten angehalten und er visierte den Kopf desjenigen an, der weiter rechts stand. Links oder rechts, das waren die Optionen. Die Jacke des rechten Mannes hatte seine Aufmerksamkeit erregt und so platzierte er das Absehen mitten auf dessen Stirn. Dann schloss er die Augen, atmete einmal ein und aus und öffnete die Lider. Das Fadenkreuz befand sich immer noch da, wo er anvisiert hatte. Gut.

Zielstrebig hielten sie weiter auf ihn zu. Kein Zweifel, sie hatten die kurze Beleuchtung der Kanzel durch das Handy bemerkt. Achtsam waren sie. Das konnte er ihren Bewegungen entnehmen.

Wie ein Sniper verfolgte er jeden Schritt. Sie näherten sich seiner imaginären Schussgrenze, was seine Anspannung um ein My steigen ließ. Jetzt war er total fokussiert. Sie oder ich, Tod oder Leben, wobei er zugestand, dass es eine andere Konstellation war, auf einen Menschen oder auf ein Reh zu schießen.

Er zielte jetzt wirklich auf einen Menschen. Das hatte er vorher noch nie getan, aber er würde den Mann töten müssen. Er hasste sie dafür, ihm diese Entscheidung auferlegt zu haben, und verschwendete keinen Gedanken daran, dass er gleich einen Mord begehen würde. Für ihn war es Notwehr, als er den Finger krümmte und das Geschoss auf seine tödliche Reise schickte.

# Kapitel 18

Dienstag 13. August

14:00 Uhr

Die Fahrt nach Canossa dauerte bei Weitem nicht so lange, wie die Reise des deutschen Königs Heinrich IV vor beinah tausend Jahren. Die Sonne blendete Gerste, als er die Türschleuse des Polizeipräsidiums hinter sich gelassen hatte. Bevor er die breite Treppe hinunterging, verharrte er einen Moment und genoss die warmen Strahlen auf seiner Haut. Jäh riss ihn der Verkehrslärm auf der Friedrich-Engels-Allee aus den Gedankenspielen und katapultierte ihn in die Gegenwart zurück. So wie New York die Stadt war, die niemals schlief, sinnierte er kopfschüttelnd, war die B7 für Wuppertal eine nicht zur Ruhe kommende Verkehrsader. Wie man auf dieser Straße dem Radverkehr eine gleichberechtigte Chance einzuräumen gedachte, lag fern seiner Vorstellungsmöglichkeiten.

Gerste war ein Wuppertaler Jung und er liebte die Schwebebahn. Wann immer sich eine Gelegenheit bot, nutzte er dieses eigentümliche Verkehrsmittel, das sich an einem Stahlgerüst hängend durch die Stadt wand. Der nächstgelegene Haltepunkt war an der Völklinger Straße und so blieb ihm nichts anderes übrig, als ein paar Schritte an der von Abgasen geschwängerten Friedrich-Engels-Allee entlangzuschlendern.

Die Wuppertaler Asphalt-Lebensader war gesäumt von tristen, grauen Nachkriegsbauten und den unvermeidlichen Lebensmitteldiscountern. Der eine oder andere Baum überlebte irgendwie die Kohlenmonoxidwolken und so war Gerste froh, als er vor der Schwebebahnhaltestelle angekommen war.

Schon als Kind hatte er gerne auf den Plattformen der Haltestellen gestanden und sich an den schwebenden Waggons erfreut. Manchen Fahrgästen wurde durch das leichte Pendeln schwindelig, er hingegen genoss die kurze Fahrt zur Ohligsmühle. Nur zwei Stationen, aber genug Zeit, um sich auf die drohende Tirade des Staatsanwalts vorzubereiten.

◆ ◆ ◆

»Herr Gerste, ich freue mich wirklich, Sie zu sehen. Wie geht es Ihnen?« Für Gerste verblüffend zwanglos, erhob sich Doktor Ritter aus seinem Sessel und kam um den Schreibtisch herum auf ihn zu.

»Vielen Dank. Ganz gut«, entgegnete er und schüttelte die Hand, die sich ihm entgegenstreckte.

»Warum lassen Sie sich nicht krankschreiben? Was vorhin geschehen ist, darf man nicht auf die leichte Schulter nehmen.« Der Staatsanwalt deutete auf einen der beiden Stühle vor seinem Schreibtisch. »Möchten Sie etwas zu trinken?«

»Nein danke. Genau genommen ist ja gar nichts Dramatisches passiert und mir geht es gut.«

»Was ist mit Oberkommissarin Meier?«

»Die ist hart im Nehmen. Ich bin wirklich froh, dass sie dabei war. Wer weiß, wie das sonst ausgegangen wäre?«

»Darauf wollte ich gerade zu sprechen kommen«, sagte er sanft. Dann fuhr er deutlich energischer fort. »Was haben Sie sich eigentlich gedacht, so mir nichts dir nichts in das Haus einzusteigen? Sie haben eine unmissverständliche Anweisung von mir missachtet. Ich dachte, meine Worte am Telefon waren klar genug.« Der Staatsanwalt war bekannt dafür, innerhalb weniger Sekunden von entspannter und freundlicher Gesprächsführung in bestimmende und direkte Wortwahl umzuschwenken.

Nach einem demütigen Moment antwortete Gerste: »Nun. Für mich war das eindeutig ein Fall von Gefahr im Verzug. Das habe ich Ihnen ja am Telefon erklärt. Da lag eine Schusswaffe bei einem Freund des mutmaßlichen Täters offen auf dem Tisch. Das hätte ja gut und gerne die Tatwaffe sein können. Wir suchen Max Kazim mittlerweile sehr intensiv und haben keine Idee, wo er sein könnte. Da wollte ich mir die Möglichkeit nicht entgehen lassen. Im Nachhinein gesehen, war es ja auch berechtigt.«

»Gefahr in Verzug?«, blaffte der Staatsanwalt und schob den Einwand mit der Hand zur Seite. »Das glauben Sie doch selber nicht. Oder hat die Pistole geschrien: Hallo, ich bin die Tatwaffe? Sie haben pures Glück gehabt. Mehr nicht. Unsere Gesetze sind nicht nur für mich gemacht. Die gelten genauso für Sie und Sie sollten sie nicht zu oft beugen.« Um seinen folgenden Worten zusätzliches Gewicht zu verleihen, lehnte er sich aus dem Sessel nach vorne und stütze die Handflächen auf dem Schreibtisch ab. »Herr Gerste, ich schätze Sie, aber alles hat Grenzen. Verstehen wir uns in diesem Punkt?«

»Absolut.«

»Gut. Wie gehen Sie jetzt vor?« Eine weitere Eigenschaft, die der Hauptkommissar an seinem Gegenüber schätzte, war, dass er sofort zur Sache kam, lautstark seine Meinung kundtat und dann, ohne nachtragend zu sein, zur Tagesordnung überging.

»Das ist genau unser Problem. Leider ist Richters Haus abgebrannt und damit sind alle potenziell relevanten Spuren vernichtet worden. Die Pistole, die Frau Meier sichergestellt hat, liegt in der KTU. Die haben im Moment allerdings so reichlich zu tun, dass ich keine Ahnung habe, wann wir mit Ergebnissen rechnen können. Wir stehen sozusagen im Wuppertaler Regen. Es gibt zwar einen Verdächtigen, wir wissen aber nicht, wo er sich befindet. Seinen Freund, der genauso dubios ist, finden wir ebenfalls nicht und was es mit dieser Karte auf sich hat, ist uns auch nicht bekannt.«

»Fortschritt hört sich in der Tat anders an«, merkte der Staatsanwalt an. »Sind Sie bei den ganzen Waffen schon weiter gekommen?«

»Leider nein. Wir haben im Moment überhaupt keine Idee, wo die so viele Waffen herbekommen haben, und was sie damit wollten. Das Gleiche mit dem Sprengstoff. Die KTU meint, mit der Menge könnte man das halbe Polizeipräsidium in die Luft jagen.«

»Brauchen Sie mehr Leute?«, fragte der Staatsanwalt.

»Ich glaube nicht. Wir finden nur keinen richtigen Zugang zu dem Fall. Das ist alles extrem verwirrend. Aber Sie kennen mich ja jetzt lange genug. So etwas beeindruckt mich nicht, das spornt mich nur an.«

»Gut. Halten Sie mich bitte auf dem Laufenden. Und keine weiteren Übertritte. Beachten Sie die Regeln«, ergänzte er, stand auf und gab Gerste zum Abschied die Hand.

»Bis zum nächsten Mal«, entgegnete der Hauptkommissar mit sattem Händedruck und schaute Ritter fest in die Augen. Dann drehte er sich um und sah zu, dass er das Büro zügig verlassen konnte. Bei dem Staatsanwalt war man vor Überraschungen nie gefeit. Wenn ihm also noch etwas einfallen sollte, wäre er gerne schon raus aus dem modernen Gebäude der Staatsanwaltschaft, das so ganz anders aussah, als die mittelalterliche Burg in den Alpen.

## Kapitel 19

Samstag 10. August

00:32 Uhr

Treffer, lobte er sich. Das Opfer lag im Knall. Wie erwartet. Ein Kunstschuss war auf hundert Meter auch nicht notwendig gewesen. Das war mehr oder weniger eine Standardentfernung für ihn. Eine Einschränkung gewährte er sich. Trotz alledem hatte er auf ein bewegliches Ziel geschossen. Hätte der Mann sich im Moment der Schussabgabe gebückt oder umgedreht. Ach was, sagte er sich. Hätte, hätte, Fahrradkette. Man durfte auch mal zufrieden sein.

Was machte der andere?

Durch das Zielfernrohr beobachtete er, wie sein Gegner unbewusst den Kopf einzog, als ihn der Schussknall überraschte. Doch er reagierte schnell und feuerte in seine Richtung. Wow. Damit hatte er nicht gerechnet. Der leise Knall hallte nach. Schalldämpfer. Unplatziert war der Schuss gewesen und unsinnig dazu. Da, ein weiteres Mündungsfeuer. Der Kerl schoss nochmal. Wieder gedämpft, aber vernehmbar. Auf die Entfernung war das reine Munitionsverschwendung. Die Patronen hätte er besser gespart. Immerhin war jeder auserwählt, seine eigenen Fehler zu machen.

Vielleicht hatte er auch aus einem Reflex heraus geschossen. Um in Deckung zu gehen oder um einen direkten Treffer zu verhindern. Friedensfurt stellte die Büchse ab, griff zur Wärmebildkamera und beobachtete, wie der Killer neben seinem Kollegen kniete.

Was hast du vor, fragte er sich? Als Antwort rollte sich der Mann von der Leiche weg, ging in Stellung und spähte zu ihm herüber. Gesehen werden konnte er von dort nicht, war sich Friedensfurt sicher. Was jetzt? Was wirst du tun? Kämpfst du oder haust du ab?

Kämpfen. Gut, wie du willst, dachte er sich, als er die Person in den Wald rennen sah.

Also nur noch wir beide. Du und ich. Kannst du haben.

Wie wirst du vorgehen? Wirst du am Waldrand bleiben, oder wirst du versuchen, die Kanzel zu umgehen? Wie gut bist du in der Dunkelheit? Jetzt wird sich zeigen, was du bist. Mann oder Memme?

Wie sollte er selber handeln? Wäre es von Vorteil, hier auf dem Hochsitz zu verharren? Klar, gute Sicht und freies Schussfeld waren gegeben. Aber ein gezielter Schuss vom Waldrand, könnte sehr gefährlich sein. Die dünnen Holzwände boten keinen ausreichenden Schutz. Alternativen?

Runter von der Kanzel und rein in die Büsche. Liegend in Stellung gehen und warten. Der Nutzen lag auf der Hand. Er würde das Überraschungsmoment auf seiner Seite haben, denn er war sich sicher, dass der Killer nicht im Wald mit ihm rechnete. Die möglichen Nachteile wog er nicht detailliert ab, griff zum Gewehr und öffnete die Tür der Kanzel.

Rasch lief er im Bogen auf den Waldrand zu. Zeit zu vergeuden, hatte er nicht. Der Gegner war maximal fünfzig bis achtzig Meter weit weg und kam näher. Nahm er an. Sicher war er sich dessen nicht, aber er baute darauf, dass der Killer den Befehl hatte, den Zeugen zu beseitigen und zusätzlich Rache für seinen toten Freund nehmen wollte. Es würde zum Finale kommen, das war klar und er musste und würde vorbereitet sein.

Sachte drückte der Jäger dünne Äste und Büsche zur Seite und trat in den Wald. Plötzlich knackte es so laut, dass er abrupt abkniete, lauschte und ein leises, entferntes Fluchen vernahm. Da war wohl jemand auf trockene Zweige getreten. Grinsend erhob er sich und griff zur Wärmebildkamera. Er lag richtig, der Gegner handelte vorhersehbar. Gut so. Sehen konnte er ihn zwar noch nicht, dazu war er zu weit weg und der Wald zu dicht. Aber das würde sich ändern.

Sanft setzte er den Fuß auf den Boden, erst die Ferse, und verlagerte das Gewicht seines Körpers nach vorne. So reduzierte er das knirschende Geräusch der Blätter. Zweige und Sträucher schob er mit der Büchse zur Seite, bemüht, den Brombeerranken aus dem Weg zu gehen.

Seine Umgebung bestand aus hüfthohen Büschen und einzelnen Bäumen. Der Waldboden war mit Gräsern, Wurzeln und Laub übersät. Wo sollte er die Falle stellen? Die Wärmebildkamera zeigte ihm ein Bild der Lage. Acht bis zehn Meter weiter sah er einen dicken Stamm. Die ideale Position für den Hinterhalt.

Wieder drang ein Knacken an sein Ohr. Kein Fluch diesmal. Sein Gegenüber lernte. Aber es war auch schwer, sich im dunklen Wald an ein Ziel zu schleichen.

Er schlich zu dem ausgewählten Baum, kniete sich ins Gras und schob den Oberkörper nach vorne. Die Sitzkissenrolle platzierte er als Gewehrunterlage auf einem Erdhügel. Der Lauf des Repetierers zeigte in die Richtung der immer wieder knackenden Äste. Er war bereit. Gefühle wie Mitleid, Reue oder Angst hatte er längst verbannt. Nun zählte nur noch der Überlebenswille. Er war zum Killer geworden. Ein Raubtier.

Mit der Wärmebildkamera scannte er die Umgebung ab, aber bis auf Mäuse und Motten regte sich nichts. Er setzte die Kamera ab und schloss die Augen. Das helle Licht des Monitors beeinträchtigte seine Nachtsichtfähigkeit. Dann blieb sein Blick an einem Punkt hängen, der kurz aufleuchtete und wieder verschwand. Was war das gewesen? Eine Flamme? Ein Feuerzeug? Er nahm die Kamera und spähte in die Nacht und sah, auf was er gewartet hatte. Eine menschliche Silhouette bewegte sich durch den Wald, direkt auf ihn zu. Sein Gegenüber schlich durch das Unterholz und versuchte, sich im Mondlicht zu orientieren. Es war lustig mit anzusehen, wie ein Staksen im Nebel, der sich hin und wieder lichtete. Oft schlug der Mann mit der Hand um sich, wollte die nervenden Insekten verscheuchen oder Spinnweben entfernen, doch die Pistole hatte er immer im Anschlag. Offensichtlich kein Dummkopf, dachte er sich und schätzte den Abstand auf fünfundzwanzig Meter.

Genervt knickte der Jäger einen Grashalm ab, der an der Wange kitzelte. Konzentriert spähte er weiter in die Dunkelheit, die vom Mondlicht nur mäßig erhellt wurde. Der Baum links vor ihm beeinträchtigte sein Schussfeld. Das war nicht gut, aber nicht zu ändern. Die beiden Mäuse, die als weiße Punkte durch die am Boden liegenden Zweige jagten, lenkten ihn kurz ab. Der Flügelschlag eines Vogels ließ seinen Blick nach rechts schwenken. Hier war ganz schön viel los. Er zwang sich zur Konzentration, schloss die Augen, zählte bis zehn und öffnete sie. Drei tiefe Atemzüge später, lag sein Fokus wieder auf dem Killer, der sich an ihn heranschlich.

Jetzt konnte er ihn deutlich hören, knackende Äste, Laub und der eine oder andere kurze Fluch versüßten ihm die Wartezeit. Auf einmal war der Mann aus seinem Blickfeld verschwunden. Er hatte doch die Augen nur für einen Augenblick geschlossen. Ein Fehler. Hoffentlich nicht sein letzter. Wo versteckte sich der Kerl? Das war der Nachteil der Wärmebildtechnik. Wenn man etwas bei Tageslicht nicht sehen konnte, würde man es auch bei Nacht mit der Technik nicht erkennen. Bäume, Sträucher oder Erdwälle konnten die Wärmequelle verdecken.

Rasant schnellte sein Adrenalinspiegel an und einen Moment zog er einen Stellungswechsel in Betracht, doch dafür war es zu spät. Bei nur zwanzig Meter Abstand wäre es für seinen Feind jederzeit möglich, ihn zu sehen, auf jeden Fall aber zu hören.

Da tauchte die weiße Gestalt wieder auf seinem Monitor auf. Sein Gegner bewegte sich jetzt vorsichtiger, setzte die Schritte bedachter und fuchtelte nicht mehr mit den Armen herum. Er hatte sich ebenfalls an die Verhältnisse gewöhnt, leuchtete aber nach wie vor wie eine Christbaumkugel. Der Wärmebildkamera wäre er auch ohne die Zigarette nicht entgangen.

Der Griff zur Büchse, leise und oft geübt, gewahr, dass jedes Rascheln ihn verraten konnte. Er schob sich den Boonie in den Nacken, bog die vordere Krempe um und versuchte etwas Kleines, eklig haariges vom Arm zu pusten. Die Insekten nervten, nach ihnen zu schlagen war nicht drin, ruckartige Bewegungen vermied er. Schweißtropfen säumten seine Stirn. Jetzt musste es losgehen.

Beim Blick durch die Zieloptik wurde aus der weiß leuchtenden Person in dunkelgrauer Umgebung ein schwarzer Mensch in grünlichem Licht. Seine Wange lag am Schaft, der Vorderlauf auf der Filzrolle und sein Auge blickte gespannt durch das Zielfernrohr. Noch wenige Schritte musste das Opfer machen. Er war schussbereit, atmete tief ein, langsam aus, fühlte die Herzschläge. Poch, poch, poch und wieder einatmen.

Er justierte zum wiederholten Mal die Schärfe nach, fixierte das Griffstück und sein Finger lag am Abzug. »Komm, mach den Schritt«, dachte er sich und hielt den Atem an. Was passierte jetzt, fragte er sich. Der Killer war stehen geblieben. Sein Gegenüber starrte in seine Richtung und riss die Waffe hoch.

## Kapitel 20

Dienstag 13. August

15:17 Uhr

Dreißig Minuten nachdem er das Gebäude der Staatsanwaltschaft verlassen hatte, zog Gerste sein Handy aus der Tasche und drückte auf Corinnas Nummer. »Notfallseelsorge für unwissende Polizisten«, meldete sich die junge Frau und er schmunzelte.

»Wenn du ein Mann wärst, würde ich sagen, du hast ganz schön große Eier, Frau Kollegin. Wie sieht es aus? Habt ihr was gefunden?«

»Haben wir in der Tat. In Hirtes Wohnung stehen zwölf Gasflaschen. Du weißt schon, die Dinger, die man in Wohnwagen verwendet. Wir haben sie getestet. Die sind alle voll. Was immer die damit vorhatten, eine Grillparty war es sicher nicht. Nach der Erfahrung von heute Morgen, würde ich sagen, die hatten es auf einen mächtigen Knall abgesehen. Sonst war nicht viel zu holen. Ich glaube, auf die KTU können wir vorerst verzichten. Wie war es bei dir?«

»Ritter hat ein bisschen Dampf abgelassen und ein wenig gedroht. Keine große Sache. Kümmert euch mal um die Karte, wenn ihr zurück seid.«

»Und was machst du?«

»Ich gehe jetzt Pizza essen«, entgegnete er. »Over und aus.«

»Ist ja alles wie immer. Das Fußvolk macht die Arbeit und die Herrschenden genießen das Leben. Viel Spaß wünsche ich dir.«

Mit einem Lächeln auf den Lippen steckte Gerste das Handy in die Tasche seiner Softshell-Jacke und öffnete die Tür der Pizzeria San Angelo am Laurentiusplatz. Zu dieser Zeit am frühen Nachmittag war das Restaurant nicht gut besucht. An der langen Bar saßen drei Männer, die lebhaft über Fußball diskutierten. Die Sprache war ihm zwar nicht geläufig, aber zwischen den Worttiraden verfolgten sie eine Übertragung auf einem Flachbildschirm, der hinter dem Tresen stand. Insofern war seine Schlussfolgerung nicht die Tat eines kriminalistischen Wunderkindes. Der nach rechts abgehende Sitzbereich war leer. Er setzte sich an einen Tisch am Fenster und nahm eine Speisekarte.

Eine junge Kellnerin näherte sich.

»Was darf ich Ihnen bringen?«

Gerste blickte zu ihr auf und sah in ein freundliches Gesicht. Er schätzte die Frau auf etwas über fünfundzwanzig Jahre. Mit einer Hand steckte sie eine braune Strähne hinters Ohr und wischte einmal über den Tisch.

»Ich hätte gerne ein alkoholfreies Weizenbier. Welche Sorte haben Sie?«

»Wir haben Franziskaner.«

»Das wollte ich hören. Bringen Sie mir doch bitte eins.«

»Möchten Sie auch etwas essen?«

»Was würden Sie mir denn empfehlen?«

»Na ja, wenn Sie so fragen, machen wir die zweitbeste Gyrospizza im Tal.«

»Und wo gibt es die Beste?«

»Wäre ja ganz schön dämlich von mir, Ihnen das zu sagen, oder nicht?«

»Da haben Sie auch wieder recht. Dann verlasse ich mich mal auf Ihre Expertise und nehme eine Pizza Gyros.«

»Mit Tsatziki?«

Ungläubig starrte er die Kellnerin an. »Seit wann gibt es Tsatziki bei Italienern?«

»Seit wir einen griechischen Koch haben.«

Die Fragezeichen in seinen Augen wurden größer.

»Das nenne ich mal eine multikulturelle Zusammenstellung. Aber ich möchte meinem Gaumen dieses Experiment heute nicht zumuten.«

»Jetzt machen Sie aber einen Fehler«, sagte sie, stellte sich keck vor ihn und lächelte. »Unser Tsatziki ist nämlich die Nummer eins.«

»So gerne ich Ihnen auch glauben möchte, aber schweren Herzens muss ich verzichten.«

»Kommen Sie mir aber nicht hinterher an und beschweren sich bei meinem Chef.«

»Apropos Chef. Sagen Sie. Ist Herr Wüst zu sprechen?«, fragte er, als die Bedienung Anstalten machte, den Tisch zu verlassen.

»Ich weiß nicht, ob er Zeit für Sie hat. Aber ich frage gerne nach«, antwortete sie und ging zurück zur Theke.

Gerste zog sein Handy aus der Tasche, tippte auf das WhatsApp-Symbol und öffnete die neue Nachricht von Eisenberg.

*Haben Spuren von C4 in den Resten des Hauses gefunden. Deswegen gab es die große Explosion. Keine weiteren Waffen. Nur die Uzis, die ihr gesehen habt. Fingerabdrücke sind nicht möglich. Zu viel Löschwasser. Ihr habt Glück gehabt.*

Kurz und bündig wie immer, dachte er sich, als das Weizenbier kam. Es wurde jedoch nicht von der aufmerksamen Bedienung gebracht, statt ihr stand ein kräftiger, untersetzter Mann vor ihm, der eine ausgeprägte, militärische Aura verströmte.

»Edgar Wüst«, sagte er mit deutlicher Stimme, die es gewohnt war, Befehle zu erteilen. »Was kann ich für Sie tun?« Der Mann stellte das Weizenglas vor Gerste auf den Tisch und setzte sich auf einen Stuhl ihm gegenüber.

»Na, das nenne ich mal eine prompte Reaktion. So bald habe ich Sie gar nicht erwartet. Aber es liegt mir fern, mich zu beschweren.« Gerste griff nach dem Bierglas.

»Sie wollten mich sprechen?«, fragte Wüst. »Nun, hier bin ich. Um was geht es?«

Gerste nahm einen kräftigen Schluck, setzte das Glas ab und kramte seinen Dienstausweis aus der Jackentasche.

»Kriminalpolizei. Mein Name ist Hauptkommissar Frank Gerste«, sprach er mit ähnlich fester Stimme, wie Wüst es getan hatte.

»Schau mal einer an, die Kripo. Wollen Sie nur umsonst eine Pizza essen, oder haben Sie noch weitere Bedürfnisse?«

»Wenn das ein Angebot sein sollte, muss ich es leider ausschlagen. Mich interessiert etwas ganz anderes. Ich habe beruflich mit den Herren

Daniel Hirte, Max Kazim und Ben Richter zu tun. Sind Ihnen die Personen bekannt?«

»Wird das ein Verhör?«, fragte Wüst misstrauisch.

»Nein, nur ein simples Gespräch. Verhören tun wir schon länger nicht mehr. Heute vernehmen wir. Danach möchte ich gerne Pizza essen. Und was ist jetzt? Kennen Sie die Herren?«

»Sollten Sie mich nicht über meine Rechte belehren?«

»Warum hören Sie mir nicht zu? Das ist nur eine informative Erörterung. Sofern ich feststelle, dass es von einer Befragung zu einer Vernehmung werden könnte, werde ich abbrechen und Sie zu uns ins Präsidium einladen. Dann können Sie gerne Ihren Anwalt mitbringen und erst zu dem Zeitpunkt werden Sie belehrt. Reicht das?«

»So genau wollte ich es gar nicht wissen«, antwortete Wüst und seine Stimme offenbarte eine Spur Überraschung. »Ja. Ich kenne die Männer. Dass Max mein Bruder ist, ist Ihnen sicher bekannt. Warum interessiert Sie das?«

»Na, geht doch. Können Sie mir sagen, wann Sie Ihren Bruder und seine Kollegen zuletzt gesehen haben?«

»Genau weiß ich das nicht mehr. Ein paar Tage ist das schon her.«

»Gelingt es Ihnen nicht etwas präziser?«

»Bin ich zu einem guten Gedächtnis verpflichtet?«

»Nein, natürlich nicht. Nur bei Ihnen als Wirt habe ich es einfach unterstellt. War wohl ein wenig voreilig von mir. Verzeihen Sie bitte.«

»Sie sind ja ein vollendeter Komiker, Herr Gerste. War das jetzt alles?«

»Beinahe. Sie haben Ihren Bruder tatsächlich seit Tagen nicht gesehen? Kommt der denn nicht öfter hier in der Pizzeria vorbei?«

»Mal mehr, mal weniger. Hin und wieder auch gar nicht.«

Die Kellnerin erschien mit der Pizza und stellte sie vor Gerste auf den Tisch.

»Guten Appetit«, wünschte sie und machte sich schleunigst von dannen, als sie den ernsten Blick ihres Chefs erntete.

»Vielen Dank«, rief ihr der Kommissar hinterher und griff nach dem Besteck, das in einem Glas auf dem Tisch stand. »Ist die gut?«, fragte er und breitete die Papierserviette über seinem Schoß aus.

»Die zweitbeste im Tal.«

»Das habe ich heute schon mal gehört und bin verwundert. Warum weisen Sie so explizit darauf hin?«

»Ganz einfach. Die beste Gyrospizza bekommt man im Truck Stop auf der Hahnerberger Straße, oben am Theishahn.« Nonchalant lehnte sich Wüst zurück und rieb sich das Kinn. »Das erkennen wir neidlos an. Der Laden gehört einem guten Freund von mir. Wieso sollte ich da neidisch sein?«

»Das ist eine sehr ehrliche Antwort. Ich bin beeindruckt.«

»Haben Sie denn noch weitere Fragen, bevor Ihre Pizza kalt wird?«

»Ja. Reichlich. Aber dazu kommen Sie bitte morgen früh um elf Uhr ins Polizeipräsidium. Ihren Anwalt dürfen Sie gerne mitbringen«, sagte er, schnitt das erste Stück aus der Pizza und steckte es in den Mund.

## Kapitel 21

Samstag 10. August

00:14 Uhr

»Ben, was ist los?«, rief Kazim dem am Boden liegenden Richter zu. Auf der Jacke entdeckte er ein kreisrundes Loch. Wie gestanzt. Das ausgetretene Blut hatte Ben verschmiert, als er sich an die Brust gegriffen hatte. Der Schuss hatte sie vollkommen überrascht und jetzt lag Ben unbeweglich auf der Wiese. Im Mondlicht schimmerte das Blut dunkelrot. Sein Freund lag da wie ein Kreuz und blickte friedlich zum Himmel.

Kazim hob die Waffe und feuerte schnell zweimal in die Richtung der Schrottkanzel, bevor er sich hinter Bens Körper in Deckung warf. Absolut sicher wusste er nicht, woher das Mündungsfeuer gekommen war. Zu überraschend war der Angriff abgelaufen. Sie hatten sich in der Rolle der Jäger gesehen und nun war ein Opfer zu beklagen. Verkehrte Welt auf einer belanglosen Wiese in einer unbedeutenden Nacht.

Er blickte auf Bens Gesicht. War er tatsächlich tot? Was muss ich jetzt machen? Wie stellt man eigentlich fest, ob jemand tot ist? In Filmen prüfen sie immer irgendwas am Hals, aber wo fühlt man da? Er sah in Bens Augen, deren trüber Blick starr in den Himmel ging, trauerte eine Sekunde und spähte dann wieder in die Richtung, in der er den Schützen vermutete. Nichts war zu erkennen, kein Laut zu vernehmen. Ruhe. Tiefe Stille umgab ihn. Wartete sein Gegner darauf, dass er seine Stellung wechselte, fragte er sich.

Fix rollte er sich zu seiner Rechten ab, sprang auf und sprintete hakenschlagend auf den nahen Wald zu. Es fiel kein weiterer Schuss. Auf halber Strecke ließ er sich auf die Wiese fallen, drehte sich zweimal um die eigene Achse und riss die Pistole in den Anschlag. Der Angstschweiß rann an den Schläfen hinunter, sein Puls raste. Wieso schoss sein Gegner nicht auf ihn? Worauf wartete er? Seine Waffe zeigte in Richtung der Kanzel, sehen konnte er sie nur schemenhaft. War das gut oder schlecht? Er atmete tief ein und sog den Duft von feuchtem Gras in die Nase. Eine Bewegung konnte er nicht ausmachen. Die Umgebung war totenstill. Der Geruch von Kuhmist verbreitete sich. Bitte lieber Gott, dachte er, lass mich nicht in einem Kuhfladen gelandet sein. Das wäre neben Bens Tod der Super-GAU. Konzentriert probierte er in der Ferne etwas auszumachen, ein Ziel zu entdecken. Die Pistole fest im Anschlag zielte er in die Nacht. Wenn gleich eine Spinne über meine Hand läuft, ticke ich aus. Es hatte ihm keinerlei Probleme bereitet, Hirte abzuknallen, aber Spinnen, hier und jetzt mussten nun wirklich nicht sein. Wachsam drehte er den Kopf und versuchte, seinen BMW zu finden. Er stand noch dort, wo sie ihn abgestellt hatten. Nichts Auffälliges war zu erkennen. Wenig Lichter in den Häusern, keine Fußgänger, die den Knall gehört haben konnten. Stille. Warum spürte er nur das Schlagen seines Herzens? Dabei hieß es doch immer, nachts höre man jedes Geräusch. Unsinn. Er war stiller als still.

Er war nun auf sich gestellt und wurde verfolgt. Nein, er wurde gejagt, kam es ihm in den Sinn. Die Rollen waren vertauscht worden. Zuvor waren Ben und er die Jäger gewesen.

Mit Grashalmen im Gesicht prüfte er seine Alternativen. Zurück zum Auto rennen, war auf direktem Weg zu gefährlich. Da würde er über offenes Gelände laufen müssen und ein einfaches Ziel bieten. Wie weit der Schütze weg war, konnte er nicht abschätzen, aber das war eindeutig zu riskant, kam fast einer Einladung nahe. Rechts die Wiese runter, möglich, nur der Zaun erschien ihm zu hoch. Seine Gedanken rotierten. Sollte er angreifen oder flüchten? Er war sich nicht sicher.

Auf jeden Fall würde er nicht länger hier herumliegen und Zeit verschwenden, entschied er, sprang auf und sprintete auf den nahen Wald zu. Zwischen zwei Büschen hindurch stürmte er in die düstere Umgebung. Das Gehölz war dicht und dunkel und das Laub verursachte einen Höllenlärm unter seinen Füßen. Ruckartig blieb er stehen, denn seine Augen gewöhnten sich nur langsam an das spärliche Licht.

Rasch orientierte er sich. Schräg links, rund hundertzwanzig Meter vor ihm, vermutete er den Schützen. Würde der da bleiben oder nach ihm suchen? Er bewegte die Pistole vor sich hin und her. Achtete auf das kleinste Geräusch. Hier im Wald war es gespenstisch leise, nur das Rauschen der Blätter und das Pochen seines Herzens vernahm er. Umsichtig machte er einen Schritt vorwärts und trat prompt auf einen dürren Ast. Lautes Knacken war die Folge und er fluchte.

»Mist«, zischte er und schalt sich sofort dafür. Er hielt inne. Das hatte jeder gehört. Hundertprozentig. Bis nach Meppen. Darauf würde er wetten. Er musste einfach besser aufpassen, wenn er den Gegner überraschen und überleben wollte.

Die Waffe im Anschlag, versuchte er es mit einer neuen Technik. Er würde ab jetzt immer zuerst die Ferse aufsetzen und dann den Ballen absenken. Dadurch würde das Laub nicht so stark rascheln und Zweige weniger laut brechen. Das klappte etwas besser, war aber auch nicht lautlos.

Ein Knacken ließ ihn stoppen. Er fuhr herum, starrte in die Dunkelheit, wischte sich den Schweiß von der Stirn. Kopflos warf er sich auf den Boden, ohne zu wissen, wo er sich befand und was ihn überrascht hatte. Sekundenbruchteile später zielte er in die Richtung der knackenden Äste und keuchte. Weitere Geräusche folgten dem Ersten. Irgendjemand lief da. Er war nicht allein. Hoffentlich hatte er nur ein Reh aufgescheucht, das vor ihm geflohen war.

Behutsam richtete er sich auf und rieb sich das linke Knie. Mist. Bei der Aktion war er mit dem Bein auf einer Wurzel gelandet, die er übersehen hatte. Humpelnd machte er ein paar Schritte und erinnerte sich an seine Zeit als Fußballspieler. Damals hatten sie versucht, Schmerzen nach üblen Fouls, herauszulaufen. Gehen war besser als Stehen, bis die Stelle wieder belastet werden konnte, hatte ihr Trainer sie immer animiert, nicht aufzugeben. Aufgeben kam für ihn hier und jetzt definitiv nicht infrage. Der Kerl würde für Bens Tod bezahlen.

Er schlich zwanzig, dreißig Meter voran, die Ohren gespitzt, die Augen wachsam in die Dunkelheit gerichtet. Spärlich fiel das Mondlicht durch die

Äste. Erneut verharrte er, lauschte. Nichts. Er setzte einen weiteren Schritt auf den weichen Waldboden.

Knack. Mist. Diese blöden Zweige. Er verschnaufte und sehnte sich nach einer Zigarette. Einmal tief einatmen und die Welt würde anders aussehen. Das Rauchen würde ihn beruhigen. Das konnte er bei der Anspannung brauchen. Aus der Jackentasche zog er die Packung und steckte sich eine Marlboro in den Mund. Mit der Hand schirmte er das Feuerzeug gegen den Wind ab. Der erste Zug führte zur ersehnten Entspannung. Seine Gedanken wurden klarer. Seine Muskeln lockerten sich, Halswirbel knackten, als er den Kopf nach links und rechts dehnte. Dann blies er den Rauch in den Duft der feuchten Erde.

Noch immer kniete er neben einem Baumstamm, der ihm als Deckung diente. Die Pistole zeigte in die Richtung, in der er den Feind vermutete. Ein weiterer Zug, die Schmerzen im Knie ließen nach und er erhob sich. Die Zigarette hielt er hinter dem Körper.

Ganz bedächtig näherte er sich dem Waldrand. Er hatte die Bewegungsrichtung geändert. Seine Gedanken angepasst, optimiert. Er nahm an, dass sich der Schütze noch auf der Kanzel befand. Wäre der Gegner auch hier im Wald, hätte er ihn mit Sicherheit längst gehört. War das logisch? Er würde es so machen. Der Hochsitz sorgte für eine gute, erhöhte Schussposition und warum diesen Vorteil aufgeben. Es war fast unmöglich, sich unentdeckt zu nähern. Wenn er die Büsche an der Wiese erreichen konnte, würde er den Mann auf der Kanzel sehen und auf ihn schießen. Das war der Plan. Also voran.

Er machte meist zwei, drei kurze Schritte, dann stoppte er wieder für ein paar Sekunden. Zu groß war der Respekt vor den Ästen auf dem Boden und die Angst vor dem Tod. Er kam jetzt schnell dichter an sein Ziel und lauschte angestrengt in den dunklen Wald.

»Huhuhu«, hörte er, erstarrte, ging in die Hocke, zielte in die Dunkelheit und sah nichts. Ein Flattern, direkt neben ihm. Zitternd lehnte er sich an einen Baum. Er brauchte dringend eine Pause. Die vielen Geräusche hatten ihn mitgenommen und an seinen Nerven gezerrt. Er schwitzte stärker, schüttete mehr Adrenalin aus, fühlte jeden Herzschlag und atmete stoßweise. Verdammter Vogel, sagte er sich. Er pustete durch, zog an der Zigarette und genoss die beruhigende Wirkung des Nikotins auf seinen Körper. Es lenkte ihn ab und so gönnte er sich eine kurze Rast. Ein paar tiefe Züge und er würde wieder der alte, kalte Max sein.

Er drückte den Zigarettenstummel gegen einen Baumstamm, schnippte ihn auf den Boden, streckte sich und schlich weiter. Setzte einen Fuß langsam, gezielt vor den anderen. Zehn Meter später erkannte er den Waldrand. Sein Ziel. Nicht mehr lang und er würde Ben rächen.

Er bog einen weiteren Ast zur Seite und verharrte. Was war das gewesen? Da vorne, ein Schatten neben dem Baum. Hatte der sich bewegt oder träumte er schon? Ein grünes Leuchten fiel ihm auf. War das eine Reflexion des Mondlichts? Täuschte er sich?

Scheiße, da lag ein Mann, durchfuhr es ihn. Er konnte ihn auf einmal ganz deutlich sehen. Wer war das? Was tat er da? Wie konnte das möglich sein? Wieso hatte er nichts gehört? Was hatte ihn verraten?

Instinktiv machte er einen Schritt nach vorne, fand Halt, riss die Pistole hoch und versuchte, irgendwie das Ziel zu erfassen.

Ein Schuss kam ihm zuvor und zerriss die Stille der Nacht.

# Kapitel 22

Dienstag 13. August

16:05 Uhr

»Ich höre«, sagte Gerste und nahm ihr direkt den Wind aus den Segeln. »Du rufst zu einem etwas unglücklichen Zeitpunkt an.«

»Wann ist denn ein guter?«

»Besser passen würde es, wenn ich nicht gerade beim Essen wäre.« Er hörte auf zu kauen.

»Wo bist du?«

»In der Pizzeria von Edgar Wüst. Die Gyros Pizza ist hier wirklich gut. Was ist los?«

»Wir hatten Glück. Ein Anwohner am Dönberg hat sich an den BMW erinnert. Hat unseren Aufruf im Radio gehört und sich gemeldet.«

»Und wo bist du?«, fragte er mit einem Stück Pizza auf der Gabel, von dem Käse gemächlich auf den Teller rutschte.

»Im Büro.«

»Dann fahr los. Wir treffen uns vor der Deutschen Bank am Kasinokreisel. Bis du hier bist, bin ich fertig.« Er beendete das Gespräch und bemühte sich umständlich, den verlaufenen Käse zu retten, bevor er auf dem Tisch landete.

◆ ◆ ◆

Mit routinierter Gelassenheit drückte Gerste die Gartentür des eingeschossigen, weißen Hauses am Mutzberger Weg auf. Das ovale Warnschild mit dem Wachhund drauf, ignorierte er. Nach ein paar Schritten prüfte er den Namen auf dem Plastikschild und nickte Corinna zu.

Er blickte an sich herunter, wischte lästige Staubkrümel vom Ärmel und klingelte. Hinter der Tür ging die Hölle los.

Vollkommen kalt erwischt, zuckte er zusammen und Corinna begann zu lachen. Wild kläffend sprang ein dunkler Hund an der Glasscheibe auf und ab und kratzte am Rahmen, als sei die Apokalypse nah.

Gerste sprang erschrocken von der Tür weg und Corinna lachte laut los.

»Was zur Hölle …«, stieß er hervor und stolperte weiter in Richtung Gartenzaun. Angewidert stierte er die schemenhafte Kreatur an, die ihn so überrascht hatte und zog genervt die Mundwinkel hoch. Dann drehte er sich zu seiner Partnerin um, quittierte ihr Lachen mit einem mürrischen Blick und zuckte mit den Schultern. »… spinnen die? Man kann doch so eine Bestie nicht an die Tür lassen.« Er schüttelte den Kopf.

»Frank, das ist nur ein Hund«, sagte Corinna beiläufig. »Und abgesehen davon, hättest du nur das Schild beachten müssen.«

»Was erzählst du denn da für einen Unsinn?«, lamentierte er. »Um klingeln zu können, musste ich zur Tür gehen. Da hilft mir das blöde Schild auch nicht.«

Derweil tobte der Hund weiter.

»Hört sich nicht nach einem Dackel an«, witzelte sie.

»Dackel? Das ist kein Dackel, sondern ein Monster.«

Das Bellen wurde noch intensiver, als im Flur des Hauses Licht anging.

»Ruhig, Falco. Ruhig,«, sagte eine Stimme hinter der Tür und die nasse Schnauze verschwand von der Scheibe. Dann öffnete sich die Tür und ein älterer, beleibter Mann bemühte sich, den Hund zu bremsen.

»Guten Tag. Mein Name ist Gerste. Hauptkommissar Gerste von der Kriminalpolizei. Das hier ist meine Kollegin Meier«, stellte er sich vor. »Sind Sie Herr Hübner?«

»Ja. Torsten Hübner.« Der Mann versuchte weiter, den bellenden Hund zurückzuhalten. »Stopp jetzt, Falco. Es reicht.« Dann blickte er wieder zu den beiden Polizisten. »Ja, ich habe Sie angerufen. Bei Radio Wuppertal habe ich gehört, dass die Polizei einen weißen BMW sucht, der am Dönberg gesehen wurde. Da habe ich sofort zu meiner Frau gesagt, das könnte doch glatt das Auto sein, über das ich mich so geärgert habe.«

Corinna zog ihr iPad heraus und zeigte ein Foto des BMW, den sie sichergestellt hatten.

»Schauen Sie bitte einmal. Könnte das der Wagen sein, der Ihnen aufgefallen ist?«

»Klar. Das ist er. Das war auch ein weißer Dreier.« Der Anwohner nickte heftig. »Der stand da hinten, direkt beim Acker. Hat da wie ein Wilder geparkt, kann ich Ihnen sagen.«

»Können Sie uns die Stelle zeigen?«, fragte Gerste.

»Sicher. Kommen Sie mit. Ist ja nicht weit.« Hübner zog den Hund in den Flur zurück, griff sich eine Jacke von der Garderobe und folgte den beiden Polizisten auf den Mutzberger Weg. Die Fahrbahn hatte schon deutlich bessere Tage gesehen. Viele Risse und Schlaglöcher erschwerten die Benutzung.

»Begrüßt der alle so freundlich?«, fragte Gerste und zeigte auf die Haustür, an der munter weiter gekratzt wurde.

»Och, Falco will doch nur spielen«, grinste ihn Hübner an. »Sie können ihn gerne auch mal streicheln, wenn Sie wollen.«

»Klar, wozu braucht man auch zwei Hände«, nuschelte er und Corinna verkniff sich jede Regung. »Lach nicht«, pfiff er ihr zu. »Du kannst ja gleich mal kraulen gehen.«

»Nee, lass mal. Ich glaube, der mag dich viel lieber.«

»Mir ist es ein Rätsel, warum er sich so aufregt«, warf Hübner ein und blieb nach fünfzig Metern stehen. »Hier ist die Stelle, wo der Wagen gestanden hat.« Da keine Frage kam, sprach er weiter. »Ich war mit dem Hund draußen und bin vom Hof da hinten gekommen.« Er zeigte auf den kleinen Bauernhof, knapp hundert Meter entfernt, von dem man zwei Gebäude und eine mächtige Linde, erkennen konnte.

»Aber hier ist doch überhaupt keine Möglichkeit zu parken.« Mit weit geöffneten Augen drehte sich Gerste um die eigene Achse. »Sie sagen also, der BMW hat hier mitten auf der Straße geparkt?«

»Na ja, nicht direkt. Der stand da ein klein wenig in den Büschen. Das ist ja der Grund, warum ich mich so geärgert habe. Wissen Sie, ich kenne die Autos der Anwohner hier und zu denen gehörte der nicht. Wenn da noch jemand hätte durchfahren wollen, wäre es eng geworden.«

»Und das war am letzten Freitag?«, fragte Corinna.

»Ja. Genau. Das muss so irgendwann nach elf Uhr gewesen sein, vielleicht auch halb zwölf. Ich habe nicht auf die Uhr geschaut, wissen Sie.«

»Haben Sie den Fahrer gesehen?«, fragte sie weiter.

»Nicht direkt. Aber da hinten liefen zwei Personen über das Feld.« Er deutete auf die Wiese, die sich gen Osten erstreckte. »Ob denen der BMW gehört hat, kann ich nicht sagen.«

»Was gibt es denn da zu sehen?«, wollte Gerste wissen und zeigte in die Richtung, in der die beiden Männer aufgefallen waren.

»Weiter oben am Waldrand ist ein Hochsitz. Das hier ist Jagdgebiet, verstehen Sie. Hier stehen ja überall Ansitzeinrichtungen.« Hübner wies wieder nach Osten. »Die Kanzel da hinten ist ungefähr fünfhundert Meter weg. Können Sie sie sehen?«

»Nee, ich kann da gar nichts erkennen.« Er hielt sich die Hand über die Augen.

»Aber das muss ja nichts heißen.« Die Kommissarin schmunzelte. »Ist Ihnen bekannt, ob hier am Freitagabend gejagt wurde?«

»Nein. Hier wird ja dauernd gejagt. Mal mehr und mal weniger. Hängt meist von den Wildschweinen ab. Dieses Jahr sind viele da. Wir haben zur Zeit eine große Eichelmast im Wald. Da leben die wie die Made im Speck.« Hübner klopfte sich auf seinen dicken Bauch. »Aber ob da am Freitag jemand war? Keine Ahnung. Hier hört man immer mal wieder Schüsse. Da achte ich kaum noch drauf.«

»Haben Sie am Freitag auch Schüsse gehört?«, fragte Gerste.

»Hmm.« Hübner kratzte sich am Kinn. »Wenn Sie so direkt fragen. Ja, da war was. Kurz nachdem ich die beiden Männer da gesehen habe. Ich habe mich darüber gewundert. Das waren mehr Schüsse als sonst und alle nacheinander.«

»Was war daran auffällig?«, hakte Corinna nach.

»Na, zunächst einmal ist es selten, dass drei Schüsse direkt hintereinander abgegeben werden. Ein Jäger gibt normalerweise nur einen

Schuss ab. Deswegen war es ungewöhnlich, drei zu hören. Erst einer dieser typischen Gewehrschüsse, die hier gang und gäbe sind. Es folgten zwei deutlich andere. Die waren viel leiser und dicht aufeinander. Da habe ich mich schon etwas gewundert. Dann hat Falco gebellt und ich habe es vergessen.«

»Und wen könnten wir fragen, ob hier am Freitag gejagt wurde?«, wollte Gerste wissen.

»Rufen Sie doch am besten Herrn Brehmer an. Der ist hier oben der Revierpächter. Er kann Ihnen das ganz sicher sagen.«

»Können Sie mir seine Telefonnummer geben?«, fragte Corinna.

»Klar. Die habe ich auf meinem Handy.« Er griff in seine Jacke, fand nichts und tastete sich weiter ab. »Mist, das habe ich jetzt im Haus gelassen. Kommen Sie doch mit, dann gebe ich sie Ihnen.«

»Lassen Sie uns noch ein paar Minuten. Wir sind gleich bei Ihnen, Herr Hübner«, sagte Gerste. »Wir wollen einmal auf das Feld gehen und uns selber ein Bild machen.«

»Kein Problem. Ich bin ja da.« Hübner schaute kurz in Richtung des Funkturms am Westfalenweg und ging dann zu seinem Haus zurück.

»Was haben die hier gewollt? Mitten in der Nacht«, murmelte der Kommissar und lief auf die Wiese, die an die Straße grenzte.

»Du denkst aber nicht darüber nach, bis da hinten hinzulaufen, oder doch?« Missmutig folgte sie ihm.

»Warum nicht?«

»Darum nicht«, rief sie und zog ihren Schuh aus einer Pfütze. »Mach du mal. Ich warte im Auto auf dich.«

»Was ist denn mit dir los? Vorhin noch Mann und jetzt Memme?«

»Weißt du, was du mich mal kannst?«

»Okay, okay. Rufen wir erst den Pächter an und spielen dann auf dem Bauernhof«, sagte er und marschierte zurück auf die Straße. »Und sei gleich bloß vorsichtig, was du sagst. Ich möchte nicht noch zum Kaffee eingeladen werden.«

# Kapitel 23

Samstag 10. August

01:12 Uhr

Friedensfurt repetierte und blickte weiter konzentriert durch das Nachtsichtgerät. Im grünen Licht der Zieloptik entdeckte er den Körper des Mannes im kniehohen Gras. Bewegte der sich noch? Er konnte keine Veränderung ausmachen, aber das konnte auch ein Versuch sein, ihn zu täuschen. Also besann er sich auf den alten Jägerspruch, erst einmal eine Viertelstunde zu warten, bevor man sich den angeschossenen Stücken nähern sollte. So lange würde er es bestimmt nicht aushalten, die eine oder andere Minute würde aber nicht schaden.

Sein Ziel war das Herz des Mannes gewesen und auf diese kurze Entfernung konnte er das nicht verfehlt haben. Es hatte sich um eine Ausnahmesituation gehandelt. Nicht so wie vorher, auf dem freien Feld, wo er in Ruhe anvisieren und abdrücken konnte. Nicht tiefenentspannt, aber auch nicht unter Druck. Noch immer war keine Regung am Körper auszumachen.

»Puh, das war knapp«, sagte er, sog die kühle Luft in seine Lungen, nahm den Boonie vom Kopf und wischte sich mit dem Handrücken über die Stirn. »Dieses verdammte Kroppzeug hier bringt mich noch um.« Er fuchtelte mit der Hand und schlug ins Leere. Erst jetzt bemerkte er, dass sein Körper sich kalt und nass anfühlte. Als er im Anschlag gelegen hatte, war ihm der Schweiß nicht aufgefallen.

Wie hatte der Killer ihn sehen können? Die Frage beschäftigte ihn nach wie vor. Seine Tarnung war an für sich perfekt gewesen. Die schwarze Sturmhaube hatte seine helle Haut verdeckt, das Concamo-Tarnmuster seiner Jacke ließ seinen Körper mit der Umgebung verschmelzen und der Boonie hatte die Umrisse seines Kopfes verzerrt. Er hatte im Gras neben einem Baum verharrt, nahezu unsichtbar. Nie und nimmer hätte er damit gerechnet, entdeckt zu werden. Hatte er ein verräterisches Geräusch verursacht oder eine unnötige Bewegung gemacht? Egal. Er würde es nicht mehr erfahren.

Der zweite Täter war sicher tot, auf die Entfernung von zehn Metern wahrlich keine Meisterleistung. Eher eine Hinrichtung und genau das hatte er ja vorgehabt. Den Gegner töten, bevor dieser seinen Plan durchführen konnte. Sie waren wie zwei Raubtiere gewesen, hatten sich im Dunkeln einander angenähert, um dann zuzuschlagen. Die Jagd war zu Ende und er hatte überlebt.

Kurz massierte er seinen Nacken, richtete sich auf und lehnte die Büchse an den Baum. Dann dehnte er seinen Rücken und versuchte, die steifen Gelenke zu lockern. Das war der Moment, in dem Raucher nach einer Zigarette verlangten, dem Nikotin frönten. Aber er würde nicht die gleiche Fehlleistung wiederholen wie der Tote, der auf dem Boden lag.

Durch die Wärmebildkamera suchte er die Hülse, die sich irgendwo rechts von ihm befinden musste. Die Restwärme sollte ausreichen, um sie zu erkennen. Sie am Tatort zu lassen, wäre ein unverantwortlicher Fehler. Die Polizei würde irgendwann alles absuchen und die Stelle hier ohne Zweifel finden. Ein kleiner, weißer Gegenstand fiel ihm auf. Da lag sie. Tolle Sache, die Wärmebildtechnik, freute er sich und hob die abgeschossene Hülse auf. Zwei Schuss, zwei Treffer. Keine schlechte Ausbeute.

Mit der Waffe im Hüftanschlag ging er wachsam auf sein Opfer zu, ließ Vorsicht walten und stieß mit dem Stiefel gegen ein Bein des Mannes. Der Tote lag auf dem Rücken, die Arme abgespreizt. Die schlagartig in den Körper eingebrachte Energie hatte ihn nach hinten umgerissen. Offene, leblose Augen starrten in die Nacht. Das Einschussloch war in der Jacke gut zu erkennen. Blut trat keins mehr aus. Durch die Wärmebildkamera fiel ihm die Pistole auf, die im Gras lag. Er griff zu und steckte sie in den Hosenbund, was durch den Schalldämpfer ein zweifelhaftes Vergnügen war.

Was für ein dummer Zufall hat uns beide heute hier zusammenkommen lassen, dachte er sich und schüttelte mit dem Kopf. Er hatte einen Augenblick lang in die falsche Richtung geschaut und als Ergebnis zwei Menschen getötet. Was für eine Verschwendung von Leben.

◆ ◆ ◆

Zurück auf dem Hochsitz zog er die Thermoskanne aus dem Rucksack und goss Tee in den Becher. Der Dampf des heißen Getränks lenkte seine Gedanken zu seiner Familie. Wie sollte er seiner Frau und seinen Töchtern erklären, was sich hier abgespielt hatte? Er verstand es ja selber noch nicht so richtig. Zwei Männer waren tot. Warum hatten sie ihm diese Entscheidung auferlegt? Über ein totes Wildschwein hätte er sich heute Abend gefreut. Kurz aufgebrochen und den Aufbruch im Wald entsorgt. Was jetzt? Konnte er die Polizei anrufen und auf Notwehr plädieren? War das nachvollziehbar? Notwehr auf einhundert Meter? Klar, eine Bedrohungslage würde er glaubhaft vorbringen können, aber direkt schießen? Noch dazu zweimal? Eine Flucht wäre eventuell möglich gewesen. Problem war, dass sie sein Auto gefunden hatten und ihn dadurch bequem aufspüren könnten. Damit hätte er sich und seine Familie in Gefahr gebracht. War er sich denn ganz sicher, dass die beiden an der Gathe den Mann erschossen hatten? Jetzt erst zur Polizei gehen, schied definitiv aus.

»Was für ein Scheiß ist das hier«, rief er verärgert und verbrühte sich die Zunge am heißen Tee. Mit der Hand fuhr er sich durch den Dreitagebart und wischte sich über den kahlen Kopf. Was sollte er jetzt tun? Wie konnte er sein Problem lösen? Für die Aktion hier könnte er viele Jahre ins Gefängnis kommen und dabei hatte er nur sein eigenes Leben schützen wollen. Wie paradox seine Lage auf einmal war. Behutsam trank er den Tee und beschloss, nicht weiter zu jammern. Jetzt war Handlung angesagt. Er würde genauso vorgehen, als ob er ein Wildschwein gestreckt hätte. Dann die Spuren verwischen, so gut es ihm möglich war. Die Toten hatten ihn umbringen wollen, nicht er sie und dafür würde er nicht bezahlen.

Der Früchtetee war süß, wie er ihn mochte, und der nächste Schluck half ihm, den notwendigen Ablauf zu planen.

◆ ◆ ◆

Friedensfurt stand vor seinem ersten Opfer. Eine Spur angespannter, als wenn er auf ein erlegtes Wildschwein zugehen würde, hatte er den Weg über die Wiese zurückgelegt. Der Tote lag wie ein Kreuz auf dem Boden, die Hände annähernd rechtwinklig abgespreizt, mit geschlossenen Beinen. Wie arrangiert, dachte er sich. Das Einschussloch in der Jacke war problemlos auszumachen. Bei der präzisen Treffpunktlage hatte der Mann keine Überlebenschance gehabt. Gelernt war eben gelernt und Übung macht bekanntlich den Meister, kamen ihm die üblichen Machosprüche in den Sinn. Was hattest du hier zu suchen, wollte er den Toten anschreien, seine Wut darüber ausdrücken, dass sie sein Leben verändert hatten.

Er bückte sich, griff den Revolver und steckte ihn in seine Jackentasche. Dann trat er gegen den Oberschenkel der Leiche, nachdem sein erster Versuch, den Körper anzuheben, gescheitert war.

»Musst du jetzt auch noch so schwer sein?«, meckerte er in Richtung des Toten. Was soll das? Er nahm den rechten Arm des Opfers, zog ihn zu sich heran, drehte in auf die Seite und richtete ihn auf. Als er sich vor den Mann gekniet hatte, legte er den Arm über seine Schulter und zog die Leiche auf seinen Rücken. Mühsam gelang es ihm, aufzustehen. Im ersten Moment schwankte er etwas hin und her, dann hatte er sein Gleichgewicht gefunden und machte sich auf den Weg zur Schrottkanzel.

Hundert Meter waren es sicher und er bezweifelte, dass er den Mann bis zum Wald hinter dem Hochsitz tragen konnte. Das Gewicht des Leblosen war so gewaltig, dass er schon nach wenigen Schritten eine Pause einlegen musste. Er beugte sich vor, stütze sich mit den Händen an den Oberschenkeln ab und pustete durch. Die Leiche auf dem Rücken schaffte es, ihm die Definition von Schwerkraft näherzubringen. Er keuchte und stöhnte und noch lagen gefühlt, unzählige Kilometer vor ihm.

Drei, zwei, eins, weiter geht's, motivierte er sich für die nächsten fünfzig Schritte. Hin und her wankend bewältigte er das folgende Minimalziel und pausierte erneut. Tragen war aber die einzige Option gewesen, die infrage gekommen war, überdachte er sein Vorhaben. Die Leiche musste so schnell wie möglich runter vom Feld, bevor ein Anwohner zufällig darauf aufmerksam wurde. Den Mann zu ziehen hatte er sofort ausgeschlossen, eine Blutspur wollte er der Polizei nicht hinterlassen. Blieb also nur das Tragen, aber so schwer hatte er es nicht erwartet. Noch fünfundzwanzig Meter, feuerte er sich an, ging langsam an der Kanzel vorbei auf das Gehölz zu. Jetzt keine Pause mehr. Er war fast da.

Im Wald, kurz bevor die zweite Gestalt aufgetaucht war, hatte er sich an einen Platz erinnert, der ihm bei seinen Streifzügen aufgefallen war. Hier oben standen reihenweise Ilex, immergrüne Bäume mit stacheligen Blättern. Nicht gerade seine Lieblingsbäume, aber durch die Stacheln vermied man, zwischen ihnen hindurch zu stromern. Darunter würde er die Leichen legen. Man würde sie hoffentlich nicht so bald finden. Etwas Glück würde dazu gehören, aber hier liefen jetzt auch nicht Heerscharen von Menschen rum. Die Stelle war abgelegen und darum perfekt für sein Vorhaben geeignet.

Hinter den Ilex ging es den Hügel hinunter, bis man an den Hardenberger Bach kam. Neben dem Wasserlauf lag ein beliebter Spazierweg, der vom Wanderparkplatz an der Straße Untenrohleder ausging. Reichlich Hundefreunde und Spaziergänger nutzten die Idylle der hängenden Trauerweiden, deren Äste bis ins Wasser ragten. Er selber hatte schon öfter die Füße in den Bach gehalten und die Gedanken baumeln lassen. Hier oben aber, würde man nichts vermuten und auch nicht suchen, hoffte er. Friedensfurt blieb stehen, kniete sich mühsam hin und ließ den schweren Körper auf den Boden gleiten. Die Stelle hatte er zufällig gefunden, als er vor zwei Jahren auf der Pirsch gewesen war. Ein kleines, relativ flaches Plateau, knapp zehn Quadratmeter groß, verdeckt durch reichlich Ilex. Noch perfekter war jedoch das dünne Rinnsal, das unweit von seinem Standpunkt aus, ins Tal floss. Nicht viel Wasser, aber es musste genügen.

Der Tote lag jetzt auf dem Laub und Friedensfurt lehnte sich an einen Baum. Er japste, atmete schnell und unregelmäßig. Der Marsch mit dem Mann auf dem Rücken hatte ihn mehr angestrengt, als er angenommen hatte. Er gönnte sich eine Pause, um zu Kräften kommen. Ein weiterer Transport stand ihm bevor und der Kollege des Toten war ihm nicht abgemagert vorgekommen. Mit seinen Händen schöpfte er Wasser und versuchte, den Durst zu stillen, Zeit zu schinden, um sich zu erholen.

Aus der Jacke zog er die Wärmebildkamera hervor und machte sich auf den Weg zum zweiten Opfer. Achtsam stapfte er den Hügel hinauf, folgte einem Weg, den er mit elektronischer Verstärkung gut erkennen konnte. Das Mondlicht leuchtete immer wieder hell durch die Blätter des Laubwaldes und half ihm bei der Orientierung. Danke lieber Mond für die Hilfe, dachte er sich. Er stolperte über einen Ast und machte zwei kurze Schritte, um nicht zu stürzen. Mist, sagte er sich, du musst konzentriert bleiben. Eine Verletzung würde seinen Plan über den berühmten Haufen werfen und das konnte er sich nicht leisten. Er verschnaufte, streckte seinen Körper und wischte sich den Schweiß von der Stirn. Als der Puls sich beruhigt hatte, schaute er durch die Wärmebildkamera, erfreute sich an einem Rehbock, der vor ihm absprang und sah den Leichnam im Wald liegen. Gut, dachte er. Fast geschafft.

»Das nächste Mal hole ich mir die Schubkarre aus dem Schuppen«, sagte er und grinste, als er die zweite Leiche abgeladen hatte. Keuchend lehnte er sich gegen einen Baum und rutschte in die Hocke. Das Atmen fiel ihm schwer und er presste die Luft aus den Lungen. Teil eins ist erledigt, motivierte er sich und verdrängte die Schmerzen, die seine Nerven ihm meldeten.

Vor ihm lagen zwei Menschen, von ihm erschossen, hingerichtet, weil er im falschen Moment nach rechts und nicht nach links geschaut hatte. Nein, ermahnte er sich, so durfte er nicht denken. Die Toten waren da, weil sie Mörder waren. Wenn er nicht gehandelt hätte, würde er da liegen, dessen war er sich sicher. Er konzentrierte sich auf die bevorstehende Aufgabe und erhob sich.

# Kapitel 24

Mittwoch 14. August

08:02 Uhr

»Und täglich grüßt das Murmeltier«, begrüßte Gerste seine Kollegen, als er für ihn erstaunlich fröhlich und bestens gelaunt, ins Besprechungszimmer trat.

»Dir auch einen guten Morgen«, erwiderte Schiffer den Gruß. »Womit haben wir deine überragend gute Laune verdient?«

»Ja, rück raus mit der Sprache«, reihte sich Corinna in die Fragerunde ein. »Was ist los mit dir?«

»Von mir muss ein bescheidenes ›guten Morgen‹ reichen«, ruderte Eisenberg etwas zurück. »Sonst habe ich gleich keine Rückzugsmöglichkeiten mehr. Bei Frank ist gute Laune gefährlich.«

Nicht weiter auf die Anwesenden achtend, begab Gerste sich zur geliebten Kaffeemaschine und ließ den Finger über dem Auswahlmenü kreisen. »Hmmmm. Mit was verschöne ich mir denn diesen ohnehin schon unfassbaren Tag?«

»Jetzt machst du aber mächtig Show«, raunte Schiffer. »Seit das Ding hier steht, hast du noch nie etwas anderes, als Espresso gewählt.«

»Das bedeutet doch nicht, dass dies bis ans Ende aller Tage so bleiben muss.« Der Finger kreiste weiter über den Knöpfen. »Na, was wird es denn heute werden?« Als Ergebnis des intensiven Auswahlprozesses drückte er so ganz nebenbei auf die übliche Taste für einen doppelten Muntermacher.

»Fast hättest du uns echt überrascht«, sprühte es aus Corinna heraus. »Jetzt mach es nicht so spannend. Warum bist du so gut drauf?«

»Ach was. Ihr seid nur alles Schwarzmaler. Heute ist ein schöner Tag. Kann ja gar nicht anders sein. Schaut mal raus. Und? Hey, es regnet nicht. Damit wird es ein guter Tag für mich.« Er nahm den Espresso, schüttete reichlich Zucker hinein, griff sich einen Löffel und setzte sich.

»Also, Sven. Dann leg mal los«, richtete er die Worte an den KTU-Mitarbeiter seines Teams.

»Wo soll ich anfangen?«

»Mit Hirtes Wohnung.«

»Okay. Corinna und ich waren ja da. So wie der möchten wir nicht wohnen. An sich ist es da ganz nett am Arrenberg, aber das war alles so unpersönlich, vollkommen leblos. Keine Pflanze, kaum ein Bild, nichts, was auch nur irgendwie auf Hirte hinweist. Lediglich ein überdimensionaler Flatscreen mit der obligatorischen Playstation und im Schlafzimmer stehen dann auf einmal zwölf Gasflaschen. Wir waren echt baff.« Eisenberg schaute in die Mienen seiner Kollegen. »Ja, jetzt guckt nicht so. Außer den Gasflaschen war da nicht das Geringste zu entdecken. Wir haben noch Fingerabdrücke von unseren drei Bekannten genommen. Kazim, Richter und Wüst. Dazu jede Menge Weitere, die wir bis dato nicht zuordnen können. Die Gasflaschen haben allerdings nur Hirte und Kazim angefasst. Wer braucht genau zwölf Stück davon? Zehn lasse ich mir ja gefallen. Aber genau ein Dutzend?« Eisenberg schüttelte den Kopf. »Das ist alles überaus mysteriös.«

»Habt ihr Waffen gefunden?«, fragte Schiffer?

»Nein. Weder Waffen noch eine Karte und zum Glück auch keine weiteren Sprengfallen. War eher ein entspannter Besuch in der Bude«, beendete Corinna die Ausführungen.

»Was gibt es zu der Explosion in Richters Haus zu sagen?«, wollte Gerste wissen.

»Da habt ihr mir ja nicht allzu viel übrig gelassen«, entgegnete Sven. »Da stehen jetzt tatsächlich nur noch die Außenmauern. Der Gutachter ist sich nicht sicher, ob die beiden angrenzenden Gebäude erhalten bleiben können. Das war schon ne' heftige Detonation. Die Karte, von der Corinna erzählt hat, konnte ich leider nicht mehr finden. Wie ich dir ja bereits geschrieben habe, haben wir Reste von C4 in dem Zimmer gefunden, von dem die Zerstörung ausgegangen ist. Das ist es aber auch. Das Löschwasser der Feuerwehr hat so gut wie alle Spuren zerstört.«

»Was ist mit der Pistole, für die wir unser Leben aufs Spiel gesetzt haben?«, fragte Corinna.

»Was die da zu suchen hatte, kann ich nicht sagen. Als Tatwaffe bei Hirte kommt die auf jeden Fall nicht infrage. Hat zwar das gleiche Kaliber, aber aus der wurde länger nicht mehr geschossen«, antwortete der KTU-Mitarbeiter. »Und bevor die schlaue Frage kommt, nehme ich die Antwort schon mal vorweg. Auf der Pistole und auf den Maschinenpistolen konnten wir weder irgendwelche Seriennummern noch brauchbare Fingerabdrücke sichern.«

»Sven!«, rief Gerste und bewegte seine beiden Arme auf sich zu, als wenn er sich frische Luft zufächeln würde. »Da muss mehr kommen. Das ist zu wenig.« Er schickte ein Grinsen hinterher.

»Gib mir Spuren und ich gebe dir, was möglich ist. Aber aus nichts kann auch ich nicht mehr als nichts machen.«

»Hast du den Jagdpächter erreicht?«, fragte Gerste und blickte Schiffer an.

»Ja. Der arbeitet bei Coroplast und hat Frühschicht. In der Nacht von Freitag auf Samstag waren insgesamt vier Jäger da oben unterwegs. Ein Michael Friedensfurt und er selbst waren auf Hochsitzen in der Nähe des Mutzberger Wegs. Zwei weitere, Florian Bach und Ingo Grimmer waren in einem anderen Teil des Reviers. Gegen alle liegt strafrechtlich nichts vor. Hätte mich auch gewundert, denn sonst wäre die Zuverlässigkeit als Jäger ja schnell futsch.« Schiffer blätterte durch seinen Block.

»War es das?« Froh gelaunt sog er den Duft des Kaffes ein und gönnte sich einen Schluck. Dann sah er zu seinen Kollegen hinüber.

»Gestern Abend hat mich die Langeweile gepackt und da im Fernsehen ja nur Krimis und Talkshows laufen, habe ich mir Gedanken über die Karte gemacht«, ergriff Corinna das Wort. »Und vielleicht habe ich herausgefunden, wofür die Kreise und Quadrate da sind.«

»Mach uns schlau, Wunderkind«, kam es aus Schiffers Mund.

»Bäh«, blaffte sie und streckte ihrem Kollegen die Zunge raus. »Also, ich habe versucht, die Markierungen auf der Karte mit tatsächlichen Elementen in Verbindung zu bringen. Die Polizeiwachen haben wir ja schon identifiziert. Dazu die Werkseingänge von Bayer. Ich glaube, jeder weitere Punkt steht für einen Geldautomaten. Das passt alles genau. Die unterschiedlichen Farben stehen für verschiedene Banken. Die hier sind von Sparkassen«, sagte sie und tippte auf die Karte. »Die hier zeigen die Deutsche Bank. Hier sind Automaten der Commerzbank und das hier sind die von kleineren Instituten wie Sparda-Bank und diverse andere.«

Gerste stand auf und blickte interessiert auf die Karte.

»War ja ganz einfach. Warum hat das so lange gedauert?« Er deutete ein Lächeln an. »Gut gemacht, Frau Kollegin. Schaut her, Jungs. Schneidet euch mal eine Scheibe ab.«

»Hast du ein Messer dabei?« Eisenberg erhob sich und klopfte der jungen Polizistin anerkennend auf die Schulter.

»Wird ja langsam«, ergänzte Schiffer die Lobeshymnen.

»Gut. Erden wir sie mal schnell wieder, bevor sie bis zum Mars fliegt. Prüfst du bitte nach, ob es tatsächlich bei jedem Punkt um einen Geldautomaten handelt?« Gerste blickte zu Corinna und neigte den Kopf mit faltenreicher Stirn.

»Ja, ja. Kaum macht die Frau mal was gut, wird sie umgehend bestraft«, entgegnete Corinna und ging zu ihrem Schreibtisch.

»Also. Plan für heute. Unsere Überfliegerin prüft Ihre Theorie nach. Um elf kommt Edgar Wüst vorbei. Dafür brauche ich dich, Marc.« Gerste ging zur Kaffeemaschine, stellte eine Tasse hin und drückte erneut auf Espresso. Während der Kaffee floss, drehte er sich zu Schiffer um. »Kannst du bitte für heute Nachmittag einen Termin mit dem Jagdpächter ausmachen? Ich würde mir das gerne einmal vor Ort ansehen.«

»Ich versuche es«, antwortete Schiffer und ging ebenfalls zu seinem Schreibtisch.

»Dir brauche ich ja keine neue Aufgabe zu geben«, schaute er Eisenberg an. »Ich denke, du bist ausreichend beschäftigt, oder?«

»Hör bloß auf. Ich fühle mich, als wäre ich auf der Titanic – kurz vor dem Untergang«, konterte der KTU-Beamte. »Aber wie ich dich kenne, spielt die Kapelle noch fleißig.«

»Ach was, bis jetzt sind die Wellen ja nicht über deinem Kopf zusammengeschlagen. Ohne anspruchsvolle Aufgaben kommst du dir doch überflüssig vor und das wollen wir beileibe nicht. Mir fällt da tatsächlich noch was ein. Kannst du bitte bei Frau Doktor Keller nachfragen, was das Drogenscreening bei Hirte ergeben hat?«

# Kapitel 25

Samstag 10. August

01:47 Uhr

Na dann mal los«, sagte sich Friedensfurt und griff zum Messer. Die beiden Leichen lagen nackt vor ihm auf dem Boden. Er hatte die Kleidung entfernt und die Körper nebeneinander auf dem Laub platziert, eher drapiert. Durch den Transport der Männer hatte er Spuren an deren Bekleidung hinterlassen, was unvermeidbar gewesen war. Nackte Körper übertrugen keine Fasern, wenn er sie mit Handschuhen berührte, hoffte er. Die Kleidungsstücke hatte er akribisch durchsucht und war nun um dreihundert Euro, zwei iPhones und einen Autoschlüssel reicher. Das Geld akzeptierte er als Schmerzensgeld. Wem sollte es sonst noch nutzen? Die beiden würden es eh nicht mehr ausgeben können, begründete er das Vorgehen vor seinem Gewissen. Schade war es nur um den schicken BMW, dem das eine oder andere Tuning-Paket spendiert worden war. Die Handys entsperrten sich durch den Kontakt mit den Daumen der Leichen. Bewundernswerte Technik, diese Fingerabdruckerkennung. Zum Glück waren es keine Geräte aus den aktuellen Serien, denn die Gesichtserkennung mit dem Antlitz von Toten zu überlisten wäre komplizierter gewesen. Ohne Pin konnte er jedoch nicht verhindern, dass sich die Telefone wieder verriegelten. Zwei Schnitte mit dem Jagdmesser folgten und die beiden Daumen wanderten in einen Gefrierbeutel. Er ermahnte sich, daran zu denken, den Beutel später kühl zu lagern. Jacken, Hosen, Schuhe und den Rest der Kleidung packte er in große Müllsäcke und dachte schon mit Wehen, an weitere Gänge zum Defender.

Er griff nach der olivfarbenen Aufbruchtasche, die er aus dem Land Rover geholt hatte, nachdem er die beiden Leichen auf ihrem Laubbett platziert hatte. Auf die jagdliche Tradition des »Letzten Bissens« verzichtete er. Nicht, weil er diese Respektsbekundung ablehnte, sondern weil die Toten keine Ehre verdient hatten. Hinterhältige Meuchelmörder waren sie. Nicht mehr.

Im Licht der Stirnlampe prüfte er die Einschüsse. Leicht ausgefranste Haut, versengt, aber kaum eine übermäßige Sauerei. Mühsam drehte er den schweren Mann um und prüfte das Loch im Rücken. Eine kreisrunde, knapp fünf Zentimeter große Wunde war zu erkennen. Das Geschoss hatte wie vermutet den Körper durchschlagen und war wieder ausgetreten. Das Barnes-TTSX-Projektil hatte exakt das geleistet, wofür er es gekauft hatte. Die gewählte Laborierung der Patronen galt ursprünglich Wildschweinen, funktionierte offenbar auch beim Menschen, nahm er befriedigt zur Kenntnis. Nur würde er das besondere Wissen nicht teilen können. In diesem speziellen Fall, wäre es ihm allerdings mehr entgegengekommen, wenn es keinen Ausschuss gegeben hätte. Man kann eben nicht immer Glück haben, dachte er und legte den Mann wieder auf den Rücken.

Für den ersten Schnitt wählte er das Jagdmesser, setzte knapp unter dem Kehlkopf an und schnitt fünf Zentimeter lang, waagerecht die Haut auf. Ein wenig Blut drang aus dem Spalt und lief in einem feinen Rinnsal am Hals hinunter. Dann wechselte er das Werkzeug und griff zum Gekrösemesser. Das war mit seiner stumpfen Spitze deutlich besser geeignet, die oberste Hautschicht aufzutrennen. Also schob er zwei Finger in die Öffnung am Kehlkopf und hob die Haut an.

Einen Moment später setzte er das Messer mit der verdickten Spitze ein und zog die Klinge hinunter bis zum Bauchnabel. Es trat deutlich weniger Blut als erwartet aus. Er wischte es mit der Hand weg. Der Großteil des Bluts war wohl schon durch das Loch im Rücken abgeflossen. Ein Querschnitt von Schlüsselbein zu Schlüsselbein folgte und er hatte ein großes T in den Körper geschnitten. Als würde er eine Schranktür öffnen, löste er mit dem Ausbeinmesser die Fettschicht unter der

Haut von den Rippen und zog die Hautlappen zur Seite. Der Brustkorb lag nun vor ihm und umgab schützend das Herz.

Die Rippenbögen behinderten sein Vorhaben, den Schusskanal herauszuschneiden. Also griff er zur bereitliegenden Aufbrechsäge und machte sich an die Arbeit. Mühsam sägte er Rippe für Rippe durch, bis er den Schwertkörper entfernen konnte. Die Organe lagen offen zugänglich vor ihm.

Zügig schnitt er Teile der Lungenflügel heraus und fühlte die fluffig, puffige Konsistenz des Lungengewebes. Jedes Mal, wenn er es ertastete, war er von der Beschaffenheit hingerissen, die dem Sauerstoff den Weg in die Blutbahn ebnete. Flott arbeitete er weiter und legte das Herz frei. Mit flinken Bewegungen durchtrennte er Venen und Arterien, befreite den schweren Muskel vom umgebenden Gewebe und nahm es in die Hände. Wie bei der Lunge faszinierte ihn auch beim Herz immer wieder aufs Neue, wie fest dieses Organ war. Aus Gewohnheit betrachtete er es genauer und ritzte die Kammern auf. Blut rann über seine Finger. Seiner Meinung nach war es gesund, vom Makel des Schusskanals mal abgesehen. Ja, er war gut abgekommen, ein fast optimaler Schuss. Der Mann war sehr wahrscheinlich tot gewesen, bevor er auf dem Boden aufgeschlagen war. Mehr hatte er nicht erwarten können.

Der Brustkorb lag jetzt wie eine leere Höhle vor ihm. Die Leber kümmerte ihn nicht weiter, während er Teile davon abschärfte und die Beschaffenheit prüfte. Dunkelrotes Fleisch, glänzend und scharf gezeichnete Kanten. Er machte sich nicht viel aus Wildleber und aß sie auch nicht gerne. Sein Ziel war, den Schusskanal komplett aus dem Körper zu entfernen. Dafür drehte er den Mann auf den Bauch. Das vorhandene Loch vergrößerte er großzügig. Dabei zerstörte er ein Tattoo. Dem einst mächtigen Adler fehlten jetzt Teile des Federkleids. Er versuchte, sich die Schmerzen vorzustellen, die eine Tätowierung dieser Größe mit sich brachten. Es gelang ihm nicht.

Unter dem Körper sammelte sich zunehmend Blut. Es kümmerte ihn nicht weiter, als er die Leiche wieder zurückdrehte. Als Nächstes griff er in die Brusthöhle, entfernte eingedrungenes Laub und suchte nach Splittern des Geschosses. Er fand keine und war mit seiner Arbeit zufrieden. Die abgesägten Rippen, Lungengewebe, Teile der Leber und das Herz steckte er in einen weiteren Plastiksack. Im Laufe der Jahre hatte er eine Tasche mit nützlichen Utensilien gefüllt, die das Aufbrechen von Wildkörpern erleichterten. Eine ausreichende Anzahl von Beuteln, Putztüchern, Handschuhen, Messern und Haken gehörten dazu.

Opfer Nummer zwei bereitete ihm weniger Probleme. Übung machte eben doch den Meister, lobte er sich still. Diesmal probierte er den klassischen Y-Schnitt aus, war aber nicht zufrieden, weil die entstandene Fläche nicht groß genug schien. Er besserte nach und trennte zügig die Fettschicht von der Haut. Präzise entfernte er die Rippenbögen, nahm einen Lungenflügel heraus und schärfte Teile der Leber ab. Der Brustkorb glich dieses Mal keinem Trümmerfeld mehr. Beim ersten Toten war er noch etwas ungeübt gewesen, jetzt kannte er die Vorgehensweise. Rasch löste er das Herz heraus. Auch dieser Mann wäre nicht an Herzversagen gestorben, sagte er sich. Er hatte ein Organ ohne bedenkliche Merkmale vor sich, soweit er es beurteilen konnte. Es würde niemanden mehr geben, der seine Meinung in Zweifel zog. Den Rechtsmedizinern, die die Leichen obduzieren würden, hatte er die Arbeit ausreichend verkompliziert. Sie würden kaum eine verlässliche Aussage treffen können, um welches Tatwerkzeug es sich gehandelt haben dürfte. Sein Ziel war erreicht. Die zweite Schusskanalentfernung schloss er ab, indem er auch jetzt die Austrittswunde frei schnitt.

Er kniete vor den beiden Toten, wischte sich den Schweiß von der Stirn und sinnierte einen Moment. Er war zufrieden mit sich. Für die Kürze der zur Verfügung stehenden Zeit war das Ergebnis mehr als beachtlich. Dann stand er auf, ging zum kleinen Wasserlauf und reinigte Messer und Säge. Aus Abscheu verzichtete er darauf, mit den blutigen Einweghandschuhen, Wasser für sich zu schöpfen. Beim Kontakt mit seinen Lippen befürchtete er einen Herpes-Ausbruch.

Halb drei zeigte seine Uhr an und er lag gut in der Zeit. Jetzt würde es wieder anstrengender werden. Den finalen Lagerort der Körper hatte er bereits im Blick, als er die Füße der ersten Leiche griff und sie zu einer vielleicht zehn Meter entfernten Gruppe Ilex zog. Diese Büsche waren so dicht, dass man schon unmittelbar davorstehen musste, um zu sehen, was sich darunter befand. Perfekt. Schnaufend schleifte er einen Leib über das Laub des Waldes bis zu seiner provisorischen Ruhestätte.

Gelassen kehrte er an seinen Aufbruchort zurück und begutachtete erneut sein Werk. Mit den Händen zog er sein durchnässtes Combatshirt von der Haut, fächelte eine kühle Brise auf seinen Oberkörper und atmete die feuchtnasse Luft tief ein. Fast geschafft, dachte er sich, griff sich die Füße der zweiten Leiche und begann zu ziehen. Er fühlte sich wie ein ägyptischer Sklave beim Pyramidenbau. So beschwerlich musste es vor mehr als viereinhalbtausend Jahren am Nil gewesen sein. Schnaufend zog er den Körper in der schon vorhandenen Furche zum Versteck und legte sie neben seinem Kollegen ab. Mit Grasbüscheln und Laub tarnte er die beiden Männer. In ein paar Tagen würden Würmer, Fliegen, vielleicht eine Rotte Wildschweine, Füchse oder Dachse die Reste seiner Arbeit finden und hoffentlich vernichten. Eventuell verdarb ihm aber auch die feine Nase eines Jagdhundes die Tour, der dem Geruch der Verwesung folgte. Umso wichtiger war es nun, verräterische Spuren zu entfernen.

Das sollte reichen, dachte er sich, nachdem er mit einem Ast das blutige Laub großflächig verteilt hatte, und packte die Schlachtwerkzeuge in den nächsten Sack. Zügig entkleidete er sich und stopfte Hemd und Hose zusammen mit seinen Stiefeln in einen weiteren Beutel. Er wollte so wenige Hinweise zurücklassen wie möglich. Die Kriminaltechnik war heute in der Lage, kleinste Spuren zu sichern. Ob diese dann jemandem zugeordnet werden konnten, stand auf einem anderen Blatt. Er schulterte die drei Müllsäcke und machte sich unbekleidet auf den Weg zur Schrottkanzel. Zufriedener und euphorischer als ein paar Stunden zuvor.

# Kapitel 26

Mittwoch 14. August

11:11 Uhr

»Ah, Herr Wüst. Schön, dass Sie es einrichten konnten.« Mit weit geöffneten Armen schlenderte Gerste in Richtung Tür, die Edgar Wüst einer adrett gekleideten Frau aufhielt. »Und auf die Minute pünktlich. Ich bin beeindruckt. Wollen Sie mir Ihre charmante Begleitung nicht vorstellen?«

Gerste streckte der schlanken, sehr weiblich aussehenden Frau, die noch nicht an der vierzig geknabbert haben dürfte, freundlich lächelnd die Hand entgegen.

»Frank Gerste. Kriminalhauptkommissar.«

»Christine Nagel«, erwiderte die Frau mit blondem Pferdeschwanz, wobei das Blond ein zeitnahes Nachfärben nicht ablehnen würde. »Ich bin die Rechtsanwältin von Herrn Wüst.« Zartgliedrige Finger an einem, mit edler, schwarzer Schurwolle bekleidetem Arm, ergriffen die entgegengestreckte Hand. »Die Freude ist ganz auf meiner Seite und ich hoffe, da bleibt sie auch.« Das unauffällig geschminkte Gesicht schenkte Gerste ein professionelles Lächeln.

»Daran hege ich nicht den geringsten Zweifel.« Er setzte das freundlichste Grinsen auf, zu dem er fähig war. Sein chauvinistischer Blick wanderte von den unverschämt hohen Pumps über die schwarz bestrumpften Beine, taxierte den knielangen Rock und die weiße Seidenbluse.

»Haben Sie gesehen, was Sie sehen wollten?«

»Eigentlich nicht, wenn Sie so direkt fragen. Mich wundert jedoch, wie Sie auf den Dingern laufen können.«

»Das macht keinen Spaß, hilft mir aber immer wieder, simpel gestrickte Männer vom Wesentlichen abzulenken.«

»Und das hätten Sie beinahe auch geschafft«, lobte er, drehte sich zu Wüst um und streckte diesem die Hand entgegen. »Hallo. Wie geht es Ihnen heute?«

»Das hätte ich Ihnen genauso gut am Telefon mitteilen können.« Offensichtlich ungehalten schlug er den Gruß aus. »Bringen wir das hier endlich hinter uns.«

»Dann folgen Sie mir bitte.« Jovial ging Gerste in das leere Büro neben dem Besprechungsraum, welches das Team gerne für Vernehmungen benutzte. »Marc? Kommst du bitte dazu.«

»Darf ich Ihnen Kriminalkommissar Schiffer vorstellen? Er hat zwei Aufgaben. Zum einen wird er bei der Befragung dabei sein und zum anderen hat er sich gerade freiwillig gemeldet, Ihre Getränkewünsche zu erfüllen.«

Schiffer begrüßte nacheinander die Besucher. »Na, wenn ich so freundlich aufgefordert werde, kann ich ja nicht ablehnen«, strahlte er in die Runde. »Was darf ich Ihnen bringen? Wir werden die Qualität ihres Restaurants vermutlich nicht erreichen, aber vielleicht werden Sie unsere Bemühungen trotzdem schätzen.«

»Hören Sie, Herr Gerste. Sie sind überaus zuvorkommend, nur wir sind nicht zum Vergnügen hier.« Der Ton der Rechtsanwältin sank sichtlich genervt von Gerstes übertriebener Herzlichkeit um eine Oktave. »Gut. Wenn es der Sache zuträglich ist, hätte ich gerne einen Espresso.«

»Herr Wüst?«

Nachdem Edgar Wüst kopfschüttelnd den Getränkewunsch ablehnte, verließ Schiffer den Raum.

»Nun ja. Ich hatte nicht das Gefühl, dass mein Besuch in der Pizzeria gestern die richtige Umgebung für eine kleine Aussprache war. Obwohl ich Ihnen ein Kompliment für die Gyrospizza machen muss. Die war ein Gedicht.« Nachdenklich rieb Gerste sich übers Kinn. »Hmm. Kann man das eigentlich über eine Pizza sagen? Na ja. Was solls.« Seine Bemühungen Zeit zu schinden fruchteten nicht. »Und was den Ort angeht, hier haben wir doch viel mehr Ruhe. Finden Sie nicht?«

»Übertreiben Sie mal nicht, Herr Gerste. Wollen wir noch eine Runde über das Wetter sprechen oder kommen Sie auch mal zur Sache?«, fragte Frau Nagel und versucht die angespannte Stimmung und die auflockernden Versuche ihres Gegenübers, zu umschiffen.

»Mir ist es im Moment ein bisschen zu kalt, wenn Sie so direkt fragen«, begann Gerste erneut mit Small Talk, als Schiffer mit drei Tassen Kaffee in den Raum zurückkehrte.

»Ahhh! Was für ein betörender Duft.« Der Hauptkommissar zeigte auf das Diktiergerät. »Haben Sie etwas dagegen, wenn wir die Unterhaltung aufzeichnen?«

»Tun Sie, was Sie ohnehin nicht lassen wollen.«

»Lasset die Spiele beginnen.«

»Wir bitten darum«, sagte die Rechtsanwältin, riss ein Tütchen Zucker auf und schüttete es in die kleine Espressotasse.

»Na dann«, sagte Gerste und startete das Aufnahmegerät. »Heute ist Mittwoch, der 14. August und es ist elf Uhr fünfzehn. Anwesend sind Hauptkommissar Frank Gerste, Kriminalkommissar Marc Schiffer und Frau Rechtsanwältin Nagel mit ihrem Mandanten Edgar Wüst. Nun, Herr Wüst, wir haben Sie zu einer Befragung hierher eingeladen. Wir vernehmen Sie nicht als Zeugen oder Verdächtigen. Haben Sie das so weit verstanden?«, fragte Gerste ernst und die gespielte Freundlichkeit war Schnee von gestern.

»Gut«, antwortete Nagel. »Weswegen wollen Sie meinen Mandanten sprechen?«

»Kennen Sie Daniel Hirte?« Gerste eröffnete die erste Runde und versuchte, eine Regung in Edgar Wüsts Gesicht zu entdecken.

»Bevor Herr Wüst sich dazu äußert, würde ich gerne erfahren, in welchem Zusammenhang Sie dies wissen möchten?«, fragte Christine Nagel.

»Nun denn, Karten auf den Tisch. Am Samstagnachmittag, leider zur besten Bundesligazeit, haben wir die Leiche von Daniel Hirte im Kofferraum eines weißen BMW gefunden.«

Die Rechtsanwältin blickte erst ihren Klienten an, um sich dann wieder an Gerste zu wenden. »Was hat das mit Herrn Wüst zu tun?«

»Das kann ich Ihnen sagen. Bei der Durchsuchung der Räumlichkeiten von Daniel Hirte haben wir die Fingerabdrücke ihres Mandanten sichergestellt und deswegen stelle ich meine Frage erneut. Kannten Sie Daniel Hirte?«

»Ja«, antwortete Wüst nach einem Nicken seiner Anwältin.

»Die meisten Menschen, die hier sitzen, sind etwas redseliger. Kommt vielleicht noch. Können Sie mir auch sagen, woher Sie ihn kannten und wie gut Sie mit ihm bekannt waren?«

»Er war öfter Gast bei mir und hin und wieder habe ich ihn in seiner Bude besucht.«

»Was haben Sie da gemacht? In seiner Wohnung meine ich?«

»Da haben wir gezockt.« Als sein Gegenüber nicht zu verstehen schien, fügte er an: »Sie wissen schon. Playstation und so.«

»Wann haben Sie Herrn Hirte zuletzt gesehen?«

Wieder nickte Frau Nagel und Gerste konnte sich ein Grinsen nicht verkneifen.

»Wenn das so weitergeht, wird das ein langer Tag.«

»Ach wissen Sie Herr Gerste, das macht uns absolut nichts aus«, sagte sie und trank einen Schluck. »Besser, wir sind jetzt vorsichtig, denn sonst bekommen wir später die Katze nicht mehr in den Sack. Mein Kompliment, Herr Schiffer. Der Espresso hebt sich geschmacklich von allem ab, was ich je bei der Polizei trinken durfte.«

»Freut mich. Ich habe versucht, das Beste aus der Maschine herauszuholen«, antwortete Schiffer erfreut.

»Also, wann haben Sie Daniel Hirte zuletzt gesehen?«, fragte Gerste weiter.

»Am letzten Donnerstag, glaube ich. Er war um die Mittagszeit in meinem Restaurant und hat eine Pizza bestellt.«

»Das wissen Sie ja noch recht genau. Wie kommt's?«

»Daniel hat immer Pizza gegessen, wenn er gekommen ist. Sich daran zu erinnern, ist keine Meisterleistung«, antwortete Wüst.

»Und danach haben Sie ihn nicht mehr gesehen?«

»Herr Gerste. Herr Wüst hat geantwortet und diese Antwort war relativ eindeutig«, bemerkte die Rechtsanwältin.

»Gut. Und wie lange war er bei Ihnen?«

»Wie lange haben Sie denn für Ihre Pizza gebraucht? So eine Stunde, denke ich.«

»Worüber haben Sie gesprochen?«

»Über das Wetter nehme ich an. Mal ehrlich. Das weiß ich doch jetzt nicht mehr.«

»Wo waren Sie am Freitagabend zwischen Viertel vor zehn und halb elf?«

Wieder blickte Wüst zur Seite und antwortete, nachdem er ein leichtes Nicken vernommen hatte: »Ich war die ganze Zeit in meinem Restaurant.«

»Die Frage, ob das jemand bezeugen kann, ist wahrscheinlich überflüssig, weil ich mal davon ausgehe, dass es reichlich Menschen geben wird, die das nur allzu gerne bestätigen werden. Richtig?«

Mehr als ein lockeres Zucken mit den Schultern konnte er Wüst nicht entlocken.

»Kann das jemand bestätigen? Wenn ja, wäre ich Ihnen sehr dankbar, wenn wir eine Liste mit den Namen und Adressen der Zeugen bekommen könnten.« Gerste sah zu Frau Nagel hinüber.

»Aber gerne. War es das?« Die Rechtsanwältin erhob sich.

»Aber nein. Herr Wüst. Können Sie mir sagen, wo sich Ihr Bruder aufhält?«

»Steht diese Frage in einem Zusammenhang mit dem Tod dieses Hirte?«, wollte Frau Nagel wissen. »Sonst können Sie uns ja genauso gut nach einem Tipp für die Lottozahlen fragen.«

»Und wieder kann ich diese Frage mit einem Ja beantworten. Sie werden es kaum glauben, aber wir haben das Auto von Ihrem Bruder gefunden. Und ob Sie es glauben oder nicht, als wir den Kofferraum geöffnet haben, lag doch wahrhaftig eine Leiche drin. Ich denke, da ist die Frage nach dem Aufenthaltsort von Max Kazim recht interessant. Was meinen Sie?«

»Was soll denn der Scheiß? Ich habe Ihnen die Frage doch gestern schon beantwortet, oder etwa nicht?«, stieß Wüst hervor.

»Mehr oder weniger stimmt das. Aber so richtig geglaubt habe ich Ihnen das nicht.«

»Das ist beileibe nicht das Problem von Herrn Wüst, wenn Sie mit einer Antwort nicht zufrieden sind. Haben Sie noch mehr auf Lager?«, fragte die Rechtsanwältin.

»Wissen Sie, wen wir im Kofferraum gefunden haben?«

»Woher soll mein Mandant das wissen?«

»Dann will ich Herrn Wüst nicht länger auf die Folter spannen, obwohl ich mir sicher bin, dass er es doch weiß.«

»Herr Gerste. Geht das auch etwas weniger mysteriös?«

»Natürlich. Bei der Leiche im BMW handelt es sich um besagten Daniel Hirte. Der war ja regelmäßig bei Ihnen zum Pizzaessen, wie Sie mir freundlicherweise mitgeteilt haben. Wie erklären Sie sich also, dass der tote Hirte im Wagen Ihres Bruders liegt?«

»Fordern Sie meinen Mandanten zur Spekulation auf?«

»Nein, durchaus nicht. Aber eine Meinung wird er doch haben.«

»Und die wird er Ihnen ganz bestimmt nicht hier und jetzt mitteilen.«

»Och wie schade. Ich dachte, wir wären alle Freunde«, sagte Gerste und ignorierte das mitleidige Kopfschütteln von Frau Nagel.

»Auf die Gefahr hin, dass ich mich wiederhole. Haben Sie noch Fragen an Herrn Wüst?«

Gerste überging den spitzen Kommentar.

»Ich spinne jetzt mal so vor mich hin. Von unserer geschätzten Abteilung für Organisierte Kriminalität weiß ich, dass Ihr Bruder sozusagen Ihre Nummer zwei ist. Also ist es Unsinn, dass er nur hin und wieder mal eine Runde bei Ihnen vorbeikommt.«

»Herr Gerste. Wo soll das denn hinführen? Sie glauben doch nicht im Ernst, dass Herr Wüst sich zu so etwas äußert.«

»Lassen Sie mir doch meinen Spaß. Es ist uns bekannt, dass Hirte einer Ihrer Drogendealer war. Jetzt ist er tot und wir finden ihn rein zufällig im Auto Ihres Bruders. Für mich sieht das so aus, als wenn Sie Hirte aus dem Weg räumen lassen wollten und ihr Bruder die Drecksarbeit übernommen hat. War es so?«

»Kein Kommentar«, sagte Wüst mit eisiger Stimme, bevor seine Rechtsanwältin sich äußern konnte.

»Was ich nur allerdings nicht begreifen will ist, warum Kazim so dämlich war, seinen BMW oben am Dönberg zu parken. Haben Sie darauf eine Antwort?«

»Kein Kommentar.«

»Na ja. Besonders mitteilsam sind Sie ja nicht gerade. Dabei frage ich so nett.«

»Übertreiben Sie es nicht, Herr Gerste«, grummelte Frau Nagel.

»Eine habe ich noch. Herr Wüst. Sie sind doch bewandert, wie ich gehört habe, wenn es darum geht, den lokalen Waffenhandel nicht einschlafen zu lassen. Wie erklären Sie sich, dass wir in der Wohnung Ihres Bruders genug Waffen gefunden haben, um eine kleine Privatarmee auszurüsten?«

»Langsam gehen Sie mir auf die Nerven. Herr Wüst wird sich selbstverständlich nicht dazu äußern.«

»Sie sind eine richtige Spielverderberin.«

»Können wir noch mit einer ernstgemeinten Frage rechnen?«

»Wer ist Ben Richter?«

»Muss ich den kennen?«, antwortete Wüst nach der Freigabe durch seine Rechtsanwältin.

»Und wieder kann ich diese Frage mit einem Ja beantworten. Sie werden es kaum glauben, aber auch in der Wohnung von Max Kazim haben wir Ihre Fingerabdrücke gefunden. Das ist ja nicht weiter überraschend. Zusätzlich haben wir noch Abdrücke von Ben Richter und Daniel Hirte sichergestellt. Für den Mord an Hirte haben Sie mit Sicherheit massenhaft Zeugen, die Ihre Unschuld bekräftigen. Aber was ist mit Richter. Wollen Sie mir im Ernst erzählen, dass Sie den nicht kennen?«

»Kann sein, dass ich hin und wieder bei einer Pokerrunde war, bei der auch dieser Richter dabei war. Die sind manchmal nur zu dritt gewesen und da hat Max gefragt, ob ich nicht mitspielen will. Da bin ich eben gerne als vierter Mann eingesprungen. Ist das strafbar?«

»Überhaupt nicht«, ließ sich Gerste nicht aus der Ruhe bringen. »Haben Sie da auch etwas anderes gemacht, außer zu pokern?«

»Zielt Ihre Frage auf irgendetwas Spezielles ab, Herr Kommissar? Wenn nicht, wird Herr Wüst auf die Antwort verzichten.«

»War reines Interesse.«

»Haben Sie noch weitergehende Interessen oder können wir die Farce dann beenden?«, setzte die Rechtsanwältin nach.

»Mich würde interessieren, wann Sie Ben Richter zuletzt gesehen haben?«, wurde Gerste wieder offiziell.

»Lassen Sie mich mal nachdenken.« Der Pizzeriabesitzer täuschte intensive Gedankengänge an. »Das könnte auch am letzten Freitag gewesen sein. Wann genau, weiß ich nicht mehr. Da müsste ich bei den Mädchen nachfragen.«

»Aber bei Freitag sind Sie sich sicher?«

»Ich denke ja.«

»Gut. Danke. Da Sie meine Einladung zu einem weiteren Kaffee vermutlich ablehnen werden, bleibt mir nichts anderes übrig, als mich für ihr Kommen und Ihre Offenheit zu bedanken.« Der Kommissar stand auf. »Sie können jetzt gehen. Vielen Dank, dass sie uns mit ihrer Anwesenheit beehrt haben.«

# Kapitel 27

Samstag 10. August

03:10 Uhr

Der Land Rover war sein Zuhause. Er nutzte den großen Geländewagen nicht nur für die Jagd, sondern lebte bisweilen darin. Das war etwas, was seine Frau nie verstanden hatte und auch nicht mehr verstehen würde. Er liebte sein Auto und lagerte manchmal ein paar Gegenstände zu viel im Gepäckabteil. Jetzt profitierte er davon, als er Regenhose und Ersatzhemd anzog. Zu oft hatte er seine Kleidung beim Ausweiden von Rehen oder Sauen mit Blut und Dreck verschmutzt und bissige Kommentare seiner Frau erhalten. Der Fahrersitz war mittlerweile gesprenkelt von Blutflecken und so gehörte Ersatzkleidung seit einiger Zeit zur Standardausrüstung des Autos. Kniehohe Gummistiefel nutzte er jetzt, als er jeden Plastiksack in einen Weiteren steckte und diese im Heck des Wagens verstaute.

Hatte er alles bedacht? Nachdem er seine Ausrüstung verladen hatte, war er noch einmal zurück in den Wald gegangen, um zu prüfen, ob die Spuren beseitigt waren. Er hatte nichts entdeckt, was auf ihn verwies, war sich jedoch darüber im Klaren, dass ihm im Schein der Stirnlampe etwas entgangen sein konnte.

Einzig die zwei Projektile, mit denen er die Männer erschossen hatte, lagen immer noch irgendwo da draußen. Die Suche würde viel Zeit in Anspruch nehmen, die er im Moment nicht hatte. Zudem war die Wahrscheinlichkeit gering, dass sie gefunden werden würden. Er hatte den Kugelriss auf der Wiese abgesucht, aber nichts entdeckt. Die Suche im Wald wäre eine Sisyphusarbeit gewesen und für das Bewegen großer Steine fehlten Anreiz und Kraft.

Sein Plan war schlicht, aber nicht ungefährlich und jetzt folgte ein entscheidender Punkt. Er musste den BMW der beiden Deppen verschwinden lassen. Den Schlüssel hatte er in der Jackentasche des zweiten Opfers entdeckt. Nur wohin damit, fragte er sich. Große Strecken wollte er nicht zurücklegen, denn der Rückweg würde ein Fußmarsch werden. Wo befanden sich hier oben unauffällige Parkplätze? Der Edeka in Neviges war eine gute Möglichkeit, aber zu weit weg. Der Rückmarsch würde über eine Stunde dauern. Nicht gut. Der Defender sollte hier spätestens bei Sonnenaufgang weg sein.

Friedensfurt zog den Sitz weiter nach vorne, startete den weißen BMW, wendete auf der schmalen Straße und fuhr hinunter zum Hardenberger Bach. Die Kupplung empfand er als etwas zu hart und der Schalthebel ließ sich nur hakelig bewegen. Ach was liebte er doch seinen Traktor, wie seine Frau den Land Rover liebevoll nannte. Am Bauernhof bog er links ab und steuerte hinauf zum Dönberg.

Bei seinen Überlegungen war er auf eine geeignete, mehr oder weniger unauffällige Möglichkeit gestoßen, das Auto abzustellen. Der Parkplatz am Sportplatz war dafür perfekt. Niemand würde sich dort über einen parkenden Wagen aufregen. Der Platzwart hatte heute und morgen genug mit den Fußballspielen zu tun und solange die Leiche, die er hinten im BMW entdeckt hatte, nicht anfing zu stinken, war eine Entdeckung unwahrscheinlich.

Er hatte nur einen kurzen Blick in den Kofferraum werfen wollen, aus Sicherheitsgründen sozusagen und leider festgestellt, dass er sich nicht getäuscht hatte. Die Hinrichtung auf dem Platz an der Gathe war keine Einbildung gewesen. Wenigstens etwas, dachte er und wechselte in den dritten Gang. Was ihn jetzt nervte, war die Musik, die mit lauten Bässen seinen Magen malträtierte. Wie konnte man so ein Geplärre in der Lautstärke überhaupt ertragen, fragte er sich und schaltete das Radio ab.

Auf dem Parkplatz standen zwei andere Fahrzeuge, sodass er den BMW unauffällig neben einem blauen Mercedes Sprinter abstellen konnte. Den Innenraum hatte er bereits abgesucht und die Möglichkeit, dass die Killer sein Kennzeichen notiert hatten, überprüft. Leise drückte er die Tür zu, betätigte den Knopf für die Zentralverriegelung und nahm die blinkenden Lampen zur Kenntnis. Mit dem tiefen, mechanischen Klacken wurde das Verriegeln der Türen bestätigt und er hakte den nächsten Punkt auf seiner imaginären To-do-Liste ab. Dann machte er sich auf den Rückweg.

Es war bereits drei Uhr, als er an seinem Land Rover ankam und einen Blick auf die Leuchtziffern seiner Uhr warf. Eine ereignisreiche Nacht lag hinter ihm. Zugegeben etwas anders, als er es sich vorgestellt hatte, aber im Nachhinein betrachtet, hatte er das Beste aus der Lage gemacht. Zufrieden griff er in die Tasche und warf den Autoschlüssel des BMW ins hohe Gras der Wiese, die sich vor ihm erstreckte. Den gleichen Weg fanden die Waffen der Toten. Er bedauerte es, Kazims edle Pistole wegzuwerfen. Für den Matchlauf war sicher eine Stange Geld über den Tisch gegangen und zu gern hätte er mit der Pistole auf einem Schießstand geschossen. Den Verlust des Revolvers bedachte er nicht weiter.

Die Müllsäcke würde er später in der Müllverbrennungsanlage oben auf Korzert entsorgen. Er wollte jetzt nur noch nach Hause. Auf dem Weg würde er sich überlegen müssen, ob und was er seiner Frau erzählen würde. Aber jetzt war erst einmal Feierabend.

## Kapitel 28

Mittwoch 14. August

14:57 Uhr

Gerste kannte Carsten Brehmer nicht persönlich, als er seinen Passat neben dem dunkelgrünen Jeep Grand Cherokee auf der Wiese parkte. Den Termin zur Besichtigung der Kanzel hatte Kollege Schiffer vereinbart und so ging er gut gelaunt, locker flockig auf den Mann zu, der mit Torsten Hübner plauderte. Brehmer legte keinen großen Wert darauf, zu verbergen, dass er Jäger war. Seine ganze Erscheinung entsprach dem typischen Bild, das sich die Gesellschaft von einem Waidmann machte. Dunkelbraune Fjällräven Hose mit unzähligen Taschen, eine olive Softshelljacke, Wanderstiefel und der klassische Filzhut ließen kaum Platz für Zweifel. Die letzten dieser Art erloschen, als er die Büchse bemerkte, die locker an der Schulter hing und den Kleinen Münsterländer sah, der aufmerksam auf der Straße lag.

Brehmer plauderte mit Hübner, dem Anwohner am Dönberg, der sich ausgiebig über den weißen BMW geärgert hatte.

»Guten Tag, wünsche ich«, sagte Gerste und streckte seine rechte Hand aus, die zuerst von Hübner ergriffen wurde.

»Den wünsche ich Ihnen auch, Herr Kommissar«, erwiderte er und packte kräftig zu. »Und das ist unser Revierpächter. Carsten Brehmer.«

Gerste schaute dem Jäger fest in die Augen, dann ergriff er lächelnd die nun ihm entgegengestreckte Hand. »Freut mich, Sie kennenzulernen, Herr Brehmer. Vielen Dank, dass Sie dem Treffen so kurzfristig zugestimmt haben.«

»Das Vergnügen ist ganz meinerseits. Wann hat man mal die Gelegenheit, so direkt in die Polizeiarbeit eingebunden zu werden? Wie kann ich helfen?«

»Wie Herr Hübner Ihnen ja bestimmt mitgeteilt hat, wurde von ihm am vergangenen Freitagabend hier ein weißer BMW beobachtet. Dazu hat er zwei Personen gesehen, die in Richtung ihrer Kanzel gelaufen sind und ...«

»Ja, Carsten. Das habe ich dir doch schon erzählt. Die haben ihren Wagen hier dermaßen blöde geparkt, dass keiner mehr vorbeigekommen wäre«, wurde er von dem redseligen Anwohner unterbrochen.

Routiniert ignorierte Gerste die Bemerkung. »Als mein Kollege Sie angerufen hat, haben Sie erwähnt, dass in der fraglichen Nacht vier Jäger unterwegs waren. Einer von denen hätte zufällig dahinten gesessen.« Er zeigte auf den weit entfernten Hochsitz.

»Genauso ist es. Das da in der Ferne ist unsere Schrottkanzel. Der Name hört sich zwar grausig an, aber eigentlich ist sie recht kuschelig. Sollen wir hingehen?«

»Das wäre meine nächste Frage gewesen. Ja, ich würde sie mir gerne ansehen«, antwortete Gerste und setzte seinen Fuß auf die Wiese.

Der Pächter schaute in Richtung des Hundes, der noch auf der Straße lag, aber schon den Kopf aufmerksam gehoben hatte.

»Raptor. Komm.« Sofort sprang der Hund auf und rannte auf die Wiese. »Bei Fuß«, erklang das nächste Kommando und Brehmer befestigte die Leine am Halsband.

»Ist Ihr Hund ein Jagdhund?«

»Das ist ein Kleiner Münsterländer und ja, das ist ein ausgebildeter Jagdhund«, sagte der Jäger und zeigte auf den Hund, der neben ihm trottete. »Jagd ohne Hund ist Schund, sagt der Volksmund und hat recht damit.«

»Inwiefern?«

»Sehen Sie, kein Mensch ist perfekt und gerade bei Hobbyjägern kommt es leider vor, dass der abgegebene Schuss nicht da sitzt, wo er hingehen sollte. Wenn das vorkommt, benötigen wir Hunde für die Suche nach den angeschossenen Tieren. Wir Menschen würden die Stücke nur durch Zufall finden.« Brehmer schaute stolz zu seinem Hund hinab. »Das ist übrigens Raptor.«

»Und der kann Blut wittern?«, fragte Gerste und legte die Stirn in Falten.

»Machen Sie sich da mal keine Gedanken. Ein ausgebildeter Jagdhund kann einer Schweißspur, äh, Blutspur, nach ein paar Tagen noch folgen«, erklärte Brehmer. »Wir haben viele weitere Aufgaben für die Hunde. Dazu ist für mich die Freude am Tier das Wichtigste.«

»Das kann ich gut nachvollziehen. Meine Eltern hatten auch immer einen Hund. Sagen Sie. Wie groß ist Ihr Revier?«

»Knapp vierhundertfünfzig Hektar. Die Horather Straße oben, auf der Sie hierhergefahren sind, trennt es in zwei Teile. Beide ungefähr gleich groß. Hier ist mehr Wald und auf der anderen Seite, überwiegend Wiese.«

»Wow. Das hört sich jetzt nach sehr viel an.«

»Na ja. Mit Hektar können die wenigsten heute noch etwas anfangen. Es sind rund viereinhalb Quadratkilometer.«

»Okay. Das ist immer noch recht ansehnlich. Am Freitag waren hier nun vier Jäger unterwegs? Wie kann ich mir das vorstellen?«, wollte der Kommissar wissen.

»Nun, ich habe das Revier gepachtet, aber alleine kann ich diese Größe nicht bejagen. Das wäre viel zu aufwändig und würde den Aufgaben als Pächter nicht gerecht werden. Also sucht man sich Jagdfreunde und gibt diesen sogenannte Begehungsscheine. Das ist eine Jagderlaubnis. Im Moment habe ich sechs dieser Berechtigungen vergeben. Und Sie haben recht. Am Freitag waren vier Jäger draußen.«

»Und wo waren die unterwegs?«

»Da vorne auf der Schrottkanzel war Michael Friedensfurt. Später hat er mir geschrieben, dass er zum U-Boot wechselt.«

»Wie? Zum U-Boot?«, wunderte sich Gerste. »Was ist das denn?«

»Ja, für Sie klingt das lustig. Das glaube ich«, lachte der Revierpächter und hielt seinen Hund, der intensiv an der Leine zog, kürzer. »Warum die Kanzel so heißt, weiß ich aber auch nicht genau. Die hatte den Namen schon, als ich das Revier gepachtet habe.«

»Kommt das häufig vor, dass ein Jäger den Hochsitz wechselt?«

»Das ist nicht ungewöhnlich. Wenn kein Wild auftaucht, das Licht schlecht ist oder von irgendwoher andere Einflüsse kommen, macht man das schon mal. Wir sind hier in einem sehr stadtnahen Revier. Hier laufen praktisch immer Menschen im Wald rum. Auch nachts. Je nachdem, wie laut die sind, ist es mit der Jagd schnell vorbei. Dann muss man das akzeptieren und sucht sich eine andere Kanzel.«

»Und werden Sie darüber informiert?«

»Klar. Aus Sicherheitsgründen will ich ja wissen, wer wo sitzt. Es kann ja immer mal was passieren.«

»Und Herr Friedensfurt hat Ihnen geschrieben, dass er die Kanzel wechselt?«

»Ja«, sagte der Revierpächter, zog sein Handy aus der Tasche und tippte auf dem Display herum. »Um halb vier hat er mir eine Nachricht geschickt.«

»Dann war er also bis halb vier hier auf der Schrottkanzel?«

»Theoretisch schon. Aber es ist jetzt keine Echtzeitkommunikation oder so. Kann also sein, dass er schon lange vorher auf der U-Boot saß, bevor er mir die Info geschrieben hat. Genau kann er es Ihnen nur selber sagen.«

»Und wo waren die anderen Jäger? Auch hier in der Nähe?«

»Lassen Sie mich nachsehen. Ich habe das bestimmt noch auf Whatsapp«, sagte er und holte sein Handy erneut aus der oliven Jacke. »Hier steht es. Florian Bach saß am Dreiländereck. Das ist drüben im zweiten Revierteil. Ingo Grimmer war auf der Hundertwasser. Die finden Sie, wenn Sie die Horather Straße etwas weiter entlangfahren, links am Waldrand. Können Sie von der Straße aber nicht so genau sehen. Walter Schmidt hat auf dem Königssitz gesessen. Das ist direkt hinten am Hühnerhof.«

Völlig überraschend lief der Kleine Münsterländer schneller und ließ den Kommissar fast über die Leine stolpern.

»Warum zieht ihr Hund auf einmal so?«, stieß Gerste hervor und versuchte, nicht zu stürzen.

»Das macht er normalerweise nur, wenn er Schweiß, also Blut, wittert«, erklärte Brehmer und beschleunigte seine Schritte.

»Dann sollten wir ihm mal folgen. Immerhin sind die zwei Männer hierher gelaufen.« Gerstes kriminalistischer Instinkt war geweckt und der Hund tat ihm den Gefallen, die Nase dicht am Boden zu halten.

»Sehen Sie? Er sucht jetzt immer intensiver. Wenn er die Quelle gefunden hat, legt er sich hin und verweist so auf die Stelle. Passen Sie auf!«

Und tatsächlich blieb der Hund nach weiteren zwanzig Metern stehen und legte sich auf den Boden. Gerste untersuchte die Stelle, während Brehmer Raptor streichelte und belobigte, was dieser mit wedelndem Schwanz goutierte.

»Ist das hier ein Blutfleck?«, wandte sich der Kommissar an den Revierpächter.

»Ja, könnte einer sein.« Brehmer kniete nieder und prüfte die Spur. Dann stand er auf und sah sich weiter um. »Schauen Sie mal hier. Das sieht mir nach einem relativ neuen Kugelriss aus. Der ist erst ein paar Tage alt.« Der Jäger deutete auf eine länglich aufgeschlitzte Stelle auf der Wiese. »Könnte von einem Schuss sein. Zumindest ist das die typische Form, die sich ergibt, sobald ein Projektil durchs Gras fliegt und in die Erde eindringt.«

»Wie kann ich mir das vorstellen? Das ist doch fast zehn Meter weg vom Blutfleck.«

»Stellen Sie sich mal vor, Sie sitzen da hinten auf der Kanzel.« Er deutete auf den einhundert Meter entfernten Hochsitz. »Wenn Sie von da aus auf ein Reh schießen, geht das Geschoss durch das Stück hindurch und dringt in den Boden ein. Das sieht dann so aus.« Der Jäger zeigte auf den Kugelriss in der Wiese. »Sollen wir mal nachsehen, ob sich ein Geschoss darin befindet?«

»Nein, nein. Auf keinen Fall. Lassen Sie das bitte die KTU machen«, rief Gerste schnell und zog sein Handy aus der Tasche.

»Sven? Hi, Frank hier«, sagte er und blickte zur Schrottkanzel rüber. »Ich kann einfach nicht ohne dich sein. Kannst du bitte hoch zum Dönberg kommen. Du müsstest dir mal etwas ansehen.«

»Geht es nicht noch unpräziser?«

»Wie soll ich es dir beschreiben? Ich bin mit dem Jagdpächter oben am Dönberg auf einer Wiese. Der Hund des Pächters hat einen Blutfleck entdeckt. Das ist das eine, was du bitte prüfst.«

»Und was ist das andere?«

»Weißt du, was ein sogenannter Kugelriss ist?«

»Ich bin mir sicher, dass du mein Allgemeinwissen gleich erweitern wirst.«

»Das mache ich, wenn du hier bist.«

»Und wo bist du genau?«

»Oben am Dönberg. Das habe ich doch jetzt schon dreimal gesagt. Also, du fährst durch den Ortsteil Dönberg Richtung Neviges. Dann bist du auf der Horather Straße. Wenn du die letzten Häuser hinter dir gelassen hast, kommst du nach rund einem Kilometer an eine Bushaltestelle mit einem Getränkehandel auf der linken Seite. Da biegst du links ab. Das ist der Mutzberger Weg. Folge dem und du kannst mich nicht verfehlen.«

»Und warum schickst du mir deinen Standort nicht einfach aufs Handy?«

»Hä?«

»Vergiss es. Gib mir eine Stunde. Okay?«

Gerste steckte das Telefon weg und sagte zu Bremer: »Können wir uns die Kanzel ansehen, bis mein Kollege hier ist?« Er drehte sich suchend nach dem Revierpächter um und sah, dass dieser ebenfalls in ein Handy sprach.

»... gut, ich komme sofort.« Brehmer beendete sein Gespräch. »Können wir das auf morgen verschieben? Ein Fuchs ist drüben an der Wollbruchsmühle von einem Auto angefahren worden. Die Polizei ist schon da. Da muss ich dringend hin.«

»Das verstehe ich. Gut. Wann morgen?«

»Fünfzehn Uhr? Ich habe Frühschicht. Um drei kann ich hier sein.«

»So soll es sein«, sagte Gerste und folgte dem Jäger, der schon zu den Autos aufgebrochen war.

# Kapitel 29

Donnerstag 15. August

07:38 Uhr

Bei Dunkelheit sicher ein bemerkenswerter Anblick, nur jetzt, in der Morgendämmerung, war es nicht mehr als eine große Ansammlung von Einsatzfahrzeugen mit blinkenden Blaulichtern, aufgereiht auf der schmalen Wiese vor der Schrottkanzel.

»Bist du schon wieder ansprechbar?«, fragte Corinna und versuchte, die Stimmung ihres Vorgesetzten auszuloten, den sie vor knapp einer halben Stunde aus dem Bett geklingelt hatte.

»Ich arbeite dran. Zwei doppelte Espressi mit einem Kilo Zucker und die Welt stirbt an einem anderen Tag. Oder so ähnlich. Wie auch immer.« Mürrisch schlug er die Tür des Passats zu und stapfte durch das feuchte Gras. »Wenn es jetzt anfängt zu regnen, kann uns nur noch ein Bauer mit seinem Traktor helfen, von der Wiese wieder runterzukommen.«

»Ich hatte ebenfalls Bedenken hier hinzufahren. Aber nachdem ich die ganzen anderen Autos gesehen habe, bin ich dem Herdentrieb gefolgt.« Sie klopfte auf die Motorhaube ihres Autos. »Und der hier hat mich noch nie im Stich gelassen.«

»Was solls. Für den Fall der Fälle habe ich Schneeketten im Kofferraum. Die leihe ich dir gerne.« Er drehte sich um die eigene Achse. »Wo sind die denn alle?«

»Hier lang. Wie ich schon am Telefon erzählt habe, hat der Revierpächter Carsten Brehmer heute Morgen zwei Leichen gefunden. Sagen wir besser, sein Hund hat sie erschnüffelt. Da hinten im Gebüsch.«

»Und warum war der um die Zeit hier?«

»Komischer Zufall. Gestern Abend hat ein Jäger, von der Schrottkanzel da, ein Reh angeschossen. Die Nachsuche war für heute Morgen bei Sonnenaufgang geplant«, fasste die Kommissarin die bisherigen Erkenntnisse zusammen.

»Und dabei hat er mal eben zwei Leichen gefunden? Wow. Da hat Kommissar Zufall aber im Lotto gewonnen, was? Ist der Brehmer noch da?«

»Ja. Der wartet da vorne hinter der Absperrung.«

»Dann schaue ich mir die Show mal an. Wo muss ich hin?«

»Siehst du da den schmalen Durchgang?« Sie zeigte auf einen kaum zu sehenden, von Büschen und Sträuchern gesäumten Pfad.

»Das ist nicht dein Ernst.«

»Leider doch.«

»Na dann bin ich ja mal gespannt, was mich dahinter erwartet.« Gerste ging auf die Stelle zu, drückte sich durch das feuchte Gestrüpp und fühlte sich in einer anderen Welt angekommen. Ein Generator vertrieb die Stille des frühmorgendlichen Friedens. Zwei Scheinwerfer erhellten die Szenerie und ließen die zahlreichen Bäume wie schwarze, verbrannte Pfähle erscheinen. Zügig marschierte er zu dem Punkt, an dem sich die meisten Menschen aufhielten. »Guten Morgen, zusammen.«

Schiffer drehte sich um und begrüßte ihn. »Hallo. Mann, was war ich froh, dass ich dich heute früh nicht anrufen musste.«

»Kannst du auch sein. Und was ist hier los? Ich sehe nichts.«

»Ist nicht ganz einfach. Die beiden Leichen waren eigentlich recht gut versteckt. Wenn das angeschossene Reh nicht zufällig in die Richtung geflüchtet wäre – keine Ahnung, ob wir die jemals gefunden hätten.«

»Warum? Was ist daran so bemerkenswert?«

»Die sind komplett unbekleidet und liegen unter einer dicken Schicht Laub. Der Täter hat das genau durchdacht. Wir sind immer noch dabei, die Büsche so abzuschneiden, dass man überhaupt dran kommt. Die Stacheln an den Blättern sind heute Morgen leider recht unkooperativ«, informierte der Beamte seinen Chef.

»Und warum hat der Pächter gewusst, dass da irgendetwas ist?«, erkundigte sich Gerste.

»Sein Hund hat ihm das angezeigt. Mir wurde das so erklärt. Die Nase des Hundes nimmt die Blutspur auf und arbeitet sie aus, soll heißen, er folgt ihr. Der Jäger hat eine lange Leine und wird mitgezerrt. Wie man das so kennt. Kleines Mädchen wird von großer Dogge über den Boden geschliffen. Sobald der Hund etwas findet, legt er sich hin und verweist so auf den Fund.«

»Hier sehe ich aber kein Reh. Wieso ist der Hund nicht einfach daran vorbeigelaufen?«

»Bin ich Jäger? Keine Ahnung. Möglicherweise hat ihm der Geruch der Leichen besser gefallen? Es ist nicht so einfach, ihn zu einer Aussage zu überreden. Aber immerhin sollten wir dem Hund einen großen Ring Fleischwurst kaufen. Ohne den hätten wir die Toten nie gefunden«, bemerkte Schiffer. »Falls du Sven suchst, der ist da hinten im Gebüsch. Da, wo die Lampen sind. Kannst du nicht verfehlen.«

Gerste ging weiter und kämpfte sich durch die Ilex, bis er die, durch mächtige Leuchtstrahler aufgehellte Fundstelle sehen konnte.

»Hi Sven. Du machst ja eine richtige Party hier.«

»Hör bloß auf«, klagte ihm eine Stimme durch die Bäume entgegen. »Derjenige, der sich das hier hat einfallen lassen, sollte zwei extra Jahre wegen mutwilliger Behinderung von Ermittlungsbeamten bekommen.« Eisenberg trat zwischen Stechpalmen hervor, lachte über seinen eigenen Witz und wurde sofort wieder ernst. »Wieso läufst du ohne Überschuhe an meinem Tatort herum?«

»Ach, Sven. Jetzt hab dich nicht so. Ist echt früh am Morgen, da kann ich noch nicht klar denken. Und was soll ich denn hier versauen?«, entgegnete Gerste ungläubig und ließ seinen Blick zu den Leichen wandern, die weiterhin zum größten Teil mit Laub bedeckt waren. »Warum habt ihr sie noch nicht herausgeholt?«

»So lange bin ich auch noch nicht hier. Zumal ich mir erst mal Platz schaffen musste«, erklärte der KTU-Mitarbeiter. »Und würdest du mir jetzt den Gefallen tun, und dich etwas zurückhalten und die schönen, blauen Schühchen anziehen?«

»Ja, ja. Alles gut.« Bedröppelt nahm Gerste die Gummiüberschuhe von einem weiteren Beamten entgegen und kam der auferlegten Pflicht nach.

»Bleib da oben stehen«, deutete Sven auf eine erhöhte Stelle, etwas abseits des Fundorts. »Wir legen die Leichen jetzt frei.« Der KTU-Mitarbeiter und ein Kollege entfernten mit Handfegern das restliche Laub von den Körpern.

»Wenn ich von den Bissen an der Nase mal absehe, haben wir hier eindeutig Max Kazim und Ben Richter vor uns«, behauptete Corinna, die sich von hinten genähert hatte. Sie zog ihr iPad hervor, entsperrte es und zeigte Gerste die Fahndungsfotos.

»Da hast du wohl recht. Jetzt sieh dir mal das Loch da an.« Er deutete auf Richters Brust. »Das ist ja fast armdick. Hast du dazu schon eine Meinung, lieber Sven?«

»Sieht ganz eindeutig so aus, als wenn da etwas herausgeschnitten wurde. Aber nicht auf die chirurgisch einwandfreie Art«, witzelte er. »Hier, schau mal. Bei der zweiten Leiche ist das genauso.«

»Hast du eine Idee, wie die beiden gestorben sind?«, fragte Corinna. »Einen Ritualmord stelle ich mir anders vor. Selbstmord scheidet auf jeden Fall aus.«

»Ich sehe zumindest keine zusätzlichen Verletzungen. Gut, ich kann jetzt nicht sagen, ob da nicht irgendwo Einstichstellen oder Ähnliches vorhanden sind.« Eisenberg verschränkte die Arme vor der Brust und dozierte: »Aber mein erster Eindruck ist, dass die entweder erschossen oder erstochen wurden.«

»Wie kommst du drauf?«, wollte Gerste wissen.

»Na ja. Ich denke, dass der oder die Täter da Spuren aus den Körpern geschnitten haben. Hat eine Zeit gedauert, aber da werden wir wohl nicht mehr viel finden«, antwortete Eisenberg trocken.

»Meinst du, die wurden hier getötet?«, fragte Corinna.

»Ja, könnte gut sein. Ist nicht schlecht gewählt die Stelle. Ich kenne zwar den genauen Todeszeitpunkt nicht und will nicht spekulieren. Aber schau mal hier«, deutete Eisenberg auf die Leiche von Ben Richter. »Dem wurde das Herz komplett herausgeschnitten bis hin zum Rücken.

Du kannst regelrecht durch den Brustkorb schauen. Das machst du nicht mal eben in zwei Minuten. Der Täter hat sich einen guten Platz gesucht und gefunden.«

»Meinst du, der hat sie woanders getötet, hierher getragen und dann angefangen zu schneiden?« Ungläubig schüttelte Gerste den Kopf. »Wozu der große Aufwand?«

»Um Spuren zu vernichten. Eine andere Erklärung fällt mir nicht ein. Beide Leichen haben keinen äußeren Hinweis auf eine weitere Verletzung. Lassen wir mal beiseite, dass sie vielleicht unter Drogeneinfluss gestanden haben«, fuhr Eisenberg fort. »Dann hat der Täter den kompletten Wundkanal aus den Körpern herausgeschnitten und verschwinden lassen. Clever gemacht. So finden wir keinen Hinweis auf eine Tatwaffe.«

»Hast du so eine Vorgehensweise schon mal gesehen?«

»Nein Frank. Aber in dem Beruf wundert mich gar nichts mehr.«

»Die Obduktion bei Frau Doktor Keller wird auf jeden Fall nicht langweilig werden«, sagte Gerste mehr zu sich selbst als zu Eisenberg. »Ich bin nicht ganz sicher, ob ich dir noch viel Spaß bei der Arbeit wünschen soll oder nicht.«

Zusammen mit Corinna ging Gerste auf die Wiese außerhalb des Waldes zurück, auf der sich die Anzahl der Fahrzeuge um zwei Leichentransporter erhöht hatte.

»Dann lass uns mal hören, was der gute Herr Brehmer zu berichten hat.«

»Guten Morgen, Herr Brehmer.« Gerste ging zielstrebig auf den Jagdpächter zu. »Eigentlich wollten wir uns ja erst heute Nachmittag treffen. Hatten Sie Sehnsucht?«

»Nicht wirklich«, entgegnete der Jäger und versuchte, seinen Hund wieder sitzen zu lassen, nachdem dieser Corinnas Hand abgeleckt hatte und von dieser ausgiebig gestreichelt worden war. »Er ist noch recht jung. Normalerweise sollte er nicht so auf andere Menschen reagieren.«

»Lassen Sie ihn doch. Ist ein ganz süßer Hund«, sagte die Polizistin. »Guten Morgen. Ich bin Corinna Meier, seine Kollegin. Sie haben die beiden Leichen gefunden?«

»Ja. Leider«, antwortete Brehmer. »War kein schöner Anblick.«

»Warum waren Sie so früh hier?«

»Na ja. Gestern Abend hat ein Jagdfreund ein Reh angeschossen. Hier von der Schrottkanzel aus. Dann hat er mich angerufen. Es war aber für eine Nachsuche bereits zu spät und so wollte ich heute Morgen zeitig mit der Suche beginnen.«

»Wie kann ich mir das vorstellen?«, fragte Corinna nach.

»Schauen Sie mal hier.« Brehmer ging zu einer Stelle am Waldrand und zeigte auf den Boden. »Hier stand das Reh, als es beschossen wurde.«

»Ich sehe da gar nichts.«

Der Pächter kniete sich hin, deutete auf das kurze Gras und nahm etwas in die Hand. »Hier erkennen Sie zum Beispiel Schnitthaar, was das Geschoss beim Austreten aus dem Wildkörper gestanzt hat. Daneben können Sie Schweiß, also Blut, sehen. Mit Sicherheit liegen da auch noch irgendwo Knochensplitter rum.«

»Okay. Und was machten Sie danach?«, fragte sie weiter.

»Der Schütze sagte mir, dass er beobachtet hat, wie das Reh ins Gebüsch, direkt hier, abgesprungen ist. Sehen Sie, da an dem Busch flattert ein Stück Absperrband. Damit hat er die Stelle markiert. Da bin ich dann mit Raptor rein. Lange Leine und los.«

»Aber das ist doch eine ganze Ecke von den Leichen da unten entfernt.«

»Das stimmt. Aber je nachdem, wie der Schütze abgekommen ist, kann das Reh noch eine mehr oder weniger lange Flucht machen, bevor es sich ins Wundbett legt«, erklärte Brehmer. »Wir sind so dreißig Meter gerade in den Wald rein. Danach führte die Spur nach links den Hügel runter und dann haben wir auch relativ schnell die Körper gefunden.«

»Haben Sie die sofort bemerkt? Es war doch noch recht düster zwischen den Bäumen, nehme ich an«, mischte sich Gerste ein.

»Die Spur des Rehs führte wohl zufällig dicht an den Leichen vorbei. Jedenfalls zog Raptor auf einmal viel stärker an der Leine, blieb stehen und legte sich ab. Damit verweist er auf einen Fund«, erklärte der Pächter weiter. »Und zu meiner Überraschung habe ich da den Fuß gesehen. Ich habe dann sofort die Polizei angerufen. Das war alles.«

»Und was passiert jetzt mit dem Reh?«, wollte Corinna wissen.

»Gute Frage. Wenn Sie mich nicht mehr brauchen, würde ich die Nachsuche gerne fortsetzen. Ist das ok?«

»Klar. Aber halten Sie bitte etwas Abstand zum Fundort der Leichen«, mahnte Gerste. »Wir melden uns später bei Ihnen, damit wir Ihre Aussage schriftlich aufnehmen können.«

Corinna sah dem Jäger nach, der mit seinem Hund wieder in den Wald ging. »Ich werde nie verstehen, warum der Mensch auf die Jagd gehen muss.« Sie schüttelte den Kopf. »Sag mal Frank. Hast du mit so etwas gerechnet?«

»Ehrlich gesagt, hatte ich bis heute Morgen partout keine Vorstellung, welche Richtung der Fall einschlagen würde.«

»Und jetzt ist alles nur noch verwirrender geworden«, ergänzte die Polizistin. »Wieso bringt jemand zwei Männer um, gibt sich große Mühe, Spuren zu vernichten und versteckt sie dann im Wald?«

»Und warum fährt er das Auto weg?« Gerste fuhr sich mit der Hand durch die Haare. »Und wie hängt das mit der Leiche im Kofferraum zusammen?«

»Sieht so aus, als wenn wir noch viele Schritte vor uns haben«, resümierte Corinna den Morgen.

»Komm mit. Wir schauen uns mal den Hochsitz an.« Gerste wandte sich um und ging auf die Schrottkanzel zu. Er kletterte die klapprige Stahlleiter hinauf und öffnete die Holztür. Der Revierpächter hatte die Kanzel bereits geöffnet.

»Muffig und eng.« Präzise beschrieb Corinna ihre ersten Eindrücke, als Gerste noch draußen auf dem Podest stand, von dem aus man in den kleinen Raum treten konnte. »Und hier sitzen die stundenlang und warten? Das wäre nichts für mich.«

»Ist auf jeden Fall nicht für zwei Personen gemacht«, sagte Gerste, als er in die Kanzel schaute, die nicht mehr als zweieinhalb Quadratmeter groß war. »Oder man sollte sich sehr gerne haben.«

»Eins steht fest. Wenn du hier drinnen sitzt, sieht dich von außen niemand. Dazu war es letzten Freitag, trotz Vollmond, viel zu dunkel.«

»Für mich wird aus der ganzen Sache noch kein Schuh. Schau mal da rüber.« Er deutete nach Westen zum Mutzberger Weg. »Von da kamen die beiden. Warum sollte hier jemand sitzen und auf die geschossen haben? Wo wäre das Motiv? Und wieso sind die einfach so in ihr Unheil gelaufen?«

»Fragen über Fragen und nichts als Fragen. Das kennen wir doch schon.« Behutsam zwängte sich Corinna an Gerste vorbei und trat an die frische Luft. »Lass uns ins Büro fahren und eine Runde Brainstorming in Verbindung mit einer Tasse Kaffee machen. Was hältst du davon?«

»Kommst du, Marc?«, rief Gerste dem Kollegen zu. »Wir fahren ins Büro zurück und ich brauche jemanden, der vernünftigen Kaffee machen kann. Corinna ist mit der Maschine doch überfordert.«

»Hat ja etwas gedauert, bis du das erkannt hast. Aber besser spät, als nie«, antwortete Schiffer lachend und fing sich einen bösen Blick seiner Kollegin ein.

# Kapitel 30

Donnerstag 15. August

09:06 Uhr

Gerste erfreute sich an einem frisch gebrühten Kaffee und trug ihn behutsam von der Maschine zum Tisch. Mit Entzücken sog er den Seetangduft des Espressos ein, der ihn um so viel mehr beschwingte, als das flüssige Ergebnis im Nachhinein schmeckte. Mit Vorliebe roch er an der neu geöffneten Packung voller Kaffeebohnen, wobei ihn mal wieder erstaunte, wie immens der Unterschied zum aufgebrühten Resultat war.

»Gut gemacht, Marc. Mal sehen, ob die Brühe nicht nur gut duftet, sondern das Versprechen auch halten kann, wenn sie durch meine Kehle rinnt.« Gerste nickte befriedigt in Schiffers Richtung. »Möchtest du etwas zum Thema beitragen, Corinna?«

»Hast du wirklich super gemacht, du Kaffeemeister«, zischte sie.

»Gut, nachdem das jetzt geklärt ist, wollen wir uns mal wieder mit originärer Polizeiarbeit beschäftigen. Mir scheint, uns haben die Ereignisse überrollt, und der Fall verläuft ganz anders, als ich es mir vorgestellt habe«, fasste der Hauptkommissar seine Gedanken zusammen.

»Was haben wir für offene Punkte auf deiner Liste?«, fragte er Corinna.

»Also, ich habe die Liste dauernd aktualisiert und die erledigten Punkte oben separat dargestellt, die ursprüngliche Nummerierung hingegen beibehalten. Wenn wir jetzt anfangen, sollten wir zuerst über die Markierungen auf der Karte sprechen. Die liegt ja noch hier.« Mit dem Finger berührte sie den Stadtplan auf dem Tisch. »Gestern bin ich einmal alles abgefahren. Jeder Punkt weist tatsächlich auf einen Geldautomaten hin. Manchmal sind es auch mehrere. Wenn das so ist, wurde dies auf der Karte durch die Anzahl der Marken gekennzeichnet. Den

Punkt können wir abhaken. Warum die markiert sind, bleibt allerdings eine offene Frage.«

»Guter Einsatz. Lasst uns noch einen Moment bei dem Punkt bleiben. Da hat also jemand systematisch die Standorte von Geldautomaten gesammelt und auf die Karte übertragen. Dazu kommt die große Menge an Schusswaffen und das C4. Das weist doch alles auf einen Überfall hin. Oder sehe ich das falsch?«

»Nein, das siehst du vollkommen richtig«, antwortete sie. »Die Frage ist nur, was machen wir mit den Informationen?«

»Gute Frage. Sprich bitte mit den Kollegen vom Raubdezernat darüber. Vielleicht können die uns helfen oder nehmen uns die Sache ab.«

»Wie sieht es mit Punkt 3 aus? Hast du etwas über Daniel Hirte herausgefunden?«, fragte Schiffer seine Kollegin.

»Auch das habe ich versucht. Am Döppersberg habe ich etwas herumgefragt und wie ihr euch vorstellen könnt, waren die alles andere als mitteilsam. Schlussendlich habe ich aber doch jemanden gefunden, der ihn ganz gut gekannt hat und bereit war, mit mir zu sprechen. Das hat mich eine große Portion Freundlichkeit und einen Latte macchiato gekostet.«

»War es erfolgreich oder hast du nur einen guten Zeitpunkt für eine Pause gesucht?«, stichelte Gerste.

»Ich bin immer produktiv. Was für eine komische Frage. Immerhin bin ich eine Frau.« Sie schüttelte energisch den Kopf, warf dann die Haare in den Nacken und band sich einen neuen Pferdeschwanz. »Gut. Der Freund von Hirte konnte mir nur sagen, dass er in der letzten Woche vor seinem Tod wohl recht großspurig war und dauernd von einer Menge Geld gesprochen hat, das er bald haben würde. Er sei an einer richtig großen Sache dran. Das war alles.« Während sie auf die Kommentare der Kollegen wartete, kostete sie den Latte macchiato, den ihr Schiffer hingestellt hatte. »Okay. Ganz gut, aber ausbaufähig. Du solltest mal bei Starbucks in die Lehre gehen.«

Schiffer zog entgeistert die Augenbrauen hoch und Corinna grinste. »Ob Hirte Wüst kannte, wusste er nicht«, ergänzte sie ihre Aussagen.

»Aber den Kontakt hat uns ja Wüst gestern bestätigt«, sagte Schiffer.

»Ist abgehakt«, fügte sie hinzu.

»Den nächsten Punkt können wir noch nicht als geklärt ansehen, denn wir haben die Tatwaffe im Fall Hirte noch nicht gefunden«, erwähnte Schiffer. »Und wenn ich davon ausgehe, dass Kazim und Richter die beiden Personen sein könnten, die der anonyme Anrufer an der Gathe gesehen haben will, dann werden wir die Waffe auch nicht mehr finden. Bei den beiden Toten fehlte ja alles. Kleidung, Handy, Schuhe, Herz. Da ist jemand sehr gründlich vorgegangen.«

»Das sehe ich auch so.« Gerste nickte dem Kollegen zu. »Die Tatwaffe werden wir nur durch Zufall finden. Und ich stimme dir zu, auch ich würde davon ausgehen, dass die beiden Hirte erschossen haben.« Er lehnte sich im Stuhl zurück. »Hat die Rechtsanwältin von Wüst uns die Zeugenliste zukommen lassen?«

»Ja, sie hat sie mir gemailt«, antwortete Corinna. »Da stehen zwanzig Personen drauf. Soll ich die wirklich alle überprüfen?«

»Ich glaube zwar nicht, dass uns das weiterbringen wird, aber vernachlässigen sollten wir sie auch nicht.« Gerste rieb sich das Kinn. »Die sind ganz sicher handverlesen und schwören Stein und Bein, das Wüst um die Tatzeit herum in der Pizzeria war. Sonst hätte sie die nicht auf die Liste gesetzt.«

»Und wegen deiner großzügigen Art darf ich mich darum kümmern. Stimmt's?«

»Du hast es erfasst. Dann sind wir ja jetzt alle auf dem Laufenden.« Zwanglos faltete er die Hände und fing an, mit dem Stuhl zu kippeln.

»Nicht ganz. Sven hat mir bestätigt, dass das Blut, das du mit dem Pächter auf der Wiese oben am Dönberg gefunden hast, tatsächlich menschlichen Ursprungs ist. Eine Probe davon ist schon auf dem Weg ins Labor. Vielleicht ergibt die DNA-Analyse ja einen neuen Anhaltspunkt. Dazu haben sie die Stelle genau untersucht, nahezu umgegraben. Ein Geschoss haben sie nicht entdecken können«, ergänzte Schiffer. »Und dann noch schöne Grüße von Sven. Er sei Spurenermittler und kein Gärtner.«

»Ach, der soll sich nicht so haben.« Gerste stand auf und ging ein paarmal hin und her. »Kommen wir mal zu dem, was uns heute Morgen den Schlaf gekostet hat. Was hat es nun mit dem Fundort der beiden Toten auf sich, die da oben im Wald liegen? Wer hat ein Motiv gehabt, sie umzubringen und dann so zuzurichten?«

»Was haben die überhaupt da gewollt?«, erweiterte Corinna die Fragestellung. »Die sind doch nicht zum Spaß über die Wiese gelaufen. Wie hieß der Anwohner noch gleich? Hier. Torsten Hübner hat die beiden ja gesehen.«

»Nehmen wir mal an, die Stelle, an der das Blut und der Kugelriss gefunden wurden, hängt mit den Leichen zusammen. Vielleicht ist das der Ort, an dem einer von denen erschossen wurde?« Gerste fuchtelte mit den Händen und dachte dabei laut nach. »Das würde auch mit dem Knall zusammenpassen, den Hübner gehört haben will.«

»Und wie passen die beiden zusätzlichen Schüsse dazu?«, fragte Schiffer.

»Müsste ich spekulieren, würde ich sagen, die haben zurückgeschossen. Wenn ich Sven jetzt verärgern will, schicke ich ihn da oben auf Projektilsuche.« Gerste setzte sich wieder hin und nahm einen Kugelschreiber in die Hand. Aufs Rauchen verzichtete er, aber die Bewegungen der Finger aktivierten schlummernde Gehirnwindungen bei ihm. Permanent spielte er mit Gegenständen rum oder brachte schlechte Kunstwerke zu Papier. »Für den Fall, dass die beiden Männer oben auf der Wiese Kazim und Richter gewesen sind, wovon wir jetzt mal ausgehen, waren die ebenfalls bewaffnet. Und was machst du, sollte jemand auf dich schießen?«

»Ich würde sofort in Deckung gehen und versuchen, herauszufinden, woher der Schuss kam. Wenn keine weiteren Schüsse folgen, würde ich mich um meinen Partner kümmern«, antwortete Schiffer und Corinna nickte zustimmend.

»Ja, weil ihr beide Polizisten seid und nach einem Schusswaffengebrauch endlos Formulare ausfüllen dürft. Aber wenn ich damit nichts am Hut habe, schieße ich erst einmal zurück. Das zwingt den Schützen zum Stellungswechsel und verschafft mir zusätzliche Sekunden. Erst dann gehe ich in Deckung.«

»Du hast eindeutig zu viele schlechte Filme gesehen«, witzelte Corinna.

»Kannst du uns die Wiese mal auf Google Maps zeigen?«, fragte Gerste, stand auf und tigerte durch den Raum.

»Klar.« Ein paar Handbewegungen später legte sie das iPad auf die Karte.

»Seht ihr? Hier ist nur freies Feld.« Gerste ging weiter um den Tisch herum. »Die nächste Möglichkeit ist hier oder da im Wald. Wenn wir jetzt einmal davon ausgehen, dass der Schütze auf der Schrottkanzel gesessen hat, hat er alles gut im Blick gehabt.«

»Aber warum sind die beiden denn überhaupt in die Richtung gegangen?«, merkte Schiffer an. »Dafür gibt es doch gar keinen Grund. So direkt in die Schusslinie zu laufen, ist bar jeder Logik.«

»Macht nur Sinn, wenn ihnen nicht bewusst war, woher der Schuss kommen konnte«, warf Corinna ein. »Die haben gar nicht erwartet, dass sie in Gefahr sein könnten.«

»Vielleicht liegst du damit richtig. Bleibt aber immer noch die Frage, wer der Schütze war. Oder die Schützen. Bis jetzt wissen wir ja nicht, ob es eine oder mehrere Personen sind, nach denen wir suchen.« Der Hauptkommissar blieb an der Kaffeemaschine stehen, wählte einen Espresso aus und stellte seine Tasse auf die vorgesehene Fläche. »Ich finde, wir sollten mal mit dem Jäger sprechen, der in der Nacht auf der Kanzel gewesen sein soll. Der müsste doch was mitbekommen haben.« Routiniert drückte er den Startknopf.

»Du meinst diesen Michael Friedensfurt?« Corinna scrollte auf dem iPad. »Die Telefonnummer ist bekannt. Ich rufe ihn an. Wann und wo wollen wir uns mit ihm treffen?«

»Am besten oben am Dönberg. Schau mal, wann er Zeit hat«, sagte Gerste und genoss wieder den angenehm, aromatischen Duft des Kaffees. »Aber vorher rufe ich Frau Doktor Keller an und frage sie, wann wir mit der Obduktion rechnen können.«

»Was glaubt ihr, wird Edgar Wüst jetzt machen, wo sein Bruder tot ist?«, fragte Corinna.

»Na, noch wird er es ja nicht wissen. Es sei denn, er hat ihn selber getötet und das schließe ich mal aus«, antwortete Gerste. »Aber wenn er es erfährt, wird er wahrscheinlich Mittel und Wege finden, seinen Bruder zu rächen. So schwülstig sich das auch anhören mag. Deswegen sollten wir zusehen, dass wir schneller sind als der Möchtegernmafiosi.«

# Kapitel 31

Donnerstag 15. August

13:04 Uhr

»So schnell sieht man sich wieder«, sagte Gerste freundlich und strahlte die Rechtsmedizinerin an, die relaxed an ihrem Schreibtisch saß.

Corinna hatte telefonisch versucht, einen zeitnahen Termin für die Obduktion der Leichen zu bekommen. Der nächstmögliche Zeitpunkt war ihr für dreizehn Uhr bestätigt worden und so hatten sich die Kommissare erneut, auf den staureichen Weg über die A46 nach Düsseldorf, gemacht. In den Mittagsstunden war das nicht die schlechteste aller Ideen. Wenige Stunden früher oder später verwandelte sich die Autobahn zwischen den beiden Großstädten regelmäßig in einen überdimensionierten Parkplatz.

»Und so unschön der Anlass auch sein mag, so gerne zieht es mich immer wieder hierher«, raspelte Gerste kräftig Süßholz und seine Kollegin, die die amourösen Andeutungen ihres Chefs schon gewohnt war, verdrehte die Augen.

»Kommen Sie Herr Gerste, erzählen Sie mir lieber, was in Ihrem überschaubaren Tal im Moment los ist.« Die Rechtsmedizinerin lehnte sich in ihrem Drehstuhl zurück. »Drei Leichen in sechs Tagen? Das sprengt jede Statistik, oder?«

»Das können Sie laut sagen«, antwortete er und setzte sich auf einen der beiden Stühle. »Ich würde jetzt zu gerne ein Heißgetränk zu mir nehmen, das Sie mir bedauerlicherweise noch nicht angeboten haben.«

»Sie sind ja heute richtig bescheiden.« Doktor Keller lächelte. »Es wird mir eine Freude sein. Was darf ich Ihnen denn kredenzen?«

»Wenn es Ihre Möglichkeiten nicht überfordert, bin ich mit einem Espresso, der an einem Berg Zucker herunterläuft, zufrieden.«

»Und was ist mit Ihnen, Frau Meier? Kann ich Sie auch mit einem Kaffee erfreuen? Wo Ihr Chef seine Wünsche ja so dezent äußert.«

»Wenn ich an das denke, was wir gleich sehen und riechen werden, bleibt mein Magen lieber leer. Aber danke für das Angebot.«

Nachdem die Rechtsmedizinerin den Kaffee an ihrer Nespresso-Maschine zubereitet hatte, setzen sie sich wieder.

»Ist der Espresso so, wie Sie ihn sich vorgestellt haben?«, wollte sie wissen, als Gerste die kleine Tasse absetzte.

»Ein Traum von gerösteten Bohnen«, schwärmte er und wechselte ungewohnt schnell das Thema. »Was Ihre vorherige Frage angeht, es ist wirklich etwas eigenartig, wie die Toten bei uns vom Himmel purzeln. Wobei ich, neutral betrachtet, die Leichen erwartet habe. Oder anders ausgedrückt, hätte es mich gewundert, wenn die beiden lebend aufgetaucht wären.«

»Warum das?«

»Na, zuerst haben wir den Wagen des Duos gefunden. Einfach so auf einem Parkplatz abgestellt. Darin lag übrigens die Leiche vom Montag. Und da haben wir uns natürlich gefragt, welcher Deutsche parkt sein Auto irgendwo und kümmert sich dann nicht drum. Das ist total untypisch«, erklärte Gerste seine Gedankengänge. »Wir wissen leider überhaupt nicht, wer als Täter für die beiden infrage kommt und bei der Suche nach einem Motiv stehen wir noch vollkommen im Regen. Das macht die Sache überaus mysteriös.«

»Dann schaun wir mal, ob ich Ihnen irgendwie helfen kann. Kommen Sie. Prüfen wir mal die Widerstandsfähigkeit Ihrer Mägen.«

»Ich kann es kaum erwarten.« Widerwillig erhob sich Corinna und folgte der Rechtsmedizinerin in den Obduktionsbereich.

Die Leichen von Kazim und Richter waren schon auf die bevorstehende Obduktion vorbereitet worden und lagen auf gekachelten Seziertischen. Neben den Tischen standen Rolltische aus Edelstahl, auf denen Werkzeuge sortiert angeordnet waren, deren Nutzung außerhalb der

Rechtsmedizin schnell zu einem Stelldichein mit der Staatsanwaltschaft führen konnten.

Ein Mitarbeiter der Institutsleiterin erwartete sie bereits und kam ihnen mit ausdruckslosem Gesicht entgegen.

»Das ist Doktor Gruber. Er wird mir assistieren«, stellte Doktor Keller ihren Kollegen vor, der die Polizisten mit einem leichten Handschlag begrüßte. »Und das sind die beiden Kommissare Gerste und Meier aus Wuppertal.«

»Dann mal los.« Gerste konnte es kaum erwarten und versuchte die ungeliebte Umgebung, mit schlauen Sprüchen zu überspielen.

Doktor Keller zog das über dem Seziertisch hängende Mikrofon zu sich.

»Donnerstag, fünfzehnter August, dreizehn Uhr dreißig«, sagte sie. »Anwesende Personen sind die Obduzenten Doktor Keller und Doktor Gruber, der Kriminalhauptkommissar Gerste sowie die Kriminaloberkommissarin Meier. Es steht an: die Leichenschau von Max Kazim, männlich, fünfunddreißig Jahre alt, muskulöser Körperbau, Körpergröße einhundertfünfundachtzig Zentimeter. Geschätztes Gewicht fünfundneunzig Kilo.«

Der Körper lag unbekleidet auf dem Tisch.

»Die Ausprägung von Fäulnis und Vertrocknung des Leichnams bei aufgelöster Totenstarre lässt auf einen Todeszeitpunkt von vor mehr als sechs Tagen schließen. Informationen zum genaueren Todeszeitpunkt kann die Analyse des Insektenbefalls geben.« Doktor Keller sprach konzentriert, sachlich und mit emotionsloser Stimme.

»Auffällig ist die großflächige Durchdringung des Brustkorbs auf der linken Körperhälfte auf Höhe des Herzens. Sieht aus, als ob der Torso und umliegendes Gewebe mit einem scharfen Gegenstand, Messer oder Skalpell, aufgeschnitten wurde, um das Herz zu entnehmen. Das Brustbein wurde entfernt, genauso wie ein Teil der Rippen. Die Knochenenden deuten auf eine Art Zange oder einen Seitenschneider hin, vielleicht auch eine große Gartenschere. Die Herzregion ist frei zugänglich. Der Durchbruch geht durch den gesamten Brustkorb hindurch. Das Herz wurde wahrscheinlich mit scharfem Werkzeug herausgeschnitten.

Die Schnittkanten an den Arterien sind oder besser gesagt, waren scharfkantig. Ebenso scharfkantig waren die Schnittkanten an den Venen. Durch die röhrenförmige Entfernung des Gewebes ist es schwer, eine Tatwaffe zu beschreiben, die zum Tod des Mannes geführt haben könnte. Es ist weder ein Schusskanal festzustellen, noch ist ein Hinweis auf eine Stichverletzung zu erkennen.«

Doktor Keller schaute zu Gerste. »Da hat sich aber jemand Gedanken darüber gemacht, die Todesursache zu verschleiern.« Sie ging um die Leiche herum. »Der Körper weist keine weiteren äußeren Verletzungen auf.«

»Wie hat der Täter das bewerkstelligt? Brauchte er dazu Fachwissen?«, fragte Corinna.

»Na ja. Es war sicher kein Chirurg. Aber ich würde vermuten, dass ihr Täter schon eine gewisse Erfahrung mitgebracht hat«, antwortete die Rechtsmedizinerin, während ihr Kollege Proben von den Fingernägeln nahm. »Und er hat zumindest ein recht scharfes Messer und eine Art Zange gebraucht. Könnte also eine geplante Tat gewesen sein.«

»Mir ist so eine Vorgehensweise der Verschleierung noch nicht untergekommen«, warf Doktor Gruber ein. »Ist, rational betrachtet, aber eine sinnvolle Verfahrensweise.«

»Warum?«, fragte Corinna.

»Na, ja. Ohne die typischen Merkmale eines Messers oder einer Schusswaffe fällt es uns schwer, die Tatwaffe zu bestimmen.« Er stemmte die Hände in die Seite und ignorierte, dass seine Schürze blutig wurde.

»Müsste der Täter nicht mit Blut besudelt sein?«, fragte Gerste.

»Wo haben Sie die Leichen denn gefunden?«

»Die lagen beide im Wald. Auf einem Laubbett«, antwortete Corinna.

»Gehen Sie davon aus, dass die Leichen transportiert wurden?«

»Sie meinen jetzt, ob der Fundort auch der Tatort war?«

»Ja.« Doktor Gruber beugte sich über den Stahltisch und untersuchte eine Abschürfung am rechten Schienbein.

»So genau wissen wir das leider noch nicht. Aber ja, im Moment glauben wir, dass zumindest ein Opfer an einer anderen Stelle getötet wurde. Warum?«

»Also, meiner Meinung nach muss der Täter bei so einer Operation Blut abbekommen haben. Schauen Sie mich an. Ich habe auch Reste der Körperflüssigkeiten an den Handschuhen und an der Schürze. Dabei habe ich diese Organentnahme gar nicht durchgeführt. Gehen Sie mal davon aus, dass der Gesuchte nicht gerade im Blut gebadet hat, aber ganz ohne Blutspuren bekommt man so etwas nicht hin. Darüber hinaus war er bestimmt in Eile. Finden Sie also die blutige Kleidung und Sie haben den Täter.« Die Rechtsmedizinerin nickte Gerste zu und machte eine einladende Geste in seine Richtung.

»Na, nichts wird leichter sein als das«, lachte Gerste ironisch.

Drei Stunden später saßen die Polizisten wieder in Doktor Kellers Büro.

Gerste nahm einen Schluck Kaffee, der dampfend vor ihm stand.

»Geben Sie mir doch freundlicherweise eine Kurzfassung der Ergebnisse. Ich habe nicht alles verstanden, was Sie da drinnen von sich gegeben haben.«

»Dann fasse ich das mal für Sie zusammen«, erbot sich die Rechtsmedizinerin. »Außer der offensichtlichen Verletzungen am Brustkorb haben wir keine Hinweise auf Gewalteinwirkung gefunden. Körperlich waren die Toten gesund und hätten weitaus länger gelebt, als es jetzt der Fall ist. Der Täter hat gezielt versucht, die Todesursache zu verschleiern, was ihm leider auch gelungen ist. Ich kann nicht mit Sicherheit sagen, auf welche Art und Weise die beiden Männer zu Tode gekommen sind.«

»Das hilft uns nicht so richtig weiter«, bemerkte Gerste nachdenklich.

»Ich finde die Art und Weise sehr aufwändig und ungewöhnlich. Das hat meiner Meinung nach der Täter nicht zum ersten Mal gemacht. Dafür braucht man schon ein gewisses Maß an Abgebrühtheit. Stellen Sie sich das mal vor. Sie schneiden die Herzen von zwei Menschen heraus. Einfach so. Ohne Rückstände. Wahrscheinlich mitten in der Nacht. Und zuvor haben sie die Männer getötet«, gab Doktor Keller zu bedenken. »Würden Sie so vorgehen, wenn Sie von der Situation überrascht werden würden?«

»Nein. Weiß der Geier, was ich machen würde, aber auf so eine Idee kommt man eigentlich nur, wenn man nach Tannenhof gehört«, gab Gerste zu.

»Was meinen Sie mit Tannenhof?«

»Ach, das ist nur so eine Redensart bei uns im Bergischen. Das ist der Name einer psychiatrischen Anstalt in Remscheid. Wenn sich einer komisch benimmt, wird er eben, bildlich gesprochen, nach Tannenhof geschickt.«

»Aber mal im Ernst. Warum lässt der Täter die Opfer nicht einfach liegen und verschwindet?«, fragte die Rechtsmedizinerin. »Wozu der außergewöhnliche Aufwand?«

»Worauf wollen Sie hinaus?«, fragte Gerste.

»Sehen Sie. Wenn man in so einer Lage zum Handeln gezwungen wird, dann verlässt man sich doch auf Bewährtes. Reagiert intuitiv. Oder nicht?«

»Da liegen Sie richtig«, antwortete Corinna. »Aber wo habe ich die ganzen Werkzeuge her, die ich für so etwas brauche? Das habe ich doch nicht alles dabei.«

»Ich glaube, wir sollten uns mal mit den Jägern unterhalten«, warf Gerste ein.

»Das wäre eine Möglichkeit. Jäger sind ja gewohnt, Tiere auszunehmen. Sicher haben die auch die entsprechenden Werkzeuge dabei. Denkbar, dass es ein Jäger war.« Doktor Keller trank einen weiteren Schluck Kaffee.

»Unglücklich ist nur, dass der Täter sechs Tage Zeit hatte, seine Spuren zu verwischen«, entgegnete Gerste. »Das wird also kein Kinderspiel werden.«

»Dem ersten können wir gleich auf den Zahn fühlen«, sprühte es aus Corinna heraus. Sie zeigte Gerste ihr Handy. Auf dem Display konnte er die Nachricht von Schiffer lesen: Treffpunkt mit Friedensfurt am Dönberg um 18:00 Uhr.

# Kapitel 32

Donnerstag 15. August

18:00 Uhr

»Sind Sie Herr Friedensfurt?«, fragte Gerste den Mann mit Glatze, der vor einem dunkelgrünen Land Rover Defender stand und auf ein Mobiltelefon schaute. Sie hatten sich mit dem Jäger am Mutzberger Weg verabredet, genau an der Stelle, wo Max Kazims weißer BMW vergangenen Freitag gestanden hatte. Der Geländewagen parkte auf der Wiese, von der aus man die Schrottkanzel im Blick hatte.

»Ja«, antwortete Friedensfurt und ging auf den Kommissar zu. »Und wer sind Sie?«

»Ich bin Kriminalhauptkommissar Frank Gerste und das ist meine Kollegin, Kriminaloberkommissarin Corinna Meier.«

»Och, ich dachte, ihr Kollege würde kommen. Wie hieß er doch gleich?«

»Ach, Sie meinen Herrn Schiffer. Nein, der kommt leider nicht. Sie müssen mit uns vorlieb nehmen.« Gerste versuchte, erst gar keine Anspannung aufkommen zu lassen. Freundlich streckte er dem Mann die Hand entgegen und spürte den festen Druck, mit dem die Begrüßung erwidert wurde.

»Und wir sind viel netter als Herr Schiffer.« Corinna lächelte und ergriff die Hand, die sich ihr entgegenstreckte.

»Herr Friedensfurt«, kam Gerste direkt zur Sache. »Wir ermitteln in zwei Tötungsdelikten, die sich hier am Dönberg ereignet haben.« Er streute eine Pause ein. »Wir haben bereits mit Herrn Brehmer gesprochen und er hat uns erzählt, dass Sie am vergangenen Freitag hier auf der Jagd waren. Stimmt das?«

»Ja. Carsten hat mich schon darüber informiert, dass er mit Ihnen geredet hat. Ich war da hinten auf der Schrottkanzel.«

»Ab wann waren Sie hier?«, fragte Gerste weiter.

»Lassen Sie mich nachdenken.« Friedensfurt machte eine Pause und betrachtete den Himmel. »So gegen halb zwölf muss das gewesen sein, als ich aufgebaumt habe.«

»Sie haben was?«, fragte die Polizistin.

»Aufgebaumt. Entschuldigen Sie. Jägersprache, wissen Sie. Bedeutet, dass ich auf die Kanzel gegangen bin. An den Tagen zuvor hatte es hier Schaden durch Sauen gegeben.«

»Ist Ihnen danach etwas aufgefallen?«

»Was meinen Sie?«

»Na ja, haben Sie zum Beispiel ein Auto gesehen oder Leute?«

»Nein. War alles ruhig. Viel zu still, wenn Sie mich fragen.«

»Was meinen Sie damit?«

»Normalerweise hat man um die Uhrzeit, also nach Einbruch der Dunkelheit Rehwild, Hasen oder zumindest mal einen Fuchs im Anblick. Aber an dem Abend war gar nichts los.«

»Wie lange waren Sie hier?«, fragte Gerste.

»So bis kurz nach drei.«

»Haben Sie etwas Auffälliges bemerkt? Vielleicht Schüsse?«

»Die hört man hier immer wieder. Ist ja nichts Ungewöhnliches, wenn gejagt wird. Aber ob ich an dem Abend welche gehört habe, kann ich beim besten Willen nicht mehr sagen.«

»Und was haben Sie dann gemacht?«, wollte Corinna wissen.

»Hier war ja nichts los. Lag wahrscheinlich am Wind. Also habe ich die Kanzel gewechselt. Bin rüber zum U-Boot.«

»Ja, den lustigen Namen hat Herr Brehmer auch erwähnt. Wissen Sie, warum der Hochsitz so bezeichnet wird?«

»Ich glaube, weil man nur von unten in den Hochsitz reinkommt. Ist wirklich etwas umständlich.«

»Und warum sind Sie dann da hin, wenn es unbequem ist?«

»Das ist eine gute Rehwildecke da hinten und hier oben war ja tote Hose. Vom U-Boot aus, wollte ich bei Sonnenaufgang versuchen, einen Bock zu schießen.«

»Wie sind Sie dahin gekommen?«, fragte Corinna weiter.

»Mit dem Auto.«

»Wo hatten Sie ihren Wagen denn hier geparkt?«

Er zeigte auf den kleinen Hof, der etwa achtzig Meter die Straße entlang lag.

»Da hinter dem Hof ist eine Parkmöglichkeit, die wir Jäger nutzen dürfen, um auf die Schrottkanzel oder den Trailer zu gehen.«

»Wie kommt man denn zu dem U-Boot?«, fragte Corinna weiter und notierte die Informationen auf dem iPad.

»Das kann man von hier nicht sehen«, antwortete Friedensfurt. »Man folgt dem Weg hier runter bis zur Straße, die vom Dönberg oben hier vorbeiführt.«

»Und weiter?«

»Schauen Sie mal da.« Der Jäger zeigte nach Westen. »Dahinten erkennen Sie ja die Schrottkanzel. Wenn Sie von da aus nach links blicken, sehen Sie ein Tal. Da führt die Straße durch. Etwas weiter kommt dann ein Wanderparkplatz. Und genau zu dem bin ich gefahren. Soll ich Ihnen den zeigen?«

»Gerne«, antwortete Gerste. »Nehmen Sie mich mit?«

»Gerne, aber warten Sie einen Moment. Ich muss nur noch etwas Platz schaffen.« Die Fahrertür quietschte, als Friedensfurt sie aufzog und sich in den Land Rover hievte. Ungelenk räumte er den Beifahrersitz frei und deutete Gerste an, einzusteigen.

»Ist etwas eng hier drinnen. Aber, wenn man ins Gelände fährt, finden Sie nichts Besseres.«

»Das glaube ich Ihnen sofort. Wo müssen wir denn jetzt hin?«

Der Jäger fuhr los und folgte dem Mutzberger Weg.

»Schauen Sie mal hier durch«, wies er Gerste an und bremste ab. »Da hinten, neben dem Stall ist die Parkmöglichkeit, die ich gemeint habe.« Hundert Meter weiter zeigte er durch die Frontscheibe. »Und da unten sehen Sie jetzt die Straße, die ich vorhin erwähnte.«

Gerste nickte erstaunt. »Ist ja alles recht überschaubar hier.«

»Das Revier ist ja nur knapp 450 Hektar groß. Hört sich jetzt nicht nach viel an, ist aber eine Menge Arbeit für Carsten.«

»Meinen Sie Carsten Brehmer, den Revierpächter?«

Friedensfurt bog rechts ab.

»Ja, den meine ich. Wir haben hier im Revier, im Moment alle Hände voll zu tun. Die Wildschweine sind gerade richtig aktiv und wühlen die Wiesen um. Der Wildschaden wird uns eine Stange Geld kosten. Und das wollen wir natürlich vermeiden.«

»Sie müssen bezahlen, was das Wild zerstört?«

»Leider ja, denn so ist das Gesetz. Deswegen sind wir ja so oft hier draußen und versuchen, die Sauen zu erlegen oder zumindest zu vertreiben. Und glauben Sie mir, die Viecher sind nicht dumm. Wenn die uns Menschen auch nur wittern, dann ist es sofort vorbei. Die sind zwar relativ blind, haben aber ziemlich gute Ohren und eine feine Nase.«

»Ich bin beeindruckt.«

»So. Jetzt noch rund sechshundert Meter und dann sind wir da.« Friedensfurt lehnte sich vor und zeigte den Hügel hinauf. »Schauen Sie mal. Da oben können Sie die Schrottkanzel erkennen. Von da hat man das ganze Tal im Blick. Wunderschön.«

»Sind Sie oft da?«

»Jepp. Die gehört zu meinen absoluten Lieblingskanzeln. Man hat da fast immer Anblick. Ist ja nicht so, dass wir jeden Tag ein Stück Wild erlegen. Meistens prüfe ich nur den Wildbestand oder mache Jagd auf Raubwild.«

»Mit Raubwild meinen Sie jetzt Füchse, oder?«

»Genau. Drüben auf der anderen Seite der Straße ist doch die große Hühnerfarm. Da laufen Füchse ohne Ende rum. Den Bestand müssen wir kontrollieren und von Fall zu Fall auch reduzieren.«

»Warum?«

»Ja, das klingt jetzt blöde, aber fahren Sie nachher mal rüber zur Hühnerfarm. Da sieht es aus, wie auf einem Schlachthof. Auf den Feldern rund um den Hof finden Sie ohne Ende Reste von toten Hühnern. Das kommt zum einen von den Greifvögeln, die sich gerne an dem frei laufenden Federvieh bedienen und für die Füchse ist das die perfekte Speisekammer. Da wir einen guten Draht zu dem Besitzer der Farm haben, versuchen wir, so viele von den Räubern wie möglich zu schießen.«

»Gibt es denn dann hier überhaupt noch Füchse?«

»Ach, bis zum Abwinken. Letztes Jahr haben wir mehr als fünfzig Stück geschossen. Wir müssen da dran bleiben, sonst nimmt es überhand.«

Friedensfurt stoppte und ließ ein Auto passieren. Dann bog er in eine Straße ein und lenkte den Land Rover nach wenigen Metern auf einen Parkplatz.

»Hier habe ich am Freitag geparkt. Von hier aus ist es eine knappe Viertelstunde bis zur Kanzel. Die liegt vorne am Waldrand. Man könnte auch direkt da parken, aber ich laufe lieber.«

»Na dann, auf geht's.« Rasch öffnete Gerste die Tür und sprang auf den Schotter.

Hinter ihnen bog Corinna auf den Platz ein und parkte den Passat neben dem Geländewagen.

»Kann man von hier aus auch zur Schrottkanzel kommen?«, fragte sie.

»Ja. Das ist aber anstrengend. Dafür müssen Sie den Hügel da hoch.« Friedensfurt rieb sich die Stirn. »Puh, das sind bestimmt hundertfünfzig Höhenmeter. Mit dem ganzen Gerödel und der Waffe ist das richtig schweißtreibend. Sie können es ja gerne ausprobieren.«

»Vielleicht später einmal«, entgegnete Corinna. »Und wo geht es jetzt zum, wie haben Sie vorhin gesagt, U-Boot?«

»Wie Sie möchten«, antwortete Friedensfurt. Er verriegelte den Geländewagen, drehte sich zu den Kommissaren um und zeigte auf ein paar Häuser. »Dazu müssen wir die Straße da lang.«

◆ ◆ ◆

Fünfzehn Minuten später erreichten sie einen überschaubaren Hof, der an drei Seiten von hohen Tannen umgeben, in völliger Abgeschiedenheit lag. Zwei Wohnhäuser waren hinter einer Scheune zu erkennen. Daneben lag ein Weiher mit passendem Entenhaus. Eine Wiese erstreckte sich über den Hügel, der sanft von den Häusern aus anstieg.

Der Zugang zur Wiese war durch ein Tor versperrt, das Friedensfurt öffnete und am Waldrand entlang marschierte.

»Da vorne im Wald steht die Kanzel. Sie können sie gleich sehen.« Unvermittelt blieb er stehen und holte tief Luft. »Aber genießen Sie erst einmal die Ruhe. Wenn ich hier bin, werde ich immer ganz demütig.«

Ein Auto hupte und unterbrach den andächtigen Moment. Gerste drehte sich um und fing an zu lachen, als er sah, dass der Fahrer der Gruppe zuwinkte.

»Das nennt man wohl den klassischen Vorführeffekt, was?«

»Tja, was soll ich sagen?« Friedensfurt zuckte mit den Schultern, stieg über einen funktionslosen Stacheldrahtzaun und zeigte auf einen verwitterten Hochsitz am Waldrand. »Hier, sehen Sie? Das ist das U-Boot.«

»Und hier haben Sie die Nacht verbracht?«, fragte Gerste in einem Ton, der seine Zweifel kaum verhehlte.

»Ja, und nicht zum ersten Mal, kann ich Ihnen sagen. Man kann hier ganz tolle Sonnenaufgänge erleben.« Friedensfurt geriet ins Schwärmen. »Kommen Sie doch mal mit.«

»Nein. Danke. Haben Sie denn Ihren Bock geschossen?«

»Leider nicht. Wissen Sie, wer auf die Jagd geht, braucht eine Menge Geduld und letzte Woche hatte ich einfach kein Glück.«

»Okay, Herr Friedensfurt. Vielen Dank für Ihre Bemühungen. Für heute habe ich genug gesehen. Aber ich bin mir sicher, dass wir uns wiedersehen werden.«

Der Kommissar drehte sich um und folgte Corinna, die sich schon auf den Rückweg gemacht hatte.

## Kapitel 33

Donnerstag 15. August

19:11 Uhr

»Ruhe Männer. Ich will anfangen«, rief Edgar Wüst und trommelte mit den Fingerknöcheln seiner rechten Hand auf den Tisch. »Esst eure Pizza auf und trinkt noch einen Schluck. Wenn ich gleich spreche, ist es hier leise. Verstanden?«

Schlagartig verstummten die munteren Gespräche, die im Laufe des gemeinsamen Essens stattgefunden hatten. Hektisch wurden letzte Pizzastücke in offene Münder geschoben, Biergläser geleert und die Tische von Essensresten gereinigt. Hinweise von Wüst waren keine Bitten, sondern Anweisungen und die Männer, die es als Ehre empfanden, dieser Besprechung beiwohnen zu dürfen, reagierten entsprechend.

»Ich habe eine schlechte Nachricht«, begann der bullige Anführer und blickte ernst in die Runde. »Max und Ben sind tot.«

Heftiges Gemurmel folgte der Mitteilung. Manche der Anwesenden sprangen auf, redeten wild durcheinander, andere blieben mit versteinerter Miene sitzen.

»Ruhe! Ruhe!«, rief Wüst und wartete, bis Stille eingekehrt war. »Wie ihr alle wisst, war Max mein kleiner Bruder. Und jetzt ist er tot. Er ist ermordet worden.«

Um keine Regung bemüht, stand Wüst vor seinen Männern. Tränen gestattete er sich nicht, aber der Versuch, die stahlharte Mimik aufrechtzuerhalten, forderte seine Selbstdisziplin heraus. Der Verlust seines Bruders hatte ihn stärker beeindruckt, als erwartet.

»Hier hat er immer gesessen. Das war sein Platz an meiner Seite.« Die Anwesenden schauten auf die zwei leeren Stühle, die von den beiden

Toten belegt worden waren. Den Mut, etwas zu sagen, brachte niemand auf. »Und Ben war ein guter Freund von mir. Das haben sie nicht verdient und wir werden sie rächen.«

Bei diesen Worten sprangen die Männer auf, jubelten und reckten die Gläser in die Höhe.

»Auf Max!«, schrie ein euphorisierter Wüst. »Auf Ben!«

Für einen begnadeten Redner hatte er sich nie gehalten, aber die Ansprache war ihm gut gelungen, dachte er, nickte selbstzufrieden und gönnte sich einen großen Schluck. Das Bier rann seine Kehle hinunter. Befriedigt setzte er sich.

»Was ist passiert?«, fragte Toni Bellucci, als die Männer sich beruhigt hatten. Sie saßen wieder an den Tischen und beobachteten ihren Boss aufmerksam.

»Sie wurden ermordet«, antwortete er und bemühte sich, Härte in die Stimme zu legen. Alles andere würde ihm jetzt als Schwäche ausgelegt werden, die er sich nie eingestehen würde. »Feige getötet.«

»Weißt du, was ihnen zugestoßen ist?«, wollte Marco Lorenzo wissen.

»Nicht genau. Ich weiß nur, dass sie am Freitagabend einen Job für mich erledigt haben. Dabei sind sie dummerweise gesehen worden. Sie haben die Person bis oben zum Dönberg verfolgt. Dann haben wir noch mal kurz telefoniert und von da an herrschte Funkstille.«

»Das ist ja krass«, bemerkte Bellucci bestürzt. »Was weißt du noch?«

Wüst sprang auf und streckte die Faust zur Decke. »Der Mörder soll die beiden regelrecht ausgeweidet haben. Hat ihnen die Herzen herausgeschnitten«, brüllte er den Männern zu, die ebenfalls aufgesprungen waren. »Wir werden den Kerl erwischen! Nein, wir müssen den Kerl erwischen!«

Breite Zustimmung erntete er mit seiner emotionsgeladenen Ansprache. Aufgeputscht prosteten sich die Anwesenden erneut zu.

Er genoss die Anteilnahme seiner Kumpane und forderte sie auf, sich wieder zu setzen.

»Männer. Wir werden Max und Ben immer in Ehren halten und uns gerne an sie erinnern. Mir wurde erzählt, dass die Gerichtsmedizinerin so etwas auch noch nicht gesehen hat. Sie war regelrecht schockiert.«

»Pfui!«, dröhnte es aus den Kehlen.

»Und als sie tot und geschändet waren, hat man sie einfach in den Wald gelegt. Zugedeckt mit Dreck und Blättern. Das haben sie nicht verdient!«, rief er in die Menge.

»Ich werde den Kerl finden«, steigerte er sich.

»Ich werde ihn bluten lassen«, schrie er noch lauter.

»Ich werde ihn und seine Familie töten!«, brüllte er und die Menge grölte.

Wüst setzte sich und genoss die Huldigungen. So hatte er es geplant und so war es geschehen.

»Steffen«, sagte er zu dem jungen Mann, der neben der Tür saß. »Geh mal hoch und bestell ne Runde Bier.«

Augenblicklich sprang Steffen Mönch auf, merkte sich die Getränkewünsche der Gruppe und verließ den Raum.

»So. Kommen wir zum eigentlichen Thema dieser Sitzung«, sagte Wüst mit autoritärer Stimme.

»Weißt du schon, wer es war?«, fragte Lorenzo, vor Kazims Tod die Nummer drei in der Bandenhierarchie.

»Nein, leider nicht. Aber ich werde es bald wissen.«

»Hey Männer, Ruhe bitte. Der Boss will weitermachen«, rief Bellucci in den Raum, bemüht, die Bande zu beruhigen.

»Danke Toni.« Wüst nickte ihm anerkennend zu. »Nachdem Max und Ben jetzt ausfallen, brauchen wir zwei Ersatzmänner für den Überfall am kommenden Donnerstag. Hat jemand Vorschläge?«

»Was ist mit Arne?«, fragte Bellucci. »Der packt immer mit an und wäre bereit, den nächsten Schritt zu machen.«

»Ja. Könnte ich mir gut vorstellen«, pflichtete ihm Wüst bei. »Den habe ich schon seit ein paar Monaten im Visier. Was meinst du, Marco?«

»Klar. Das ist ein guter Mann und so kompliziert ist die Aufgabe ja auch wieder nicht.«

»Okay. Dann bringt ihn mal vorbei. Ich will vorher auf jeden Fall selber mit ihm reden.«

»Timo Schulte wäre womöglich ein weiterer Kandidat«, erwähnte Lorenzo.

»Na, bei dem habe ich immer noch Bauchschmerzen«, erwiderte Wüst. »Erinnerst du dich daran, wie dämlich er sich vor einem Jahr bei dem Transport angestellt hat? Seinetwegen sind wir fast geschnappt worden.«

»Klar weiß ich das noch und das war wirklich keine Meisterleistung. Aber er verdient trotzdem eine zweite Chance, Boss«, sagte Lorenzo. »Ich habe ihn die letzten Wochen beobachtet. Der hat die Dealer am Döppersberg mittlerweile ganz gut im Griff und ich vertraue ihm.«

»Gut, geben wir ihm eine Bewährungschance«, sagte Wüst. »Aber ich will mit beiden vorher auf jeden Fall sprechen.«

»Machen wir. Morgen oder Freitag?«, fragte Lorenzo nach.

»Bring sie Samstagabend vorbei.«

»Was ist eigentlich mit Daniel los? Den vermisse ich genauso«, sagte Bellucci.

»Hey Männer. Seid mal alle still«, rief Wüst in die Runde und klopfte auf den Tisch. »Ich muss euch was Wichtiges sagen. Ich habe mich entschieden, dass Daniel zum Sicherheitsrisiko geworden ist.« Er schaute die Männer an und registrierte gespannte Neugier in den Blicken. »Daher haben Max und Ben ihn am letzten Freitag erschossen. Das war die Angelegenheit, die sie für mich erledigt haben. Sie haben mir einen persönlichen Gefallen getan und mussten dafür mit dem Leben bezahlen.« Kein Laut war zu hören, die Spannung am Siedepunkt.

»Wer hat denn was bestellt?«, rief Anja fröhlich. Mit einem großen Tablett beladen stand sie in der Tür.

»Wenn du nicht so ein liebes Mädchen wärst, würde ich dich jetzt erschießen«, grummelte Wüst und spielte gelassen mit seiner chromglänzenden 1911er Pistole.

»Tut mir wirklich leid, Edgar«, stammelte die junge Frau und lief knallrot an.

»Lass bloß das Bier nicht fallen, sonst überlege ich es mir womöglich noch anders«, drohte er und sorgte damit nicht für Entspannung bei der Kellnerin. »Sieh zu, dass du schnell machst und dann verzieh dich.«

Mit einer Geschwindigkeit, die man ihr nicht zugetraut hätte, verteilte sie die Getränke und eilte schwitzend aus dem Raum.

»Also. Wie gesagt. Daniel hat mir etwas zu viel geplaudert. Das konnte und wollte ich mir nicht mehr mit ansehen. Der Spinner Mario stand hier vor mir und wollte auf einmal bei dem Überfall mitmachen. Das war der Tropfen, der das Fass zum Überlaufen gebracht hat.« Locker zog er seine Pistole aus dem Hosenbund, wedelte damit herum und fragte beiläufig: »Gibt es Wortmeldungen dazu?«

»Habe ich auch nicht erwartet«, beantwortete er die Frage selbst. Überaus sanft legte er die Waffe vor sich auf den Tisch. »Kommen wir jetzt zu den weiteren Problemen, die sich aus der Unpässlichkeit von Daniel sowie den Verlust von Max und Ben ergeben haben. Die Bullen haben alle drei Wohnungen durchsucht. Wir haben die Sturmgewehre verloren, die Uzis sind weg und leider auch das C4.«

»Was ist mit den Gasflaschen?«, fragte Bellucci.

»Die sind ebenfalls weg. Aber den Verlust können wir relativ schnell wieder wettmachen. Die gibt es ja wie Sand am Meer. Toni. Das wäre doch eine gute Aufgabe für Arne. Da kann er sich direkt bewähren. Sag ihm, er soll zwölf neue Gasflaschen besorgen.«

»Geht klar, Boss«, antwortete Bellucci, die Nummer vier im Geschäft.

»Bekommen wir so schnell Ersatz für das C4?«, wollte Lorenzo wissen.

»Das werde ich morgen herausfinden. Dann fahren wir beide nämlich nach Düsseldorf. Abfahrt zehn Uhr.«

»Bleiben die Waffen. Wie ersetzen wir die?«, fragte Bellucci.

»Auch das werden wir morgen erfahren. Nur bin ich bei dem Thema eher pessimistisch. Notfalls müssen wir eben ohne zusätzliche Feuerkraft auskommen. Aber eigentlich sollten die Pistolen auch ausreichen.«

»Noch ein Grund, den Mörder der beiden kaltzumachen«, warf Bellucci ein und strich liebevoll über seinen sechsschüßigen Smith&Wesson Revolver, den er offen in einem Holster am Gürtel trug.

»Eigentlich hast du recht«, pflichtete ihm Wüst bei. »Lass uns auf die Kalaschnikows verzichten. Dann kommt auch keiner auf den Gedanken, herumzuballern.«

Mit festem Blick taxierte er jeden der Anwesenden und registrierte deren Zustimmung.

»Lasst uns noch einen Toast ausbringen«, sagte er dann und erhob sich. »Auf Max. Du hast immer getan, was nötig war.«

»Auf Max«, schallte es ihm entgegen und die Runde huldigte dem Toten.

»Auf Ben«, rief er. »Du warst immer da, wenn du gebraucht wurdest.«

»Auf Ben«, erwiderten die Anwesenden und tranken erneut auf ihren Kameraden.

»Möget ihr in Frieden ruhen und mögen eure Mörder leiden.« Er setze das Glas ab und wischte sich den Schaum vom Mund.

# Kapitel 34

Freitag 16. August

07:31 Uhr

»Ich glaube, wir kommen langsam aus der Übung«, sagte Gerste in die morgendliche Kaffeevernichtungsrunde seiner Ermittlungsgruppe. »Die Morde an Hirte, Kazim und Richter sind schon eine Woche her und was steht auf der Habenseite?« Bedächtige Sekunden des Schweigens folgten. »Nur keine Eile, ich nehme die Antwort mal vorweg. Nichts, meine Damen und Herren. Nichts. Und das ist nicht nur nicht gut. Das ist Mist. Reiner Mist auf dem Weg zum Misserfolg. Wieso habe ich eigentlich das Gefühl, dass wir hier mehr als nur ein wenig auf der Stelle treten?« Er verschränkte die Arme hinter dem Kopf und drehte sich mit dem Stuhl um die eigene Achse. »Hey, Leute. Das war keine rhetorische Frage, wie sie die Langweiler in den Seminaren so gerne von sich geben. Ich brauche Ideen und Antworten. Wie sieht die Liste aus?«

Darauf war Corinna vorbereitet und öffnete das vor ihr liegende iPad.

»Puh, viel haben wir tatsächlich nicht. Eigentlich ist nur weniges klar.«

»Dann trag das Wenige mal vor.«

Die junge Polizistin verband ihren Computer mit dem, unter der Zimmerdecke hängenden Beamer. Das Word-Dokument erschien auf der Wand.

»Kannst du mal bitte das Licht ausmachen?«, fragte sie und blickte Schiffer an, der neben der Tür saß.

»Okay. Wir haben insgesamt einunddreißig Punkte auf der Liste. Davon sind aktuell siebenundzwanzig offen, wobei wir mal über ein paar sprechen sollten, die meiner Meinung nach nicht mehr zu klären sind. Das sind die Punkte sieben, acht, zehn und elf. Die sind zwar nicht durch Fakten belegt, aber ich glaube, die werden unbeantwortet bleiben. Was meint ihr?«

»Nur zu, holde Maid, erhelle uns arme Sünder«, antwortete Gerste und Schiffer fiel beinahe vor Lachen vom Stuhl.

»Punkt sieben. Wir werden die Tatwaffe nicht mehr finden, mit der Hirte erschossen wurde. Vielleicht bin ich da zu pessimistisch, aber wenn du mich fragst, liegt die im Unterbacher See oder rostet sonst wo vor sich hin«, fügte Corinna an und grinste. »Genauso wie Punkt acht. Warum sollte Daniel Hirte zum Schweigen gebracht werden? Das werden wir wohl niemals mehr erfahren. Schaut mal auf Punkt zehn: Wieso lag Hirte im Kofferraum des BMW? Wenn ich mal spekuliere, dann sollte er irgendwo entsorgt werden. Wahrscheinlich von Kazim und Richter. Also ist der Punkt unfreiwillig erledigt.« Sie hielt inne und griff nach der vor ihr stehenden Tasse Kaffee. »Daniel Hirte ist tot und seine beiden Mörder auch. Wir gehen doch nach wie vor davon aus, dass Kazim und Richter Hirte umgebracht haben, oder?«

»Ja«, antwortete Gerste knapp. »Das sehe ich auch so. Die Akte Hirte wird wohl zum Cold Case werden, aber der Mörder läuft zumindest nicht mehr durch die Stadt. So wenig zufriedenstellend das ist und so unglücklich sich das anhört. Weiter.«

»Bei Punkt elf steht, wie der BMW an den Dönberg gekommen ist. Auch das werden wir nicht mehr abschließend klären. Ist aber auch nicht wichtig, denke ich.«

»So weit ist für mich alles klar und Fragen habe ich keine dazu«, warf Schiffer ein. »Wenn ich mir die offenen Punkte so anschaue, läuft wohl im Moment vieles auf Michael Friedensfurt als Täter hinaus. Nur warum? Welches Motiv hatte er, so zu handeln?«

»Motiv, Gelegenheit und Mittel. Die drei Säulen der Mordermittlung. Hast du die Antwort, hast du den Täter. Hat sich auf der Polizeischule immer so simpel angehört und normalerweise ist es im beschaulichen Wuppertal auch meistens so«, dozierte Gerste. »Nur diesmal haben wir ja einen Hauptverdächtigen, der kein Alibi hat und sich in der Nähe des

Tatorts aufgehalten hat. Wenn wir mal davon ausgehen, dass die beiden oben am Dönberg erschossen wurden. Die geeigneten Mittel hätte er als Jäger sicher zur Hand gehabt. Warum habe ich dennoch Bauchschmerzen dabei, Ritter um einen Haftbefehl zu bitten?«

»Weil er es eben auch nicht gewesen sein könnte, obwohl alles mehr als eindeutig auf ihn hinweist«, merkte Corinna an. »Dumm ist nur, dass wir nicht sagen können, wie Kazim und Richter zu Tode kamen. Edgar Wüst scheidet meiner Meinung nach als Täter aus. Der wird wohl kaum seinen eigenen Bruder erschießen.«

»Das ist genau der Punkt«, ergänzte Schiffer. »Wie bringen wir Friedensfurt mit der Tat in Verbindung, wenn wir keinerlei Beweise gegen ihn als Hauptverdächtigen haben? Ist schon blöde. Wir wissen, wer der Täter ist, haben aber keine Handhabe.«

»Der hat das ganz genauso geplant. Da bin ich mir absolut sicher. Nur warum?«, fügte Gerste bei und lehnte sich wieder im Sessel zurück. »Corinna? Kannst du mal herausfinden, was wir über diesen Friedensfurt haben? Vielleicht ist er ja kein so unbeschriebenes Blatt. Frag doch mal bei der Staatsanwaltschaft nach.«

»Mach ich.«

»Ich stelle mir das jetzt mal so vor. Wenn ich davon ausgehe, dass Friedensfurt der anonyme Anrufer war, frage ich mich natürlich, wieso macht er das? Warum ruft er an und meldet am nächsten Tag den Mord an Hirte? Ist doch total dämlich. Was bringt es ihm, uns auf die Tat hinzuweisen? Darauf kann ich mir keinen Reim machen.« Er ließ eine Kunstpause folgen. »Wie auch immer. Nehmen wir mal an, er ist also auf dem Weg zur Jagd und sieht zufällig, wie Kazim und Richter auf Hirte schießen. Warum ruft er dann nicht die Polizei an?«

»Vielleicht hat er es nicht klar erkannt«, mutmaßte Schiffer.

»Denkbar. Er ist sich nicht sicher und fährt weiter. Damit die Sache Sinn macht, müssen Kazim und Richter ihn bemerkt haben und folgten ihm. Sonst wären die doch nie im Leben zum Dönberg gefahren«, dozierte Gerste weiter. »Die machen doch nicht nur zum Spaß eine Tour durch Wuppertal mit einem Toten im Kofferraum. Es sei denn, die wollten da oben die Leiche von Hirte entsorgen.«

»Und du meinst, das Ganze wäre dann nur ein großer Zufall?«, fragte Corinna. »Nee, das glaube ich nicht. Die hätten den Körper doch eher zusammen mit der Pistole in den Rhein geworfen oder sonst wo versenkt. Ich bin auch für die Theorie, dass die beiden Friedensfurt absichtlich zum Dönberg gefolgt sind.«

»Wie geht es dann weiter?« Gerste nahm einen Schluck, verzog das Gesicht und spuckte ihn in die Tasse zurück. »Bäh. Wenn ich kalten Kaffee trinken möchte, mische ich Cola mit Fanta, aber diese Brühe hier ist ja ekelhaft.« Unübersehbar genervt stand er auf, ging um den Tisch herum zur Kaffeemaschine, nahm eine saubere Tasse und stellte sie auf den Halter. Als der Brühvorgang begann, drehte er sich um und massierte sich den Nacken. »Jetzt bewegen wir uns im Rahmen der vollkommenen Spekulation, weil wir nicht sicher wissen, wo Kazim und Richter getötet wurden. Das könnte ja überall und nirgends passiert sein.« Auf mehrmaliges Klacken der Maschine hin, wanderte seine Aufmerksamkeit zum Vollautomaten zurück. »Ich liebe den Duft von frisch gemahlenem Kaffee«, verkündete er und sog das Aroma theatralisch ein. »Und was habt ihr da für traurige Brühen draus gemacht? Latte macchiato sollte man verbieten.«

»Was ist denn jetzt unser nächster Schritt?«, fragte Schiffer.

»Wir werden eine Hausdurchsuchung bei dem lieben Herrn Friedensfurt machen und schauen mal, was dadurch an die Oberfläche der momentanen Unwissenheit gespült wird«, antwortete Gerste und schüttete Zucker in die kleine Tasse.

»Und wie willst du Doktor Ritter das verkaufen?«, fragte Schiffer weiter und kam so wieder auf das eigentliche Thema zurück.

»Was bleibt mir denn anderes über? Hast du eine bessere Idee? Wir haben nur die zwei Optionen. Hoffen, dass wir etwas in seinem Haus finden, was einen Tatverdacht erhärtet und ihn in einer Befragung zu einem Fehler verleiten. Keine tollen Aussichten, aber mehr haben wir nicht.«

»Einen netten Haufen Indizien haben wir da. Nur handfest ist nichts davon«, stimmte Corinna zu. »Hört mal zu. Ich habe etwas über unseren Verdächtigen herausgefunden. Michael Friedensfurt ist beileibe kein unbeschriebenes Blatt. Zweiundfünfzig Jahre, wohnhaft Spessartweg achtzehn hier in Wuppertal. Als Beruf ist selbstständiger Lektor angegeben. Was ist denn das?«

»Das sind die Menschen, die darüber entscheiden, ob ein Buch gut oder schlecht ist. Die arbeiten meistens in Verlagen«, antwortete Gerste kurz und knapp.

»Ich bin ja nicht allwissend«, entschuldigte sich Corinna und fuhr fort. »Er ist verheiratet und hat zwei Kinder.«

»Und was ist daran jetzt so spannend? Oder kommst du heute noch mal zur Sache?«, erwiderte Gerste barscher als gewollt.

»Eile mit Weile. Er war vor vier Jahren als Zeuge in einen Überfall verwickelt. Hat gesehen, wie der Beschuldigte eine Bank ausrauben wollte und konnte den Täter beschreiben. In der Gerichtsverhandlung wurde seine Aussage dann von der Verteidigung als nicht ausreichend bewertet und die Richter sind dem gefolgt«, trug Corinna vor, was sie herausgefunden hatte. »Vor Gericht hat Friedensfurt angegeben, dass er und seine Familie bedroht wurden, damit er seine Aussage zurückzieht. Das hat er nicht getan und wurde von Unbekannten verprügelt.«

»Und trotzdem führte diese Entwicklung nicht zu einer Verurteilung?« Schiffer schaute Corinna ungläubig an. »So gesehen würde es mich nicht wundern, wenn er das Vertrauen in die Justiz verloren hat und sich selbst geholfen hat.«

»Worauf willst du hinaus?«, fragte Gerste.

»Na ja. Ich spekuliere mal. Er beobachtet den Mord an Hirte, ist sich aber nicht ganz sicher, was er tatsächlich gesehen hat, und fährt weiter hoch zum Dönberg. Irgendwann bemerkt er, dass der BMW ihm gefolgt ist. Vielleicht kommt es zu einer Konfrontation oder einem Kampf, wie auch immer, er tötet die beiden Männer. Nun hat er ein Problem, denn zwei Tote lassen sich mit Notwehr schwer erklären. Also denkt er sich einen Plan aus, beseitigt so viele Spuren wie möglich, versteckt die Leichen und zack, wir stehen vor unserem Umstand, keinen Täter zu haben.«

»Das wäre zumindest nicht das schlechteste Motiv aller Zeiten und in seinem Fall absolut nachvollziehbar. Zudem ist es ein guter Erklärungsversuch für die Verstümmelung der Opfer«, lobte Corinna. »Der damalige Prozess und der Angriff auf ihn haben sein Vertrauen in Polizei und Justiz erschüttert. Diesmal ist er bewaffnet und beschließt, die Angelegenheit selbst zu regeln. Aber mal im Ernst. Ist das nicht eine Nummer zu komplex gedacht?«

»Wir werden ihn fragen müssen«, sagte Gerste. »Wobei ich mir noch nicht sicher bin, was ich Doktor Ritter erzähle und was nicht.«

»Wie wirst du vorgehen?«, wollte Schiffer wissen. »Kleines oder großes Paket?«

»Wir gehen mit fliegenden Fahnen unter oder der Sieg ist unser«, reckte Gerste die Faust in die Höhe.

# Kapitel 35

Freitag 16. August

09:28 Uhr

»Mehr haben Sie nicht in der Hand?«, fragte Staatsanwalt Doktor Ritter, nahm die randlose Brille ab und legte die Stirn in Falten. »Jetzt wird mir auch klar, warum Sie mich persönlich sprechen wollten. Das wäre sonst ein sehr kurzes Telefonat geworden.«

»Gut, ich gebe zu, die Beweislage ist etwas dünn«, wand sich Gerste und schaute seinem Gegenüber direkt in die Augen. »Ich bin mir aber absolut sicher, dass dieser Friedensfurt der Täter ist. Das sagt mir mein Gefühl. Und so schlecht sind die Beweise ja nun auch wieder nicht.«

Gerste hatte nach der Besprechung im Polizeipräsidium bei Doktor Ritter angerufen und um einen kurzfristigen Termin gebeten. Den Grund des Gesprächswunsches hatte er optimistisch präsentiert, den Stand der Ermittlungen eine Idee zu positiv dargestellt und die Möglichkeit, den Täter festzunehmen, in den Vordergrund geschoben. Ohne die dezenten Ausschmückungen hätte der Staatsanwalt dem Gespräch mit Sicherheit nicht zugestimmt und die Recherchen einen bösen Rückschlag bekommen.

»Hören Sie«, fuhr Gerste fort. »Lassen Sie es mich bitte noch einmal zusammenfassen. Herr Friedensfurt hat kein Alibi, war am Tatort, hatte eine Waffe dabei und das Wichtigste, er hat ein Motiv. Was wollen Sie denn noch mehr?«

»Hört sich faktisch super an, wenn Sie das so voller Zuversicht aufzählen. Aus meiner Sicht sieht es weit weniger überzeugend aus.« Der Staatsanwalt schlug die Akte auf und blätterte in dem dünnen Hefter. »Laut seiner Aussage war er eben nicht am Tatort und an diesem ist er auch nicht gesehen worden. Das Motiv ist, mit Verlaub gesagt, recht konstruiert und Sie haben keinen stichhaltigen Grund für die Annahme, dass Friedensfurt der anonyme Anrufer war. Und wenn er nicht angerufen hat, dann hat er folglich die Tat an der Gathe auch nicht beobachtet und ergo hat er genauso wenig ein Motiv, wie Sie und ich: nämlich keins. Das einzige, mit dem Sie punkten, ist der weiße BMW in Tatortnähe. Klar kann man daraus eine schlüssige Geschichte zusammenbauen, ebenso einfach fällt die aber zusammen wie ein Kartenhaus, wenn sein Anwalt einigermaßen durch die Examen gekommen ist.«

»Und genau aus diesem Grund brauche ich den Haftbefehl und den Durchsuchungsbeschluss«, ließ Gerste nicht locker und versuchte, seiner Stimme Gewicht zu verleihen. »Wir haben drei Morde und bis auf Friedensfurt keine zündende Idee, wer als Täter infrage kommen könnte. In einer solchen Lage war ich noch nie und daher greife ich nach jedem Strohhalm, der sich mir bietet.«

»Was ist denn mit der KTU? Wie kann es sein, dass da oben keinerlei DNS gefunden wurde? Das ist doch heutzutage kaum möglich, wenn man Ihrem französischen Freund glauben darf.«

»Eisenberg und sein Team rödeln wie die Irren, aber leider lagen die Leichen ja fast ne ganze Woche da draußen. Für die Spuren war das eher nicht förderlich, denn dadurch ist vieles vernichtet worden. Bisher haben wir absolut nichts Verwertbares in der Hand. Das ist wie verhext. So clever kann Friedensfurt eigentlich nicht sein und genau deswegen möchte ich ja sein Haus durchsuchen. Irgendwo ist da was. Das habe ich im Blut.«

»Ihnen fliegt der Fall ja auch nicht um die Ohren.«

»Der war es. Hundertprozentig. Wenn Sie die Vorgeschichte berücksichtigen, wird das Bild um einiges klarer. Damals hat ihn die Justiz im Stich gelassen und er hat dafür bezahlt. Darauf wollte er es nicht noch einmal ankommen lassen und hat die Sache selber geregelt. Als Jäger hat er sich die Verstümmelung der Leichen zugetraut und ohne Tatwaffe ist es ja auch nicht so einfach für uns, ihm das nachzuweisen.«

»Hätte, könnte, würde. Mehr haben Sie nicht auf der Liste? Alles Konjunktive. Nichts Belastbares. Hören Sie Gerste, das ist ein tot geborenes Kind. Wenn der Anwalt von Friedensfurt nur halb so gewieft sein sollte, wie es die gute Frau Nagel war, dann haben wir nicht nur keinen Fall, sondern bekommen auch noch eine kostenlose Lektion in der beliebten Serie, warum die Polizei sich an die Gesetze zu halten hat.«

»Ach kommen Sie. Wir haben nur diese eine Chance. Lassen Sie uns etwas Druck ausüben und dann wird das schon.«

»Glauben Sie im Ernst, dass jemand, der mal eben zwei Männer erschießt und diese im Anschluss mehr oder weniger ausweidet, einfach so zusammenbricht, weil Sie ihn etwas unter Druck setzen?«

»Ja, denn mir bleibt nichts anderes übrig. Springen Sie mal über ihren Schatten. Heute Nachmittag um vierzehn Uhr kann ich einen Durchsuchungszeugen bekommen. Sie müssen nicht einmal selber mitkommen«, sagte Gerste und lächelte Doktor Ritter gewinnend an.

»Sie rauben mir noch den letzten Nerv. Wenn mir mal die Haare ausfallen, sind Sie daran so was von mitschuldig. Kommen Sie in einer Stunde wieder, dann haben Sie den Durchsuchungsbeschluss.«

»Und was ist mit dem Haftbefehl?«

»Überreizen Sie ihr dürftiges Blatt nicht. Mit viel Wohlwollen und weil ich Ihren Spürsinn schätze, kann ich mich für die Hausdurchsuchung gerade so erwärmen. Für einen Haftbefehl ist es mir einfach zu wenig, was Sie da auf der Hand haben. Seien Sie also zufrieden mit dem, was Sie mir aus der Rippe geleiert haben.«

»Wenn Sie eine Frau wären, würde ich Sie jetzt zum Essen einladen. Danke.« Der Hauptkommissar erhob sich, gab Ritter zum Abschied einen festen Händedruck und sah zu, dass er Land gewann, bevor Doktor Ritter seine Zusage rückgängig machen würde.

# Kapitel 36

Freitag 16. August

14:09 Uhr

»Hallo Herr Gerste«, sagte Friedensfurt perplex und blickte an dem Hauptkommissar vorbei auf die Phalanx der Polizeiautos, die vor dem Haus parkte. »Sieht nicht so aus, als wenn Sie zum Kuchenessen vorbeigekommen wären.«

»Nein, das haben Sie gut erkannt«, antwortete Gerste und streckte dem Hauseigentümer ein Schriftstück entgegen. »Das ist ein Durchsuchungsbeschluss, der uns ermächtigt, Ihr Haus, das Grundstück und die Ihrer Familie gehörenden Fahrzeuge zu durchsuchen. Werden Sie uns Ärger machen?«

Friedensfurt schaute an Gerste vorbei auf die Straße und überschlug die Zahl der Beamten.

»Bei der Streitmacht dürfte das nicht viel Sinn machen«, gab er zurück, trat zur Seite und nahm den Beschluss entgegen. »Warum wollen Sie denn mein Haus durchsuchen? Was versprechen Sie sich davon?«

»Gemach, gemach. Zunächst möchte ich Ihnen Herrn Bruchmann vorstellen«, erwiderte der Kommissar.

Ein mittelgroßer, unscheinbarer Mann ging die Stufen zur Haustür hinauf und streckte Friedensfurt die Hand entgegen.

»Erik Bruchmann. Guten Tag.«

»Ja, den wünsche ich Ihnen auch. Wenn ich mich so umsehe, habe ich für meinen die Hoffnung verloren«, scherzte Friedensfurt.

»Herr Bruchmann ist ein Durchsuchungszeuge«, fing Gerste an zu erklären. »Das Gesetz verpflichtet uns dazu, bei Durchsuchungen, die ohne anwesende Richter oder Staatsanwälte durchgeführt werden, auf

Durchsuchungszeugen zurückzugreifen. Herr Bruchmann wird die Durchsuchung beaufsichtigen und später das Protokoll unterschreiben.« Als er geendet hatte, wandte er sich an den Hauseigentümer. »Haben Sie Fragen dazu?«

»Mit den Fragen, die ich habe, könnte ich ein ganzes Buch füllen. Aber ich vermute mal, dass ich der Antworten darben muss. Darf ich trotz alledem meinen Anwalt anrufen?«

»Selbstverständlich.«

»Na dann tun Sie sich mal keinen Zwang an.« Lässig zog er sein Handy aus der Hosentasche. Weitere Beamte gingen grüßend an ihm vorbei und trugen Umzugskisten ins Haus am Spessartweg 18 in Wuppertal.

»Hallo Frau Weber. Michael Friedensfurt hier. Könnte ich bitte dringend mit Matthias sprechen?«

»Er befindet sich leider in einer Besprechung, Herr Friedensfurt. Kann er Sie zurückrufen?«

»Mist!«, entfuhr es ihm und er hielt sich die Hand vor den Mund. »Oh, bitte entschuldigen Sie. Nein, ich habe wirklich ein großes Problem. Die Polizei ist hier und durchsucht gerade mein Haus. Es gibt also eine gewisse Dringlichkeit.«

»Ach, du lieber Gott. Wenn das so ist, dann warten Sie bitte einen Moment. Ich werde versuchen, ihn ans Telefon zu holen.«

»Danke.« Er schaute auf die Fahrzeuge hinab, die die schmale Straße nahezu unpassierbar machten. Die Nachbarn werden sich das Maul zerreißen, dachte er sich, als er Schritte am anderen Ende der Leitung hörte.

»Michael?«, vernahm er eine ihm gut bekannte Stimme.

»Matthias. Gut, dich zu hören.«

»Was sagt mir Frau Weber gerade? Die Polizei durchsucht dein Haus? Jetzt im Moment? Was hast du gemacht?«

»Das erkläre ich dir lieber unter vier Augen. Kannst du kommen?«

»Ja klar. Gib mir ne Viertelstunde. Dann bin ich oben. Bist du alleine, oder sind Sabine und die Kinder auch da?«

»Nee, noch bin ich alleine. Weiß der Geier, wie lange sich das hier hinzieht. Kann ich irgendetwas dagegen machen?«

»Nicht viel. Wenn die Polizei einen Durchsuchungsbeschluss bekommen hat, sollte es dafür gute Gründe geben. Steh also besser nicht im Weg rum und lass sie suchen. Ich bin gleich da.«

»Danke dir.« Er unterbrach die Verbindung und ging durch den Flur zurück ins Wohnzimmer.

»Herr Gerste«, sagte er und lief auf den Kommissar zu, der mit einer jungen Frau sprach. »Was werfen Sie mir denn überhaupt vor?«

»Oberkommissarin Meier kennen Sie doch noch, oder?« Gerste deutete auf seine Kollegin.

»Ja. Klar. Sie waren gestern mit oben am Dönberg. Hallo.«

Eine blaue Hand aus Gummi streckte sich ihm entgegen.

»Das ist jetzt aber kein mieser Trick von Ihnen, um an meine Fingerabdrücke zu kommen, oder?«

»Auf die Idee bin ich noch gar nicht gekommen«, sprühte es aus ihr heraus. »Aber so hintertrieben sind wir nun auch wieder nicht.« Sie zog die Hand zurück und ging in die Küche.

»Lassen Sie uns das hier so schnell wie möglich zu Ende bringen. Dafür sind wir auf Ihre Kooperation angewiesen. Sind Sie im Moment alleine oder befinden sich weitere Personen im Haus?« Mit dem Finger deutete er auf die Zimmerdecke.

»Meinen Sie im Ernst, dass noch jemand hier ist, der das alles nicht mitbekommen hat?«

»Ich deute das mal als ein nein.« Dann zeigte er auf die Treppe zum Obergeschoss. »Was für Zimmer sind oben?«

»Na, unser Schlafzimmer, die Räume meiner Töchter und ein Bad. Eine Folterkammer werden Sie da umsonst suchen.«

»Gehst du mit zwei Kollegen hoch, Corinna?«

»Hey Sie. Vorsicht«, rief Friedensfurt und rannte auf den Polizisten zu, der gerade dabei war, den Deckenfluter umzustoßen. »Steht auf dem Beschluss, dass Sie alles demolieren dürfen?«

»Natürlich nicht. Herr Friedensfurt. Lassen Sie uns unsere Arbeit machen, warten Sie auf ihren Rechtsanwalt und das hier ist schneller vorbei, als Sie denken«, antwortete Gerste.

»Das hoffe ich für Sie. Meine Frau bringt Sie um, wenn Sie hier eine große Sauerei veranstalten.« Kopfschüttelnd registrierte er die Bemühungen der Beamten, seine Bücherwand zu durchsuchen. »Das garantiere ich Ihnen.«

»Machen Sie so etwas öfter?«, fragte er Erik Bruchmann, der sich in der offenen Küche an den Tisch gesetzt hatte.

»Was meinen Sie?«

»Na Durchsuchungszeuge spielen.«

»Kommt drauf an. So ein bis zweimal im Monat«, bekam er zur Antwort. »Und glauben Sie mir, Spaß macht das nicht so richtig. Aber ich bin auf Ihrer Seite und schaue der Polizei ein bisschen auf die Finger. Es ist ein kleiner Beitrag gegen Beamtenwillkür.«

»Sie können meine Zufriedenheit ganz sicher an meinem Lachen erkennen«, gab er zurück. »Müssten Sie mir nicht sagen, was Sie eigentlich suchen?«, rief er in Richtung des Hauptkommissars, der einem Beamten in die Küche gefolgt war.

»Lassen Sie uns doch auf Ihren Anwalt warten, dann muss ich mich nicht wiederholen. Ist das okay für Sie?«

»Sie haben Nerven. Aber gut.« Genervt öffnete er die Terrassentür und ging in den Garten und trat gegen einen leeren Eimer.

Die Kellertür schwang auf und Gerste kam auf ihn zu.

»Herr Friedensfurt? Wo sind Sie?«, rief er durch die Tür ins Freie.

»Was ist denn jetzt schon wieder? Erst schicken Sie mich weg und dreißig Sekunden später soll ich von Neuem antanzen. Wissen Sie eigentlich, was Sie wollen?«

»In dem Fall weiß ich es ganz genau. Wir haben im Keller einen Panzerschrank gefunden. Können Sie uns bitte die Kombination dazu geben?«

»Das ist mein Waffenschrank und den Code sage ich Ihnen natürlich ausgesprochen gerne.« Er lächelte süffisant. »240716. Und fragen Sie mich nicht, wie ich darauf gekommen bin.«

»Marc. Hast du die Zahlen gehört?«

»Ja. 240716«, wiederholte Schiffer, der auf der Treppe wartete.

»Wenn Sie den öffnen, möchte ich aber dabei sein. Nicht, dass da auf einmal mehr Waffen drin sind, als mir lieb sind.«

»Von mir aus«, grummelte Gerste und folgte seinem Kollegen in den Keller. Friedensfurt und Bruchmann vervollständigten die Kolonne, die sich in die Niederungen des Hauses bewegte. Der Stahlschrank stand in einem Raum, der neben einem gefliesten Boden auch gekachelte Wände hatte. Ein Spülbecken hing zwischen zwei Werkbänken, die mit Edelstahlauflagen bestückt waren. Ein großer, hoher Kühlschrank und weitere Kommodenelemente rundeten die Einrichtung ab. Auf einem zusätzlichen Arbeitstisch war eine Wiederladerpresse befestigt. Schreibtischlampe, Pulverbefüllgerät, Digitalwaage und verschiedene Messwerkzeuge zeugten von Präzisionsarbeit. An den Wänden hingen zahlreiche Messer an Magnetleisten, Kartons mit Gummihandschuhen und einige Schürzen wiesen auf eine metzgereitypische Nutzung hin. Von der Decke baumelte ein elektrischer Seilzug mit rostfreien Haken.

»Na, was haben wir denn hier?«, fragte Gerste. »Frankensteins Gruselkabinett?«

»Komiker«, nuschelte Friedensfurt und behielt Schiffer im Auge, der sich anschickte, die Kombination des Waffenschranks einzugeben.

»Wer ist hier der leitende Beamte«, hörte er die ersehnte Stimme hinter sich.

»Mattias, endlich. Da, das ist Hauptkommissar Gerste und er nervt mich gewaltig.«

»Hallo. Doktor Matthias Knapp«, sagte der Anwalt und hielt dem Ermittlungsleiter eine Visitenkarte hin. »Ich bin der Rechtsanwalt von Herrn Friedensfurt. Darf ich fragen, was Sie meinem Mandanten vorwerfen?«

»Hallo Herr Doktor Knapp«, antwortete Gerste gelassen. »Das steht alles auf dem Beschluss, den wir Herrn Friedensfurt übergeben haben.«

»Kannst du mir den bitte geben.« Der Anwalt schaute zu seinem Freund, der sich gegen den Kühlschrank gelehnt hatte. Der tastete seine hinteren Hosentaschen ab und zog den Durchsuchungsbeschluss hervor.

»Hier ist das …«, begann er.

»Wofür brauchen Sie denn so einen großen Kühlschrank?«, unterbrach Gerste das Gespräch.

»Wie Sie ja vielleicht noch wissen, bin ich Jäger. Da kommen die aufgebrochenen Stücke rein, damit das Fleisch abhängen kann. So groß ist der nun auch wieder nicht. Der reicht für knapp zwei Rehe und ein Wildschwein.«

»Und in dem Raum hier nehmen Sie die Tiere aus?«

»Nein, das mache ich im Revier. Hier werden die nur zerwirkt, also zerkleinert.«

»Dafür sind Sie aber verdammt professionell ausgerüstet. Alle Achtung. Waren Sie früher mal Metzger, oder so?«

Die Tür des Waffenschranks klackte zweimal kurz und beendete das Gespräch. Schiffer drehte am Hebel und öffnete die schwere Tür. Die versammelten Augenpaare blickten auf acht Gewehre, die ordentlich nebeneinander aufgereiht standen.

»Wollen Sie in den Krieg ziehen?«, fragte der Hauptkommissar lässig.

»Wieso?«, konterte Friedensfurt. »Warum denn? Die Waffen besitze ich alle ganz legal. Und wie Sie sicher herausfinden werden, sind sie ordnungsgemäß in meiner Waffenbesitzkarte eingetragen. Wenn Sie mich danach gefragt hätten, wäre die Nummer hier überflüssig gewesen. Waffenbesitzer gehören in Deutschland mittlerweile zu den am meisten überprüften Personen überhaupt.« Wütend schüttelte er den Kopf und verschränkte die Arme vor der Brust. »Das sollten Sie als Polizist doch wissen.«

»Ist das nicht ein Sturmgewehr? Ein sogenanntes AR15, oder nicht?« Gerste zeigte auf die zivile Ausführung des aus Vietnam bekannten M16. »Was machen Sie denn damit?«

»Auf dem Schießstand Löcher in die Pappe stanzen. Was wohl sonst? Wenn Sie das benutzen, um auf ein Reh zu schießen, bleibt nicht viel zum Essen über.«

»Und das hier sieht aus, als wenn Sie Scharfschütze wären«, erwähnte Schiffer beeindruckt.

»Das haben Sie gut erkannt. Das ist ein Steyr SSG08 in dreiachtunddreißig Lapua Magnum. Leider gibt es hier in Deutschland keine Schießanlagen, auf denen man auf große Distanzen schießen kann. Ich verwende es bedauerlicherweise viel zu selten.«

»Das ist ja wirklich sehr interessant. Den ganzen Kram einpacken«, befahl Gerste. »Auch das da.« Er zeigte auf die Werkbank mit den Munitionsutensilien.

»Ist das nicht alles für die Geschossherstellung?«, fragte Corinna, die sich zu der Gruppe gesellt hatte.

»Ja, ich bin Wiederlader und stelle meine Munition selber her. Das ist zum einen billiger und zum anderen präziser, als gekaufte Patronen. Und bevor Sie mich fragen, da unten in dem kleinen Tresor befindet sich das Pulver.«

»Wie gesagt, alles einpacken«, wiederholte Gerste seine Anweisung.

»Was soll denn das? Was suchen Sie überhaupt?«, fragte Friedensfurt eine Oktave lauter als angebracht.

»Ruhig bleiben, Michael«, sagte Doktor Knapp und versuchte, den Jäger zu beruhigen. »Wenn ich den Beschluss richtig deute, werfen sie dir vor, am letzten Freitag zwei Menschen getötet zu haben. Deswegen werden sie aus Beweissicherungsgründen deine Waffen sicherstellen. Habe ich das passend zusammengefasst, Herr Gerste?«

»Ich hätte es nicht besser gekonnt. Wir würden Sie zudem bitten, uns auf dem Präsidium zwecks einer Befragung zu besuchen. Sagen wir morgen früh um neun Uhr? Lässt sich das einrichten, oder müssen wir Sie vorführen lassen?«

»Sie wissen schon, dass morgen Samstag ist?«, erwähnte Friedensfurt und sah fragend zu seinem Anwalt.

»Wir werden da sein«, sagte der Rechtsanwalt. »Und dann bin ich wirklich gespannt, wie Sie Ihre Anschuldigungen belegen.«

»Sie wollen doch nicht den ganzen Keller ausräumen«, erregte sich der Jäger erneut. »Das dauert ja ewig, bis ich das wieder eingeräumt habe.«

»Herr Friedensfurt. Treten Sie bitte zur Seite und lassen Sie uns weitermachen. Sonst werden wir ja nie fertig.«

»Ich weiß nur nicht, warum Sie alle Waffen mitnehmen wollen. Mit der Hälfte davon habe ich schon seit Jahren nicht geschossen. Das ist doch reine Behördenwillkür.«

»Lass gut sein, Michael. Das bringt nichts.« Matthias Knapp legte den Arm um seinen Freund und zog ihn an den Rand des Kellers. »Im Moment sind sie am längeren Hebel. Überleg dir lieber, was du Sabine sagst. Die wird nicht erfreut sein, wenn sie das Chaos oben sieht.«

# Kapitel 37

Samstag 17. August

09:01 Uhr

»Guten Morgen, Herr Gerste«, sagte Rechtsanwalt Doktor Knapp und streckte dem Kommissar die Hand entgegen. »Ich hoffe, Sie hatten gestern noch einen produktiven Abend.«

»Ja, den guten Morgen wünsche ich Ihnen auch«, entgegnete Gerste und schüttelte die Hand. »Und Ihnen natürlich auch.« Er ging auf Friedensfurt zu und wiederholte das Begrüßungsritual.

»Weswegen bin ich hier?«, fragte der Jäger direkt und energisch.

»Michael. Du sagst hier heute gar nichts. Okay?«, unterbrach der Anwalt sofort einen möglichen Redefluss seines Mandanten.

»Kommen Sie doch bitte hier herein.« Gerste dankte dem uniformierten Kollegen mit einem Blick für die Begleitung der Besucher. »Nehmen Sie freundlicherweise hier Platz.« Er deutete auf zwei Stühle. »Darf ich Ihnen etwas zu trinken anbieten? Tee? Kaffee? Wasser?«

»Wenn ich mir Ihre Maschine so ansehe, würde mich ein Cappuccino freuen«, sagte Doktor Knapp. »Was möchtest du?«, fragte er seinen Freund.

»Was für Teesorten haben Sie denn in der Auswahl?«

»Kamillentee. Warum wir den hier haben, verstehe ich bis heute nicht. Den trinkt kein Mensch. Und dann finden wir bestimmt noch ein paar Beutel Früchtetee«, antwortete Corinna, die mit Akten beladen in den Besprechungsraum getreten war. »Aber der Kamillentee ist einfach zu schade zum Wegwerfen, finde ich.«

»Vielleicht sollten Sie das wirklich tun. Wegwerfen meine ich. Nur von mir bekommen Sie heute keine Unterstützung bei der Reduzierung. Ein Wasser wäre nett.«

Gerste stand bereits vor dem Kaffeeautomaten und hantierte mit den Tassen. Ein mahlendes Geräusch, gefolgt von mehrfachem Klacken ertönte.

»Ich liebe es, wenn etwas funktioniert, wie ich es mir vorgestellt habe«, sagte er und reichte dem Anwalt einen Cappuccino. »Corinna, was darf ich dir Gutes tun?«

»Da du mich so freundlich fragst, nehme ich auch einen Cappuccino. Danke schön«, antwortete sie mit einem Lächeln im Gesicht. »Glauben Sie bloß nicht, dass es normal ist, hier bedient zu werden.«

Der Kaffeevollautomat begann geräuschvoll die Bohnen zu mahlen und das seichte Gespräch verstummte. Nachdem die ersten Tassen gefüllt waren, verteilte Gerste die Getränke.

»Schmeckt ausgezeichnet«, lobte Doktor Knapp. »Und jetzt, da wir ja alle Höflichkeiten ausgetauscht haben, wäre ich Ihnen dankbar, wenn Sie uns darüber aufklären würden, was Sie Herrn Friedensfurt vorwerfen.«

Behutsam zog Corinna den Löffel aus dem Kaffee, leckte ihn ab und startete das Diktiergerät auf dem Tisch.

»Gut. Herr Friedensfurt«, begann der Hauptkommissar. »Wir beschuldigen Sie, in der Nacht vom neunten auf den zehnten August, am Dönberg, Max Kazim und Ben Richter mit Vorsatz erschossen zu haben. In Folge haben Sie die beiden Leichen ausgeweidet, um Spuren zu vernichten. Wir vernehmen Sie hier und heute zu den Tatvorwürfen als Beschuldigten. Kann die weitere Belehrung nach Paragraf 136 entfallen, Herr Rechtsanwalt?«

»Ja, das ist nicht notwendig. Wird als bekannt akzeptiert.«

»Wollen Sie sich zu den Vorwürfen äußern?«, fragte Gerste.

»Nein, mein Mandant macht von seinem Recht, die Aussage zu verweigern, Gebrauch«, antwortete der Anwalt. »Wie belegen Sie die Anschuldigungen?«

»Nun, Herr Friedensfurt befand sich, wie er selber uns gegenüber eingeräumt hat, zum Tatzeitpunkt am Tatort«, fuhr Gerste fort.

»Wo ist denn ihrer Meinung nach der Tatort?«, fragte Doktor Knapp.

»Der Tatort ist nahe der sogenannten Schrottkanzel, unweit des Mutzberger Weges siebenundachtzig am Dönberg in Wuppertal.«

»Und da sind Sie sich sicher?«

»Ja.«

»Wie können Sie da so sicher sein?«

»Wir haben die Leichen der beiden Opfer in unmittelbarer Nähe zu der besagten Schrottkanzel gefunden. Deswegen gehen wir davon aus, dass der Tatort sich ebenfalls dort befindet.«

»Sie gehen also davon aus?«, hakte Doktor Knapp nach und legte die Stirn in Falten. »Ist das nicht etwas wenig, wenn Sie meinen Mandanten des Doppelmordes beschuldigen?«

»Die Untersuchungen des Tatorts und der sichergestellten Besitztümer des Beschuldigten laufen noch«, entgegnete Gerste und ließ sich nicht beirren. »Weiterhin war Herr Friedensfurt zum Tatzeitpunkt bewaffnet am Tatort, somit verfügte er auch über die Mittel, die Tat auszuüben.«

»Ist er gesehen worden oder gibt es Zeugen dafür, dass er Waffen mit sich geführt hat?«

»Nein, aber wir gehen davon aus. Laut Aussage von Carsten Brehmer, dem Revierpächter, hat sich Herr Friedensfurt nie ohne seine Gewehre im Revier aufgehalten. Das ist bei Jägern wohl so üblich.«

»Schon wieder eine Annahme. Wird das zur Gewohnheit, Herr Hauptkommissar?« Doktor Knapp lehnte sich entspannt zurück. »Wie sieht es denn mit dem Motiv aus?«

»Wir sind uns sicher, dass Herr Friedensfurt der anonyme Anrufer vom Notruf war, der am vergangenen Samstagmorgen einen Mord an der Gathe gemeldet hat. Wenn dies zutrifft, dann gehen wir weiter davon aus, dass die Opfer ihn bei Ausübung der Tat gesehen und zum Dönberg verfolgt haben. Ziel war es, den Zeugen des Mordes an der Gathe auszuschalten. Herr Friedensfurt hat die beiden Männer entdeckt und aus Angst um sein eigenes Leben, Kazim und Richter erschossen.«

»Warum nehmen Sie an, dass es mein Mandant war, der beim Notruf angerufen hat?«

»Nun, wir haben uns die Videos der Überwachungskameras angesehen und konnten die Person, die telefoniert hat, recht gut erkennen.«

»Können Sie uns das Material bitte zur Verfügung stellen?«

»Natürlich. Wir bereiten gerade den Datenträger vor.«

»Danke. Wenn ich mal auf Ihre Ausführungen zurückkomme, wissen Sie aber schon, dass da ein paar sehr imposante Annahmen drinstecken. Sehe ich das richtig, Herr Gerste?«

»Sagen wir mal so. Es gibt ein Motiv, eine Gelegenheit und die Mittel zur Tat. Ich würde jetzt nicht behaupten, das wäre nichts. Immerhin hat es den Staatsanwalt so weit überzeugt, dass er uns einen Durchsuchungsbeschluss ausgestellt hat.«

»Wenn eins, wenn zwei und wenn drei. Haben Sie eigentlich irgendeinen handfesten Beweis? Etwas Konkretes? Können Sie zum Beispiel zweifelsfrei belegen, dass Herr Friedensfurt bewaffnet am Tatort war?«

»Beweisen? Nein. Aber wir haben seine Aussage, dass er an der Schrottkanzel auf Wildschweine jagen wollte. Dazu wird er ja wahrscheinlich mit mehr als einer Steinschleuder unterwegs gewesen sein.«

»Gut. Da haben Sie natürlich recht. Aber solange Herr Friedensfurt das nicht eindeutig bestätigt, bleibt es eine weitere Annahme, oder?«

»Und? Hatten Sie an dem Abend auf der Schrottkanzel eine Waffe dabei, Herr Friedensfurt?«, fragte Gerste rasch.

»Ja«, antwortete dieser und handelte sich einen bösen Blick seines Anwalts ein.

»Können Sie denn belegen, dass mein Mandant überhaupt zur Tatzeit da oben war?«

»Ein Zeuge hat die Opfer unweit des Tatorts gesehen und kurz danach Schüsse gehört.«

»Ihr Zeuge hat also die Opfer identifiziert?«

»Er hat zwei Männer dort oben auf der Wiese vor der Schrottkanzel gesehen und den weißen BMW wieder erkannt.«

»Irgendwie komme ich nicht mit. Hat Ihr Zeuge die Männer jetzt zweifelsfrei erkannt, oder nicht?«

»Er konnte sie nur von hinten sehen.«

»Und was soll das jetzt sein? Ein Zeuge hat zwei Männer nachts auf einer Wiese gesehen. Sehr überzeugend. Dann hat dieser Zeuge Schüsse gehört? Soll ja vorkommen, wenn Leute jagen gehen. Mal eine andere Frage. Was ist denn für Sie überhaupt die Tatzeit?«

»Wir gehen von einer Tatzeit um Mitternacht herum aus. Waren Sie zu dem Zeitpunkt auf der Schrottkanzel?«

Friedensfurt blickte zu seinem Freund hinüber und sah ein Nicken.

»Ja, da war ich noch da. Das habe ich Ihnen doch schon erzählt.«

»Und haben Sie dort oben zwei Männer gesehen und Schüsse gehört?«

»Nein und nein. Auch das habe ich schon erwähnt.«

»Was soll das also alles, Herr Hauptkommissar? Können Sie Herrn Friedensfurt unwiderlegbar mit dem Tod der beiden Männer in Verbindung bringen?«

»Zum jetzigen Zeitpunkt nicht«, gab Gerste zu.

»Können Sie denn eindeutig sagen, dass Herr Friedensfurt den anonymen Anruf getätigt hat?«

»Wir warten noch auf eine Verbesserung der Videoqualität. Das LKA arbeitet dran.«

»Zur Kenntnis genommen. Damit hat sich ihr Motiv, aber so was von in Luft aufgelöst, würde ich sagen. Wie sehen Sie das, Herr Gerste?«

»Lassen Sie uns doch erst einmal die Ergebnisse der Tatortuntersuchung und der Hausdurchsuchung abwarten. Ich bin mir sicher, dass wir uns dann unter besseren Voraussetzungen wiedersehen.«

»Das ist möglich. Und vielen Dank für den Kaffee«, sagte Rechtsanwalt Doktor Knapp und stand auf. »Haben Sie weitere Fragen oder einen Haftbefehl gegen Herrn Friedensfurt?«

»Nein.«

»Ein schönes Wochenende wünsche ich Ihnen. Komm Michael. Wir sind hier fertig.«

»Ja, für heute. Aber wir sehen uns wieder und dann haben sich die Vorzeichen verändert«, rief Gerste den beiden hinterher und zerbrach vor Wut den Bleistift in seiner Hand.

»Tja, Chef. Der hat uns aber schön alt aussehen lassen«, sagte Corinna, stellte das Diktiergerät ab und lief zügig aus dem Besprechungsraum. Aus Erfahrungen gestählt, wusste sie, dass man ihren Vorgesetzten in diesem Zustand besser alleine ließ.

Kaum an ihrem Schreibtisch angekommen, erkannte sie, dass heute ein besonderer Tag war, denn ihr Chef stand ohne die üblichen Merkmale des Zorns im Türrahmen des Besprechungszimmers.

»Was ist?«, rief er. »Ist schon Feierabend? Kommt wieder rein. Los. Wir müssen überlegen, wie wir Friedensfurt überlisten können.«

Ungläubig schielte Corinna zu Schiffer hinüber und erhob sich achselzuckend.

»Wie weit ist Sven mit dem, was wir gestern mitgenommen haben?«, fragte Gerste und blickte seinen beiden Mitarbeitern nacheinander in die Augen.

»Sven hat mir einen vorläufigen Bericht gemailt. Nur aus einem der Gewehre ist vor Kurzem geschossen worden«, antwortete Schiffer.

»Lass mich raten. Es handelt sich genau um das Gewehr, das er am Freitag auf der Jagd dabei hatte.«

»Ja. Eine Repetierbüchse im Kaliber dreinullacht. So heißt das wohl, weil es ursprünglich aus den USA kommt. Ist vergleichbar mit der Nato-Munition, die auch im G3 verwendet wurde.«

»Hilft uns das irgendwie weiter?«

»Nun, das Kaliber würde zwar theoretisch passen, aber bei den großen Löchern, die in den Leichen waren, würde fast alles infrage kommen. Das ist eine Sackgasse, solange wir kein Geschoss finden.« Schiffer blätterte seinen Block um und suchte nach einer Notiz.

»Dann ist also zu unserem bereits vorhandenen Nichts, noch mehr Nichts dazugekommen.«

»Sieht leider so aus.«

Corinna scrollte durch Dokumente auf ihrem iPad.

»Hey, hier ist was Neues, was wir besser schon vor einer Stunde gewusst hätten. Die Kollegen von der Spurensuche gehen davon aus, dass sie beide Tatorte oben am Dönberg gefunden haben. Den einen hat ja der Hund entdeckt und der zweite befindet sich mit hoher Wahrscheinlichkeit im Wald gegenüber der Schrottkanzel.« Lachend griff sie nach ihrer Kaffeetasse. »Ich finde den Namen Schrottkanzel irgendwie lustig.«

Gerste sah sie ernst an. Die junge Polizistin hielt dem Blick nicht stand.

»Aber um ehrlich zu sein, ist das auch nur ein weiteres Indiz und kein handfester Beweis«, sagte er und schluckte den Ärger über die späte Information runter.

»Am mutmaßlichen zweiten Tatort haben sie Blut gefunden. Nicht in Hülle und Fülle, aber genug, um festzustellen, dass es von Kazim war«, führte Corinna weiter aus.

»Und wie haben sie das entdeckt?«, fragte Gerste.

»Zur Abwechslung haben wir mal unsere eigenen Hunde eingesetzt.«

»Dann ist ja ein zweiter Fleischwurstring fällig.« Gerste lachte über seinen Scherz und spielte mit dem Kugelschreiber in seinen Händen. »Irgendwie kommen wir nicht richtig vom Fleck.«

»Noch was. Die Kollegen haben sich den Land Rover schon angesehen. Da sind so viele Spuren drin, dass es einem Wunder gleichkommen würde, da etwas Verwertbares zu finden. Sieht fast so aus, als wenn Herr Friedensfurt darin gelebt hat«, sagte Schiffer und erntete zartes Grinsen. »Ja, ihr könnt ruhig lachen, aber genauso hat es Sven formuliert.«

»Irgendwie wird er ja an dem Tag nach Hause gekommen sein. Vom Dönberg bis zum Küllenhahn sind es ja nicht nur drei Meter fünfzig. Wenn er nicht nackt gefahren ist, wird es Spuren geben. Und ihr kennt ja mein Lieblingsbuch«, sagte Gerste, erhob sich und hob belehrend den Zeigefinger.

»Ja Chef. Haben wir alle auf unseren Schreibtischen stehen. Edmond Locard. Die Kriminaluntersuchung und ihre wissenschaftlichen Methoden. Wie immer danken wir dir dafür, dass du es für uns Unwissende hast übersetzen lassen«, antwortete Corinna, bevor Gerste loslegen konnte. Der Hauptkommissar setzte sich zufrieden lächelnd hin und führte sich die Tasse zum Mund.

»Hoffentlich habt ihr es auch alle gelesen.«

»Ich studiere es jeden Abend«, heuchelte Schiffer und setzte ein überaus dienstfreundliches Gesicht auf.

»Genug gescherzt«, mahnte Gerste. »Und jetzt zurück zum Ernst der Lage. Nehmen wir mal der Einfachheit halber an, Friedensfurt ist der Täter in unserem Fall. Und gehen wir weiter davon aus, dass Hirte von den beiden getötet wurde. Was hat es dann mit den Waffen, dem Sprengstoff und dieser dämlichen Karte auf sich?«

»Wenn wir fertig sind, mache ich mich auf und fahre zu den Banken. Vielleicht stellen sie uns ja ihre Videoaufnahmen zur Verfügung.« Corinna räumte ihre Akten zusammen und erhob sich.

# Kapitel 38

Samstag 17. August

14:07 Uhr

»Hast du den Parkschein?« Sabine Friedensfurt sah gereizt zu ihrem Mann hinüber. Sie waren zusammen im Staples an der Aue gewesen, hatten zwei Leitz-Ordner und fünfhundert Blatt Kopierpapier kaufen wollen. Dazu war es ein Erkundungsbesuch für einen neuen Laserdrucker, aber er war in Kauflaune gewesen, was bei seiner Frau nicht übermäßig gut angekommen war. Für sie war es erstrebenswerter, erst die Angebote verschiedener Anbieter zu prüfen und dann, aufgrund sicherer Datenlage, eine Kaufentscheidung zu treffen. Das wusste er, hatte aber trotzdem ein heruntergesetztes Gerät schneller in den Einkaufswagen gestellt, als sie die technischen Daten vergleichen konnte. Ein Blick in ihre wütenden Augen hatte ergeben, dass der Kauf vertagt wurde und er den Drucker wieder zurückstellen musste.

Missmutig und genervt strebte er schnurstracks zum Auto seiner Frau. Der rote Audi A5 stand mit geöffnetem Verdeck auf dem Parkplatz. Der Wagen fuhr sich gut und er verstand ihre Freude, oben ohne durch die Stadt zu cruisen, was im dichten Verkehr Wuppertals nicht immer einem Vergnügen glich. Der Fauxpas im Staples setzte dem gebrauchten Tag das Krönchen auf. Sein Ärger auf die Kriminalpolizei war noch nicht verraucht und es stieß ihm unangenehm auf, dass er auf seinen geliebten Defender verzichten musste. Mit dem Traktor, wie Sabine den Geländewagen bezeichnete, hatte er sich vor Jahren einen Kindheitstraum erfüllt und ihn dann sukzessive zu einem voll geländetauglichen Fahrzeug ausgebaut. Nicht, dass der Land Rover, ohne die Umbauten, weniger geeignet war, aber zum Fahren durch Gelände gehörten Seilwinde, grobstollige MT-Reifen, Dachgepäckträger und Suchscheinwerfer ganz einfach dazu.

»Ja, ich habe das Ticket hier«, nuschelte er und bummelte auf seine Frau zu, die am Ticketautomaten wartete.

»Wie lange waren wir jetzt da drin? Ich schätze, wir haben mehr als eine Stunde für den Drucker verplempert.«

»Glaube ich nicht«, widersprach Friedensfurt schnippisch, reichte Sabine das Parkticket und stolzierte zum Audi zurück.

»Du brauchst gar nicht so griesgrämig zu schauen«, entgegnete sie und schlug die Autotür hinter sich zu. »Wir kaufen schon noch so ein Ding. Ich würde nur vorher gerne prüfen, ob er nicht im Mediamarkt billiger ist. Die haben eine Aktion laufen.«

Sie drehte sich um und wollte den Wagen aus der Parklücke fahren, als sie den bulligen Kerl entdeckte, der zügig auf sie zulief. Ein Südländer. Er war aus dem Nichts aufgetaucht. Erschrocken über die grimmige Miene sah sie zu ihrem Mann hinüber, vor dessen Wagentür ein weiterer Fremder stand. Dominanter, etwas kleiner, dafür bestimmender und mit einer Pistole bewaffnet.

»Sind Sie Michael Friedensfurt?«, fragte er in militärischem Befehlston und erweckte nicht den Eindruck, als ob er lange auf eine Antwort warten würde.

»Ja«, antwortete Friedensfurt unbedacht und wurde im gleichen Atemzug von einem harten Faustschlag an der Schläfe getroffen. Ohne die Möglichkeit einer Reaktion schlug sein Kopf zur Seite. Der Körper sackte in sich zusammen und wurde nur durch den Sicherheitsgurt auf dem Sitz gehalten.

»Michael«, schrie Sabine und wollte sich zu ihrem Mann beugen, spürte aber eine Berührung an ihren Haaren. Bevor sie dem Gefühl nachgehen konnte, wurde ihr Kopf zurückgerissen. Der aggressiv aufgetretene Südländer stand an ihrer Tür und hielt sie an ihrem dunkelbraunen Pferdeschwanz fest. Trotz der Attacke versuchte sie, sich zu ihrem Mann umzudrehen, rutschte von der Kupplung und würgte den Wagen ab. Ein Messer an ihrer Kehle stoppte ihren Tatendrang. In den Augen des Angreifers erkannte er blanke Wut. Mutig funkelte sie zurück, bereitete eine Flut von Schimpfworten vor, spürte aber, wie sich der Druck der scharfen Klinge an ihrem Hals verstärkte. Der harte Stahl schnitt in die gespannte Haut und sie witterte den metallischen Duft von Blut. Wie versteinert saß sie im weichen Lederbezug des Fahrersitzes.

»An Ihrer Stelle würde ich jetzt keinen Unsinn machen«, flüsterte ihr eine lüsterne Stimme ins Ohr. Der abstoßende Geruch von Fisch, Knoblauch und kaltem Zigarettenrauch drang ihr in die Nase. Angeekelt wollte sie sich abwenden, aber der Griff des Mannes nahm ihr jede Chance, den Ausdünstungen zu entkommen. »Einer schönen Frau habe ich lange nicht mehr wehgetan. Lassen wir es dabei. Okay?«

»Was wollen Sie?«, fragte sie und versuchte, ihren Kopf zu bewegen.

»Ihre ungeteilte Aufmerksamkeit reicht mir völlig«, antwortete der Anführer auf der anderen Seite des Autos. Ihr Mann schien sich von dem unerwarteten Schlag zu erholen, schlug die Augen auf, blinzelte und sah in den Lauf einer chromglänzenden Pistole.

»Kannst du mich hören?«, fragte Edgar Wüst und drückte ihm die Waffe tief in die Wange. Friedensfurt nickte, unfähig zu sprechen.

»Gut«, raunte Wüst. »Und jetzt hör mir aufmerksam zu. Mein Bruder ist tot. Sollte ich herausfinden, dass du etwas damit zu tun hast, lege ich dich und die Zuckerpuppe hier um. Hast du mich verstanden?«

Friedensfurt nickte erneut.

»Wenn du mit den Bullen quatscht, wird mein guter Freund hier ein bisschen mit deiner Frau spielen. Und das wird ganz bestimmt nicht Halma sein. Verstehen wir uns?«

Es folgte eine erneute, erzwungene Zustimmung. Aus den Augenwinkeln konnte Friedensfurt erkennen, dass seine Frau ebenfalls bedroht wurde.

»Wer sind Sie?«, flüsterte er.

»Jemand, den du besser nicht verärgern solltest«, antwortete Wüst, lächelte und machte seinen Kumpanen ein Zeichen, zu verschwinden.

»Weißt du, was ich gerne mit dir machen möchte, bevor ich dir den Hals umdrehe?«, fragte Marco Lorenzo und leckte Sabine Friedensfurt langsam über die Wange. Dann fühlte sie eine Hand, die ihre Brust umfasste und grob zugriff. »Zuckerpüppchen. Wenn ihr nicht macht, was der Boss sagt, schneide ich dir die Titten ab. Wenn ich mit dir fertig bin, brauchst du sie eh nicht mehr. Comprende?« Tränen liefen ihr übers Gesicht, als ihr Peiniger die Klinge gezielt an ihrem Hals entlang zog und die Haut einritzte. Ein dünnes Rinnsal Blut drang heraus und sie schloss die Augen.

Ein Klatschen und lautes Stöhnen ließ sie diese schnell wieder öffnen. Vor der Flucht hatte Wüst ihrem Mann ein zweites Mal brutal ins Gesicht geschlagen.

Dann war es vorbei. Die Täter waren weg. Sie atmete tief ein, fuhr sich mit der Hand durch die Haare und öffnete die Fahrertür. Von den Mühen der Anspannung befreit, sprang sie aus dem Cabrio und sah nur noch, wie die beiden Männer in Richtung Luisenviertel verschwanden.

»Was war das denn?« Sie drehte sich zu Friedensfurt um und sah, wie er sich die Schläfe rieb.

»Houston, wir haben ein Problem.«

»Witzbold. Ich rufe jetzt die Polizei. Die beiden sind wohl irre geworden.« Sie griff zum Handy und entsperrte es.

»Nein. Auf keinen Fall. Du hast doch gehört, was die gesagt haben.«

»Hör mal. Die haben uns hier angegriffen und bedroht. Willst du gar nichts unternehmen?«

»Lass uns erst mal überlegen, was wir tun können. Danach kannst du immer noch die Polizei anrufen.«

»Michael!«, rief sie erbost aus. »Es wird mal langsam Zeit, dass du mir erzählst, was hier eigentlich los ist. Erst durchsucht die Polizei unser Haus, heute Morgen warst du im Polizeipräsidium und gestern Abend hast du bis in die Puppen mit Matthias geplaudert. Für meinen Geschmack war ich bis dato sehr geduldig.«

»Du hast ja recht«, antwortete er zähneknirschend.

Rasch stieg sie wieder ein, knallte die Tür zu, legte den Rückwärtsgang ein und stieß aus der Parklücke raus.

»Vorschlag. Wir machen eine kleine Spazierfahrt und du erzählst mir, was eigentlich los ist. Okay?« Ungeduldig wartete sie auf eine Antwort. »Und jetzt gib mir endlich das blöde Parkticket.«

»Das liegt doch hier. Ist wahrscheinlich eben runtergefallen.«

Aufgebracht raste sie zur Ausfahrt und hielt mit quietschenden Reifen an der Schranke. Energisch stopfte sie das Ticket in den Automaten und fuhr zügig auf die Bundesallee.

»So! Und jetzt raus mit der Sprache. Was wollten die? Und wer sind diese beiden Typen, von denen der gesprochen hat?«

An der Kreuzung Robert-Daum-Platz sprang die Ampel auf Rot.

»Die Polizei glaubt, dass ich zwei Menschen getötet habe«, nuschelte er und schaute sich um, ob jemand in der Nähe war.

Sabine würgte den Audi ab.

»Was?«, schrie sie und beruhigte sich augenblicklich wieder. Zügig startete sie das Auto und raste über die Kreuzung. Mit erhobener Hand entschuldigte sie sich beim nachfolgenden Verkehr.

»Stimmt das?«, fragte sie flüsternd.

»Pass auf. Ich glaube zwar nicht, dass die Polizei dein Auto verwanzt hat, aber besser, wir reden irgendwo weiter, wo wir nicht abgehört werden können. Was hältst du von dem Parkplatz in der Kohlfurth. Da können wir eine Runde durch den Wald gehen und in Ruhe sprechen. Okay?«

Mit belanglosem Geplauder über das Wetter, was ja in Wuppertal ein weitläufiges Thema sein konnte, beschleunigte Sabine und fuhr mit deutlich erhöhter Geschwindigkeit auf der B7 nach Sonnborn. Dort folgte sie der Auffahrt zur L74 in Richtung Solingen.

»So, raus jetzt mit der Sprache«, sagte sie genervt, als sie die ersten Schritte auf dem Radweg machten, der parallel zur Wupper angelegt war.

»Du lässt mir keine Ruhe, was?«

»Hast du etwa schon vergessen, wie die beiden Typen eben drauf waren? Die waren nicht zum Scherzen aufgelegt und wiedersehen möchte ich die auch nicht mehr. Sprich endlich.«

»Also gut. Am letzten Freitag bin ich doch zum Jagen gefahren. Als ich unten auf der Gathe war, kurz vor der Moschee, weißt du, habe ich aus dem Augenwinkel bemerkt, wie zwei Typen jemanden eine Pistole an den Kopf gehalten und abgedrückt haben. Der eine kniete da vor denen und die haben den einfach so abgeknallt.«

»Und was hast du gemacht? Hast du die Polizei angerufen?«

»Nee. Ich war mir ja nicht sicher, was ich da eigentlich gesehen hatte und bin weitergefahren. Hätte ja auch was Plausibles gewesen sein können.«

»Und dann?«

»Na ja. Ich bin ganz normal zum Dönberg hochgefahren und habe mich auf den Hochsitz gesetzt. War ja ein lauer Abend.«

»Stimmt. Zumindest damit liegst du richtig.«

»Und nach kurzer Zeit habe ich zwei Männer an meinem Auto bemerkt. Durch die Wärmebildkamera konnte ich das ja recht gut sehen. Die haben sich merkwürdig verhalten und dann habe ich den Wagen von der Gathe entdeckt. Der parkte nur ein paar Meter weiter. Da war ich mir sofort sicher, dass das die beiden Typen waren, die ich beobachtet hatte. Da wurde mir ganz schön mulmig.«

»Das glaube ich dir. Und warum bist du nicht abgehauen?«

»Dazu war überhaupt keine Zeit mehr da. Ich weiß nicht genau, aber auf einmal standen die auf der Wiese und sind auf mich zu gelaufen.«

»Scheiße.«

»Habe ich mir da auch gedacht, und angefangen zu überlegen, was ich denn machen könnte. Für die Polizei war es zu spät und dann haben die mit ihren Pistolen rumhantiert. Das sah nicht so aus, als wenn die mit mir diskutieren wollten.«

Sabine nickte stumm.

»Sofort kamen mir all die Erinnerungen von damals wieder hoch. Der Überfall und der ganze Mist. Da habe ich nicht mehr lange überlegt. Irgendwie habe ich in eine Art Selbsterhaltungsmodus geschaltet. Den Ersten habe ich noch auf der Wiese erwischt. Blattschuss sozusagen«, sagte er und lächelte über seinen Vergleich.

»Puh!«, stöhnte sie. »Und was hast du dann gemacht?«

»Ich habe durchs Glas gesehen, dass der andere nicht abgehauen, sondern in den Wald gelaufen ist. Da bin ich schnell runter von der Kanzel und habe mich auf die Lauer gelegt. Ich habe gehofft, dass er sich von der Seite heranschleichen würde.«

»Und das hat er auch, oder?«

»Ja. War ein bequemes Ziel. Der war sogar so blöde, sich eine Zigarette anzuzünden. Meilenweit hätte ich den sehen können. Dafür brauchte ich nicht einmal die Wärmebildkamera.«

»Und was hast du mit den beiden Leichen gemacht?«

»Das willst du nicht wirklich wissen, oder?«, sagte er und nahm seine Frau in den Arm.

»Was hast du denn jetzt vor? Wirst du dich stellen? Und warum ist die Polizei bei uns aufgetaucht?«

»Nein. Ich versuche, so damit durchzukommen. Bis jetzt haben sie keine Beweise gegen mich und wenn ich nicht viel Pech habe, werden sie auch nichts finden«, erklärte er. »Warum die auf mich gekommen sind? Das kann ich nur vermuten. Carsten hat Ihnen wahrscheinlich erzählt, dass ich auf der Schrottkanzel war und später zum U-Boot wollte. Daher wissen sie, dass ich erst einmal in der Gegend war. Der Kommissar hat das so ausgedrückt. Ich habe ein Motiv, den Selbstschutz. Dann eine Gelegenheit, ich war ja in der Nähe, und die Mittel, weil ich ja eine Waffe dabei hatte.«

»Und wie geht es weiter?«

»Matthias meint, dass ich die Füße still halten soll. Solange die keine DNS von mir an den Toten finden, habe ich wenig zu befürchten. Ich habe die gesamte Kleidung und den ganzen Rest in die Müllverbrennung geworfen. Das ist jetzt fast eine Woche her. Da werden sie nichts mehr finden, zumal sie ja erst einmal drauf kommen müssten, dass ich da war.«

»Und was machen wir mit den beiden Typen, die uns eben bedroht haben?«

»Ich bin nicht sicher, ob wir uns in dem Fall auf die Polizei verlassen können. Lieber wäre mir, wenn wir etwas über die rausfinden könnten.«

»Wie willst du das machen?«

»Na ja. Ich habe den beiden Toten die Handys abgenommen. Vielleicht finden wir da was.«

»Du hast was?«

»Ich habe die Telefone mitgenommen. Nur so proforma. Man weiß ja nie, wofür die noch mal gut sind.«

»Und wie willst du die entsperren? Nach der Pin konntest du ja offenbar nicht mehr fragen?«

»Stimmt. Wobei ich vermute, dass sie mir ihren Code auch nur sehr ungern verraten hätten. Aber dafür habe ich die beiden Daumen?«

»Das ist nicht dein Ernst.«

»Doch. Ich habe denen die Daumen abgeschnitten und sie in unserer Tiefkühltruhe gelagert.«

»Bist du vollkommen irre? Die Polizei hätte die jederzeit finden können, als sie das Haus durchsucht haben. Dann wärst du ruckzuck im Gefängnis gelandet«, rief sie lauter als geplant. »Hast du zwischendurch auch mal an uns gedacht?«

»Ich denke seit Tagen an nichts anderes mehr«, erwiderte er, umarmte seine Frau und gab ihr einen Kuss. »Und um dich zu beruhigen, ich habe es der Polizei nicht so einfach gemacht, wie du meinst. Ich habe die beiden Daumen in einer Rehkeule versteckt. Da hätten sie schon sehr genau hinschauen müssen, um die zu finden.«

»Und du hast da nicht gezittert, als die unser Haus durchwühlt haben?«

»Doch. Und wie. Aber zum Glück ist es ja gut gegangen.«

Schweigend ging das Paar über den Radweg zurück zum Parkplatz.

»Aber was hatte ich denn für Alternativen?«, fragte Friedensfurt. »Die Sache geht mir schon seit Tagen durch den Kopf. Das ist alles so schnell passiert, da blieb kaum Zeit zum Nachdenken. Die sahen nicht so aus, als wollten sie mit mir über das Wetter reden, als sie auf mich zugelaufen kamen.«

»Das glaube ich dir sogar«, sagte Sabine und blickte ihrem Mann in die Augen. »Lass uns die Polizei anrufen. Den Auftritt von vorhin nehmen wir auf jeden Fall nicht so hin. Vielleicht hat sich ja inzwischen ein Zeuge gemeldet.«

»Du hast doch gehört, was der eine Typ gesagt hat, oder?«

»Michael. Hörst du dir eigentlich selber zu? Du bringst zwei Menschen um, machst weiß Gott was mit denen und dann ziehst du auf einmal den Schwanz ein? Das ist nicht der Michael, den ich kenne.«

»Du hast ja recht, aber ich habe mega Angst, dass dir und den Kindern was passiert.«

»Ruf an. Um den Rest kümmern wir uns, wenn es so weit ist.« Sie hielt ihm das Handy hin.

# Kapitel 39

Samstag 17. August

16:13 Uhr

»Gerste«, meldete sich der Hauptkommissar, nachdem die Zentrale ihm mitgeteilt hatte, dass ein Anruf für ihn in der Leitung war.

»Guten Tag, Herr Gerste. Michael Friedensfurt hier.«

»Herr Friedensfurt. Hallo. Was kann ich für Sie tun? Haben Sie Sehnsucht nach mir oder wollen Sie doch noch gestehen?« Der Kommissar klopfte an die Scheibe, die sein Büro von seinen Kollegen trennte. Mit eindeutigen Handbewegungen forderte er Corinna und Schiffer auf, zu ihm zu kommen.

»Ich möchte einen Überfall melden.«

»Sie wollen was?«, rief er erstaunt und wies seine Mitarbeiter an, still zu lauschen, als er das Gespräch auf den Lautsprecher legte.

»Meine Frau und ich sind überfallen und bedroht worden. Vor gut einer Stunde am Staples an der Aue.«

»Ach, du Scheiße. Wie geht es Ihnen denn? Sind Sie verletzt? Brauchen Sie Hilfe?«

»Ne, ne. Ist schon okay. Mittlerweile geht es uns auch wieder ganz gut. Aber das war ein Schock, kann ich Ihnen sagen.«

»Das glaube ich gern. Aber erzählen Sie mal. Was ist denn passiert?«

»Wir waren wie erwähnt im Staples und wollten gerade fahren, als zwei Männer aufgetaucht sind. So ziemlich aus dem Nichts und plötzlich wurde meine Frau mit einem Messer bedroht und mich hat so ein Irrer fast bewusstlos geschlagen.«

»Das klingt aber gar nicht gut. Was wollten die denn?«

»Der Anführer der beiden hat eine Pistole auf mich gerichtet und gesagt, wenn ich etwas mit dem Tod von einem Max Kazim und Ben Richter zu tun hätte, würde er mich töten. Sind das nicht die Männer, deren Tötung Sie mir zur Last legen?«

»Doch, genau um die zwei handelt es sich. Wer hat Sie denn bedroht? Können Sie die Täter beschreiben?«

»Der mit der Waffe war mittelgroß, mit sehr bulliger Figur und einem Auftreten, wie ich es seit der Bundeswehrzeit nicht mehr gesehen habe. Dazu kurze, schwarze Haare. Der war bestimmt über fünfzig.«

»Habe ich notiert. Wie sah der andere aus?«

»Das war ein Riese. Ungefähr einsneunzig groß und kräftig wie ein Kampfsportler. Ebenfalls schwarze Haare und ein südländischer Typ.«

»Was hat der zweite Mann gemacht?«

»Der hat meiner Frau ein Messer an den Hals gehalten.«

»Wie hat Ihre Frau die Attacke überstanden?«

»Besser als ich, kann ich Ihnen sagen.«

»Was wollen Sie jetzt tun? Wollen Sie Anzeige erstatten?«

»Gegen wen denn? Oder kennen Sie die Kerle zufällig?«

»Ich habe da so eine Vermutung.«

»Na super. Wie konnten die überhaupt auf mich kommen? Posaunen Sie alles in die Welt hinaus? Wie Sie sicher nachvollziehen können, bin ich in puncto Polizei ein gebranntes Kind.«

»Wir haben keine Informationen an die Öffentlichkeit gegeben. Das kann ich guten Gewissens sagen. Was ist jetzt mit der Anzeige?«

»Nein. Keine Anzeige. Ich traue der Polizei nicht und zudem wurden wir ausdrücklich davor gewarnt?«

»Warum hat die Polizei Ihr Vertrauen verloren?«, fragte Gerste.

»Das wissen Sie sicher schon längst. Vor ein paar Jahren habe ich mich mal für den Rechtsstaat eingesetzt und stand dann alleine im Regen.«

»Das ist damals allerdings auch recht unglücklich gelaufen. Aber wie Sie wollen. Was halten Sie davon, wenn Sie herkommen und sich ein paar Bilder ansehen? Dann wissen Sie und wir mehr.«

»Können Sie mir nicht die Fotos aufs Handy schicken? Wenn die mich beobachten, wissen sie sofort, dass ich mit der Polizei geredet habe. Und dann haben wir wieder ein Problem.«

»Corinna. Schick Herrn Friedensfurt mal bitte die Fotos von Wüst auf sein Handy.«

»Mach ich«, sagte die Oberkommissarin und zog ihr Mobiltelefon aus der Hosentasche. Dann rief sie in den Lautsprecher: »Hallo Herr Friedensfurt. Corinna Meier hier. Sagen Sie mir doch bitte Ihre Rufnummer?«

»01773688190.«

»Hab ich, danke. Die Bilder sind gleich bei Ihnen. Bis dann. Und gute Besserung.«

»Danke schön«, erwiderte Friedensfurt. »Sagen Sie mal, Herr Gerste, wo ich Sie zufällig am Telefon habe. Haben Sie an meinen Waffen etwas gefunden, was mich mit den Morden in Verbindung bringt?«

»Na ja, sagen wir mal so. Jedes ihrer Gewehre könnte als Tatwaffe in Betracht kommen, weil wir das verwendete Kaliber nicht kennen. Aber einen direkten Zusammenhang? Nein. Bisher nicht. Die Untersuchungen sind ja bislang auch noch nicht abgeschlossen. Warum fragen Sie?«

»Na, ich möchte sie wiederhaben. Ganz einfach. Gerade jetzt haben wir reichlich Sauen oben am Dönberg. Da könnte ich so schön auf die Pirsch gehen. Haben Sie eine Idee, wie lange das schlimmstenfalls dauern wird?«

»Ich werde in der KTU nachfragen, wie weit die Kollegen sind. Mehr kann ich Ihnen nicht zusagen.«

»Was passiert, wenn nichts gefunden wird?«

»Dann können Sie sich alles hier abholen.«

»Und was ist mit dem Auto?«

»Dafür gilt das Gleiche. Sobald die Untersuchungen abgeschlossen sind, bekommen Sie es wieder.«

»Na toll. Dann werde ich meinen Anwalt mal bitten, etwas Druck zu machen. Sie verdächtigen mich ohne Beweise und ich muss darunter leiden. Nicht die schöne englische Art. Was meinen Sie?«

»Da bin ich anderer Meinung, Herr Friedensfurt. Sie sind weiterhin unser Hauptverdächtiger. Vergessen Sie das nicht. Wir ermitteln weiter intensiv gegen Sie.«

»Wie oft soll ich es Ihnen noch sagen? Ich bin nicht der, den Sie suchen?«

»Woher wissen Sie denn, dass wir einen Mann im Visier haben?«

»Ach hören Sie doch mit den Wortspielereien auf, Herr Gerste. Das ist Ihrer nicht würdig. Da war ja Miss Marple vor gefühlten hundert Jahren einfallsreicher. Um es kurz zu machen. Ich hätte gerne meine Sachen zurück und ...«, Friedensfurt stockte. »Die Fotos sind gekommen. Moment, ich schalte mal auf Lautsprecher. Einen Augenblick noch. Ja, das ist der Kerl, der uns überfallen hat. Der mit dem schwarzen Stoppelhaarschnitt. Kein Zweifel. Wer ist das?«

»Das ist Edgar Wüst. Er ist bekannt in der Wuppertaler Unterwelt. Drogenhandel, Prostitution, Waffenhandel. Der steht auf alles, was mehr als zwei Jahre Gefängnis bringt. Die drei Toten, waren Mitarbeiter, in Anführungszeichen gesagt, von ihm. Und einer davon war sein Bruder.«

»Klingt doch super. Da hat uns eben ein stadtbekannter Krimineller auf offener Straße bedroht. Das wird ja eine fabelhafte Zeit werden, wenn der es auf uns abgesehen hat. Was können Sie für meine Familie und mich tun?«

»Wollen Sie denn nun Anzeige erstatten, oder nicht? Sonst sind uns in der Tat die Hände gebunden. So leid mir das auch tut.«

»Das dachte ich mir schon. Kennen Sie das Sprichwort, hilf dir selbst, dann hilft dir Gott? Einen guten Tag wünsche ich Ihnen noch und hoffen Sie drauf, dass die Polizei Ihnen nicht aus der Klemme helfen muss.«

»Und was haben Sie jetzt vor? Machen Sie bloß keinen Unsinn.«

»Keine Sorge. Ich fahre jetzt erst einmal nach Hause und lege mir einen Eisbeutel auf den Kopf.«

»Na dann wünsche ich Ihnen gute Besserung und passen Sie auf sich auf.«

»Das mache ich. Tschüss.«

◆ ◆ ◆

»Wie konnte Wüst etwas von Friedensfurt erfahren haben?«, fragte Gerste, als das Telefongespräch beendet war.

»Von uns garantiert nicht. Ich pflege nur die Ermittlungsakte und habe zuletzt die Hausdurchsuchung und die Vernehmung von Friedensfurt eingetragen«, rechtfertigte sich Corinna.

»Hast du die Informationen auch schon an die Staatsanwaltschaft weitergeleitet?«, hakte Gerste nach.

»Klar. Ist doch unser Standardvorgehen. Doktor Ritter besteht auf möglichst zeitnahen Informationsaustausch.«

»Dann hat der gute Edgar Wüst demzufolge exzellente Kontakte in die heiligen Hallen der Staatsanwaltschaft.« Gerste lächelte vielsagend. »Lasst uns ab jetzt etwas von der direkten Informationspflicht abweichen. Bis Doktor Ritter sich beschwert, informieren wir nur noch nach Anfrage. Ok?«

»Du bist der Boss.«

»Und was machen wir jetzt mit Wüst?«, fragte Schiffer. »Wollen wir ihm ein wenig auf den Zahn fühlen?«

»Gefährden wir damit nicht die Sicherheit von Friedensfurt und seiner Familie? Die wissen dann doch sofort, dass er mit uns gesprochen hat«, schloss sich Corinna der Frage an.

»Ich finde trotzdem, wir sollten mal eine Runde auf den Busch klopfen. Laden wir Herrn Wüst doch am Montag morgen noch einmal ein. Ich bin mir zwar ziemlich sicher, dass unser Jäger Kazim und Richter getötet hat, aber mit dem Tod von Hirte hat er nichts zu tun. Das dürfte eher auf Wüsts Misthaufen gewachsen sein. Da können ein paar Fragen nicht schaden.«

»Der wird sich mit so etwas nicht die Finger schmutzig machen«, warf Schiffer ein. »Und dass er den Mord angeordnet hat, wird er uns sicher nicht mal eben so mitteilen.«

»Was ist denn mit den ganzen Waffen, die wir gefunden haben?«, fragte Corinna. »Können wir das nicht gegen ihn verwenden? Der war doch laufend in den Wohnungen.«

»Schön wär's. Aber wie wollen wir ihm das nachweisen? Solange wir keinen Fingerabdruck auf den Waffen finden, ist es schwer, die Verbindung herzustellen«, ergänzte Gerste. »Ich glaube, wir müssen noch einmal intensiv mit Friedensfurt reden. Der weiß garantiert mehr, als er uns mitteilt. Da bin ich mir hundertprozentig sicher.«

»Wäre er nicht schön blöd, uns Hinweise zu geben?«, warf Schiffer ein. »Damit würde er sich doch nur selber belasten.«

»Dann werde ich mal inoffiziell mit ihm reden. Vielleicht hat ihn die Begegnung mit Wüst ja nachdenklich gemacht«, erwiderte der Hauptkommissar. »Wenn der so tickt, wie ich denke, dass er tickt, dann hat der ein großes Gerechtigkeitsempfinden und das sollte ich mir zunutze machen.«

»Probieren kannst du es ja«, pflichtete ihm die Oberkommissarin bei.

»Jetzt mal was anderes. Wie sieht es mit den Geldautomaten aus? Bist du da weiter gekommen?«

»Ja«, antwortete sie. »Während ihr hier vor Langeweile an den Füßen spielt, habe ich sämtliche Banken und Sparkassen auf der Karte abgeklappert. Wie nicht anders zu erwarten, haben alle eine Videoüberwachung der fraglichen Zonen, auch wenn diese mehr oder weniger rudimentär ist.«

»Hat es was gebracht?«, wollte Schiffer wissen.

»Kommt auf den Blickwinkel an. Die Aufzeichnungen von den Geldautomaten kannst du geflissentlich vergessen. Das sind Unmengen von Daten und ich weiß ja gar nicht, wonach ich suchen soll?«, klagte Corinna. »Aber bei der Deutschen Bank in Elberfeld ist dem Sicherheitspersonal jemand aufgefallen, der sich sehr auffällig verhalten hat. Der Mann wollte hinter den Bereich mit den Geldautomaten steigen und das macht sonst niemand.«

»Mach es doch nicht so spannend«, drängte Schiffer. »Wer war es?«

»Die Bilder sind etwas pixelig, aber meiner Meinung nach, kann man Max Kazim relativ eindeutig erkennen«, antwortete sie. »Schaut es euch selber an.« Sie startete eine kurze Videosequenz auf ihrem iPad. Man sah einen Mann, der sich ungeschickt bemühte, hinter die Reihe der Geldautomaten im Innenraum des Eingangsbereiches zu klettern.

Als dies nicht von Erfolg gekrönt war, konnten sie sehen, wie er Aufnahmen mit seinem Handy machte.

»Die Sicherheitsleute haben dann versucht, die Person zu ergreifen. Hat nicht funktioniert. Als sie in die Halle kamen, war der Mann schon weg.«

»Komisch. Komisch. Komisch«, grummelte Gerste. »Max Kazim spioniert eine Bank aus, hat massenhaft Waffen in seiner Wohnung und eine Karte mit potenziellen Überfallzielen. Das sind doch eindeutige Vorbereitungen für eine Straftat.«

»Da hast du recht. Wir haben nur ein Problem. Leider ist er tot und entzieht sich somit der weiteren Strafverfolgung«, warf Schiffer ein.

»Der wäre doch gar nicht clever genug gewesen, um so ein Ding durchzuziehen. Sein Bruder dagegen hätte das nötige Kaliber. Das geht unter Garantie alles von unserem Freund Wüst aus«, sagte der Ermittlungsleiter und schmiss seinen Kugelschreiber auf den Schreibtisch. »Aber ohne Friedensfurt werden wir den Fall nicht lösen.«

# Kapitel 40

Sonntag 18. August

10:11 Uhr

»Papa. Die Polizei ist für dich da«, rief Sophie Friedensfurt ins Haus hinein. Es hatte geklingelt und da sie auf ihre Freundin gewartet hatte, war sie die Erste an der Tür gewesen.

»Danke, Emma«, sagte er und gab seiner Tochter einen liebevollen Klaps auf den Po, als sie an ihm vorbeilief. Sophie war ihr offizieller Name, aber den verwendete er kaum. Emma, Elli und Elvira standen als Kosenamen weitaus höher im Kurs.

»Mit Ihnen habe ich heute ehrlich gesagt nicht gerechnet«, sagte er und blickte den Hauptkommissar verdutzt an. »Gibt es bei der Polizei kein Wochenende?«

»Wenn wir in einer Mordermittlung stecken, wird auch mal rund um die Uhr gearbeitet. Zum Glück kommt das in Wuppertal eher selten vor, sonst würde mir meine Frau schon zeigen, wo der Bartel den Most holt«, antwortete Gerste. »Und zur Bundesliga bin ich hoffentlich wieder zu Hause.«

»Da Sie sich bei uns ja bereits auskennen, nehme ich nicht an, dass Sie gekommen sind, um zu schauen, wie wir hier den Sonntag verbringen.«

»Nein, das ist in der Tat nicht der Grund für den Besuch.«

»Darf ich Ihnen meine Frau vorstellen?«, fragte Friedensfurt und nahm Sabine in den Arm, die an der offenen Haustür erschienen war. »Unsere Tochter Sophie haben Sie ja schon kennengelernt.«

Gerste schüttelte die ausgestreckte Hand.

»Freut mich, Sie kennenzulernen, Frau Friedensfurt. Ich hoffe, Sie haben sich von dem Schrecken gestern einigermaßen gut erholt?«

»Ja. Geht schon. Was wollen Sie hier?«, fragte sie direkt und mit abweisendem Tonfall.

»Gemach, gemach. Ich bin ohne die Kavallerie hier und wollte rein privat mit Ihrem Mann sprechen.« Er trat mit erhobenen Händen einen Schritt zurück.

»Brauche ich dafür einen Anwalt?« Er war sich nicht im Klaren darüber, inwieweit er dem Polizisten vertrauen konnte.

»Das steht Ihnen natürlich frei. Aber Sie haben mein Wort darauf, dass nichts von dem, was ich mit Ihnen besprechen möchte, in die Ermittlungen einfließen wird. Ich bin sozusagen als Privatmann hier.«

»Und was hat das Ganze dann für einen Sinn?«, fragte Sabine und verschränkte die Arme vor der Brust.

»Eigentlich habe ich gar nicht vor, Fragen zu stellen. Vielmehr würde ich gerne mit Ihnen einfach ein bisschen durch den Wald laufen und vor mich hin plaudern. Sie hören entspannt zu und denken später darüber nach.«

»Soll ich Matthias anrufen?«, fragte Sabine.

»Nein. Ich glaube nicht, dass das notwendig ist. Abgesehen davon wollte der heute Morgen auf den Golfplatz. Lassen wir ihm die Freude, wenn Herr Gerste verspricht, mir keine Falle zu stellen.«

»Alles gut. Ich verspreche, artig zu sein«, antwortete Gerste und lachte über seine Bemerkung.

»Okay. Warten Sie noch einen Moment. Ich ziehe mir nur passende Schuhe an.«

Auf den Stufen vor dem Haus hörte er, wie Friedensfurt sich von seiner Frau verabschiedete. Die Baumwipfel des nahen Burgholz konnte er schon erkennen. Gut, dachte er sich und sah an sich herunter. Auf eine lange Wanderung war er mit seinen Slippern nicht eingestellt.

»Wir sind jetzt weg,« rief er seiner Frau zu, als er die Tür zuzog. »Wenn ich in einer Stunde nicht zurück sein sollte, ruf die Polizei.«

»Sie haben ja richtig Sinn für Humor«, bemerkte Gerste.

»Na, dann wollen wir mal«, sagte Friedensfurt, lief die Treppe hinunter und zeigte den Spessartweg entlang. »Da hinten geht es in den Wald. Kommen Sie, ich bin gespannt.«

»Wie lange wohnen Sie schon hier?«

»Das müssen jetzt vier Jahre sein. Vorher haben wir mitten in Barmen gewohnt, aber wir wollten etwas mehr ins Grüne. Wo wohnen Sie?«

»Im beschaulichen Vohwinkel. Nicht weit weg von der Waldkampfbahn, wenn Ihnen das was sagt.«

»Klar weiß ich, wo das ist. Das ist doch Wuppertals größter Fußballplatz, oder nicht?«

»Ja, das soll wohl so sein. Ist schön grün da, zumindest wenn man ein paar Meter gelaufen ist.«

»Wir sind ja jetzt auch schon ein paar Meter gelaufen. Wann rücken Sie denn endlich damit raus, was Sie von mir wollen.«

»Na gut. Dann fange ich mal an zu reden und Sie hören einfach nur zu.«

»Ich bin ganz Ohr.«

»Ich komme mal direkt zur Sache. Wie Ihnen ja bekannt ist, halte ich Sie für den Mörder von Kazim und Richter. Warum und vor allem, wie Sie es gemacht haben, ist mir im Moment mal egal. Vielleicht bekomme ich Sie dafür dran, es kann aber auch sein, dass Sie damit durchkommen. Geschenkt.«

»Dazu werde ich mich besser nicht äußern.« Friedensfurt ging voran durch den Hohlweg, nachdem sie die letzten Häuser hinter sich gelassen hatten. Der Weg führte sie durch einen lichten Buchenhain mit intensivem grünen Bodenbewuchs.

»Mit dem Tod von Daniel Hirte haben Sie ohnehin nichts zu tun, nehme ich an.«

»Das nehmen Sie richtig an. Wer ist das?«

»Ein Opfer, das wir im Kofferraum des weißen BMWs gefunden haben, den Sie ja nach wie vor nicht an der Gathe gesehen haben wollen. Ich gehe aber trotzdem davon aus, dass Sie irgendetwas mitbekommen haben, denn am letzten Samstag haben wir einen anonymen Anruf zu dieser Tat bekommen.« Gerste machte eine Pause und schaute Friedensfurt kurz an. »Das waren natürlich nicht Sie, oder?«

»Natürlich nicht«, sagte er und dehnte die Worte.

»Wie auch immer. Max Kazim oder Ben Richter haben diesen Hirte erschossen. Ob aus eigenem Antrieb oder auf Befehl von Edgar Wüst. Wer weiß das schon? Und wir werden es wahrscheinlich nicht mehr herausfinden. Schade, aber so ist es manchmal im Leben.«

»Absolut richtig. Mir ist noch nicht klar, wie ich Ihnen helfen kann.«

»Ich bin mir sicher, dass Wüst und seine Bande irgendetwas planen, was in den nächsten Tagen stattfinden soll. Leider haben wir nichts in der Hand, auf dem ich aufbauen kann. Wir kommen in der ganzen Sache dummerweise keinen Schritt voran.«

»Und wie passe ich da ins Spiel?«

»Genau darauf komme ich jetzt. Was ich Ihnen gleich sage, behalten Sie bitte für sich. Wir haben in den Wohnungen von Kazim, Richter und Hirte einen Haufen Waffen, Plastiksprengstoff und Gasflaschen gefunden. Als wenn die in den Krieg ziehen wollten. Da ist offensichtlich irgendwas im Busch.«

»Kann sein. Aber woher soll ich wissen, was da läuft?«

»Ich unterstelle mal, dass sowohl Kazim und Richter in heutigen Zeiten ein Handy besessen haben. Am Fundort der Leichen haben wir keine entdeckt. Wo auch immer die jetzt sind, sei mal dahingestellt.«

»Sie müssen schon etwas genauer werden.«

»Gut. Dann ganz direkt. Falls der aktuelle Besitzer der Handys, wenn es ihn denn gibt, Lust und Spaß daran haben sollte, die eine oder andere Information mit den freundlichen Helfern der Polizei zu teilen, würden sich diese sicher erkenntlich zeigen.«

»Wonach suchen Sie denn?«

»E-Mails, Chatverläufe. Alles, was uns weiterbringen könnte.«

»Was bieten Sie an?«

»Na ja. Die Polizei kann bei manchen Dingen, die gewissen Menschen am Herzen liegen, auch sehr unbürokratisch sein.«

»Ich denke darüber nach«, sagte Friedensfurt und beendete diesen Teil der Konversation damit. »Wie tippen Sie Bayern gegen Schalke nachher?«

# Kapitel 41

Sonntag 18. August

20:15 Uhr

Hallo Schatz«, sagte Friedensfurt und sprang die letzten drei Stufen der Treppe herunter. Ihm war aufgefallen, dass seine Frau die Haustür geöffnet hatte und wollte sie begrüßen. Nach dem bizarren Ereignis in der Stadt war sie grimmig und angespannt. »Wie war das Training?«

»Frag nicht«, antwortete sie und fuhr sich mit der Hand durch die verschwitzen Haare. Sabine Friedensfurt liebte es, zu laufen. Dazu war die Lage ihres Hauses nahe am Burgholz ideal und sie nutzte die kühle Luft der beginnenden Dämmerung gerne, um durch den Wald zu joggen. Nun aber kam sie nicht von einer Laufeinheit zurück, sondern aus dem Fitnessstudio. Mit einer Freundin hatte sie eine Konditionseinheit besucht, die sichtbar anstrengend gewesen war. »Ella hat uns heute echt rund gemacht. Ich hasse diese kleinen Bänkchen. Wer die erfunden hat, sollte geteert und gefedert werden.«

»Wenn ich dich so ansehe, könnte man meinen, der Schweiß ist in Strömen geflossen.« Anerkennend ließ er seinen Blick über ihren Körper streifen, der in moderner, hautenger Sportkleidung steckte. »Ich liebe diese Leggins an dir. Die lassen dich so richtig sexy aussehen.«

»Na ich hoffe, das sind nicht nur die Leggins«, erwiderte sie mit einem Lächeln.

»Platz da«, rief Marie, ihre jüngste Tochter und quetschte sich an ihrem Vater vorbei ins Wohnzimmer.

»Was hast du es denn so eilig?«, schickte er ihr hinterher, aber die Tür war schon geschlossen.

»Bestimmt sucht sie nur ihr Ladekabel und macht dabei wieder einmal alle verrückt«, sagte Sabine. »Vielmehr Attraktives haben wir ihr ja im Moment nicht mehr zu bieten.« Mit ihren acht Jahren entdeckte Marie gerade die Möglichkeiten, die Internet und Handy boten, und nutzte diese reichlich. Ohne ausreichende Energieversorgung waren den Entdeckungen naturgemäß Grenzen gesetzt und so kam es öfter zu ausschweifenden Wutausbrüchen, wenn rettende Kabel nicht da lagen, wo sie es gewohnt war.

Sabine beugte sich vor, gab ihrem erstaunten Mann einen flüchtigen Kuss und stieg die Stufen zum Obergeschoss empor.

»Ich gehe kurz duschen«, rief sie ihm durch den Flur zu. »Sag mal. Ist dir das Auto da hinten am Spielplatz aufgefallen? Das stand schon da, als ich vorhin weggefahren bin und der Typ darin ist total gruselig.«

»Du willst mich auf den Arm nehmen, oder?«

»Nein«, rief sie zurück und huschte ins Badezimmer. »Schau doch selber nach.«

»Das mache ich auch«, bestätigte er und ging in die Küche. Aus dem kleinen Fenster konnte er Teile des Spessartwegs überblicken. Das Auto, das seine Frau erwähnt hatte, sah er nicht. Kurzentschlossen lief er durch das Wohnzimmer, wo Marie jetzt auf dem Sofa lag und auf ihr Handy starrte.

»Was hältst du eigentlich davon, mal ein Buch zu lesen?«

»Och nee. Ich schaue gerade eine Serie.«

»Was machst du? Seit wann kannst du das denn?«

»Sophie hat es mir gezeigt.«

»Mit der werde ich wohl man ein ernstes Wörtchen reden müssen.«

Er lächelte in sich hinein und vereinbarte einen virtuellen Termin mit seiner Tochter. Über das Für und Wider des unbegrenzten Internetzugangs für Marie würde er mit seiner Frau noch einmal diskutieren müssen.

»Ich bin mal kurz weg«, rief er ohne Erwartung einer Antwort und ging in den Keller des Hauses. In der Waschküche, die er auch für die Zerwirkung der erlegten Stücke nutzte, gab es eine Kellertür. Die öffnete er jetzt, querte rasch den Rasen und kletterte auf den hüfthohen

Steinzaun, der sein Grundstück von der angrenzenden Parzelle trennte. Das Hindernis überquerte er, ohne daran hängen zu bleiben, hielt sich aber im Schatten der hohen Kiefern, die eine weitere, natürliche Grenze bildeten. Auf eine Diskussion über die Stadtteilpolitik mit seinem Nachbarn stand ihm nicht der Sinn und so war er lieber umsichtig und blieb in Deckung.

Er sah sich erneut um, lauschte nach menschlichen Geräuschen, lief über den gepflasterten Weg zum Gartentor und kam auf dem Gehweg neben der Rhönstraße raus. Um diese Zeit glich die erfreulicherweise keiner Schnellstraße mehr, was zu anderen Tageszeiten durchaus möglich und verständlich war. Genau hier an seinem Standpunkt befand sich das Ende einer kontinuierlich ansteigenden Straße, die rasantes, kurvenreiches Fahren ermöglichte und richtig Spaß erzeugen konnte. Zwei, drei lang gezogene Kurven von der Friedrichsallee über den Dürrweg verleiteten auch ihn oft, für den letzten Kilometer die Geschwindigkeitsbegrenzung von fünfzig Stundenkilometern eher als Empfehlung, denn als Vorgabe auszulegen.

Betont lässig schlenderte er den Fußgängerweg entlang und erreichte den Spielplatz am Odenwaldweg, der um diese Zeit verwaist war. Durch das Fernglas, das er mitgenommen hatte, konnte er von seiner Position aus das Auto nur erahnen, mehr nicht. Grüne, dürre Bäume und dichte Büsche boten ihm zwar ausreichend Deckung, erschwerten aber die Observation.

Zwei Optionen standen zur Wahl. Sich gebückt über den Spielplatz direkt an das Fahrzeug heranzuschleichen, verdeckt vom Bewuchs, schloss er aus. Ein seitlicher Blick des nach langer Überwachung sicherlich müden Mannes, konnten alle Bemühungen zerstören. Auch ein Foto aus diesem Blickwinkel wäre nicht hilfreich, da er von unten nach oben fotografieren müsste.

Friedensfurt wählte Option zwei, überquerte die Straße, folgte der Rhönstraße bis zur folgenden Ecke. Sein Plan war, sich dem verdächtigen Wagen von hinten zu nähern und so bog er in den Sollingweg ein, der an den Rand des Spielplatzes führte. Kurz vor einer weiteren Kreuzung verlangsamte er sein Tempo und näherte sich geduckt seinem Ziel, einem Verteilerkasten der Stadtwerke. Rechts vor ihm lag jetzt der Spielplatz, an dem er ein paar Minuten zuvor gekauert hatte. Der rote Toyota Corolla stand rund fünfzehn Meter vor ihm am Zaun. Den Fahrer zu erkennen war durch die B-Säule des Autos nicht möglich, das Kennzeichen konnte er dagegen eindeutig ausmachen.

Das erste Foto war unzureichend belichtet, weil er den Blitz deaktiviert hatte. Dazu reduzierte das Laub der mächtigen Eiche das Licht und die Aufnahme wurde zu dunkel. Er richtete das Handy neu aus, drückte auf den roten Punkt und war mit dem Ergebnis zufrieden. Man konnte das Nummernschild einwandfrei identifizieren. Gelassen nahm er das Mobiltelefon herunter und führte es dem eigentlichen Zweck zu, den seine beiden Töchter mit an Sicherheit grenzender Wahrscheinlichkeit kaum kannten.

»Gerste«, meldete sich die bekannte Stimme in grimmiger Ausführung.

»Hallo, Herr Hauptkommissar. Hier ist Michael Friedensfurt. Wie geht es Ihnen so am späten Sonntagabend?«

»Herr Friedensfurt«, antwortete Gerste eine Spur höflicher. »Was kann ich für Sie tun? Haben Sie sich meinen Vorschlag überlegt?«

»So weit bin ich noch nicht. Aber keine Angst. Ich rufe Sie auch nicht an, um nur ein bisschen mit Ihnen zu plaudern.«

»Na, dann bin ich ja beruhigt. Also, worum gehts?«

»Telefonieren Sie gerade mit einem Smartphone?«

»Ja. Warum fragen Sie?«

»Dann schicke ich Ihnen jetzt ein Foto. Einen Moment.«

»Nehmen Sie es mir bitte nicht übel, aber es fällt mir irgendwie schwer, Ihnen zu folgen.«

»Warten Sie ab. Das Foto ist mehr oder weniger selbsterklärend. Rufen Sie mich zurück, wenn Sie das Bild erhalten haben.« Er beendete das Gespräch und leitete die Aufnahme des Überwachers an den Kommissar weiter. Durch das Fernglas waren zusätzliche Details des Beobachters nicht zu erkennen. Bemüht, nicht noch mehr aufzufallen, schlenderte er ein paar Schritte den Odenwaldweg entlang. Aufmerksamkeit zu erregen, wäre jetzt kontraproduktiv gewesen.

Das Telefon vibrierte, den Klingelton hatte er deaktiviert.

»Herr Gerste. Haben Sie meine Nachricht erhalten?«

»Ist das, was ich auf dem Bild sehe, das, was ich vermute, dass es ist?«, fragte Gerste umständlich.

»Was glauben Sie denn, was Sie da sehen?«

»Wenn ich mal davon ausgehe, dass Sie mir das grandiose Foto nicht geschickt haben, um meinen Speicherplatz zu reduzieren, sehe ich ein Auto in einer Straße. Möglicherweise handelt es sich bei dieser Straße um die, in der Sie wohnen. Was hat es also damit auf sich?«

»Der Wagen, den Sie auf dem Bild erkennen können, steht seit gefühlten fünf Stunden auf einem Fleck und überwacht unser Haus.«

»Das ist natürlich unbefriedigend. Aber was erwarten Sie jetzt von mir?«

»Ich würde mich freuen, wenn Sie eine Streife vorbeischicken würden, um den Typen etwas aufzumischen und zu vertreiben. Könnten Sie das für uns tun?«

»Klar. Nur was soll das bringen?«

»Lassen Sie das mal meine Sorge sein. Schicken Sie bitte eine Streife vorbei. Ganz nebenbei könnten die Beamten ja dann fragen, warum er stundenlang da parkt und den Spielplatz beobachtet. Wenn möglich, sollten sie mit Blaulicht und Sirene kommen. Geht das?«

»Wie Sie wollen. Ist das alles?«

»Ja. Danke sehr und einen schönen Sonntag noch.«

»Immer wieder gerne. Bis dann.« Friedensfurt beendete das Gespräch und schlenderte zur Kreuzung zurück. Er lehnte sich gegen eine Hauswand und wartete auf den avisierten Streifenwagen. Nach ein paar Minuten konnte er die Sirene in der Ferne vernehmen. Sein Signal.

Jetzt war keine Zurückhaltung mehr notwendig. Zügig überquerte er die Straße, ging direkt auf den Toyota zu und öffnete die kleine Ledertasche an seinem Gürtel. Mit einer Hand klappte er das Leatherman Wave auf und stach das Messer in die Seitenwand des rechten Hinterrads. Die Sirene wurde lauter. Der Polizeiwagen war aber noch nicht zu sehen.

Er erhob sich, stellte sich vor die Beifahrertür und klopfte an das Seitenfenster. Die Blicke des verdatterten Fahrers waren die Mühe wert gewesen, als er mit der Hand andeutete, das Fenster herunterzulassen.

»Ist nicht Ihr Tag heute«, sagte er und ließ den verdutzten Mann zurück. Als der Streifenwagen in den Odentalweg einbog, kniete er sich neben den Vorderreifen und stach zu.

# Kapitel 42

Montag 19. August

09:03 Uhr

»Guten Morgen«, sagte Staatsanwalt Doktor Ritter, als er beschwingt in den Besprechungsraum trat und erstaunte Gesichter entdeckte.

»Ja. Ihnen auch einen guten Morgen«, erwiderte Gerste und blickte nacheinander Corinna und Schiffer an, mit denen er in der üblichen Morgenbesprechung saß. »Hatten wir einen Termin, den ich vergessen habe? Oder was verschafft uns sonst die Ehre?«

»Guten Morgen, Herr Doktor Ritter«, hörte man die Kollegen unisono sagen.

»Nein. Nein. Alles gut. Ich komme nur hier vorbei, weil ich das Gefühl habe, dass es in meinen Akten zum Fall Kazim und Richter ein gewisses Informationsdefizit gibt«, erklärte er und wog den Kopf hin und her. »Haben wir ein Problem, das ich noch nicht kenne? Und weil ich nicht am Telefon vertröstet werden wollte, bin ich geschwind die Straße runtergelaufen, um an ihrem kleinen Treffen teilzunehmen.«

»Wir fühlen uns geehrt. Kaffee?«

»Gerne. Einen doppelten Espresso würde ich nicht ablehnen.«

Flugs sprang Schiffer auf, der sich persönlich auf die Fahnen geschrieben hatte, immer das Beste aus dem teuren Kaffeevollautomaten herauszuholen, und wärmte eine Tasse vor.

»Habe ich mich jetzt nur getäuscht, oder sind die Informationen in den letzten Tagen tatsächlich spärlicher geflossen als sonst?« Doktor Ritter sah Gerste unverblümt an.

»Wie kommen Sie darauf?«

»Nun. Ich habe vorhin mit Herrn Eisenberg gesprochen und ihn nach den Ergebnissen der Hausdurchsuchung gefragt. Es kommt da ein wenig Druck von oben und ich wollte mich auf das unvermeidbare Gespräch mit dem Oberstaatsanwalt vorbereiten. Drei Morde in einer Woche sind etwas, da schrillen bei allen sofort die Alarmglocken. Zu meiner Überraschung hat mir Herr Eisenberg dann äußerst kryptisch mitgeteilt, dass er Anweisung von Ihnen hätte, keine Details mehr herauszugeben. Da war ich, gelinde gesagt, etwas irritiert. Warum haben Sie das veranlasst?«

Gerste sank in den Stuhl und konnte sein Erstaunen nicht verbergen. Eine willkommene Unterbrechung bot sich, als Schiffer den heißen Espresso servierte.

»Und da kommt sie schon, eine neue Kreation von mir. Die Bohnen sind aus einer lokalen Rösterei und ich verwende sie heute zum ersten Mal. Sie genießen sozusagen eine Premiere«, lobte er sich überschwänglich.

»Jetzt fühle ich mich geehrt und bin mal gespannt, was Ihre Maschine so hergibt«, gab Doktor Ritter in freudiger Erregung zurück. »Man hört ja nur Gutes von Ihren Kaffeekünsten.«

»Ich hoffe, es schmeckt Ihnen«, erwiderte Schiffer und beobachtete den Staatsanwalt, wie er genussvoll an der Tasse nippte.

»Hmmm.« Doktor Ritter konnte und wollte den Genuss nicht verheimlichen. »Perfekt. Sie sind ein Meister.«

»Gerne geschehen.«

»So, Herr Gerste. Sie haben jetzt lange genug Zeit gehabt, sich eine Erklärung auszudenken«, kam der Staatsanwalt auf das Anliegen seines Besuchs zurück. »Ich bin auf Ihre Ausführungen gespannt.«

»Nun, wie soll ich das am besten ausdrücken?«

»Einfach frei von der Leber weg.«

»Okay«, nuschelte er und rang um die richtigen Worte. »Nun, wir fragen uns in der Tat, ob es bei Ihnen drüben ein Leck gibt.«

»Eine undichte Stelle? Bei uns?« Lässig lehnte sich der Staatsanwalt gegen die Lehne und kippelte. Dann schob er die Information mit der Hand zur Seite. Als niemand auf sein Getue reagierte, beugte er sich wieder über den Tisch. »Wie? Sie meinen doch nicht etwa bei mir im Büro? Was veranlasst Sie denn zu dieser tollkühnen Annahme?«

»Das ist ganz simpel. Am Freitagnachmittag haben wir eine Hausdurchsuchung bei Herrn Friedensfurt durchgeführt. Das war Ihnen ja bekannt. So weit, so gut. Wir werten immer noch die Spuren aus. Am Samstagmorgen haben wir Herrn Friedensfurt dann hier vernommen. Auch darüber haben wir Sie ordnungsgemäß informiert.«

»Ja, und das war ja auch angebracht. Wie kommen Sie denn auf einmal drauf, dass es bei mir eine undichte Stelle geben könnte?«

»Weil Herr Friedensfurt und seine Frau am Samstagnachmittag eine kleine, unschöne Begegnung mit unserem Freund Edgar Wüst hatten.«

»Mein Gott. Was ist passiert?«

»Wüst und einer seiner Gorillas haben die beiden auf dem Parkplatz vom Staples an der Aue abgepasst und massiv bedroht. Massiv bedeutet in dem Fall, mit Waffengewalt.«

»Na, das ist ja harter Tobak. Hat die Familie Friedensfurt das zur Anzeige gebracht? Gab es Zeugen?«

»Nein. Sie wurden dermaßen eingeschüchtert, dass sie keine Strafverfolgung vornehmen wollen. Wüst drohte ihnen mit dem Tod, wenn sie sich an uns wenden.«

»Informiert hat er Sie ja zweifellos trotzdem.«

»Aber nur informell und unter der Prämisse, dass wir keine Maßnahmen einleiten.«

»Ich kann aber immer noch keinen Bezug zu einer undichten Stelle bei uns erkennen.«

»Das liegt doch auf der Hand oder wie erklären Sie sich dann, dass er, knapp zwei Stunden nachdem wir Friedensfurt hier vernommen haben und Kollegin Meier die Ergebnisse in die elektronische Akte überführt hatte, bedroht wird? Da muss es doch eine Verbindung geben. Woher sollte Wüst denn den Namen Friedensfurt haben, wenn nicht von Ihrer Dienststelle?«

»Gut, aus der Perspektive, sieht es tatsächlich so aus, als ob da, was dran sein könnte. Aber warum schließen Sie Ihre Leute hier aus?

Sie, Frau Meier, und Sie, Herr Schiffer, nehme ich jetzt mal aus. Legen Sie denn für den Rest die berühmte Hand ins Feuer?«

»Das ist eine gute Frage. Ich weiß es nicht, wollte aber auch keine weiteren Probleme riskieren und so haben wir uns erst einmal etwas eingeigelt.«

»Okay. Dann haben wir das ja geklärt. Ich verstehe Ihre Bedenken und schlage folgende Vorgehensweise vor. Sie, Frau Meier, informieren mich jeden Morgen persönlich über neue Erkenntnisse. Dadurch sollten wir eine gewisse Verschwiegenheit sichergestellt haben. Wäre das in Ihrem Interesse?«

»Damit kann ich leben. Ist das ok für dich?«, fragte er Corinna.

»Kann ich das auch per Telefon machen oder muss ich zu Ihnen kommen?«

»Telefonisch sollte reichen. Ich glaube nicht, dass wir konspirative Treffen veranlassen müssen?«

»Alles klar. Ab sofort setzen wir Sie direkt ins Bild und bitte entschuldigen Sie meine Heimlichtuerei.«

»Ist alles gut, Herr Gerste. Und jetzt mal Butter bei die Fische. Wo stehen wir in dem Fall?«

»Streng genommen immer noch am Anfang«, gab Gerste kleinlaut zu. »Wir haben zwar Opfer, Täter, Motiv, Vorgehensweise, Tatzeit, alles, nur keine Beweise.«

»Das ist nicht gut. Eben haben Sie doch erwähnt, dass Sie weiterhin auf Hinweise aus der KTU warten. Ist da was Positives zu erwarten?«

»Ja, nur ist Sven mittlerweile sehr pessimistisch geworden, was den Fall angeht. Klar, Friedensfurt hat ein Waffenarsenal zu Hause im Keller, aber da er Jäger ist, besitzt er sie vollkommen legal. Dazu kann er seine eigene Munition herstellen. Auch absolut rechtskonform und überprüft. Die Messer und seine jagdliche Ausrüstung, die wir sichergestellt haben, alles ohne relevante Spuren. In und am Fahrzeug, nichts.«

»Puh. Sieht nicht wirklich gut aus. Gibt es denn keine anderen Verdächtigen?«

»Bis jetzt nicht. Das passt zeitlich alles so ideal zusammen. Nur kann ich es ihm nicht beweisen. Nach wie vor bin ich fest davon überzeugt, dass er unser Mann ist. Aber entweder irre ich mich, oder der kommt tatsächlich mit dem perfekten Verbrechen durch.« Gerste nahm einen Schluck der kalten, braunen Brühe aus seiner Tasse und demonstrierte damit seine Resignation.

## Kapitel 43

Montag 19. August

22:01 Uhr

Wüst bremste den schwarzen Chevrolet Suburban ab und bog von der Rhönstraße in den Odenwaldweg ein. Die Servolenkung half ihm, den schweren und langen Geländewagen präzise zu steuern. Dieser Wagen, in den USA der Inbegriff von FBI, CIA oder einer der zahlreichen bekannten beziehungsweise unbekannten Geheimdienste, war das Lieblingsauto des Bandenchefs. Die verdunkelten Scheiben verhinderten, dass Passanten erkennen konnten, ob nur der Fahrer in dem Schiff auf vier Rädern saß oder ob sich zusätzlich eine kleine Armee im Fahrzeug aufhielt. Das über dreieinhalb Tonnen schwere Gefährt scheute keine Karambolage, und im großzügig dimensionierten Laderaum konnte man bequem zwölf Holzkisten mit jeweils zehn Kalaschnikows transportieren.

Neben den offenkundigen Vorzügen des Suburban gefiel Wüst ein weiteres Detail. Er wurde durch das Auftauchen des Panzers auf vier Rädern sofort erkannt und konnte so den gezollten Respekt genießen.

»Stopp«, sagte Lorenzo, der auf dem Beifahrersitz saß, als sie am Spessartweg vorbeirollten. »Hier müssen wir rein.«

Wüst bremste, grummelte und steuerte dann das überdimensionierte Auto in den schmalen Weg. Gedankenversunken kratzte er sich am Kopf. »Eins ist klar, hier wären wir besser mit einem Smart aufgehoben. Wo hat Robert geparkt, als er von den Bullen erwischt wurde?«

»Hier, direkt am Spielplatz, hat er gesagt«, antwortete Lorenzo.

»Dann muss dieser Friedensfurt ja gleich da vorne wohnen«, sagte Toni Bellucci von der Rückbank aus. »Hausnummer 18.«

»Hier ist die 14.« Mit mäßigem Tempo fuhr Wüst das Auto an den Häusern entlang.

»Da ist die 16. Dann wird das da vorne die 18 sein«, merkte Lorenzo an.

Wüst rollte am Spessartweg 18 vorbei.

»Hier wohnt die Made also. Mach ein paar Fotos«, wies er Bellucci mit der Hand an. »Ich will hier nicht extra anhalten. Der Chevy fällt so schon genug auf.«

»Komm, fahr weiter. Da vorne können wir bestimmt drehen. Später schauen wir uns das Haus noch einmal an«, schlug Lorenzo vor.

»Habt ihr gesehen? Da ist ein großer Garten hinter dem Haus«, sagte Wüst. »Da müssen wir aufpassen. Mach noch ein paar Bilder, wenn wir gleich vorbeifahren und dann hauen wir lieber ab, bevor jemand die Bullen ruft.«

Den Geländewagen am Ende des Spessartweges zu wenden war kein Vergnügen und Wüst zeterte, als die Büsche Kratzer an der Karosserie hinterließen.

Bellucci fotografierte, während der Bandenchef beschleunigte und in den Odenwaldweg einbog.

»Können wir vor dem Haus parken?«, fragte Toni.

»Ich denke schon. Rein, raus, weg. Das wird hoffentlich nicht auffallen«, erwiderte sein Boss.

»Wen nehmen wir mit?«, fragte Lorenzo und drehte sich zu Bellucci um. »Hast du übrigens was von Arne wegen der neuen Gasflaschen gehört?«

»Die hat er besorgt. Er hat sie in seiner Garage stehen«, antwortete Bellucci. »Ich habe doch gesagt, dass er zuverlässig ist.«

»Warten wir mal ab, wie er sich bewährt«, mischte sich Wüst ein. »Und ich denke, wir machen das alleine. Nur wir drei. Ich will absolut sichergehen, dass nichts schief geht.«

»Klar, Boss«, antwortete Lorenzo.

»Klar, Boss«, pflichtete auch Bellucci bei.

»Gut. Damit wäre das erledigt. Ich kann es kaum erwarten, wiederzukommen und eine kleine Rechnung mit unserem Freund zu begleichen.«

»Wann?«, wollte Lorenzo wissen.

»Morgen«, antwortete Wüst und bog in die Rhönstraße ein.

# Kapitel 44

Dienstag 20. August

14:33 Uhr

»Ich mache auf«, rief Friedensfurt, steckte das Lesezeichen in den Psychothriller und schälte sich von der Couch. Die paar Schritte zur Tür legte er auf Socken zurück. Die typisch deutschen Gesundheitslatschen blieben ungenutzt auf dem Teppich liegen.

Locker flockig zog er die Haustür auf und realisierte im gleichen Moment, dass es ein Fehler gewesen war. Die allerwenigsten Menschen prüfen vor dem Öffnen der Tür, wer konkret davor steht. Er wünschte augenblicklich, er hätte es getan.

»Was wollen …«, stieß er noch hervor, als ein maskierter Mann in den Flur stürmte und ihn zu Boden warf. »Hey!«, protestierte er lautstark, rappelte sich auf und ging durch einen harten Schlag erneut in die Knie. Der Vermummte hatte ihn mit der Pistole in den Nacken geschlagen. Sabine Friedensfurt kam aus der Küche gerannt, wurde von einem zweiten Eindringling gegriffen und auf die Fliesen gedrückt. Sie war durch die regelmäßigen Besuche des Fitnessstudios kräftig, aber chancenlos gegen den übermächtigen Gegner.

Der dritte Mann, mittelgroß und anhand des souveränen Auftretens eindeutig Anführer der Gruppe, packte Friedensfurt am Hemdkragen und zog ihn spielend auf die Beine. Ruck zuck war er mit Kabelbindern gefesselt und ein Streifen Tape raubte ihm die Möglichkeit zu reden. Der Jäger blickte zu seiner Frau hinüber, die verschnürt und geknebelt am Boden lag.

»Wer ist noch im Haus?«, fragte die schwarz gekleidete Person in einem Ton, die Diskussionen ausschloß.

Friedensfurt schüttelte mit dem Kopf, antworten konnte er nicht. Der Mann drehte sich zu Sabine, die mit ihren Kopfbewegungen andeuten wollte, dass sie alleine waren. Tränen rannen über ihre Wangen und sie stöhnte, als ihr Peiniger sie unsanft auf die Beine zog und in einen Sessel warf. Ihre sechzig Kilo, für deren Reduktion viel Schweiß geflossen war, erleichterten sein Tun. Bevor sie protestieren konnte, war der Mann bei ihr und setzte ihr ein Messer an die Kehle.

»Wo sind die Kinder? Und ich frage das jetzt zum einzigen und letzten Mal. Mein Freund hier wird gleich das Tape abnehmen, damit du antworten kannst. Schau zu deiner Frau. Beim kleinsten Fehler von dir sticht er zu. Klar?«

Friedensfurt nickte und wurde grob in die Polster gedrückt. Als ihm das Klebeband vom Mund gerissen wurde, fluchte er.

»Das tut dir schon weh?«, stieß Edgar Wüst aus und lachte höhnisch. »Wir haben doch noch gar nicht angefangen. Da warten aber ein paar mehr Schmerzen auf dich. Das verspreche ich dir.«

»Was wollen Sie?«

»Na zunächst einmal möchte ich, dass du meine Frage beantwortest und da du offenkundig abgelenkt warst, wiederhole ich sie gerne. Wo sind die Kinder?«

»Nicht hier, Sie Arschloch«, rief er und zuckte zusammen, als ein brutaler Schlag seinen Kopf traf.

»Soll ich dir das allen Ernstes glauben?«, fragte Wüst ironisch. »Oder wollen wir mal prüfen, wie scharf das Messer am Hals deiner Frau ist?«

Auf sein Nicken hin drückte sich die Klinge tiefer in Sabines Haut. Blut lief in feinen Rinnsalen ihren Hals hinunter. Ihre Augen weiteten sich, aber sie wagte nicht, sich zu bewegen.

»Ich stelle die Frage jetzt zum letzten Mal und wenn mich deine Antwort nicht überzeugt, sind wir nur noch zu dritt. Klar?«

»Glasklar«, presste Friedensfurt heraus, bemüht, die eigenen Schmerzen zu ignorieren. »Sie sind in der Schule.«

»Lass die Schlampe liegen und such in der Küche nach den Stundenplänen«, befahl Wüst dem Bewacher der Frau und drohte. »Bewegst du dich auch nur einen Millimeter, na ja, ich will ja nicht kleinlich sein.

Bewegst du dich mehr als einen Zentimeter, erschieße ich dich. Alles klar?«

Bellucci ließ von der Frau ab und lief in die Küche.

»Da steht, die haben heute bis Viertel vor zwei Schule. Könnte demnach sein, dass die Kinder noch nicht hier sind«, rief er.

»Auf welche Schule gehen deine Kinder?«, fragte Wüst.

Friedensfurt zwang sich, zu antworten. »Aufs CFG. Nicht weit weg von hier.«

»Ja, ja. Das CFG. Was bedeutet das doch gleich? Hmm. Heißt das heute nicht Carl-Fuhlrott-Gymnasium?«, sinnierte Wüst und gab Marco Lorenzo ein Zeichen, Friedensfurt wieder zu knebeln. »Hey. Da war ich auch mal drauf. Nur da hieß es noch Städtisches Gymnasium im Schulzentrum Süd. Mann, was ist das lange her.« Er schaute auf seine Uhr. »Dann sollten sie eigentlich schon hier sein. Schau dich mal oben um«, wies er Bellucci an.

◆ ◆ ◆

Prompt ließ der maskierte Eindringling von seinem Opfer ab und folgte der Treppe ins Obergeschoß. Die Waffe im Anschlag verharrte er in dem länglichen Flur. Vier Türen gingen ab, eine davon halb offen. Er spähte durch den Türspalt und erkannte weiße Fliesen. Vermutlich das Bad. Behutsam schob er die quietschende Tür mit dem Fuß auf und lugte in den Raum. Die Dusche war leer. In der Badewanne lag niemand. Durch den Schlitz zwischen Türblatt und Zarge konnte er sehen, dass hinter der Tür keine Überraschung auf ihn wartete. Zur Sicherheit drückte er die Tür ganz auf und hätte jeden erwischt, der dort in Deckung gegangen wäre.

Das nächste Zimmer lag auf seiner rechten Seite. Sachte legte er die freie Hand auf die Klinke und entriegelte das Schloss. Dann trat er die Tür auf, sprang hinein und bewegte seine Waffe durch den Raum. Ein breites Doppelbett, ordentlich bezogen, direkt vor ihm, leer. Im Spiegel konnte er außer seinem Konterfei keine weitere Person erkennen. Langsam kniete er sich vor das Bett und hob die Tagesdecke an. Nicht genug

Platz für ein Versteck bemerkte er und richtete sich auf. Der Kleiderschrank hatte drei Schiebetüren. Er schob die erste zur Seite, teilte die Bügel und zielte auf den Boden. Nichts. Auch im zweiten und dritten Abschnitt bot sich ihm kein anderes Bild. Nur Kleidung. Wie erwartet. Im Hinausgehen trat er die blecherne Mülltonne um, die vermutlich einen Wäschekorb darstellen sollte und es schepperte.

»Was war das?«, rief Wüst aus dem Erdgeschoss.

»Alles klar. Kein Problem.«

»Dann mach nicht so einen Lärm«, vernahm er die zornige Stimme seines Chefs.

Der nächste Raum, würde eins der Kinderzimmer sein, denn irgendwo mussten sie ja schlafen. Er bewegte die Klinke. Wieso sind immer alle Türen zu, fragte er sich und lehnte sich gegen die Zarge. Lauschend verbrachte er einige Sekunden und betrat das Zimmer. Weißer Teppichboden empfing ihn, ein weißer Kleiderschrank folgte, wieder mit einer Spiegeltür und wie auch nicht anders zu erwarten, ein weiß bezogenes Bett. Er grinste. Seine Tochter liebte diese Farbe genauso. Hier lebte ein Mädchen, kein Zweifel. Wo könnte man sich hier verstecken, überlegte er und öffnete den Schrank. Leer. Mit der Pistole bewegte er die Vorhänge. Nichts. Unter dem Bett entdeckte er nur verstaubte Kartons und ein Handykabel. Sein Blick glitt über den Schreibtisch. Laptop, ein Handy, mehr nicht. Hier war niemand. Blieb noch ein Zimmer übrig. Warum muss ich eigentlich alles absuchen? Die haben doch gesagt, dass keiner hier oben ist. Seiner Erfahrung nach logen die Menschen in Todesangst eher selten. Aber er durfte nicht nachlässig werden. Dieser Friedensfurt hatte Max getötet. Das machte ihn gefährlich und deshalb war der Boss auch so nervös.

Mit Bedacht näherte er sich der letzten Tür, drückte die Klinke und trat sie mit dem Fuß auf. Rasch stürmte er in den Raum und saugte die Umgebung in sich auf. Wieder ein Mädchenzimmer, etwas kindlicher eingerichtet als das andere. Hier waren rosa und pink angesagt, ein paar Puppen lagen auf dem Bett und es gab zu seiner Überraschung keinen Fernseher. Er öffnete den imposanten Kleiderschrank. Auch darin versteckte sich niemand. Hier war überhaupt nichts. Absolute Zeitverschwendung. Mit sich im Reinen verließ er den Raum und ging die Treppe hinunter.

»Alles leer da oben«, meldete er und nahm seinen Platz neben Sabine Friedensfurt wieder ein.

◆ ◆ ◆

Sophie sah in die Augen ihrer Schwester und bemerkte die Tränen. Sie konnte es ihr nicht verdenken, alles hatte so schnell gehen müssen. Nachdem sie den Lärm an der Tür gehört hatte, war sie sofort in Maries Zimmer gelaufen, hatte sie gepackt, die kleine Luke in der Dachschrägen geöffnet und sich auf dem Boden unter einer Decke verborgen. Wer nichts von der Kammer wusste, übersah sie leicht.

Sie hielt einen Finger vor ihre Lippen, demonstrierte ihrer Schwester, wie wichtig es sei, absolut still zu sein. Marie nickte und hatte verstanden.

»Du musst ganz leise sein. Okay?«, flüsterte sie und sah Marie an. »Kann ich die Hand von deinem Mund nehmen?«

Marie nickte erneut.

»Was ist hier los?«, fragte sie mit gedämpfter Stimme.

»Ich weiß es nicht. Aber es wird alles gut. Vertrau mir.«

Wieder senkte sie den Kopf. Sophie drückte ihre Schwester an sich, bemüht, ihr die Zuversicht und Hoffnung zu schenken, die sie selber nicht hatte.

Sie hatten den Mann gehört, als er ins Zimmer gestürmt war, wie er nach ihnen gesucht hatte. Nichts zu sehen, war schlimmer als nichts zu hören. Jeden Moment hatte sie damit gerechnet, dass er den Verschlag öffnen würde. Marie hatte angefangen, zu wimmern, und es war ihr kaum etwas anderes übrig geblieben, als ihr die Hand auf den Mund zu pressen. Nur keine Panik aufkommen lassen.

Was sollte sie machen? Nachdenken, spornte sie sich an und bedauerte Marie, die kaum hörbar schluchzte. Die Zukunft der Familie lag nun in ihren Händen. Dummerweise hatte sie ihr Handy auf dem Schreibtisch liegen gelassen, als der Überfall begonnen hatte.

Seit ein paar Minuten waren keine Stimmen mehr zu ihnen gedrungen. Sie hatte den Mann noch rufen hören, dass er nichts gefunden hatte. Ein wenig Hoffnung keimte in ihr auf.

»Marie? Hör mir genau zu«, flüsterte sie und schaute in das ängstliche Gesicht ihrer Schwester. »Ich werde dich jetzt hier alleine lassen.« Augenblicklich konnte sie spüren, wie sie fester umschlungen wurde. Marie drängte sich dicht an sie.

»Ich muss herausfinden, was die mit Mama und Papa vorhaben«, sprach sie leise weiter. »Du bleibst hier und versuchst bitte, ganz still zu sein. Bis ich wiederkomme. Okay?«

Mit Tränen in den Augen nickte das junge Mädchen.

◆ ◆ ◆

»Ihr beiden passt auf«, befahl Wüst seinen Untergebenen. »Ich schaue mir mal den Keller an. Unter Umständen finde ich da was Passendes für unsere Freunde hier.«

Friedensfurt schaute seine Frau an, die ihm gegenüber saß. Wut konnte er in den Augen aufblitzen sehen, Angst und Schmerz. Nur das half im Moment nicht. Seine Hoffnungen lagen in Sophie.

Er blinzelte seiner Frau zu. Dreimal kurz, dreimal lang, kurz lang lang kurz, viermal lang, kurz kurz, kurz. Sabine nickte. Morsezeichen. Auffälliger geht es ja kaum, aber das war ihm jetzt egal. Verstand sie, was er ihr mitteilen wollte? Mann, war das lange her, dass sie sich den Spaß gemacht hatten, das Morsealphabet zu lernen. Sie lächelte ihn an. Sie hatte das Wort SOPHIE verstanden.

»Hast du nervöse Zuckungen?« Sein Bewacher stellte sich vor ihn und klopfte mit der Pistole gegen seine Schläfe. Friedensfurt schüttelte den Kopf. »Dann hör mit dem Scheiß auf.«

Um nicht nochmal aufzufallen, blinzelte er weiter, wenn der Wächter nicht in seine Richtung sah. Zweimal lang, kurz lang, lang kurz lang kurz, viermal kurz und lang. Hoffnungsvoll blickte er seine Frau an, in deren Kopf es offensichtlich ratterte. MACHT. Sie nickte.

»Was macht denn der da unten so lange?«, fragte Bellucci, stierte beiläufig aus dem Fenster und lehnte sich dann gegen die Wand. »Einen schönen Fernseher hast du hier. Wirst ihn aber nicht mehr brauchen.« Die Männer lachten.

Lang kurz kurz, kurz lang, dreimal kurz. Diesmal brauchte Sabine nicht lang und bestätigte die Nachricht. DAS. Sophie macht das. Hoffentlich.

»Der Keller ist perfekt«, polterte Wüst, als er zurück im Wohnzimmer war. Er hatte die Treppenstufen mit großen Schritten hinter sich gelassen. »Ihr werdet es nicht glauben, der hat da seine eigene Folterkammer im Haus. Kommt uns wie gerufen.«

Fragezeichen blitzen in den Augen seiner Mitstreiter auf.

»Was ist da?«, fragte Sabines Bewacher.

»Na der hat da unten einen gefliesten Raum mit einer entzückenden Kranbahn. Da werden wir Spaß in Hülle und Fülle haben«, sagte der Anführer und lachte Friedensfurt an. »Na, stimmst du mir zu?«

Der ignorierte Wüst und schaute seinen Peiniger erst an, als er einen rüden Tritt in den Rücken bekam. Wenn Blicke wirklich töten könnten, wäre der Spuk just in dem Moment vorbei gewesen. Aber so senkte er seinen Kopf demütig ab.

»Los, auf gehts. Ab ins Gruselkabinett.«

◆ ◆ ◆

Sophie zitterte vor Anspannung, als sie am Rand der Treppe lag. Quälend langsam war sie aus dem Verschlag geklettert und mühsam durch ihr Zimmer geschlichen. Die Tür hatte beim Öffnen etwas gequietscht. Laut wie ein startendes Flugzeug für sie, unhörbar leise für die Männer unten. Am liebsten hätte sie da schon aufgegeben, hatte dann aber ihren ganzen Mut zusammengenommen und sich weiter vorgearbeitet. Auf allen vieren war sie zur Treppe gekrochen, wo sie jetzt lag und einer fiesen Stimme lauschte. Das, was sie hörte, wollte sie nicht hören. Aber dafür war es bereits zu spät. Allmählich kullerten die Tränen über ihre Wangen. Der Mut verließ sie zunehmend. Was sollte sie denn gegen die

Männer unternehmen? Sie musste zügig handeln, nur was tun? Wenn ihre Eltern erst in dem Keller waren, bestand keine Hoffnung mehr. Weiter zu denken, verbot sie sich.

Mit extremer Vorsicht drückte sie sich vom Boden ab, robbte rückwärts, stieß gegen die Badezimmertür und fluchte lautlos. Das Quietschen war deutlich zu hören gewesen.

◆ ◆ ◆

»Was war das?«, rief Wüst und seine Miene verfinsterte sich, als er zur Zimmerdecke zeigte. »Ich dachte, du hast da oben alles durchsucht. Los, schau nochmal nach. Aber diesmal richtig.«

Bellucci fackelte nicht lange, rannte los, nahm zwei Treppenstufen auf einmal und spähte in den Flur, der friedlich vor ihm lag. Die Tür zum Bad stand offen. Hatte er sie vorhin geschlossen? Jetzt war kein Laut zu hören. Was war das denn eben bloß gewesen? Mit der Pistole voran trat er ins Bad, schaute sich zügig um und erblickte nichts Verdächtiges. Dann lauschte er wieder, rannte zur nächsten Tür, stieß sie auf und blickte ins weiße Zimmer. Hatte da vorhin nicht ein Handy auf dem Schreibtisch gelegen? Er konnte es nicht mit Sicherheit sagen. Seiner Meinung nach war alles so, wie er es zurückgelassen hatte. Und auch im dritten Raum stellte er keine Veränderungen fest.

»Hier oben ist nichts«, rief er. »Was auch immer das war.«

»Gut, dann komm wieder runter.«

◆ ◆ ◆

Zur Salzsäule erstarrt hockte Sophie hinter ihrem Schreibtisch und wagte nicht, sich zu rühren. Viel Zeit war ihr nicht geblieben, sie hatte die Schritte auf der Treppe schon gehört, als sie noch mitten in ihrem Zimmer gestanden hatte. Wohin? Mehr war ihr nicht durch den Kopf gegangen. Für ausgedehnte Analysen war keine Zeit gewesen. Flach unters Bett oder neben den Mülleimer am Tisch. Eine fifty-fifty Chance. Den Schreibtisch hatte sie gewählt, weil er nicht sofort von der Tür aus zu sehen war. Sie hatte darauf spekuliert, dass der Mann keine gründliche Durchsuchung vornehmen würde. Sophie kauerte an der Wand, sog hektisch Luft ein und war intensiv bemüht, ihr pochendes Herz zu beruhigen. Um Haaresbreite wäre sie entdeckt worden, die quietschende Badezimmertür hatte sie vollkommen vergessen und beinahe teuer dafür bezahlt. Jetzt war sie wieder alleine und konnte die Männer im Wohnzimmer reden hören. Vorsichtig, wie jemand, der aus der Erfahrung gelernt hatte, kroch sie aus ihrem Versteck, ertastete ihr Handy in der Hosentasche und schlich sich zurück zu ihrer Schwester.

◆ ◆ ◆

»Los, runter da.« Rücksichtslos trieb Wüst die Gefangenen zur Eile an. Das alles dauerte ihm zu lange. Ursprünglich war der Plan recht simpel gewesen. Rein, die Familie töten und raus. Dass die Kinder nicht da waren, hatte das Vorhaben durchkreuzt und demzufolge musste er umplanen. Seine Druckmittel, waren weggefallen. Schade, aber was solls, dachte er sich. Nimm die Dinge, wie sie kommen, und dann wird es schon werden. Rüde stieß er Friedensfurt mit der Pistole in den Rücken und trieb ihn an. Irgendwie hatte er kein gutes Gefühl mehr bei der Sache, wollte sich die Chance auf seine Rache aber auch nicht nehmen lassen. Hinter ihm kümmerte sich Lorenzo um die Frau und führte sie vor sich her.

»Wo bleibt Toni?«, fragte Wüst.

»Keine Ahnung. Vielleicht muss er mal pinkeln.«

»Ich glaub, ich spinne. Wenn der nicht gleich hier ist, bringe ich ihn eigenhändig um.«

Wüst stolperte die Kellertreppe hinunter und schubste Friedensfurt so rabiat gegen einen Lagerschrank, dass der Mann zu Boden ging. Bevor sich der Jäger aufrappeln konnte, hielt er ihm die Waffe unter die Nase und sorgte dafür, dass kein Widerstand aufkeimte. Sabine stand jetzt in der Kellertür, Lorenzo dicht dahinter, drängte sie weiter und befahl ihr, auf einem Klappstuhl Platz zu nehmen. Sie schlug unkontrolliert mit den gefesselten Händen um sich, hatte aber gegen den kräftigen Gegner kaum Chancen.

»Kommen wir also zum Höhepunkt des Tages«, prahlte Wüst triumphierend und stellte sich breitbeinig vor Friedensfurt.

◆ ◆ ◆

»Hallo. Ist da die Polizei? Bitte kommen Sie schnell. Sie müssen uns helfen.« Ihre Stimme überschlug sich. »Wir sind überfallen worden. Mein Name ist Sophie Friedensfurt. Rufen Sie ...« Weiter kam sie nicht, als Holz splitterte und dicht neben ihr, die dünne Sperrholzwand eingetreten wurde.

»Raus da, du Biest!«, brüllte ein Mann. Nochmal trat jemand gegen die Wand und ein großes Loch klaffte jetzt darin. Beide Mädchen kreischten.

»Gerste«, schrie sie ins Telefon und dann, mit allem, wozu sie noch in der Lage war: »Hilfe.«

»Sei sofort still!«, rief Bellucci und zerrte Marie an den Füßen aus dem Versteck. »Du setzt dich da hin und bewegst dich nicht.« Das kleine Kind weinte erbittert.

»Kommt sofort da raus!«, schrie er Sophie an. »Wo hast du das verdammte Handy?«

Sie war immer noch zu verdutzt und nicht in der Lage, etwas zu erwidern. Das Telefon hatte sie fallen lassen, versuchte es mit dem Fuß unter einen Karton zu schieben, aber die Angst ließ sie erstarren. Sie spürte einen harten Griff an ihrer Hand und wurde aus der Kammer gezogen.

»Na, schau mal an. Hab ich's doch gewusst. Ist da noch jemand?«

Mehr als ein ängstliches Kopfschütteln war Sophie nicht möglich. Der große Unbekannte bereitete ihr zu viel Angst.

»Wo ist das Handy?«, brüllte der Mann wieder.

Sie riss sich los, kroch zu ihrer Schwester, nahm sie in den Arm und redete leise mit ihr. Der Versuch, Marie zu trösten, vom unwirklichen Geschehen abzulenken, misslang. Sanft strich sie ihr über das Haar. Dicke Tränen kullerten aus ihren Augen und sie wandte den Blick ab, als der Mann aus ihrem Versteck kam. Er zeigte auf das Telefon und warf es auf den Boden. Nichts passierte. Der folgende Tritt mit dem Absatz ließ das Display bersten und Elektronikschrott war alles, was von ihrem geliebten Handy übrig blieb.

»Los. Marsch, ab in den Keller«, befahl Bellucci und trieb die beiden Mädchen vor sich her.

◆ ◆ ◆

»Hast du das verstanden?«, fragte die Beamtin in der Notrufzentrale ihren Kollegen, den sie herbeigerufen hatte.

»Nein. Nicht so richtig. Lass es nochmal ablaufen.«

Gespannt lauschten beide der Aufzeichnung und schauten sich erstaunt an, als sie den Hilfeschrei am Ende der Aufnahme hörten.

»Ich habe Sophie Friedensfurt verstanden«, sagte die Polizistin. »Weißt du, was sie dann gesagt hat?«

»Das klang wie Gerste, oder?«, antwortete ihr Kollege und setze sich an seinen Arbeitsplatz. »Spul mal zurück.«

»Mach das. Aber schnell. Das Mädchen hatte richtig Panik.«

Die angstvolle Stimme hallte durch den Raum.

»Für mich klang das so, als wenn wir jemanden anrufen sollen.«

»Stimmt. Aber was meinte sie mit Gerste?«

»Es muss auf jeden Fall sehr wichtig für sie gewesen sein, denn es war das Letzte, was sie sagen konnte.«

Angespannt tippte die Polizistin die Worte in den Computer. »Ich habe hier eine Gerstenstraße. Nicht weit weg vom Hauptbahnhof. Schick mal ein paar Kollegen hin. Vielleicht fällt ihnen vor Ort etwas auf.«

Ihr Kollege rollte an seinen Platz zurück.

»Es gibt eine Sophie Friedensfurt im Spessartweg, oben am Küllenhahn. Das klang aber nicht nach Spessartweg. Das war eindeutig Gerste«, ergänzte sie.

»Na dann sollen die eben beide Straßen überprüfen.«

◆ ◆ ◆

Der Anblick ließ Sophie erschaudern. Im Nu hielt sie ihrer Schwester die Hand vor die Augen und zog sie an sich. Der Mann hatte sie beide rüde in den Keller gestoßen, den ihr Vater normalerweise benutzte, um Tiere zu zerkleinern. Nur hing jetzt kein Reh an der Kranbahn, sondern ein Mann baumelte am Haken, leblos, die Hände mit einem Kabelbinder gefesselt, den Mund verklebt: Ihr Vater. Sie schrie auf und wurde durch einen Stoß zu Boden geworfen.

»Halt die Klappe!«, rief Wüst und schlug ihrem Vater heftig in die Nieren. Der Körper bäumte sich auf. Außer einem leisen Stöhnen war nichts zu hören. »Was war denn da oben los?«

»Die kleine Schlampe wollte die Polizei rufen«, antwortete Bellucci und schaute sich im Keller um. »Sie ist aber zum Glück nicht weit gekommen.« In einer Ecke sah er Sabine Friedensfurt auf dem Boden liegen. Unbeweglich und vor Schmerzen wimmernd lag sie auf den nackten Fliesen und atmete flach. Marie war schluchzend zu ihr gekrochen. Noch immer weinte sie. Beim Versuch, sich an ihre Mutter zu klammern, wurde sie von Bellucci weggezogen und in die gegenüberliegende Ecke gestoßen.

»Du bleibst jetzt da liegen!«, brüllte er sie an. Das Mädchen rollte sich wie ein Igel zusammen und rührte sich nicht. »Gut so. Immerhin eine, die tut, was man ihr sagt.«

Lorenzo drehte sich zu Sophie um, griff ihren Pferdeschwanz und zog sie an den Haaren hinter sich her. Erbittert schrie sie auf und beruhigte sich erst, als sie neben ihrer Schwester auf dem Boden lag. Schnell umklammerten sich die beiden Mädchen und kauerten an der Wand. Sophie konnte den Blick nicht von ihrem Vater lassen, war ergriffen von seinem Leid und fühlte Schuld in sich aufkeimen, weil sie den Anruf vermasselt hatte.

»So, du Jäger. Jetzt wollen wir mal sehen, wie es sich anfühlt, wenn einem die Haut abgezogen wird«, sprühte es aus Wüst heraus und er zog sein Messer hervor. Gemächlich schnitt er senkrechte Streifen in den nackten Rücken seines Opfers. Das Blut lief in dünnen Linien hinab und tropfte auf den Boden. »Zum Glück hast du hier gefliest. Sonst würde das ja eine mächtige Sauerei werden. Leider wird ja von euch keiner übrig bleiben, um nachher sauber zu machen.«

Barbarisches Lachen übertönte Friedensfurts Stöhnen.

»Hast du kein Bier hier?«, fragte Bellucci und schlug dem fast bewusstlosen Mann brutal ins Gesicht. Sein Kopf wurde durch den Schlag zurückgerissen, Blut und Speichel tropften aus dem Mund.

»Hören Sie auf damit, Sie Schwein«, schrie Sophie. »Was hat er Ihnen getan?«

»Willst du das wirklich wissen?« Gelangweilt drehte sich Wüst zu dem Mädchen um. Triumphierend näherte er sich ihr und kniete nieder. Mit der Messerspitze strich er seelenruhig über ihre Wange. Sie wagte nicht, sich zu rühren, blickte dem Mann aber mutig direkt in die Augen. »Dein Vater ist ein Mörder.«

»Sie lügen«, rief sie und spuckte in seine Richtung. »Sie sind ein ...«

»Na? Was bin ich denn für dich?«, unterbrach sie Wüst, ohrfeigte sie und lachte dabei schallend.

»Lassen Sie meine Tochter in Ruhe«, nuschelte Friedensfurt und versuchte, den Kopf zu heben.

»Ach schau mal an, da lebt ja noch einer«, sagte Wüst amüsiert, erhob sich und zog mit dem Messer eine rote Linie quer über die Brust des Opfers. »Da hast du ja mehr Glück, als mein Bruder es hatte. Aber auch deine Glückssträhne endet bald. Und zwar hier und heute«, flüsterte Wüst dem Jäger ins Ohr. Er nickte Bellucci zu. Der stellte sich vor den hängenden Körper und schlug ihm eine wuchtige Rechts-Links-Kombination in den Bauch. Er tänzelte und setzte den nächsten Schlag als Haken unter das Kinn.

»Noch Fragen?«

Friedensfurt spuckte Blut, hob den Kopf und lächelte gequält. »Mehr hast du nicht drauf?«

Ein weiterer Hieb in die Nieren, gefolgt von einem massiven Schwinger gegen die Schläfe ließen ihn endgültig erschlaffen.

»Mensch Toni. Dass du es auch immer übertreiben musst. Jetzt können wir wieder ewig warten, bis der aufwacht«, grummelte Wüst und hob bedauernd die Hände. »Los, hol einen Eimer Wasser. Wir haben ja nicht den ganzen Tag Zeit.«

Anschließend drehte er sich zu Sophie um, die ihn intensiv anfunkelte.

»Hey. Kleine Wildkatze. Wenn ich mit deinem Vater fertig bin, kommst du dran. Dann schauen wir mal, wie groß dein Mut wirklich ist.«

◆ ◆ ◆

»Hallo, Herr Gerste. Hier ist die Notrufzentrale. Bitte entschuldigen Sie die Störung.«

»Kein Problem. Womit kann ich Ihnen helfen?«

»Wir hatten vorhin einen etwas seltsamen Notruf.«

»Geht es auch ein ganz klein wenig präziser?«

»Natürlich. Verzeihen Sie. Ein Mädchen hat uns angerufen und sagte, sie sei überfallen worden. Keine Straßenangabe, keine weiteren Angaben. Nur ein lauter Schrei.«

»Und warum rufen Sie mich deswegen an?«

»Sie sagte Gerste und bevor wir eine Streife hinschicken, wollten wir bei Ihnen nachfragen, ob Sie uns vielleicht weiterhelfen können.«

»Sagen Sie mir mal den Namen.«

»Sophie Friedensfurt.«

»Scheiße.«

◆ ◆ ◆

»Los Boss, komm. Wir müssen hier raus«, rief Bellucci und zog Wüst am Arm. Nachdem die Folter länger als geplant gedauert hatte, war er in den Garten geschickt worden, um die Umgebung zu prüfen. Auf seiner Patrouille hatte er die Sirenen gehört und war zurück in den Keller gestürmt. »Die Bullen sind im Anmarsch. Lasst uns abhauen.«

»So eine Scheiße«, brüllte Wüst und drehte sich zum in der Ecke kauernden Mädchen um. »Dir habe ich den Mist zu verdanken, du kleines Biest. Am liebsten würde ich dir die Kehle durchschneiden.«

»Dazu ist jetzt keine Zeit mehr«, unterbrach ihn Bellucci und versuchte, seinen Boss aus dem Keller zu ziehen. »Die sind gleich hier.«

»Warte. Ich will unsere Arbeit nur noch eben abschließen. Wäre doch zu schade, wenn wir ihn so davonkommen lassen würden.« Mit einer für seinen massigen Körper erstaunlichen Gewandtheit bewegte er sich auf den bewusstlosen Friedensfurt zu, der weiter wie ein nasser, blutiger Sack von der Decke hing. Er hob das Messer, holte aus und war bereit zuzustechen.

»Ahhhh!«, schrie er vor Schmerz und ließ den Dolch fallen. Wutschnaubend blickte er zur Seite und sah in die feindseligen Augen von Sophie. Sie hielt einen Baseballschläger drohend in der Hand und schlug erneut zu, bevor er zurückweichen konnte. »Hast du ne Meise?«

»Lassen Sie meinen Vater in Ruhe, oder ich …«, rief sie und drohte energisch mit dem Knüppel.

»Du spinnst wohl«, fuhr es aus ihm heraus und er wich einen Schritt zurück, um dem nächsten Schwung auszuweichen. »Dich mach ich fertig. Pass bloß auf.«

Der Lärm der Sirenen war jetzt deutlich zu hören. Die Polizeiwagen konnten jeden Moment eintreffen.

»Komm endlich, Boss! Lass die Göre, Göre sein! Wir müssen weg!«, flehte Lorenzo eindringlich.

»Dich krieg ich auch noch«, drohte er, hob das Messer auf und folgte seinen Kumpanen in den Garten.

»Aber nicht heute«, knurrte sie, wankte zur Kellerwand und atmete tief durch. Ein Krachen erschrak sie. Martialische Rufe und Stiefelgetrampel auf der Treppe ließen sie zusammenzucken. Mit flinken Schritten sprang sie von der Wand, stellte sich vor ihren Vater und hob den Baseballschläger wieder an. Die Tür flog auf, ein Mann trat ungelenk auf sie zu und konnte nur mit Mühe einen Kopftreffer vermeiden.

»Polizei!«, hörte sie nur noch und sank in sich zusammen.

# Kapitel 45

Dienstag 20. August

16:12 Uhr

»Haben Sie die Täter erkennen können?« Gerste stand neben der Trage, auf der sich Friedensfurt wand. Die Polizisten hatten den regungslosen Körper so schnell und schonend vom Haken gehoben, wie es vertretbar gewesen war. Für den Transport zum herbeigerufenen Rettungswagen wurde eine ausgehängte Tür benutzt. Während die sichtbaren Verletzungen versorgt wurden, wachte er auf und lehnte die Überführung ins Krankenhaus kategorisch ab.

Der Notarzt schüttelte den Kopf, als Friedensfurt anführte, es handele sich, äußerlich betrachtet, ja nur um Schnittwunden, ein paar Hämatome und bohrende Kopfschmerzen. Da deutlich erkennbar, keine Lebensgefahr mehr bestehen würde, könne er die Blessuren genauso gut zu Hause auskurieren.

»Nein, erkennen konnte ich niemanden, aber ich weiß, wer es war«, nuschelte er und litt merklich unter den Schmerzen, die das Sprechen im bereitete. »Die waren alle maskiert.«

»Teilen Sie Ihren Verdacht mit mir?«

»Wie es aussieht, lassen Sie mir ja vorher keine Ruhe«, flüsterte er, während der Notarzt ein Beruhigungsmittel in den Zugang am Handrücken spritzte. »Das war Edgar Wüst. Ohne Zweifel. Nur Wissen ist nichts, was vor Gericht zählt.«

»Wieso sind Sie sicher, dass es Wüst war?«

»Weil er mir ins Ohr geflüstert hat, dass ich seinen Bruder umgebracht hätte und er sich dafür rächen würde.«

»Und? Wollen Sie jetzt Anzeige erstatten?«

»Nein?«

»Warum überrascht mich das nicht?«

»Was soll das denn bringen? Ich war kaum bei Bewusstsein und könnte mir das alles genauso gut eingebildet haben.«

»Da haben Sie recht. Aber auch wenn ich Ihnen jetzt auf die Nerven gehe. Angenommen es war wirklich Wüst, der Sie überfallen hat, dann ist Ihnen aber schon klar, dass er es wieder versuchen wird, oder?«

»Und was soll ich Ihrer Meinung nach dagegen tun?«

»Mit uns zusammenarbeiten, zum Beispiel. Wir wollen die Bande längst aus dem Verkehr ziehen und Sie sollten das genauso anstreben«, versuchte Gerste den Jäger zu überzeugen. »Denken Sie an das, was wir vor ein paar Tagen besprochen haben.«

»Ich kann Ihnen da nicht helfen, glauben Sie mir«, erwiderte Friedensfurt und hievte das rechte Bein von der Trage.

»Hey! Was soll das denn werden?«, fragte der Arzt. »Sie sollten besser nicht aufstehen. Wir fahren doch gleich ins Krankenhaus.«

»Und was macht dann die Truppe hier?«, wollte Friedensfurt wissen, richtete sich auf und deutete durch die offenen Hecktüren auf die in weißen Schutzanzügen gekleideten Beamten der Spurensicherung. »Sieht für mich so aus, als wenn wir immer noch die Verdächtigen sind.«

»Jetzt hören Sie mir mal gut zu«, warf Gerste ein, eine Spur säuerlicher, als er es für angebracht hielt. »Sie wurden hier überfallen, gefoltert und haben mit viel Glück überlebt. Das ist jetzt ein Tatort und wir versuchen, Spuren zu sichern. Was glauben Sie denn, was wir hier tun?«

»Ist ja schon gut«, presste er hervor. »Wo ist eigentlich meine Frau?«

»Der geht es den Umständen entsprechend gut. Besser jedenfalls als Ihnen. Sie versucht, die Mädchen zu beruhigen.«

»Da muss ich hin«, sprühte es plötzlich aus dem Verletzten heraus. Unter weithin hörbarem Stöhnen richtete er sich wieder auf und riss den Zugang aus seiner Hand.

»Stopp! So geht das nicht!«, rief der Notarzt, bemüht, den Mann auf der Bahre zurückzuhalten. Energisch wies Friedensfurt ihn zurück, erhob sich und stützte sich an den Einbauschränken ab. Sorgfältig setzte er einen Fuß vor den anderen und taumelte in Richtung der offenstehenden Hintertür.

»Finger weg! Ich muss mich um meine Familie kümmern.«

»Herr Friedensfurt!«, mahnte Gerste und baute sich vor ihm auf. »So beruhigen Sie sich doch. Ehrlich, Sie tun keinem einen Gefallen. Lassen Sie sich bitte im Krankenhaus in Ruhe untersuchen.«

»Und was passiert hier? Meine Familie ist vollkommen ungeschützt. Die können jederzeit wiederkommen.«

»Ganz so einfach machen wir es Wüst und seiner Truppe nun auch wieder nicht. Ich sorge dafür, dass ihr Haus heute bewacht wird.«

»Und darauf soll ich mich verlassen?«

»Ja. Ich garantiere Ihnen, dass nichts passieren wird. Aber nur, wenn Sie im Gegenzug vernünftig sind und sich behandeln lassen.«

»Wie könnte ich mich da noch wehren?«, erwiderte er, stützte sich ab und legte sich wieder auf die Bahre. Als der Arzt die Nadel erneut in die Hand stach, zuckte er. Die einsetzende Wirkung des Beruhigungsmittels, das in seinen Körper strömte, zauberte ein Lächeln in sein Gesicht. Die Arme erschlafften auf der grauen Gummiunterlage und er legte den Kopf auf das, was ein Kissen darstellen sollte.

»Enttäuschen Sie mich bitte nicht«, flüsterte er und dämmerte weg.

»Dann fahren Sie jetzt mal besser los, bevor er wieder zu sich kommt«, sagte Gerste zu dem Arzt, kletterte aus dem Krankenwagen und folgte seinen Kollegen zum Tatort.

Im Wohnzimmer sah er, wie KTU-Beamter Eisenberg Fingerabdrücke auf dem Tisch sicherte, eine Kollegin staubte den Flachbildschirm ein und der Fotograf erneuerte die Serie, die er bereits bei der vorherigen Hausdurchsuchung geschossen hatte. Hoffentlich wird mein Haus nie ein Tatort, dachte er sich. Bei dem Dreck würde seine Frau ausrasten und ihm die Schuld geben. Darauf konnte er geflissentlich verzichten.

»Kann ich hoch gehen?«

»Wenn du vorsichtig bist, gerne. Zieh dir aber bitte Überschuhe an. Einer der Täter war auch in den Zimmern im ersten Stock.«

»Ich hasse die Dinger. Was machen eigentlich Frauen mit High Heels damit?«

»Schreibtischdienst«, erwiderte die Beamtin und pustete lächelnd durch ihren Pinsel.

»Sehr witzig. Aber schön zu sehen, dass Sie ihren Humor nicht verloren haben. In welchem Zimmer ist Frau Friedensfurt?«

»Die zweite Tür rechts«, hörte er Eisenberg sagen, als er die Treppe hochstieg.

»Frau Friedensfurt?«, fragte er und klopfte an die Tür. »Hier ist Hauptkommissar Gerste. Darf ich reinkommen?«

Keine Reaktion. Bis auf das Stimmengewirr aus dem Erdgeschoss war nichts zu vernehmen. Er klopfte erneut.

»Ja. Kommen Sie rein«, flüsterte eine brüchige Stimme und er trat ein. Sabine lag mit ihren beiden Kindern auf dem Bett, verschmolzen zu einer Einheit mit drei Köpfen, die Körper unter einer Decke verschlungen. Im Gesicht der Frau erkannte er ein geschwollenes Auge, ihr strähniges Haar war durch Blutreste verklebt.

»Wie geht es Ihnen?«

Keine Antwort.

»Können Sie mir vielleicht ein paar Fragen beantworten?« Er bemühte sich um eine sanfte Stimmfarbe.

Dem gezeichneten Antlitz entnahm er ein Nicken.

»Können Sie mir beschreiben, was hier passiert ist?«

»Wie geht es meinem Mann?«

»Er ist etwas bockig, aber ansonsten geht es ihm den Umständen entsprechend gut, wie man so schön sagt. Nach ein paar Diskussionen bringen sie ihn jetzt ins Krankenhaus. Machen Sie sich keine Sorgen. Er ist nicht in Lebensgefahr.«

Ihr Kopf sank ins Kissen. Mit einer Hand wischte sie sich Tränen aus dem Gesicht.

»Was wollen Sie wissen?«

»Was ist überhaupt vorgefallen? Ihre Tochter sprach am Telefon von einem Überfall. Ihr Mann konnte oder wollte keine genauen Angaben machen, bevor er sediert wurde.«

»Er wurde was?« Ihre Stimme erhob sich wieder.

»Der Arzt hat ihm ein Beruhigungsmittel gespritzt. Ein Grund weniger, sich zu sorgen.«

Die Worte beruhigten sie. Er konnte den Anschein eines Lächelns in ihrem Gesicht ausmachen. »Das ging alles so schnell«, sagte sie, schluckte und ihre Stimme versagte den Dienst.

»Ganz ruhig. Lassen Sie sich Zeit.«

»Es hat an der Tür geklingelt. Michael hat geöffnet und auf einmal waren da die drei Männer im Haus. Wir wurden geschlagen und gefesselt.« Sie machte eine Pause und schaute zur Zimmerdecke. Tränen flossen an ihrer Wange hinab. »Sie schleppten uns in den Keller und sprachen davon, uns zu töten. An mehr kann ich mich nicht erinnern. Dann war plötzlich die Polizei da und hat uns gerettet.«

»Haben Sie einen der Täter erkannt?«

Sie schüttelte den Kopf und versuchte, ihre Augen zu trocknen.

»Kann ich Ihrer Tochter Sophie ein paar Fragen stellen?«

Bewegung machte sich auf dem Bett breit. Eins der Mädchen kuschelte sich noch enger an ihre Mutter. Sabine küsste ihr Kind auf die Stirn und formte ein Nein mit den Lippen.

»Ist gut. Eilt auch nicht wirklich.«

»Frank?«, hörte er Corinna rufen. »Wo bist du?«

»Ich besuche Sie später noch einmal. Versuchen Sie, etwas zu schlafen«, sagte er und entfernte sich. »Ich komme. Wo finde ich dich denn?«

»Im Keller!«, rief Corinna. »Das hier solltest du dir ansehen.«

»Bin gleich da«, antwortete er und ging die Treppe hinunter in den Keller. Der Aufbau des Hauses war ihm noch bekannt und so brauchte er nicht lange, um seine Kollegin zu finden. Sie lehnte neben der offenen Tür des Kellerraums an der Wand und deutete auf einen blutigen Fleck vor sich.

»Was ist denn hier passiert?«, fragte Gerste, als er bei ihr stand. Auf dem Boden breitete sich eine Blutlache aus, an deren Rand ein zerrissenes Hemd und zerschnittene Kabelbinder lagen. Die Kette der Kranbahn hing herab. Daneben konnte er einen Baseballschläger auf den Fliesen ausmachen.

»Hat was von einem Schlachtfest.«

»Sieht fast so aus. Weißt du, was sich hier abgespielt hat?«

»Nur das, was die Kollegen erzählt haben. Sie haben die Tür aufgestoßen und da hing Friedensfurt blutüberströmt da am Haken. Wie ein Punchingball war der O-Ton: Davor stand seine Tochter und bedrohte jeden mit dem Schläger, der sich ihm nähern wollte.«

»Taffes Mädchen. Würdest du das auch für mich tun?«

»Ich ziehe Schusswaffen vor«, sagte sie und lächelte.

»Tja, die Kollegen werden Spaß daran haben, die blutigen Fußspuren zu sichern«, sagte er mit ironischem Ton.

»Wird nicht viel bringen, glaube ich. Die dazugehörigen Schuhe werden bestimmt nicht mehr existieren. Meinst du, das war unser Freund Wüst?«

»Herr Friedensfurt ist sich da sicher. Wer sollte denn sonst einen Grund für so eine Sauerei haben?«

»Was machen wir also?«

»Darauf hoffen, dass er sich besinnt und uns hilft.«

# Kapitel 46

Mittwoch 21. August

10:07 Uhr

»Was hast du jetzt vor?«, fragte Sabine ihren Mann, der neben ihr im Audi saß. Er lehnte sich zurück und zuckte mit den Schultern. Zu mehr als einer Nacht hatten ihn die Ärzte nicht überreden können und waren damit seiner Drohung nach Entlassung auf eigene Verantwortung entgegengekommen. Die morgendliche Visite ging unspektakulär vorüber, seine Verletzungen im Gesicht und auf dem Rücken waren deutlich sichtbar, aber nicht lebensgefährlich.

»Im Prinzip bleibt uns nur eine Möglichkeit.«

»Die da wäre?«

»Du nimmst die Kinder und fährst irgendwohin, wo dich keiner kennt. Schwarzwald, Rügen oder meinetwegen nach München. Weit weg und in irgendein Hotel, das du vor Ort bar bezahlst.«

»Und was mache ich mit dem Laden?«

»Den schließen wir für ein paar Tage.«

»Auf keinen Fall. Jetzt kommt doch gerade die Herbstware an. Das geht nicht.«

»Ich würde euch aber schon gerne aus der Schusslinie nehmen. Zumal das Geschäft nicht weit weg von Wüsts Pizzeria ist.«

»Also ehrlich. Ich glaube nicht an einen Angriff im Laden und Frau Krone ist ja auch die ganze Zeit da.«

»Richtig wohl ist mir nicht bei der Sache.«

»Mir auch nicht. Aber, weißt du was? Ich werde deinen Freund Gerste bitten, eine Streife vor dem Laden zu platzieren.«

»Meinst du, der spielt da mit?«

»Bei uns oben geht das doch auch. Soll er etwa zusehen, wie mitten in der Stadt ein Geschäft überfallen wird?«

»Dann schlag ihm das mal vor.«

»Mach ich glatt. Und was hast du vor?«

»Ich schaue mir die Handys der beiden Toten an und versuche, etwas herauszufinden, was ich Kommissar Gerste geben kann.«

»Und wenn du nichts findest?«

»Daran will ich im Augenblick noch nicht denken. Jetzt freue ich mich erst mal auf die Mädchen.«

Sabine parkte das rote Cabriolet in der Einfahrt. Auf dem Weg zur Haustür grüßten sie kurz in Richtung der Streifenwagenbesatzung, die den Objektschutz durchführte.

»Schaut mal, wer wieder da ist«, rief sie und drückte die Tür auf.

»Papa!«, schallte es aus zwei Kehlen, die freudestrahlend die Treppe hinuntersprangen. Mit den beiden Mädchen im Schlepp zog es ihn auf das Sofa im Wohnzimmer. Eine Polizistin kam ihm aus der Küche entgegen und begrüßte ihn. Gerste hatte Wort gehalten. Hoffentlich konnte er sich revanchieren.

»Hallo, Schatz«, sagte er liebevoll zu seiner Frau.

»Das ist Polizeiobermeisterin Becker. Sie ist so freundlich und ist seit heute Morgen bei uns.«

»Ich danke Ihnen.«

»Ist schon ok. Das mache ich gerne«, erwiderte die Beamtin. »Und bei den beiden Süßen hier, macht es ja auch noch Spaß.«

»So. Papa ist da. Das hatte ich euch doch versprochen. Jetzt geht es aber in die Schule. Hopp. Hopp.«

»Och ne«, murrte Sophie und verkroch sich unter zwei Kissen.

»Och doch. Auf gehts. Frau Becker wird euch auch begleiten.«

»Echt? Ist ja super«, rief Sophie.

»Klar. Wann müsst ihr denn da sein?«, fragte die Polizistin.

»Vor zehn Minuten«, antwortete Sophie zähneknirschend.

»Na dann fahren wir am besten mit dem Streifenwagen. Ist das ok für Sie, wenn wir kurz weg sind?«

»Machen Sie nur. Wir igeln uns solange ein«, sagte Friedensfurt und grinste. »Schlimmer als gestern kann es eh nicht mehr werden.«

»Tschüs Papa«, tönte Marie, als sie die Treppe zum wartenden Polizeifahrzeug runter sprang.

»Bis später, rief er ihr hinterher und winkte.«

»Tschüs Papa«, hörte er erneut und wurde von Sophie zur Seite gedrängt.

»Bis dann, ihr Süßen. Wir warten hier auf euch.« Mit einem dumpfen Knarren fiel die Haustür ins Schloss und er nahm seine Frau in den Arm. Intensiv stieg ihm der leichte Fliederduft ihres Parfums in die Nase. Die gegenseitige Umarmung ermöglichte es ihm, die Angst um seine Familie für ein paar Momente zu verdrängen. Zu gern hätte er sie geküsst, die geschwollene Lippen ließen diesen Liebesbeweis aber zurzeit nicht zu.

»Dann mache ich mich mal an die Arbeit«, sagte er.

»Was hast du vor?«

»Hast du den Keller schon sauber gemacht?«

»Keine zehn Pferde bringen mich da so schnell wieder runter.«

»Siehst du. Das mache ich jetzt.« Mit einem flauen Gefühl im Magen schlich er die Treppenstufen hinab. Vor der Tür zum Keller atmete er tief ein und sammelte sich. Dann öffnete er die Tür zu dem Raum, in dem er Stunden zuvor gefoltert worden war und trat ein. Die Kette hing noch genauso da, wie in dem Moment, als die Polizisten ihn abgeschnitten hatten. Unbewusst rieb er sich die Handgelenke, konnte die Abschürfungen spüren, die die Kabelbinder hinterlassen hatten. Das Blut auf dem Boden war seins. Fußabdrücke waren in der geronnenen Masse zu sehen. Bei jeder Bewegung spürte er die Verbände unter dem T-Shirt. Fühlte die Wunden der Messerklinge, die seinen Rücken gezeichnet hatte. Nach einem weiteren, tiefen Atemzug betrat er den Kellerraum.

»Alles klar bei dir?«, hörte er seine Frau aus dem Flur rufen.

»Ja. Geht schon. Ich hatte etwas weniger Blut erwartet.«

»Hör bloß auf. Ich will das gar nicht so genau wissen.«

»Ist ja gut. Nur die nächste Blutspende schiebe ich auf die lange Bank.«

Den Baseballschläger stellte er wieder in die Ecke, ging zu den Tischen, zog Papiertücher aus dem Spender und reinigte die metallischen Oberflächen. Den Rest der Blutlache auf dem Boden wischte er mit einem feuchten Lappen auf. Fast so viel Blut wie bei einem Wildschwein, dachte er sich und beseitigte die blutigen Striemen an der Wand.

Normalerweise nahm er die vier Treppenstufen in den Garten im Sprung, schalt sich, wenn er nur drei erklimmen konnte, aber mit den Verletzungen, war an sportliche Betätigung nicht zu denken. Schnurstracks ging er zum Komposthaufen in der linken, hinteren Ecke des Grundstücks. Müllvermeidung war etwas, wofür er sich nicht extrem begeistern konnte. Seiner Ansicht nach würde am Schluss ohnehin alles im gleichen Kessel der Müllverbrennungsanlage enden. Mit einem Seitenblick entdeckte er den rauchenden Schornstein.

Der Kompost war, wie das Pflanzen, die Hege und Pflege der Gemüsebeete das Faible seiner Frau. Für ihn hatte der stinkende, vor sich hin faulende Haufen voller Küchenabfälle nur einen praktischen Nutzen. Keiner würde dort ein Versteck vermuten, geschweige denn freiwillig zwischen Würmern, Maden und halb verrottetem Gemüse die Handys der Männer suchen, die er am Dönberg getötet hatte.

Die Beamten der Spurensicherung hatten bei der Hausdurchsuchung wie erwartet weder den Komposthaufen untersucht noch die beiden abgetrennten Daumen in der Kühltruhe gefunden.

Angeekelt steckte er erst seine Hand, dann seinen Arm in die lockere Erde am Boden und tastete nach dem Gefrierbeutel. Moderiger Geruch strömte in seine Nase, die er angewidert rümpfte. War das ein Wurm, das sich da so glitschig anfühlte, fragte er sich und legte sich ins Gras, um den Arm weiter vorschieben zu können. Die Finger teilten die schleimige Erde, fanden die Plastiktüte und mit einem abschätzenden Blick auf seinen versifften Arm, zog er den Beutel aus dem Haufen heraus. Er konnte die Telefone nur fühlen, optisch war durch den verschmierten Matsch nichts zu sehen. Auch wenn er diesen Vorgang in der letzten Woche fast jeden Tag durchgeführt hatte, war es immer noch sehr abstoßend.

Friedensfurt legte seine Beute auf die Werkbank, entfernte grob die Erdreste und entnahm die Handys. Die iPhones waren ausreichend geladen. Darauf hatte er Wert gelegt. Jetzt wollte er zum ersten Mal prüfen, ob die Entsperrung mit dem tiefgefrorenen Fingern gelang.

Aus der Tiefkühltruhe nahm er die Rehkeule, in die er die beiden Daumen gesteckt hatte. Der Verlust des Fleisches war nicht schön, aber nachdem er es aufgetaut hatte, um ein Versteck hineinzuschneiden, wollte er die Keule nicht mehr essen. Schade drum.

Er legte die gefrorene Rehkeule in die Plastikwanne, die er mit heißem Wasser füllte. Das Antauen würde zwei bis drei Stunden dauern. Wie die beiden Daumen zu behandeln waren, hatte er bisher nicht entschieden. Komplett auftauen schied aus, schrumpelige Fingerabdrücke würden kaum die Handys entsperren.

Im Wohnzimmer legte er sich auf die Couch und wählte seine Lieblingssendung auf Netflix aus. Er liebte es, sich bei den Folgen seiner Lieblingsserie zu entspannen. Nur zu gerne verfolgte er, welche Gemeinheiten sich ein Paar ausdachte, um die Macht im Weißen Haus zu erhalten. Als netten Nebeneffekt gelang es ihm so beiläufig, die Polizistin im Auge zu behalten.

Drei aufregende Episoden später, waren die Intrigen in Washington weiterhin nicht geklärt, seine Geduld dagegen ausreichend strapaziert. Zurück im Keller prüfte er die Konsistenz der abgeschnittenen Extremitäten, indem er seinen eigenen Daumen in das lauwarme, aber jetzt deutlich weichere Fleisch drückte. Beide Zugänge hatte er abgesperrt. Die Polizistin hatte seine Töchter zur Schule begleitet. Nun saß sie wieder oben in der Küche. Die Abstellung der Beamtin hielt er primär für eine gute Idee, um neuerliche Attacken auf sich und seine Familie zu verhindern. Vor ihren Augen an Beweisen für seine Schuld zu arbeiten, war dagegen wenig erstrebenswert.

Mit etwas Alkohol säuberte er die Homebuttons der Telefone. Die Rehkeule lag schon auf dem Edelstahltisch bereit und tropfte auf die Unterlage aus Papiertüchern. Behutsam ertastete er die Öffnung, die er ins Fleisch geschnitten hatte, und zog den Beutel heraus. Die beiden Gliedmaßen waren noch relativ hart. Sachte kratzte er die restlichen

Eiskristalle von der Haut und wischte Schmutz ab. Die Papillarleisten waren jetzt deutlich zu erkennen und er drückte den Finger von Max Kazim auf das iPhone. Nichts passierte. Mist, wäre ja auch zu simpel gewesen. Er rollte die Daumen zwischen seinen Händen, wollte das feste Fleisch aufwärmen und startete einen zweiten Versuch. Diesmal platzierte er den Finger zentraler und versuchte, mehr Fläche auf den Button zu pressen. Das schwarze Display verschwand und der Homebildschirm erschien. E-Mail, Datum, Uhr, Nachrichten, alles wie auf dem eigenen Telefon. Er öffnete WhatsApp und kannte niemanden der Menschen, mit denen der Tote geschrieben hatte. Was hatte er auch erwartet, dachte er. Den Namen von Edgar Wüst entdeckte er nicht.

»Schade«, sagte er vor sich hin. »Mal sehen, was du sonst noch so gemacht hast.« SMS fand er nicht viele, was ihn nicht weiter verwunderte. Er selber hatte schon lange keine SMS mehr verschickt. Dann fiel sein Blick auf die App Threema. Eine Anwendung wie WhatsApp, nur deutlich sicherer.

»Na wird doch«, sagte er, als er den Kontakt Edgar entdeckte. Wüst und Kazim hatten intensiv kommuniziert. Er scrollte durch den Chatverlauf.

»Puh!«, sagte er sich und stützte sich auf der Arbeitsplatte ab. Die letzte Nachricht von Wüst war nicht das, was er hatte finden wollen.

# Kapitel 47

Mittwoch 21. August

13:55 Uhr

»Herr Gerste, schön Sie zu sehen«, sagte Doktor Matthias Knapp und bot dem Kriminalhauptkommissar, mit einer einladenden Handbewegung einen Platz an. Er saß entspannt auf einer Bank, hatte eine Tageszeitung neben sich liegen und genoss den Schatten, den die Bäume auf dem Laurentiusplatz spendeten. Ein paar Besucher saßen an den Tischen des angrenzenden Cafés und erfreuten sich an der Sonne.

»Ich grüße Sie«, erwiderte der Polizist und schüttelte die angebotene Hand. »Ihr Anruf kam etwas unerwartet, muss ich gestehen.«

»Nun, ich plaudere eben gerne mit den Vertretern der Staatsmacht.«

»Ist klar.« Gerste konnte ein Lachen nicht unterdrücken. »Hoffentlich stellen Sie mir das unverhoffte Vergnügen nicht in Rechnung. Das gibt mein Budget leider nicht her.«

»Dann haben Sie ja heute das große Los gezogen.«

»Warum?«

»Unser Treffen kostet Sie absolut nichts und wenn Sie mögen, lade ich Sie auch noch zu einem Kaffee ein.«

»Nein Danke. Mein Koffeinlimit ist dicht davor, überschritten zu werden.«

»Gut. Lassen wir den Small-Talk beiseite. Wie weit sind Ihre Ermittlungen im Fall Friedensfurt gediehen?«

»Sie mögen es gerne direkt, was? Nun, ehrlich gesagt, treten wir auf der Stelle. Kennen Sie diese Donald Duck Comics? Wenn die Figuren so im Kreis laufen und auf einmal einen halben Meter tief in der Erde stehen? Genauso fühle ich mich.«

»Klar kenn ich das. Geht mir manchmal nicht anders. Warum kommen Sie denn nicht voran, wenn ich fragen darf?«

»Hören Sie, Herr Doktor Knapp. Ich will ganz offen sein. Der Fall ist so gut wie tot. Aber lassen wir das, sonst werde ich noch melancholisch und dafür ist der Tag zu schön.« Er lachte. »Mich würde eher interessieren, wie sich ihr Klient erholt?«

»Bis auf die Schnitte am Rücken recht gut, muss ich sagen. Das braucht eben alles Zeit. Leider ist er nun mal kein Mensch, der sich tagelang auf die Couch legt.«

»So kam er mir auch nicht vor. Richten Sie ihm und seiner Frau bitte meine besten Wünsche aus.«

»Mach ich gerne. Also, wieso kommen Sie nicht voran?«

»Weil uns Beweise fehlen. Dummerweise stehen und fallen die alle mit Herrn Friedensfurt.«

»Inwiefern?«

»Jetzt stellen Sie sich gerade ein ganzes Pfund dümmer an, als Sie in Wirklichkeit sind«, grummelte Gerste und legte die Stirn in Falten. »Nehmen Sie mir den Ausdruck nicht übel, aber das liegt doch auf der Hand.«

»Sie haben meine ungeteilte Aufmerksamkeit.« Der Anwalt lehnte sich entspannt zurück und beobachtete eine Taube, die über den Platz hüpfte.

»Wie Sie wissen, halte ich Herrn Friedensfurt für den Täter in den Fällen Kazim und Richter. Das ist ja nichts Neues.«

Doktor Knapp nickte zustimmend.

»Aber solange wir nicht irgendeinen Durchbruch bei der Spurensuche erzielen, wird der Staatsanwalt keine Anklage erheben. Das hat er mir mehr als deutlich zu verstehen gegeben. Wir können ihm die Tat im Moment leider nicht nachweisen. Dafür hat er seine Spuren zu gut verwischt.«

»Bitte erwarten Sie jetzt keine Mitleidsbekundungen von mir.«

»Nein, nein. Alles gut. Ich bin ja durchaus nicht abgeneigt, in einem Fall eine Notwehroption anzuerkennen. Aber nicht bei beiden Toten. Dazu kommt der Mord an Daniel Hirte. Wahrscheinlich wurde er von

Kazim oder Richter erschossen. Das hat ja der Augenzeuge gemeldet und die Spuren an der Leiche deuten klar auf eine Hinrichtung hin.«

»Und ein weiteres Mal haben Sie keinen Täter. Ich verstehe ihr Dilemma.«

»Über die Rolle unseres dritten Freundes bin ich mir auch ziemlich sicher, aber beweisen kann ich ohne Friedensfurts Aussage wieder nichts.« Gerste zeigte auf die auf der anderen Seite des Platzes gelegene Pizzeria. »Sehen Sie da drüben das Restaurant? Da sitzt Wüst jetzt ganz entspannt und hat nicht das Mindeste zu befürchten. Das stinkt mir.«

»Da bin ich absolut bei Ihnen.«

»Es geht mir gegen den Strich, den Pizzabäcker mit seinen krummen Geschäften mal wieder durchkommen zu lassen. Zumal ich gerne wissen würde, woher er seine Informationen über Friedensfurt hat? Die Frage steht auch noch unbeantwortet im Raum.«

»Was meinen Sie?«

»Wieso wurde Friedensfurt von Wüst bedroht und überfallen? Warum wollte er ihn töten? Das ergibt überhaupt keinen Sinn. Es sei denn, unser lieber Bandenchef verfügt über eine Quelle bei der Polizei oder in der Staatsanwaltschaft. Und wie Sie mit Sicherheit leicht erraten werden, haben wir auch in diesem Punkt keinerlei Hinweise, geschweige denn so etwas wie handfeste Beweise.«

»Wenn ich Ihnen so zuhöre, kommt fast Mitleid auf«, sagte Doktor Knapp und lächelte.

»Mein Problem ist, die Familie Friedensfurt nicht mehr viel länger beschützen zu können. Vielleicht bekommen wir noch eine Woche, wenn es optimal läuft, vierzehn Tage. Aber Wüst wird es unter Garantie wieder versuchen. Typen wie der geben nicht mal eben so auf. Der lässt sich nicht abschrecken.«

»Was würde Ihre Ermittlungen denn voranbringen?«

»Das habe ich Ihrem Mandanten ja mehr oder weniger deutlich gesagt. Irgendetwas, womit wir Wüst und die Morde in Verbindung bringen können. Aber langsam schwindet meine Hoffnung.«

»Verlieren Sie niemals die Hoffnung, denn jeden Tag geschehen Wunder.«

»Na jetzt machen Sie mal halblang. Wo haben Sie den schlauen Spruch überhaupt her? Der ist doch nicht auf Ihrem Mist gewachsen, oder?«

»Nein, ich habe zwar mal mit einem Theologiestudium geliebäugelt, aber den habe ich ganz profan auf einem Kalenderblatt gesehen.«

Gerste lehnte sich zurück und schirmte seine Augen gegen die Sonne ab. »Warum wollten Sie mich eigentlich treffen?«

»Wissen Sie was? Ich glaube, ich hole uns jetzt erst einmal zwei Kaffee. Verdrängen Sie mal das Überangebot von Koffein in Ihrem Körper.« Der Rechtsanwalt stand auf und ging zielstrebig auf die Cafés zu, die an der Friedrich-Ebert-Straße um Kunden buhlten.

»Einen großen Eiskaffee für mich«, rief Gerste ihm hinterher und beobachtete eine ältere Dame, die mit ihrem Pudel den Platz überquerte. Er breitete seine Arme über die Lehne aus und legte den Kopf in den Nacken. Dann leide ich noch etwas vor mich hin, dachte er sich. Gerade als er prüfen wollte, wie weit die Frau gekommen war, fiel sein Blick auf ein Stück Papier, das auf der Bank lag. War das eben auch schon da gewesen? Hatte der Anwalt darauf gesessen und es nicht bemerkt? Er griff nach dem Zettel, entfaltete ihn und begann zu lesen. Sein Atem stockte, seine Augenbrauen hoben sich ungläubig an, sein Herzschlag beschleunigte sich und Gerste lächelte still in sich hinein.

»Jetzt habe ich dich, du Arsch«, sagte er leise und sah zur Pizzeria hinüber.

# Kapitel 48

Donnerstag 22. August

22:01 Uhr

»Also Männer. Heute ist der große Tag. Seid ihr bereit?« Edgar Wüst schaute seine Komplizen erwartungsvoll an. Die Gruppe hatte sich wie vereinbart auf einem Bauernhof am Aprahter Weg getroffen. Das Anwesen lag etwas zurückgesetzt von der Straße und war vor ungewünschten Blicken geschützt. Der Eigentümer war ein alter Schulfreund Wüsts, absolut vertrauenswürdig und gewohnt, keine Fragen zu stellen, auf die er keine Antworten haben wollte. In einer ungenutzten Scheune hatten sie die drei gestohlenen Autos geparkt und die Propangasflaschen gelagert, die nach dem Fund der Polizei in Hirtes Wohnung hatten ersetzt werden müssen.

Die zehn Anwesenden nickten. Niemand scherte aus.

»Ich habe hier den Plan. Lasst uns die Details noch einmal kurz durchgehen, damit keine Fragen überbleiben.« Er zog einen Zettel aus der Tarnhose. »Team eins«, fuhr er fort. »Marco und Toni. Ihr fahrt zum Haupteingang. Habt ihr vier Gasflaschen und die Zündschnur?«

»Ich habe alles dreimal geprüft«, antwortete Lorenzo. »Die Flaschen sind voll. Bei einer Abbrandgeschwindigkeit von drei Sekunden pro Meter habe ich mal vier Meter eingeplant. Das sollte uns genug Zeit geben, abzuhauen.«

»Sehe ich auch so«, stimmte Wüst zu. »Bewaffnung?«

»Wir haben im Moment nur unsere Pistolen dabei. Ich stehe nicht so drauf, nach der Explosion mit einer Kalaschnikow durchs Tal zu rennen.«

Wüst nickte und las weiter. Der Kopf hob sich, die Augen suchten Steffen Mönch und Martin Sänger. Beide spürten, wie die Gruppe sich auf sie konzentrierte, aber sie waren es gewohnt, vom Bandenchef gemustert zu werden. »Team zwei. Steffen und Martin. Alles klar bei euch?«

»Ja. Auto ist fahrbereit und vollgetankt«, meldete Steffen Mönch präzise. »Flaschen sind voll, dicht und einsatzbereit. Wie Marco habe ich mich für vier Meter Zündschnur entschieden. Nur persönliche Bewaffnung. Angriffspunkt ist der Eingang an der B7. Fluchtroute Vogelsaue. Wenn die Bullen kommen, rufen wir kurz an und verschwinden.«

»Sehr gut.« Anerkennend hob Wüst seine Stimme und nickte den beiden Männern zu. So hatte eine Meldung auszusehen, aber bis seine italienischen Freunde das begriffen hätten, gäbe es in China keine Reissäcke mehr, die umfallen konnten.

»Team drei. Ziggy und Robert. Wie sieht es bei euch aus?«

»Bei uns ist es genauso«, antwortete Ziggy Pawlowski. »Ich habe die Flaschen überprüft. Die sind voll. Ich habe nur drei Meter Zündschnur. Das sollte dennoch reichen. Wir fahren zur Simonstraße und sprengen den hinteren Eingang.«

Zweimaliges Nicken bestätigte die Angaben. So weit, so gut, dachte Wüst. Die Teams sind bereit. Damit würde der erste Teil des Plans funktionieren.

»Abfahrt für euch ist elf Uhr dreißig. Der Angriff erfolgt genau um Mitternacht. Wie sieht es mit dem Radlader aus?«

»Ich bin vorhin extra nochmal vorbeigefahren, Boss. Alles im grünen Bereich«, antwortete David Herrmann zackig. »Der steht da, wo sie ihn immer abgestellt haben. Um halb zwölf gehe ich zur Baustelle rüber und setze mich schon mal rein. Um Viertel nach fahre ich direkt zum Kasinokreisel. Wie besprochen.«

»Du weißt, das ist ein ganz wichtiger Punkt«, sagte Wüst und belegte den jungen Mann mit einem ernsten Blick. »Wenn du das nicht hinbekommst, war alles für die Katz.«

»Das klappt. Du kannst mir vertrauen. Ich krieg das hin.«

»Wäre auch besser für dich. Ich habe das Ding jetzt über ein Jahr geplant. Versau es nicht.«

Betreten blickte Herrmann seine Kollegen an. Allen war klar, dass Wüst einen Fehlschlag nicht akzeptieren und seine Wut an demjenigen auslassen würde, den die Schuld traf. Aber er wollte zu dieser Gruppe gehören und hatte sich selbstbewusst um die Aufgabe beworben. Nun musste er liefern, dessen war er sich bewusst.

»Okay. Vorletzter Punkt ist der Laster. Muss ich mir Sorgen machen?« Wüsts blickte Jens Brandt direkt in die Augen. »Bei dir ist es wie bei David. Bau bloß keinen Mist.«

»Ist alles im Lot, Boss. Um Viertel nach zwölf steht der Lkw da, wo er stehen soll. Ich war auch vorhin nochmal da, um die Details zu checken. Gleich bin ich weg, um die Schlüssel zu holen. Dann bin ich rechtzeitig wieder hier und fahre zusammen mit David los. Das klappt genauso, wie wir es geplant haben. Das verspreche ich dir.«

»Gut. Das wollte ich hören. Letzter Punkt.« Er schaute zu den beiden Nachrückern hinüber, die nicht so selbstbewusst und abgeklärt vor ihm standen wie die übrigen Männer. »Arne und Timo. Ihr zwei kommt mit mir. Wir fahren wie die anderen um Viertel vor zwölf los und bleiben bis zum Zeichen in Deckung am Glanzstoffhaus. Prüft schon mal die Sturmgewehre und jagt ein paar Schuss ins Stroh. Ich will später keine Ladehemmungen haben. Klar?«

»Machen wir sofort«, antwortete Timo Schulte.

»Habt ihr die Gurte ins Auto gelegt?«

»Alles drin. Ich habe es dreimal überprüft.«

»Das hoffe ich für dich.« Wüst ließ den Blick vom Zettel zu seinen Männern gleiten. Aus der Hosentasche kramte er ein Päckchen Marlboro, steckte eine Zigarette in den Mund und klappte sein silbernes Zippo Sturmfeuerzeug auf. Ein kurzer Dreh am Reibrad und die Flamme flackerte im Abendwind. Leichtes Knistern vernahm die Gruppe, als das Feuer den Tabak entzündete und Wüst den Rauch des ersten Zuges inhalierte. Er wollte seinen Männern demonstrieren, dass er trotz des bevorstehenden Überfalls alles im Griff hatte und entspannt war. Das gelang ihm. Gelassen hob er das immer noch brennende Feuerzeug und die orange Flamme fraß sich in den Notizzettel.

◆ ◆ ◆

»Meinst du, die beiden schaffen das?«, fragte Lorenzo, der sich gemeinsam mit Wüst und Bellucci ein paar Schritte von der Gruppe entfernt hatte, um zu rauchen.

»Ich hoffe es doch sehr. Ohne diesen Arsch von Friedensfurt hätte ich gar keine Bedenken. Max zusammen mit Ben und mir? Dann wäre die Sache problemlos abgelaufen.«

»Komm Edgar. Die beiden Neuen sind gut. Die wollen sich beweisen. Gib ihnen eine Chance«, lobte Bellucci. »Und wenn sie es verbocken, räume ich persönlich hinter denen auf«, fügte er lächelnd hinzu.

»Passt bloß gleich auf und lasst euch nicht erwischen.«

»Keine Sorge Boss. Punkt zwölf geht das Feuerwerk los und dann läuft alles nach Plan ab. Du wirst schon sehen«, sagte Lorenzo.

»Und kommende Woche knöpfen wir uns diesen Jäger mal angemessen vor«, ergänzte Bellucci.

»Alles klar. Macht euch jetzt endlich auf den Weg. Viel Glück.« Zum Abschied schüttelten sie sich die Hände.

»Auf geht's«, rief Bellucci und ging zu den drei VW Golf, die sie vor einem Monat in Düsseldorf gestohlen hatten. In der Scheune hatten sie die Autos mit anderen Kennzeichen ausgerüstet, die Rückbänke ausgebaut und alles gründlich gereinigt. Von den Fahrzeugen würde nach den Explosionen und dem darauf folgenden Brand nicht allzu viel übrig bleiben, Spuren, die zu ihnen führen könnten, hatten sie vermieden.

»Los Männer. Die Teams aufsitzen und ab gehts«, rief Wüst in die wartende Menge. »Und denkt daran. Ab jetzt herrscht Funkstille.«

◆ ◆ ◆

»Alles klar?«, fragte Bellucci und schaute auf seine Uhr. Fünf Minuten noch. Lorenzo hob die rechte Hand mit aufgestellten Daumen. Auf ihrem Weg zum Haupteingang des Bayerwerks in Wuppertal-Elberfeld hatten sie auf Höhe des Stadions am Zoo geparkt und warteten darauf, wie die Sekunden verrannen.

»Wir fahren gleich da runter. Zwei Meter vor dem Tor halte ich an, du springst raus, öffnest die Kofferraumklappe und entrollst die Zündschnur«, fuhr Bellucci fort und betete den Plan zum hundertsten Mal runter. »Ich drehe die Gasflaschen auf und wenn ich draußen bin, zündest du. Okay?« Sie hatten die Prozedur so oft besprochen, bis ins kleinste Detail geprüft, immer wieder alles hinterfragt. Jetzt war es endlich so weit. Sie wussten, was von ihnen erwartet wurde. Ein letztes Mal zog Bellucci sein Sturmfeuerzeug aus der Tasche und entzündete die Flamme. Zur Sicherheit hatte er zwei zusätzliche Einwegfeuerzeuge dabei. Edgar würde ihn höchstpersönlich umbringen, wenn er das Vorhaben wegen eines nicht funktionieren Feuerzeugs gefährdete.

Lorenzo startete den Golf, gab Gas und wendete auf der Friedrich-Ebert-Straße kurz hinter der Schwebebahnhaltestelle. Langsam steuerte er die Straße hinunter. Die Vorsicht war unbegründet, kein Fahrzeug näherte sich ihnen. Auf Höhe der Haupteinfahrt des Bayer-Werks bremste er auf Schrittgeschwindigkeit ab, blinkte vorschriftsgemäß und fuhr in Richtung des geschlossenen Tors. Die Umgebung war auch um diese Uhrzeit von Scheinwerfern erhellt. Wachen konnte er nicht ausmachen. Alles sah so aus, wie sie es zigfach geprüft hatten.

Er stoppte den Golf vor dem Tor und sah zu Bellucci hinüber. Der nickte. Dann holten sie ihre Pistolen hervor, zogen die Schlitten nach hinten und waren bereit. Die Aktion war angerollt, als sie sich die durchgeladenen Waffen in den Hosenbund steckten und die Skimasken herunterrollten. Bellucci drückte die Tür auf, sprang heraus, lief um das Auto herum und riss die Heckklappe hoch. Lorenzo löste den Sicherheitsgurt, drehte sich auf dem Fahrersitz herum und öffnete das Ventil der ersten Gasflasche. Erleichtert vernahm der das feine Zischen. Zügig ließ er auch das Gas der anderen Flaschen entweichen. Auf dem Boden lag die Zündvorrichtung, die sie in einem Pyroshop gekauft hatten. Weit von Wuppertal entfernt, bar bezahlt, hoffentlich nicht zurückverfolgbar. Er sprang aus dem Wagen, schloss nahezu lautlos die Tür und rannte in Richtung Straße davon. Bellucci hatte derweil die Lunte ausgerollt, zog sein Zippo aus der Tasche, eine Daumenbewegung reichte und die Flamme erschien. Was für ein Augenblick, dachte er sich. Das Feuerzeug in der Rechten, die Zündschnur in der Linken stand er im Licht der Laternen und genoss das Gefühl der Macht.

◆ ◆ ◆

Derweil saßen Wüst, Arno Koch und Timo Schulte in einem weißen Mercedes Sprinter, den sie gegenüber der Deutschen Bank am Kasinokreisel geparkt hatten. Schon früh am Nachmittag hatten sie den Parkplatz blockieren lassen. Nicht auszudenken, wenn ein Nachtschwärmer durch Zufall die Stelle mit einem Fahrzeug versperrt hätte. Er hatte einer Kellnerin befohlen, ihr Auto dort abzustellen und regelmäßig ein neues Parkticket zu lösen. Strategische Planung war für ihn unabdingbar und an Details konnte er sich erfreuen.

Der Blick auf die Uhr erhöhte seinen Adrenalinspiegel. Noch zwei Minuten. Angespannt schaute er zu seinen Begleitern hinüber.

»Macht eure Waffen klar. Gleich geht es los. Sobald die Bullen vorbeigefahren sind, machen wir uns fertig. Punkt Viertel nach zwölf legen wir los. Fragen?« Er erwartete keine Antwort.

»Eine Minute.« Zur Verdeutlichung hielt er den rechten Zeigefinger in die Höhe. Während seiner zahlreichen Jahre beim Militär hatte er gelernt, wie entscheidend optische und akustische Signalübertragung war. Fehler waren nicht akzeptabel. Lieber ein Hinweis zu viel, als einer zu wenig.

Der Sekundenzeiger näherte sich der Zwölf. Seine Spannung stieg, äußerlich blieb er gelassen. Nervosität war auf dem Schlachtfeld ein schlechter Ratgeber und seinen beiden unerfahrenen Begleiter sollten dies von ihm lernen. Dann würde er sie bei weiteren Aufgaben gebrauchen können.

Mitternacht. Die Uhrwerke diverser Kirchen begannen zu schlagen.

Durch das offene Fenster lauschte er in die Dunkelheit. Nichts. Wieder ein Blick auf die Uhr. Die Sekunden verrannen. Was war da los? Er war es gewohnt, dass seine Befehle präzise umgesetzt wurden. Pünktlich und exakt. Mist, dachte er sich. Jetzt sitze ich hier als Befehlshaber und kann nicht eingreifen. Er stellte sich die verschiedenen Szenarien vor, die zu einer Verhinderung des Anschlags führen könnten. Die Zündschnüre hatten versagt. Nein, dann hätten sie manuell gezündet. Die Autos waren entdeckt worden? Möglich, aber nicht alle drei auf einmal. Das war unlogisch und somit keine Option. Um diese Zeit ging kaum jemand auf der Simonstraße entlang und wenn doch, hätte Ziggy sofort reagiert und geschossen. Nein, da musste etwas anderes passiert sein.

Verrat? Ausgeschlossen. Seinen Leuten vertraute er zwar nicht bedingungslos, aber ausreichend genug. Sie waren handverlesen. Der Verlust von Max hatte ihn hart getroffen und dafür würde er sich noch grausam an Friedensfurt rächen. Doch als Kommandeur war er es gewohnt, Soldaten zu verlieren und diese zu ersetzen.

Erneut warf er einen Blick auf die Uhr. Drei Minuten waren bisher vergangen. Seine Begleiter wurden langsam nervös, bemerkte er. Koch rutschte auf seinem Sitz hin und her, entnahm gefühlt zum zehnten Mal das Magazin der Kalaschnikow und prüfte den Füllstand. Den Flachkopf Schulte konnte er im Frachtraum hin und her gehen hören. Das war etwas Neues für die beiden. Er selbst hatte sich an Unwägbarkeiten gewöhnt, auch beim perfekten Plan gingen häufig ein paar Kleinigkeiten daneben. So war das eben, beruhigte er sich.

Und dann hörte er sie. Was für eine Erlösung. Der gedämpfte Knall von drei Explosionen, ohrenbetäubend am Ort des Geschehens, laut genug, um ihn knapp vier Kilometer entfernt vernehmen zu können. Wunderbar, dachte er sich. Wegen des Zeitverzugs würde er definitiv mit den Jungs reden müssen. Das war nicht akzeptabel.

Endlich war er im Spiel. Mal sehen, wie lange es dauern würde, bis Polizei und Feuerwehr vor Ort sein würden.

»Männer. Aufgepasst. Wir sind gleich dran. Macht euch bereit«, sagte er in sanften Ton. Hektik war im Augenblick unangebracht. Die kam von selbst, wenn sie bewaffnet auf der Straße stehen würden.

Wüst verblüffte den neben ihm sitzenden Koch, als er ein elektrisches Gerät auf das Armaturenbrett legte und einen Stecker in den Zigarettenanzünder steckte.

»Was ist das, Boss?«

»Ein Funkempfänger. Damit hören wir jetzt den Polizeifunk ab.«

Nachdem er die richtige Frequenz eingestellt hatte, entspannten sich seine Gesichtszüge weiter. Das Durcheinander der Funksprüche hatte er erwartet. Aus Erfahrung wusste er, was im Augenblick ablief. Krisenstäbe würden gebildet werden, um Zuständigkeiten würde gerangelt werden, Befehle mussten ausgegeben werden. Klar gab es Pläne und Vorgehensweisen, aber er hatte es ihnen nicht einfach gemacht und die Zeit spielte ihm in die Karten. Die Polizei würde zunächst von einem gezielten Terroranschlag auf das Bayerwerk ausgehen und entsprechend reagieren. Genauso hatte er es vorhergesehen. Er liebte es, wenn ein Plan funktionierte.

Lässig lehnte er den Arm aus dem Seitenfenster. Ja. Da war es. Darauf hatte er gewartet. Aus der Ferne vernahm er die ersten Martinshörner. Fünf Minuten nach der Explosion. Nicht übel, dachte er und nickte respektvoll. Da haben die Grünen aber fleißig gearbeitet. Die Sirenen wurden lauter und im Rückspiegel sah er die Einsatzwagen über die B7 rasen. Alles lief genau so ab, wie er es geplant hatte. Tja, Planung und Strategie waren schon sein Steckenpferd gewesen, als er noch ein junger Leutnant war. Wehmütig dachte er an die Zeit zurück, in der er einen Zug Kampfpanzer auf dem Truppenübungsplatz Bergen-Hohne befehligt hatte.

Genug geträumt, zurück zur Realität, schalt er sich. Die Polizei war also alarmiert und hatte drei Tatorte abzusichern. Das würde sie eine Weile beschäftigen. Die Hundertschaft der Bereitschaftspolizei auf Lichtscheid war mittlerweile bestimmt auch schon unterwegs. Der kürzeste Weg für die Einsatzgruppen von dort war durch den Burgholztunnel zu fahren. Zumindest er würde es so machen und damit würden sie ihm nicht in die Quere kommen.

Dreizehn Minuten nach zwölf zeigte seine Uhr, als er laute Motorengeräusche vernahm. Das konnte nur David mit dem Radlader sein. Alles verlief so, wie er es geplant hatte. Nur die Verzögerung bei den Explosionen ärgerte ihn. Immerhin war der Gesamtplan dadurch nicht durcheinandergeraten. Er kratzte sich am Kopf. Darüber würde er Marco und Toni noch eingehend befragen. Doch jetzt war er in Stimmung, sein Adrenalinspiegel stieg weiter an und auch er prüfte ein letztes Mal das Magazin seines Sturmgewehrs.

Der Bagger passierte den Kastenwagen. Das war das Zeichen. Es ging los. Wüst rollte die Skimaske über sein Gesicht, sprang aus dem Fahrzeug, überquerte die Kasinostraße und stellte sich breitbeinig vor die Fußgängerampel. Hier hatte er den Gesamtüberblick. Darauf legte er Wert. Schulte folgte ihm mit respektvollem Abstand und sicherte die Seite der Deutschen Bank an der Friedrich-Ebert-Straße. Koch schleppte die Bergegurte heran, mit denen die Geldautomaten an der Baggerschaufel befestigt werden sollten.

David Herrmann hatte das Schiebefenster der Fahrerkabine auf dem Radlader geöffnet und zeigte Wüst den erhobenen Daumen. Er befand sich jetzt mitten auf der Straße und war bereit.

Zehn Meter südlich davon entfernt bremste Jens Brandt den Lastwagen ab, stellte ihn quer auf die Fahrbahn und stieß rückwärts auf den Gehweg vor der Deutschen Bank. Es hatte ihm keine große Mühe bereitet, den LKW von der Baustelle zu stehlen. Bei seinen früheren Erkundungsfahrten hatte er herausgefunden, wo das Tiefbauunternehmen die Schlüssel für die Laster aufbewahrte. Die Scheibe des Bürogebäudes in Nächstebreck hatte nicht wirklich Widerstand geleistet und so war er zeitiger zurück als angenommen. Zusammen mit Herrmann hatte er auf die Explosionen gewartet und zur vereinbarten Zeit die Fahrzeuge gestartet. Er hielt seine Hand aus dem Fenster, sein Daumen zeigte ebenfalls nach oben.

Wüst hatte große Feldherren schon immer bewundert. Aber jetzt fühlte er sich selbst wie einer. Alle meldeten Bereitschaft und reckten die Daumen in die Höhe. Es war so weit. Er hob den rechten Arm. Zu seinem Bedauern verfügte er in diesem Moment nicht über einen Kavalleriesäbel. Der hätte dem Befehl zum Sturm auf die Bank den letzten Schliff verliehen. Mit einem Ruck senkte er den Arm und der Einbruch begann.

Mit abgesenkter Schaufel fuhr der Radlader an die verblendete Front der Deutschen Bank heran, stoppte kurz, rollte langsam weiter und zerstörte den Klinker mitsamt der Glasfläche. Große Teile, kleinere Bruchstücke und Splitter fielen mit lautem Getöse auf die Pflastersteine.

Ein mächtiges Loch tat sich auf. Der Bagger setzte zurück und beim erneuten Vorsetzen zerbarsten die Reste.

Im Laufschritt stürmten seine Männer in den demolierten Vorraum der Bank. Per Handzeichen wurde der Radlader so eingewiesen, dass sich die Baggerschaufel genau über einem der Automaten befand. Zügig befestigten sie einen Geldautomaten mit den Gurten am Bagger. Mit weiterem Getöse riss die Schaufel den Automaten aus der Verankerung. Im Rückwärtsfahren zogen sie die Beute aus der Bank und senkte sie über der Mulde des Kippers ab. Scheppernder Lärm erklang, als der Bankautomat den Boden erreichte und in der Wanne umfiel. Rasch waren die Gurte gelöst, der Radlader setzte zurück und fuhr wieder in Position, um den Nächsten herauszuziehen.

Wüst stand weiterhin am Fußgängerüberweg und genoss es, den Einbruch zu verfolgen.

◆ ◆ ◆

»Tun Sie es nicht!«, hörte Friedensfurt eine bekannte Stimme hinter sich. »Er ist es nicht wert.«

Er zögerte, hatte Wüsts Kopf mitten im Fadenkreuz, brauchte nur den Finger zu krümmen und sein Peiniger wäre Geschichte. Wie in einem Film lief der Überfall auf seine Familie vor seinem inneren Auge ab. Er dachte an die Qualen, die er erlitten hatte und an seine Entscheidung, Wüst hier und heute zu töten. Die Drohungen ein für alle Mal zu beenden. Ihn die Abschlussrechnung zahlen zu lassen. Die Hoffnung in Polizei und Justiz hatte er schon vor Jahren verloren. Damals hatten sie ihn nicht schützen können und nun glaubte er wieder nicht dran.

Tagelang hatte er die Umgebung am Kasinokreisel nach einer geeigneten Stelle abgesucht und sich für das Dach des Altenzentrums entschieden. Der Standort war nicht zu nah an der Deutschen Bank, garantierte freie Sicht und optimale Fluchtmöglichkeiten. Nahezu perfekt. Das Schloss am Aufgang hatte sich nicht quergestellt und eine Scheibe im Erdgeschoss lag in Trümmern. Kleine Opfer, nicht wichtig.

In seinem Inneren tobte der Zweikampf zwischen Recht und Gerechtigkeit. Weiterhin hatte er den Gangsterboss im Visier, brauchte nur abzudrücken. Mit dem Zeiss Zielfernrohr, eingestellt auf zehnfache Vergrößerung, hätte er bei Tageslicht die Augenfarbe des Feindes erkennen können, so dicht sah er Wüsts Gesicht vor sich. Warum mischte der Bulle sich ein, fragte er sich.

»Kommen Sie.« Gerste drang wieder in seine Gedanken. »Noch kann ich Ihnen die beiden Morde nicht nachweisen. Aber das hier wäre nicht mal Totschlag. Wollen Sie für Wüst ihr Leben lang ins Gefängnis gehen? Denken Sie doch an Ihre Familie.«

»Ich denke an nichts anderes«, antwortete er, nahm den Finger vom Abzug und ließ den Kopf sinken. »Glauben Sie mir. Ich denke seit Tagen an nichts anderes.« Er ging aus dem Anschlag und setzte die Büchse ab.

»Zugriff!«, rief Gerste in sein Funkgerät.

◆ ◆ ◆

»Zugriff!«, hörte Bellucci und schaute auf das Feuerzeug in seiner Hand. Die orange Flamme bewegte sich flatternd im Abendwind. Die beiden Türen des Transporters, der unauffällig geparkt vor dem Gebäude des Werksschutzes gestanden hatte, flogen auf. Zwei Polizisten in schwarzen Kampfanzügen stürmten auf ihn zu. Bevor er sich entscheiden konnte, die Zündschnur trotz der plötzlichen Überraschung zu entzünden, wurde er zu Boden gedrückt und Kabelbinder schnitten in seine Handgelenke.

◆ ◆ ◆

Lorenzo hatte nicht mehr Glück. Es gelang ihm zwar noch, die Pistole aus dem Hosenbund zu ziehen, aber zielen und abdrücken nicht mehr. Drei SEK-Beamte waren aus dem Gebüsch am Hauseingang aufgetaucht und hatten ihn unsanft umgerissen. Mit Wucht wurde er auf den Bauch gerollt und seine Hände auf den Rücken gezwängt. Das leise Geräusch von aufeinander reibendem Kunststoff vernahm er nicht.

Zwei Männer zogen ihn auf die Beine, nahmen seine Skimaske ab und führten ihn zum blau-weiß lackierten VW-Bus.

Bellucci saß schon auf der Bank und war noch von der Überraschung gezeichnet. Ungläubig starrte er vor sich hin.

»Zugriff eins beendet«, hörte Lorenzo einen Polizisten vor dem Fahrzeug sagen. Er schaute zu seinem Partner, der mit dem Kopf schüttelte.

»Zugriff zwei beendet«, vernahm er dann.

Der Funkspruch »Zugriff drei beendet« ließ die Hoffnung bei den beiden Männern aus dem Körper fliesen. Sie sackten mit hängenden Schultern in sich zusammen.

»Ablenexplosion zünden!«

Eine enorme Detonation ertönte und die Scheiben in den Einsatzfahrzeugen vibrierten.

◆ ◆ ◆

»Achtung! Achtung! Hier spricht die Polizei«, hörte Wüst eine weithin hörbare, metallische Stimme. Instinktiv duckte er sich, rannte zum Lastwagen, riss die Kalaschnikow in den Anschlag und spähte in die Dunkelheit.

»Wir haben den Platz umstellt. Werfen sie ihre Waffen weg und ergeben sie sich!«

Was war los, fragte er sich. Aus einem Transporter vor dem Glanzstoffgebäude sah er vermummte Polizisten springen und in seine Richtung laufen. Maschinenpistolen richteten sich auf ihn und seine Männer. Er hielt das Sturmgewehr weiter im Hüftanschlag und wich hinter den Lastwagen zurück.

Jetzt konnte er beobachten, wie zwei andere SEK-Beamte den überraschten David Herrmann aus der Fahrerkabine des Radladers zerrten. Schnell und effizient legten sie ihm Handfesseln an.

Timo Koch suchte noch Deckung bei den Blumenkübeln an der Straße, konnte sich aber der Übermacht nicht erwehren, die ihn überwältigte und auf den Asphalt warf.

Wo zum Teufel waren Arne und Jens, fragte er sich, sprang auf und lief geduckt vom Heck des Lastwagens zur zerstörten Glasfront der Bank. Von überall her sah er Einsatzkräfte auf sich zulaufen. Er zielte und gab zwei Schüsse auf die heranstürmenden Polizisten ab, bevor er mit großer Wucht auf den Boden geworfen wurde. Scheiße, dachte er sich noch, als seine Hände bereits auf dem Rücken zusammengedrückt wurden. Er hatte einen Fehler gemacht. Eine Grundregel des Soldatenhandwerks nicht beachtet: Achte immer auf das, was hinter dir passiert.

◆ ◆ ◆

Friedensfurt stand neben Gerste auf dem Dach des Altenzentrums und verfolgte die Polizeiaktion. Schnell und präzise rückten die SEK-Beamten vor und überwältigten Wüsts Bande. Der Einsatz dauerte kaum eine Minute und mehr als zwei Schüsse wurden nicht abgegeben.

»Zugriff beendet. Fünf Mann in Gewahrsam«, hörten sie eine Stimme aus dem Funkgerät.

»Ist doch besser so, oder?«, fragte Gerste und schaute dem Jäger dabei zu, wie er die Skimaske über den Kopf zog.

»Sorgen Sie nur dafür, dass er so schnell nicht wieder rauskommt.«

»Ich werde tun, was in meiner Macht steht.«

»Ihr Wort in Gottes Gehörgang.«

Gerste musste lachen.

»Ich wusste gar nicht, dass Sie gläubig sind.«

»Bin ich auch nicht. Aber Sie kennen doch den Spruch, auf hoher See und vor Gericht ist man in Gottes Hand. Bisher war ich auf hoher See meist besser aufgehoben.«

»Ein klein wenig Vertrauen könnten Sie mittlerweile in uns haben«, frotzelte Gerste, drehte sich um und ging auf die Tür zu. »Grüßen Sie Ihre Frau von mir.«

»Mach ich.«

»Und sagen Sie Doktor Knapp, er schuldet mir noch einen Kaffee.«

**ENDE**

# Danksagungen

Für viele mögen Danksagungen überflüssig sein, für mich sind sie es nicht. Ehrlich gesagt, mag ich Danksagungen sehr und lese sie, soweit vorhanden, gern.
Für mich ist eine Danksagung ein Abschluss, der das Buch rund macht, denn es haben so viele Menschen an einem Buch mitgewirkt, dass es sehr schade wäre, deren Würdigung zu unterlassen.

So, genug geschwafelt. Wem möchte ich denn danken?

Nun, da steht an erster Stelle Sebastian Fitzek. Hä, werden jetzt viele fragen. Was hat denn Deutschlands bekanntester Thrillerautor mit einem kleinen Selfpublisher zu tun?
Die Frage lässt sich ganz einfach beantworten: Herr Fitzek hat 2020 einen Schreibwettbewerb für seine Anthologie „Identität 1142" ausgeschrieben und dieser Aufruf war mein Einstieg ins Bücher schreiben. Leider wurde meine Kurzgeschichte nicht ausgewählt, aber dennoch war das der Anfang und dafür bin ich Herrn Fitzek dankbar, auch wenn er dies wahrscheinlich nie erfahren wird.

Der nächste Dank gilt meiner Frau Susanne, die mich hat machen lassen. Ich liebe Dich dafür. Und für die unendlich vielen kritischen und hilfreichen Kommentare, die Du als Testleserin abgegeben hast.

Meine Kinder Nick und Celine haben meinen Roman in besonderem Maße begleitet und geformt. Nick danke ich für seine Künste als Testleser, die er unerwartet kritisch angebracht hat. Das war doch etwas überraschend. Danke, dass Du mein Buch gecheckt hast.
Meine Tochter Celine hatte ich vor Augen, als ich die Figur der Sophie Friedensfurt entwickelt habe. Insofern danke, Emma, für den Input. Das war sehr wertvoll für mich.

Was wäre ein Autor ohne seine Testleser? Einundzwanzig, zweiundzwanzig. Richtig: Nichts.
Ich habe durch die Suche nach Testlesern viele tolle Menschen (die meisten leider nur virtuell) kennengelernt und hoffe, dass ein persönliches Kennenlernen nachgeholt werden kann.

Ein Beispiel möchte ich beschreiben: Vor einiger Zeit hat mich Axel Aldenhoven seinen Thriller „Auf der Mauer, auf der Lauer." im Rahmen einer Leserunde auf Lovelybooks lesen lassen. Ob er das heute noch einmal machen würde? Wer weiß. Auf jeden Fall habe ich seinen Thriller recht intensiv kritisiert und er hat das so fair aufgenommen, dass wir heute Freunde sind. Er hat sich als Testleser revanchiert, diesen Roman lektoriert und ich bin ihm wirklich dankbar. Nach wie vor lesen wir gegenseitig unsere Manuskripte und werden demnächst zusammen einen Messeauftritt haben. Was sich nicht alles aus einer einfachen Leserunde entwickeln kann.

Ähnlich guten und intensiven Kontakt habe ich zu drei weiteren Testlesern. So geht ein ganz besonderer Dank an Yvonne Tunnat, Dagmar Schmidt und Frank Esser. Sie waren Testleser der ersten Runde und haben meinen Text stark geformt. Mit allen dreien stehe ich immer noch im regen Austausch und befrage sie regelmäßig zu allem möglichen Gedöns. Von allen habe ich auch schon Kurzgeschichten und Romane gelesen und hoffe, es bleibt auch weiterhin so.

Mein Dank geht auch an die kritischen Stimmen von Gea Nicolaisen, Werner Pfeil, Sabine Forter, Eike Guthard, Maria Anna Heusler, Swetlana Warde und Sandra Denz. Nicht immer hat mir gefallen, was ich an Kritik lesen musste, aber sie haben es immer nett formuliert.

Für die vielen Antworten auf meine Fragen zu medizinischen und rechtlichen Gesichtspunkten möchte ich Ariana Lambert und Norma Feye danken. Euer Input auf auch noch so triviale Fragen ist so wertvoll. Danke schön.

Und dann gilt mein Dank Alisha Bionda, die versucht hat, mein Manuskript an Verlage zu vermitteln. Dass es am Ende nicht geklappt hat, liegt nicht an Ihrer Agentur, sondern an meinem, vielleicht etwas speziellem Text.

Was wäre ein Buch ohne ein schönes Cover? Klare Antwort auch hier: Nichts. Danke Cassandra Krammer für die sehr kreativen Vorschläge, die auf meinen dürftigen Vorgaben folgten. Das hat mich echt umgehauen und für mich ist es immer noch der zweitbeste Entwurf, den Du gemacht hast. Der Beste kam leider nur bei mir und Axel als solcher an. Aber wir beide sind auch nicht das Zielpublikum. Insofern hast Du mit dem Auge die richtige Stimmung getroffen.

Jetzt habe ich schon ganz schön viel geschrieben und ich hoffe, die meisten haben es bis hierhin geschafft, ohne allzu stark mit dem Kopf zu schütteln.

Einem Menschen möchte ich aber noch speziell danken:

Und das ist Michael Lohmann, mit dem ich am Exposé gearbeitet habe und das war wirklich intensive Arbeit. Wer einen Eindruck seiner Kompetenz benötigt, der schaue auf www.worttaten.de vorbei. Danach wird man demütig.
Und so danke Ihnen, Herr Lohmann, dass ich mich immer noch mit Ihnen austauschen darf. Sie haben mich so geprägt, dass ich bei jedem Inquit Ihren drohenden Finger sehe.

Ich bin immer wieder beeindruckt, wie viele Menschen an einem Romanprojekt beteiligt sind.

Ich danke allen für Ihre Unterstützung und hoffe, sie sind beim nächsten Buch wieder an Bord.

## Über den Autor

Dirk Osygus entwickelt und konstruiert eigentlich Werkzeugmaschinen und wurde 1967 in Wuppertal geboren.

Mit seiner Frau und zwei erwachsenen Kindern lebt er in seiner Heimatstadt. Sein leider schon verstorbener Cousin überzeugte ihn mit 18 Jahren, den Roman „Der Borowski- Betrug" von Robert Ludlum zu lesen. Seitdem ist zum unheilbaren Lappland-Virus das Spannungs-Virus gekommen.

Zum Schreiben kam er über das Verfassen von Betriebsanleitungen für seine Werkzeugmaschinen.

Als begeisterter Leser von Krimis und Thrillern reifte die Idee, eigene Ideen in Worte zu fassen und so entstanden die ersten beiden Manuskripte.

Neben dem Schreiben bespricht er Bücher in seinem Podcast „Buchcasting", der auf den gängigen Plattformen und bei Podigee.de zu finden ist.

# Dirks Podcast "Buchcasting"

Was macht ein an Literatur interessierter Mensch? Klar, er liest Bücher. Viele Bücher. Manche gefallen einem gut, anderen weniger gut und bei manchen war es Zeitverschwendung.

Und allzu gerne hätte ich mich mit meiner Meinung zu dem gelesenen Werk mit anderen Lesern ausgetauscht.
Was lag also näher als Romane und Kurzgeschichten von bekannten und weniger bekannten Autoren zu besprechen?
Nichts.
Deswegen habe ich es ja auch gemacht und herausgekommen ist das Buchcasting.
Beim Buchcasting sitzt also ein literarisches Werk auf dem heißen Stuhl und wird gegrillt. Mit einer sanften Einführung und ein paar Plattitüden fängt es an. Dann wird der Inhalt knapp angerissen, der Klappentext besprochen und eine Einschätzung abgegeben. Aber der Inhalt wird noch nicht bekanntgegeben.

Dann wird ein Spoileralarm ausgesprochen und danach kommt alles auf die Platte mir gefallen und nicht gefallen hat.
Man bekommt die Meinung zu einem Text, der einem vielleicht auch gut gefallen hat oder den man ganz schlecht fand. Vielleicht möchte man auch hören und zustimmen. Vielleicht sieht man etwas ganz anders und möchte dies ansprechen.

Kurzum: ich habe Spaß am Lesen, schreiben gerne Rezensionen und würde meine Meinung gerne mit anderen teilen.

Hört doch mal rein.